KB122282

李建昌全集

一

李建昌全集 一

成均館大學校
大東文化研究院

刊行辭

성균관대학교 대동문화연구원에서는 조선 말기의 저명한 관료이자 문인인 寧齋 李建昌의 많은 자료를 망라하여 『李建昌全集』을 편집하여 영인·출간한다. 현재까지 전해오는 자료를 폭넓게 조사하고 그중에서 신뢰할 만한 문헌을 선택하여 엮었다. 이 책에 수록한 모든 문헌은 지금까지 출간된 적이 거의 없었고, 그동안 연구자들이 쉽게 접하지 못했던 새롭고 소중한 자료가 대부분이다. 이 책의 편집과 간행이 걸출한 문인 학자인 이건창의 학문과 정치, 문학과 교유를 깊이 이해하고 새롭게 조명하는 데 크게 기여하기를 기대한다.

이건창의 저술 가운데 가장 널리 알려진 저서는 『明美堂集』과 『黨議通略』으로 金澤榮과 崔南善에 의해 이미 1910년대에 간행되었다. 두 종의 저서는 높은 명성과 뛰어난 가치를 지녀 그 이후 여러 차례 영인본이 간행되었고, 일부는 번역되기도 하였다. 그렇다면 『이건창전집』을 새로 편집할 필요가 없을 것처럼 보이지만 실제 사정은 딴판이다. 문집은 인물 이해의 근간인데 간본 『명미당집』은 중요한 많은 작품이 누락되었거나 완전하지 않은 상태로 수정되어 출간되었고, 그 밖에도 오자나 탈자를 비롯한 편집상의 많은 문제점을 안고 있다. 당시부터 간본의 문제점을 인식하였으나 지금까지 그 문제를 해결하지 못하였다.

올바른 지식은 신뢰할 만한 텍스트의 토대 위에서 쌓여간다. 이건창의 방대하고 정밀한 학문과 문학을 이해하기 위해서 그동안 널리 이용했던 간본 『명미당집』을 비롯한 문헌은 충분치도 정확하지도 않다. 더욱이 주요한 문헌이 학계에 충분히 제공되지도 않았다. 많은 자료를 조사하고 수집하여 자료집을 내는 이유가 여기에 있다.

『이건창전집』의 주축은 1974년 후손가에서 국사편찬위원회에 기증한 「明美堂稿」와 「明美堂彙艸」 등의 초고본이다. 1책에 수록한 이 사본은 간본에 빠졌거나 간본에 수록되었더라도 더 신뢰할 만한 텍스트로 구성되었다. 2책에는 그동안 존재만 알려졌던 『初筮集』, 『澹寧文稿』, 『寧齋南遷記』 등의 단행본 시문집과 『黨議通略』을 비롯한 문헌과 사료를 수록하였다. 이건창의 저술로 알려진 문헌 대부분을 수록하였고, 『영재남천기』를 비롯한 시문 선집은 선본을 골라 수록하였다. 현재까지 알려진 이건창의 저술 거의 전체를 모아 편집하였다.

이 전집이 이건창의 저술 대부분을 담아내기는 했으나 그렇다고 그의 모든 작품과 저술을 완진히 모은 것은 아니다. 사본도 간본도 그의 저술 전체를 완벽하게 모아 엮지 못했다. 많은 시문을 쓰고도 이건창 본인이 작품을 다 정리하지 못했고, 아우 李建昇을 비롯하여 후배 지식인들도 그 힘든 작업을 수행하지 못했다. 이건창의 작품은 여전히 그의 친구들 문집이나 이런저런 사본 속에 흩어져 있는 것이 적지 않다. 이 전집을 기준으로 삼아 그렇게 흩어진 작품까지 수집하여 정리하고, 표점과 교감을 더한 진정한 의미의 『이건창전집』을 만드는 것을 뒤에 해야 할 작업으로 남겨둔다.

이건창과 같은 거장의 전집이 사후에 제대로 편찬되지 못한 것은 조선 말기 학계와 문단이 문헌의 정리 작업을 찬찬히 할 수 없었던 격동과 혼란의 시기였기 때문이다. 다른 많은 학자와 문인의 저작도 비슷한 처지에 놓여 있음을 이번에 전집을 편찬하면서 절감하였다. 이 책을 출간한 동기에는 조선 말기 저작들이 새롭게 조명받아 자료출간과 연구가 더 활성화되기를 기대하는 마음이 있다.

우리 대동문화연구원이 올해 초 출범 60주년을 맞이하면서 『이건창전집』을 편집하여 출간한 데에는 그와 같은 의미가 있다. 지난해 간행한 박종선의 『능양시집』을 포함하여 유교 경서와 주요 문집의 선본을 수집하고 편집하여 영인함과 동시에 『한국경학자료집성』, 『근기실학연원제현집』, 『연행록선집』, 『다산학단문헌집』

성』, 『환재총서』, 『심대윤전집』 등 흩어진 문헌을 발굴하여 정리하고 영인하였다。 오랫동안 학계에 고전학의

기초 자료를 제공해왔다。 앞으로 펼쳐질 60년을 맞이하면서 고전 문헌을 수집、 정리、 편집、 영인하여 기초

자료로 제공하던 지난 시기의 연구작업을 적극적으로 계승하는 것은 물론이지만、 한 단계 나아가 표점과 번

역、 연구와 분석의 학술적 비평적 작업을 더하여 고전 문헌 자료의 편찬과 연구、 이론화의 단계로 성숙시켜야

한다。 국학 고전을 보편적 고전학의 수준으로 높여서 연구하는 과정에 대동문화연구원이 맡은 바 역할을 충실

하게 수행하는 것이 필요하다。 이건창의 전집을 편찬하는 것이 그와 같은 변환의 작은 시발점이 될 수 있을 것

이다。

『이건창전집』을 간행하는 데에는 여러분들의 큰 도움이 있었다。 무엇보다 귀중한 자료를 선뜻 제공한 국사편

찬위원회와 연세대학교 중앙도서관、 한국실학박물관、 성균관대학교 존경각、 박철상 등의 소장기관과 개인 소

장자에게 감사를 드린다。 이건창 연구의 권위자인 본교 한문학과의 이희목 교수께서 자료의 이해에 큰 도움이

될 해제를 써 주신 데 대해 감사드린다。 또 1년여에 걸쳐 자료를 수집하고 편집하며、 목차를 작성하는 등 힘든

실무를 충실하고 정성껏 진행해준 본원의 함영대、 김보성 두 연구원에게도 그동안의 수고를 치하한다。 이 전집

이 이건창을 비롯하여 조선 말기 문단과 학계를 깊이 있고 폭넓게 살펴보는 데 도움을 줄 수 있기를 기대한다。

2018년 10월

성균관대학교 대동문화연구원 원장 安 大 會

『李建昌全集』解題

● 이희목 (성균관대 한문학과 교수)

1. 들어가며

현재 통행되고 있는 『明美堂集』은 滄江 金澤榮(1850~1927)에 의해 중국 南通에서 간행되었다. 영호남의 지식인들과 영재의 仲弟인 耕齋 李建昇(1858~1924)의 요청에 의한 것으로, 창강은 『明美堂集』의 간행에 많은 공로를 세운 셈이다. 그러나 閔泳珪(1915~2005) 선생에 의해 지적되었듯 편찬 과정에서 자의로 상당한 刪削을 가하였다. 따라서 통행본 『明美堂集』에 대한 창강의 공로는 인정할 수 있지만, 이를 통해 영재의 문학세계를 온전하게 재구하기는 어렵게 되었다. 영재가 呂圭亨(1848~1921)에게 보낸 글에서 자신이 글을 창작하는 자세와 관련하여 『진실로 하루에 한 번씩 고쳐나가면 일 년에 약간 수를 얻을 수 있고 또 약간 수에 대해 산삭을 가하고 약간 수를 남겨 둔다. 이같이 십 년을 하면 한 권을 얻을 수 있다. 참으로 이 한 권이 다시 고칠 수 없고 다시는 산삭할 수 없는 글이 된다면 곧 내 마음에 惄怊하리라.』**1** 한 바 있다, 이런 자세로 지어진 것이 영재의 글이라고 본다면 그 하나하나가 소중할 터이다. 그럼에도 불구하고 문집 간행 당시에 상당한 산삭을 가한 것은 영재의 문학세계를 온전하게 파악하지 못하게 하는 결과를 낳았다.

다행히도 경재가 간행을 위해 원고를 정리할 때 저본으로 사용한 것으로 보이는 몇 권의 초고와 몇 책의 필사본이 전해진다. 영재의 증손인 李亨周씨가 1973년 초에 국사편찬위원회에 기증한 초고본과 필사본의 존재는 이미 오래전에 알려졌다. 국편본의 구성을 보면 『明美堂稿』 二, 『明美堂彙草』 四, 六, 『明美堂麓稿』 七, 『明美堂稿』 八, 『明美堂麗稿』 九, 『明美堂散稿』 十, 『明美堂稿』 十一로 이루어진 초고본과 약간 계열을 달리하는 『明美香館初稿』과 徐勳이 필사한 『明美堂草彙』라는 제목의 필사본이다. 이 외에 仲弟인 耕齋 李建昇이 撰述한 『先伯氏參判府君行略』과 초고본으로 보이는 『讀易隨記』, 『咸興按覈錄』이 포함되어 있다.

영재 관련 자료들은 여기 저기 흩어져 있는 것이 꽤 있다. 성균관대학교 존경각과 연세대학교 도서관에 소장된 『南遷紀恩集』을 중심으로 한 『寧齋集』이라는 필사본을 위시해서, 대체로 1896년경의 『寧齋簡札帖』, 『韓四客詩選』에 포함된 『初筮集』 등이 있다.

이들 자료들을 면밀하게 검토하여 학술적으로 의미가 있는 자료들을 모두 모았고, 몇 편 정도의 미수록 작품이 있으나 대부분 작품이 겹치는 필사본들은 과감하게 빼버렸다. 미수록 작품은 그 수로 따져도 10제 이하일 것이다.

2. 國史編纂委員會本

(1) 『明美堂稿』 二

크게 이형주씨가 국사편찬위원회에 기증한 것과 나머지로 분류할 수 있다.

총 66頁로 겉표지에는 『明美堂稿』 二, 속표지에는 『明美堂紀行三集』으로 되어 있다. 스스로 서술한 「明美堂紀行三集序」가 제일 앞에 자리하고 있고, 「行臺錄」, 「直指行卷」, 「西征紀恩集」으로 나뉘어져 있다. 「行臺錄」은

1876년(25세)에 書狀官으로 秋琴 姜瑋와 함께 연경으로 갔을 때의 기록이다. 연경에서 만났던 黃鈺、徐郁、張家驤을 비롯한 淸나라 인사들과 수창한 작품들이 다수 수록되어 있다. 直指行卷은 1877년(26세) 忠淸道按廉의 명을 받아 암행어사로 호서지역을 발섭한 기록이다. 관원의 신분으로 포착한 민생과 여러 시설들에 대한 관심이 주목된다. 그의 대표작이라 할 수 있는 田家秋夕이 수록되어 있다. 「西征紀恩集」은 호서지방을 안렴할 때 있었던 趙秉式과의 갈등으로 오히려 평안도 碧潼으로 유배갔던 1879년(28세)의 기록이다. 이 「紀行三集」에서 초고본에만 있는 작품은 75제 정도로 파악된다.

(2) 『明美堂彙草』 四

모두 50頁로 겉표지에는 『明美堂彙草』 四、 속표지에는 「明美堂文草」로 제첨되어 있다. 42제의 고문과 4편의 부、 1편의 이두문이 수록되어 있는데 그 중 16제는 통행본에 보이지 않는 것이다. 表、 祭文、 哀辭、 傳、 書事、 銘、 贊、 墓誌碣銘 등의 문체를 가진 작품들이 실려 있다. 傳과 書事는 뒤섞여 있다. 통행본에는 빠져있는 「可憐傳」과 「某學者傳」은 영재의 산문 중에서도 당쟁과 관련한 당대의 분위기를 형상하였고、 假道學者의 가식적 위장을 풍자하고 있기에 결코 버릴 수 없는 작품이다.

(3) 『明美堂彙艸』 六

66頁이고 속표지도 달리 명명하지 않았다. 속표지의 제목 옆에 丙戌(1886년)이라고 기록해 두었는데 초고본 작성의 연도를 말하는 것으로 보인다. 「明美堂詩草」、 「明美堂文草」、 「明美堂近藁」의 셋으로 분류되어 있는데 각각 40제의 시와 19제의 고문과 1제의 부、 7제의 고문으로 이루어져 있다. 통행본에 수록되지 않은

것은 시가 15제、고문이 4제이다。시는 통행본 卷四의 「少休收草」에 수록된 작품들이 많고 고체시와 근체시를 따로 분류해서 수록했다。가뭄 때문에 농사에 어려움을 겪는 모습을 그린 「乾播行」은 주목할 만한데 통행본에는 빠져 있다。

(4) 『明美堂籚稿』七

속표지가 따로 없고 47頁이다。16제의 고문이 수록되어 있는데 모두 통행본에 수록된 것들이다。

(5) 『明美堂稿』八

33頁로 속표지는 따로 없고 「明美堂吟藁」라는 소제목이 쓰여 있다。모두 74제의 시들이 七絕、五律、七律、五古、七古의 시체별로 따로 분류되어 있다。그런데 五古 아랫부분에 庚寅(1890년)의 간지가 기록되어 있어서 언제 쓰여진 초고인지 짐작할 수 있게 해 준다。이 중에서 29제가 통행본에 없는 작품이다。

(6) 『明美堂麤稿』九

무두 99頁로 초고본 중 분량이 제일 많다。속표지의 제명은 따로 없으며、모두 고문과 상소문으로 63제인데 그 중 17제는 통행본에 없는 작품이다。墓碣誌銘、序引跋書後、記、祭文·哀辭、傳(書事)으로 분류되어 있지만 傳(書事) 항목에는 여러 가지 양식의 산문들이 뒤섞여 있다。「書歸震川集後」는 고문에 관한 영재의 견해를 엿볼 수 있는 글이다。

(7) 『明美堂散稿』十

속표지도 없고 분류도 따로 없다. 76頁로 모두 고문이다. 모두 41제로 그 중에서 17제가 통행본에 빠져 있다. 통행본에 빠져 있는 與友人書에 碑誌에 관한 상세한 논의가 담겨 있어서 흥미롭다. 통행본에 실려 있는 「六臣史略」이 「六臣紀略」으로 되어 있고, 崔漢綺를 입전한 「惠岡崔公傳」은 왜 통행본에 빠졌는지 알 수 없다. 최한기에 대한 거의 유일무이한 인물기사다. 「明美堂詩文集敍傳」에서는 수정의 흔적을 살필 수 있다.

(8) 『明美堂稿』十一

속표지에 丙申(1896년)이라는 간지가 기록되어 있다. 28頁로 속표지 없이 시문이 함께 수록되어 있다. 모두 27제로 시가 17제, 고문이 10제이다. 시는 8제, 고문은 5제가 통행본에 없으며 중간 중간 行草를 섞어 필사하였다. 행초가 섞인 것은 이 책뿐이다. 영재의 몰년이 1898년이니만큼 이 책이 거의 마지막 초고본이라 해도 크게 이상하지는 않지만, 그 뒤에도 혹시 한 책 정도는 더 있을 수도 있겠다는 추정도 가능하다.

草稿本 계열에 속하는 것 중 결본은 一, 三, 五책에 해당되는 것들로 이들이 빠지게 된 연유는 알 수 없다. 경재가 쓴 『先伯氏參判府君行略』의 말미에 「명미당집 24권」이라는 증언이 있는데 영재가 임종할 무렵에 자신에게 문집을 차례로 서술하고 산정하여 20권을 만들게 했다〔有著明美堂集二十四卷 公臨終 命建昇 序次刪定爲二十卷〕는 기록이 나오는 것으로 보아 이 사본들은 경재가 산정하여 만든 20권의 기본자료가 아니었을까 하는 추정이 가능하다. 경재가 만든 초고는 아마 창강에게 보내져 『명미당집』의 간행에 사용되었을 것이다.

⑨ 『明美香館初稿』

총 59頁로 겉표지와 속표지 모두 「明美香館初稿」라 썼고, 『澹寧文稿』로 분류되어 있다. 대체로 1868년에서 1873년까지 지어진 산문집이고 모두 40題이다. 여러 가지 다양한 형식의 문장들이 書、序、題後、跋、傳、書事、祭文、哀辭、雜著의 순서로 수록되어 있다. 이 중에서 그 유명한 「李春日傳」 등 8題만 통행본에 수록되어 있고, 나머지는 모두 누락되었다. 대체로 이 시기는 영재가 과거에 급제한 이후 본격적으로 고문을 공부하던 시기였던 만큼 문학적 성취가 미흡하다고 판단해서이기도 하고, 「李卓吾贊」 같은 경우는 가학이었던 양명학을 노골화시킬 수 있었기에 忌諱했을 수도 있다. 그런데 『明美香館初稿』는 草稿本과 계통이 다른 것으로 보인다. 여기와 통행본에 수록된 「이춘일전」、「鎭撫中軍魚公哀辭」 등의 작품이 『明美堂彙草』 4에도 보이기 때문이다. 문집 간행을 위한 초고본은 아니지만 영재의 초기 산문을 수록하고 있다는 점에서 의미가 있는 자료다.

3. 기타 필사본

(1) 『寧齋集抄 附茂亭』

성균관대학교 존경각 소장본으로 모두 109頁이다. 82頁까지가 영재의 시문이고 그 이하는 「雙溪寺詩契帖」이다. 『歲戊戌臘書于雪窓下』라는 기록이 끝부분에 있는 것을 보면 영재의 몰년인 1898년 겨울에 필사한 것임을 알 수 있다. 필사자가 누구인지는 알 수 없다. 겉표지에는 『附茂亭』이라 하였는데 속표지에는 『附懋

亭」이라 하였다. 두 글자가 서로 통행하기도 하니 별 문제는 없다. 영재의 작품만을 가지고 거론하면 모두 시

가 106제、산문이 14제인데 이 중 41제 정도가 통행본과 초고본 어디에도 보이지 않는 작품이다.

1893년 전남 寶城으로 귀양갈 때의 기록인 『南遷紀恩集』과 함흥민란이 일어났을 때 안핵사로 갔던 기록인

「北行吟卷」、해주관찰사 부임과 관련한 고군산 유배의 기록인 『碧城紀行』으로 나뉘어져 있다. 여기에서 『남천

기은집』은 민영규 선생이 언급한 『남천기』의 편차와 거의 일치한다.

「雙溪寺詩契帖」에는 呂圭亨과 李秉奎의 서문이 있고 『歲在丁酉暮春、會于雙溪寺、修詩契、會者爲二十人、分

老杜詩:「暗水流花逕、春星帶草堂、檢書燒燭短、看劍引盃長、四句二十字爲韻、賦各體。』라는 설명이 앞부분에

있다. 정유년은 1897년이고 두보의 시는 「夜宴左氏庄」이라는 律詩의 頷聯과 頸聯이다. 그런데 元末 무렵에

于立、頤瑛 등의 사람들이 두보의 이 두 구절을 가지고 분운하여 시회를 열었던 기록이 나온다. 영재와의 관련

성은 거의 없다.

말미에 茂亭 鄭萬朝의 시가 부기되어 있다.

（2）「寧齋南遷記」

민영규 선생이 『李建昌의 南遷紀』라는 제목으로 발표한 소논문의 텍스트로 연세대학교 도서관 소장본이다.

민영규 선생이 논문에서 상세하게 언급하고 있기에 해제가 필요 없을 정도이다. 그런데 이 『남천기은집』을 영

재가 직접 친필로 정리한 것으로 파악하고 있는 점이 흥미로운데 그거를 밝히지는 않았다. 尊經閣本 『寧齋集抄』

와 상당 부분 내용이 겹치기도 하지만 고문은 편수가 훨씬 많고、존경각본이 「北行吟卷」과 「碧城紀行」에 수록된

시들을 같이 담고 있는 반면에 이 『남천기』는 寶城 유배시의 작품이 중심을 이루고、뒤에 일부 다른 자료가 수

록되었다는 점에서 「남천기」라는 제목에 가장 부합한다고 할 수 있다.

그런데 여기에 함께 수록될 『寧齋簡帖』에 영재가 1896년 고군산으로 유배를 가면서 『남천기』를 휴대하고

갔던 기록이 나온다.

내 詩卷 중에서 소위 『南遷紀恩集』 文一卷은 책 모양이 조금 긴 것으로 첫 장은 「聖人夜氣論」이다.

어제 行篋을 檢束했더니 이 책이 오지 않고 빠져버린 듯하다. 〔吾詩卷中、所謂南遷紀恩集、文一卷、

冊樣稍長、第一張卽聖人夜氣論者也。昨檢行篋、此卷不來、似遺漏矣。〕 (『寧齋簡帖』, 8면)

이 기록을 보면 『남천기은집』은 시권과 문권으로 나뉘어 있었고 「聖人夜氣論」이라는 글은 聖人無夜氣論이라는

제목으로 실려 있다.

연세대 소장의 또 다른 『合本南遷紀』는 67장본과 거의 겹치고 산문에서 「韶護堂詩稿選序」와 몇 수의 시만이

여기에만 수록되어 있지만 그 가치를 크게 인정할 수는 없을 듯하다.

（3） 『寧齋簡帖』

이 간찰첩은 1896년 영재가 海州觀察使 임명을 받아들이지 않자 고종이 대신 古羣山島 2년 유배를 보냈고

고군산으로 가는 도정에 만경에 거주하던 荷舟 鄭翰圭(1859~1949)의 초청을 받고 그의 집에 머물렀고、 나중

에 고군산으로 도착한 뒤에 정한규에게 보낸 편지를 묶은 것이다. 8통의 서간과 4편의 한시가 부기되어 있다.

鄭翰圭(1859~1949)는 訓鍊主簿、 稷山縣監、 內禁衛將 등을 역임하고 嘉善大夫에 加資되었던 인물이고、

전북 萬頃에 거주했다.

明美堂集에 정한규와 관련하여 『至萬頃、鄭稷山翰圭、邀至其家、有十里荷花、足爲平生奇絶之游、惜花早纔兩三開耳。時嵋堂鄭景賓、流落在隣郡、聞吾輩至、携酒夜訪、與韋觀同舟、攬景逃懷』라는 긴 제목의 七律이 실려 있다. 제목 말미에 『韋觀金閣學商悳、以洪州觀察使引義不赴、同時同謫』이라는 자주를 붙여서 이해를 돕고 있다. 위의 시 제목을 참고해서 살펴보면 영재와 정한규는 이전부터 알았던 사이 같지는 않다. 영재 일행이 만경에 이르렀다는 소식을 듣고 정한규가 그의 집으로 초청해서 김상덕과 정경빈 등과 함께 배를 타고 10리 연꽃을 완상하였던 것이다.

金商悳(1852~1924)은 1888년에 경과별시문과에 병과로 급제했고、여러 관직을 거쳐 1896년 2월에 洪州府觀察使로 임명되었으나 그 직을 사양한 까닭으로 그해 6월에 智島郡 古羣山으로 2년간의 유배형에 처해졌다가 그해 8월에 풀려났다. 1906년 4월 전 참판 閔宗植이 을사조약에 반대하여 의병을 일으키자 軍師의 책임을 맡아 적극 가담하였다. 민종식과 함께 그해 5월 19일 홍주성을 점령하였으며、5월 30일 일본군에 진압되기 전까지 그 기세를 떨쳤으나 붙잡혀 그해 11월 10년 유형을 받았다가 이듬해 4월에 풀려났던 인물이다. (민족문화백과사전)

嵋堂 鄭景賓이라는 인물은 미상이다.

자료의 가치에 대해서는 좀 더 상세한 고찰이 필요하다.

(4) 『初笠集』

『韓四客詩選』에 포함된 영재의 초기 시를 모은 것이다. 『한사객시선』은 姜瑋가 편찬한 책으로 소위 南社의 핵

심 멤버인 洪岐周、鄭基雨(鄭萬朝의 父)、李重夏、李建昌 네 사람 **2** 의 시가 수록되어 있다。 1873년 鄭健朝가

정사였던 동지사행길에 강위가 수행원으로 따라가서 이 책을 연경의 여러 문사들에게 보여주고 비평을 받고자

했던 것이다。

「初筮」라는 것은 「初筮仕」의 줄임말로 보인다。 영재가 19세의 나이(1870년)에 起居注로 처음 보임되었

고 강위가 서장관의 임무를 띠었던 이건창과 함께 『한사객시선』을 연경으로 가져간 것은 1873년이니 대체

로 벼슬을 시작한 무렵의 시를 모은 것이기에 「초서집」이라 명명한 것이 아닌가 한다。 **3** 34제 48수의 시

가 실려 있는데 통행본에는 초서집의 시들이 전혀 실려 있지 않다。 그 이유는 소전에서 영재가 직접 진술한

바 있다。

재능이 풍부하면서도 인정이 많은데 駘蕩한 면도 있다。 일찍이 스스로 말하기를 『옛사람의 文言 중

에는 스무 살 이전에 지은 것이 없었다。 이것은 아마 훌륭한 장인이 가공되지 않은 옥돌을 다른 사람

에게 보여주지 않았던 것과 같은 이치일 것이다。 내가 어찌 여기에 안주하겠는가!』라고 하였다。

[才富情多、駘蕩纏綿、間亦有之。嘗自言、『古人文言、未嘗有二十前作者、盖示人以樸、良工不爲、吾
豈安於是哉』 **4**]

강위가 영재의 말을 듣고 기록한 것으로 파악된다。 이를 보더라도 『초서집』의 시편을 문집에 수록하지 않은

이유가 드러난다。 하지만 연구자로서는 작자의 초기 면모가 어떠했는지를 파악할 수 있는 너무나도 소중한 자

료이다。

起居注의 첫 벼슬을 하면서 승정원에 당직을 설 때 지은 작품 한 수를 본다。

窈窕銀臺側　조용한 은대(승정원)의 옆

清嚴玉署東　맑고 엄숙한 옥서(홍문관)의 동쪽

晚花含重露　저녁 꽃은 무거운 이슬 머금었고

弱柳受輕風　가는 버들은 가벼운 바람에 흔들리네

覓句朝參後　조회에 참석한 뒤 시구를 찾고

思家夜直中　밤 당직을 서는 동안 집을 그리네

可憐人最少　어여뻐 할 만한 가장 어린 사람

踈懶竟誰同　거칠고 게으른데 끝내 누구와 같아질까?

소박한 五律로 전형적인 先景後情의 구도를 가진 작품이다。 가장 어린 나이로 벼슬에 보임된 자신이 장래에 어떤 모습으로 변화해 갈지에 대한 설렘이 가득하다。 領聯의 표현이 기발한 듯도 하지만 크게 뛰어난 작품으로 인정하기는 어렵다。 小傳에서 『내가 어찌 여기에 안주하겠는가!』라고 하였던 바 영재의 커다란 포부와 이상을 조금은 감지할 수 있는 작품이다。

4. 시문집 이외의 자료

（1）『黨議通略』

上册과 下册의 底本이 다르다。 善本을 찾다 보니 부득이하게 상책은 연세대학교 소장본을 저본으로 했고、

하책은 규장각 소장본을 저본으로 했다。 먼저 연세대학교 소장본인 상책을 보면 魚尾와 칸을 나눈 줄이 있는

목판으로 인쇄한 용지를 사용하여 깨끗하게 정사하였다。 한 면 10줄에 22자씩 매우 단정한 글씨체로 정서

되어 있고 頁 번호도 쓰여 있다。 조선광문회에서 연활자본으로 출간한 적이 있는데 바로 이 본을 저본으로 했

다。 제일 뒷부분 속표지에 이 책을 기증한 閔泳珪 선생이 耕齋 李建昇의 친필로 추정한 기록을 덧붙였다。

그 기록이 상책의 말미에 첨언되어 있는 것으로 보아 애초부터 상책만 있었던 것으로 보인다。 아세아문화사에

서 나온 『이건창전집』에 광문회본을 영인하여 수록했는데 하책에도 「이건방장본」이라고 한 것은 잘못으로 판

단된다。

규장각본 『당의통략』은 하책만 사용했다。 景宗朝부터 서술되어 있는데 어미는 없지만 역시 목판으로 인쇄한

용지에 정서하였다。 한 면에 10줄이고、 한 줄에 20자씩이다。 頁 번호는 보이지 않는다。 단정하다고는 할

수 없으나 해서체로 정서되어 판독하는 데는 아무런 문제가 없다。 여기에서 굳이 저본이 다른 필사본을 가져와

서 다시 영인해 내는 것은 광문회본의 오류 때문이다。 대체로 오탈자로 인한 오류인데 예컨대 서문에서 『曬

蟬』을 『曬蟬』으로 오식한 것 등이다。 『黨議通略』이 우리나라 당쟁사에 있어서 가장 중요한 핵심 저술인 만큼

두 필사본을 토대로 광문회본에 나타나는 오류를 바로 잡을 수 있을 것이다。

(2) 『讀易隨記』

통행본에 「易圖說」과 「易說僭疑」라는 제목으로 몇 편이 실려 있는데 일부일 뿐 아니라 오탈자도 꽤 있는 것으로 알려져 있다. 겉표지 포함해서 모두 59장이다. 단정한 해서체로 정서되어 있고 일부 구두가 찍혀 있는 것이 특이하고, 많은 도표가 사용되고 있다. 사실 영재는 문명이 높을 뿐 아니라 주역에도 상당한 성취를 이루었다고 스스로 평하고 있기도 하다. 「明美堂詩文集紋傳」에서 『중년에 우환과 곤액을 만났을 때 성명학에 침잠하여 스스로를 넓히기도 하였다. [中世憂患困厄, 游心於性命之學, 以自廣]』라고 하였던 바 여기서 말하는 성명학은 바로 易學을 말하는 것이고, 이것이 『讀易隨記』의 저술로 이어졌다고 봐야 할 것이다. 「繫辭十則說」, 「始終八卦說」, 「文王序卦因而重重之圖」, 「三十六宮說」, 「易圖序」, 「易圖說」, 「易說僭疑」로 구성되어 있다. 역시 국사편찬위원회 본으로 초고본을 기증할 때 함께 기증한 것으로 보인다.

(3) 『忠淸右道暗行御史李建昌別單』

1878년 4월 忠淸右道 暗行御史로 파견되었다가 국왕에게 보고한 別單과 이에 대한 議政府의 回啓를 합철한 책이다. 12조로 구성되어 있는데 隱結과 社倉穀、수령의 官需 등을 비롯한 전반의 문제와 安興鎭의 재설치、舒川의 폐단、安眠島의 封山、唐津의 어살과 염분에 대한 세금징수 등에 대한 지역 문제、연해 읍진의 搜討軍 문제와 암행지역의 사족과 지방관에 대한 행적을 조사한 것이 개진되어 있다. 忠淸右道觀察使인 趙秉式의 파직을 주장하였지만 오히려 모함을 받아 평안도 碧潼으로 유배가는 계기가 되었다.

이 책은 19세기 후반 충청우도의 조세 운영이나 향촌의 구체적인 사정을 파악하는 데 유용할 뿐 아니라 암행어사의 활동상을 이해하는 데도 귀중한 자료이다. 서울대 규장각한국학연구원 소장본이다.

6

32세가 되던 1882년에 京畿道按廉使의 임무를 수행하였는데 이 두 번의 암행어사로서의 경험은 그의 조

부인 李是遠의 어사로서의 명성을 이은 것일뿐더러, 나중에 高宗이 지방관을 파견할 때 선정을 베풀지 않으면

建昌을 내려 보내겠다고까지 말하게 되었다.

〔4〕 『咸興按覈錄』

1893년 함흥에서 민란이 일어났을 때 어사로 파견되어 안핵한 보고서이다. 겉표지 포함해서 모두 39장

이고 한 면에 12줄 29자 내외로 매우 정갈하게 쓰여져 있다. 목판으로 인쇄한 용지를 사용하고 있는데 칸표

시가 상당히 굵은 줄로 이루어져 있다. 말미에 議政府의 啓와 高宗의 비답이 첨부되어 있다. 국사편찬위원회 소

장본으로 초고본을 기증할 때 함께 기증한 것으로 보인다.

〔5〕 『先伯氏參判府君行略』

초고본과 함께 국사편찬위원회에 기증한 책 중의 하나이다. 겉표지와 속표지 동일한 제목으로 12장의 얄팍

한 책이다. 10行 20자의 목판으로 인쇄된 용지를 사용하고 있으며 耕齋 李建昇의 친필로 작성되었다. 물론

家兄인 영재 이건창의 行略을 경재가 짓고 직접 친필로 쓴 것이다. 영재의 관련 기사문도 존재하지만 이 글은

家弟가 작성한 공식적인 傳記 자료라는 것에 의미가 있다. 사실에 기초한 영재의 생평에 대한 기술에 이어서 영

재의 일생에 대한 평가를 가하고 있다.

오직 공께서 시종 미혹되지 않아 서로 잇달아 침몰하는 와중에서 우뚝 홀로 서서 大節을 온전히 한

것은 무엇 때문이겠는가? 아마도 이기적인 마음이 없기 때문일 뿐이다。 이기적인 마음이 없기에 의로움을 보는 것도 밝고、 사태를 살피는 것도 밝아서 百怪萬變의 와중에서 始終하더라도 내가 보는 바와 지키는 바가 변치 않을 수 있다。 [惟公則終始不迷、屹然獨立於胥溺之中、得全大節、何哉? 蓋其無利心而已。 惟其無利心、故見義明、見事亦明、雖終始於百怪萬變之中、而吾所見所守、不能移也。]

영재가 혼란스러운 개항기를 변치 않는 절조로 헤쳐나갈 수 있었던 것은 이기적인 마음이 없었기 때문이라고 파악하였다。 이기적인 마음이 없다는 것은 곧 공변된 마음과 자세로 임하였다는 의미로 이해된다。 요컨대 영재의 일생을 가장 잘 요약하고 그 의미도 요령 있게 파악한 글이어서 소중한 전기적 자료이다。

5。 맺음말

영재 이건창은 19세기 후반의 가장 중요한 작가 중의 한 사람이다。 소위 韓末四大家로 묶어서 일컫거니와 사대가 내에서의 위상을 살펴봐도 추금 강위、 창강 김택영、 매천 황현은 영재와의 교분으로 중앙문단에 명성을 알릴 계기를 얻었을 정도로 중심적 위치를 가진다。 그의 문학사적 위상을 염두에 둔다면 조금이라도 관련된다면 片言隻字라도 버릴 수 없는 것이 사실이다。 매천 황현에 대한 연구가 전주대학교에서 간행된 초고본 영인을 계기로 더욱 활발해진 것처럼 이번 전집의 간행으로 이건창에 대한 연구도 가일층 활발해질 것을 기대해 본다。

국사편찬위원회의 초고본을 자세히 검토해 보면 통행본에는 보이지 않았던 영재가 고문에 매진하던 무렵의 여러 모습과 학습의 과정 같은 것들이 잘 드러난다. 이를 통해 영재의 문학가로서의 좀 더 명확한 모습을 파악할 수 있다. 아울러 훨씬 양적으로 많아진 그의 문학 작품들은 영재 이건창의 문학세계를 더 다양하고 풍성하게 파악할 계기가 되리라 여겨진다.

註

1 李建昌、『明美堂稿』八、「答友人(呂士元論作文書」『誠能一日一改 一年得若干首 又於若干首而刪而存之 爲若干首 如是十年 則可一卷矣 誠能爲一卷不可復改不可復刪之文 則吾心愜矣。」(國史編纂委員會本)

2 이에 대해서는 안대회의 『조선말기의 문예그룹 南社와 南社同人의 문학활동』(『韓國漢詩研究 25』)에 상세하다.

3 한사객시선의 작자 小傳에 『及第授起居注 陞弘文館校理知製敎 年二十二 著有初篆集』이라 한 것으로 보아 22살 이전에 지어진 시들이다.

4 이상의 번역은 박철상의 〈고환당 강위가 엮은 한사객시선〉에서 그대로 빌려 왔다. 그 밖의 한사객시선에 대한 자세한 소개도 이 글에 상세하여 많은 참고가 된다.

5 『按此書筆蹟、其系于耕齋李建昇先生精抄本也、殆不疑。』

6 서울대학교 규장각한국학연구원의 『해제』(청구기호 奎17148)를 많이 참고하였다.

일러두기

一。 1책의 『明美堂稿 二』、『明美堂彙艸 四』、『明美堂彙艸 六』、『明美堂簏藁 七』、『明美堂稿 八』、『明美堂簏稿 九』、『明美堂散稿 十』、『明美堂稿 十一』과 2책의 『澹寧文稿』、『讀易隨記』、『咸興按覈錄』、『先伯氏參判府君行略』은 국사편찬위원회 소장본이다。 2책의 『韓四客詩選』은 修更室、『甯齋集』과 『寧齋簡帖』은 성균관대 존경각、『寧齋南遷記[單]』·『甯齋南遷紀』와 『黨議通略上』은 연세대 국학자료실、『黨議通略下』와 『忠淸右道暗行御史別單』은 서울대 규장각한국학연구원 소장본이다。

一。 1책은 저작시기 순으로 문집을 배열하였다。 원본에서 누락된 자료는 수록하지 않아 문집명과 문집 번호가 일정하지 않다。 자세한 설명은 해제에 밝혀져 있다。

一。 1책의 『寧齋簡帖』은 영인한 내용 뒤에 탈초본을 附記하여 읽기에 편리하도록 하였다。

一。 ⑭는 삽지로 해당 문헌의 말미에 첨부하였다。

『李建昌全集』　目次

明美堂彙艸 六

明美堂詩草

韓四客詩選

初笈集

詩

行臺錄 呷州 乙亥

直指行卷 丁丑

西征把國集 以

明美堂稿 二

明美堂紀行三集

正令為之高
見老此時梅
賀而見時梅
心腐語之腐
諂發於名心
貫心者諂必
与惜真失腐

明美堂紀行三集序

紀行三集者一行臺錄也一直指行卷也一西征紀
恩集也皆別有序余自雪城歸之歲冬月家居無事
爰取三集裒為一部命以今名云噫余今年二十有
八矣始慨然有所見于學竊以為人不若為已求
外不若求內動谷而靜貞語失而默守此古聖賢之
訓而亡余之所當戒者反以思夫疇昔之事往往有
惕然而悔懼然而悟如倦游而歸其家者追理過境
了無可喜徒搖其精而疲其力焉已亦何補之有姑
志之以自儆世有覽是集者其或曰是將以眺覽之

博吟咏之富仕宦閱歷之早自多而張干人是則非
余之意也夫是則非余之意也夫已卯嘉平節自序

行臺錄

完山李建昌　鳳藻

序

原有張慕槎家驤徐頌閣郝李猴垣有篆張

五溪準吳春海鴻恩序政識今皆不錄

昔雞林人市白居易詩輒能辨其眞贗蓋東土之溪

於詩自昔已然芟光緒乙亥春甯齋侍讀以朝集會

京師因以詩贄余受而讀之其境之清也如秋露

之灑窓竹其氣之和也如薰風之拂水絃至於發思

古之幽情抱雅人之深致關塞登臨之什河梁贈答

之篇莫不意隨景生興與古會不愧麗則之旬魚合

敦厚之遺其諸今之以詩雄於東土者歟抑吾聞之

甯齋先祖致政家居時値外釁扇氛臨危授命居可
以無死之地存不負所學之心用能氣作山河光乘
竹帛甯齋綺歲登朝秉承先志居侍從之清班犕軻
軒之華卷將來文章華國經濟匡時所以紹忠孝之
家聲而垂句衜之偉業者其所到未易可量知不僅
争工拙於聲律間以稱雄東土也余蓋佩服之餘而
期堲自此始矣光緒乙亥春正月賜進士出身資政
大夫刑部右侍郎內閣學士南書房行走新安黃鈺
孝侯甫序於京寓之巖露香齋

○十月二十八日以赴燕書狀官辭　朝至宏濟院紀懷

恊陽門外日初升　萬里行人已飲氷
藥裏關心勞聖主　酒杯到手惜良朋
才輕使事談何易　年少離懷慣未曾歡
馬回首處綠巖碧山色掩舳艫

○黃州月波樓

碧玉分流浸女城　黃州物色最關情
初來覽矚憑樓迴　便欲淹留到月明
千嶂參差雲外見　數帆容與鏡中行
書生不合紅裙醉　特愛湖山滿眼清

○箕城雪夜示僚不能出游

寥栗關河歲暮時強將幽抱託清詞連宵綠酒仍添

病明日青山又送離澹月籠城孤角語微霜入幕小

鬢知殷勤寄語長堤柳好與飛花作後期 意有 昕屬

○離箕城

清洱江寒鴈影稀延人秣馬已斜暉城回一遂隨風

遠路轉雙旌共棄飛越陌度阡成契潤登山臨水念

行歸今宵坐對南樓朋更羨羊公緩帶衣 觀察 屬小荷

○安定館同古歡小飲李斯文禹鉉亦至 姜瑋瓚

碧漢迢迢雨雪紛故人携手共殷勤胸中有氣澆紅

露座上無心惱紫雲驛舍重尋經歲夢鄭蓉山尚書 古歡去年隨

作此行今糞囊多助四方間不才尚有詩三百一路

以伴余。○○是夜古歡

輕裝得載君謀毛詩義

泛水清江共許溪遠游繞得幾篇吟香燈半壁天涯

夢砧杵千家歲暮心官酒尚憐斟綠玉鄉書漸覺抵

黃金眼中二花風流在悄寂時時笑語尋

○宣州觀妓演劇作、

滇西無夜不春宵舞檻歌臺遠更遙到底歡娛曆

聖賜書生何福可堪銷

○○嘉山夜雪月極明

邊城刁斗響寒宵雪月交輝四堂遙此夜不應辭爛

醉天涯回首易魂銷

○○○定州南至日

一陽南至日萬里北行人忽見梅花發猶疑漢水春

○龍灣道中

我行永久昌懷歸歲暮龍灣雪正飛一路袛今惟朔
漠尺書何日到庭闈村容渺渺連寒戍野意荒荒入
暮暉強欲題詩無好語莫教兒女繡弓衣

○○灣上次南社諸君子見示韻記懷

延人原有每懷情況我丁年萬里程專對僅能循故
事遠游眞似騖虛名龍灣館外浮雲合馬譽江頭晚

照生儀把邊城無限酒中心棋局故難平 使事多不還 古念之囈然

〇〇〇統軍亭次月沙先生韻

江外中州萬點山江頭城郭枕龍灘周咨使節三千

里訓練軍容第一關市語易訌裯會地人烟多起廢

墟間籌廟略承平久冠盖翩翩自去還

戲別諸妓

滿城歌管日紛紛響遏遙空萬尕雲惆帳明朝過江

去鄉音判到隔年聞

劇風流却少風流十日念念過義州只為情無偏繫

處人人贏得送離愁

○過江用前韻

灣州鼓角慣離情又送行人四牡程野水元非南北限〔鴨江古稱三大水之一而寶野渡也〕荒山幾閱古今名〔金石山或稱松鶻山或稱上龍山〕未愁徼外風煙薄便覺中州意氣生〔湖自唐麗〕今幾代從無三百載承平

○○金石山

滿目荒寒甚行人渡水初廢田惟虎迹修薄似人居戰地唐營盡遺民楚幘餘〔前明遺民康世爵隱山中自號楚幘山光金〕石好聊為暫停車

○○到柵門用古歡韻兼呈上使李尚書 會正副使

鳳凰山色滿行旌已到遼陽第幾程弱歲江淮希古

史盛時僑盼見賢卿疆分百里無同俗事去千秋有

遠情碧海梯倉眞細瑣茲茲禹迹九州平

次古歡懷蓉山鄭公健朝

通身疎瘦髮紛紛再踏燕山萬里雲東國布衣最奇

絕堪傳天下作新聞

家世榮陽第一流記曾先我到中州俊眸傲骨眞堪

羨不識溫坪竟夜愁使行例於溫井坪設紙房露宿

傲骨能堪雨雪寒見有一聯云俊眸初試山河大

是公去年留題也

○○○連山館用前韻報南社諸君子

契濶方知故舊情翩翩詩札到郵程細論晨夕南村

事過許文章海內名官閣梅花千點亂塞門寒月半

痕生相思未吐重重意直抵中州報恭平

懷人作

昔有韓四客共結文字緣三客在漢陽一客赴薊燕

致謝張平子風流永和年 洪鐘山館雲齋二丈世丈二 余唱酬為一集

日韓四客詩艸往歲古歡入燕以此就正於張叔平有詩云何由玉簫蘆笛上我洞庭船不然

世準叔平有詩云

邀我洑水邊風流得似永和年

有酒多且白有詩穆如風十日餞我行猶謂恨怱怱

平生會心人盡在南村中（余又與諸君子結社於紫閣山下裒合詩卷名之曰南村會心錄余行時諸君子紫酒載詩為十日之會君）

○ 車馬何闐闐，都門大道口，惟有洪京兆，欵欵執我手，執書謝先生，感我父子情，（上四句述雲齋書中寄戒語）君有親在堂，日夕念君行，君如知此意，惆之勿自輕，愛之過於身，此意豈多有，（鐘山送余序云吾於澹寧愛之過於身）

○ 與君有成說，時月無相阻，豈知萬里外，一別離寒暑，平生惠情多，又作兒女語，（屬二堂）

安市城

○ 擊節三淵道萬春玄花白羽恐非真六師歸日登城

拜己是千秋大膽人

唐太宗攻安市城不下班師而賜城主登城拜謝帝嘉其固守賜繪二百疋古史所傳如此而已諺傳帝目為飛矢所中李牧隱玄花白羽即其說也而亦不言射帝者之為誰至金三淵始云千秋大膽人楊萬春之遺箭射亂鬐落眸子然此云恐齊東野

○想像亂鬐映塞春　夷方得覯帝王眞　如何四海同文日　更有焚書姓李人

李勣從征至安市城忌東國文簡策而焚之云

○簡策飄零可奈何　浿江千里隔遼河　我來不復談同異　是處登臨古意多

安市城或云在遼野或云在平壤安州二說并行俱無確據

○○○會寧嶺

大嶺重關勢共齊　全遼從此限東西　峨峨一路盤空細　黲黲群峰匝地低　穿過虎狼谷心轉慄望回鵶鶻

關眼、初、迷、可、憐、弱國、輸忠、欵、列鎮、何、勞、動、鼓、鼙、成化
鮮、請、段、貢路、以避、青寧、二險、劉、大夏、執、不、可、曰、貢路、初朝
之、迂、回、三、四、大鎮、以、示、過、圉、之、壯、此、祖宗、微、意、云

○青石嶺

關塞蒼茫歲月移　先王詞曲少人知傷心青石山
前路剪剪寒風似舊時　　孝宗赴燕時有青石嶺寒
　　　　　風詞

○○○遼野○

英豪紆遠略覊旅念俏程亭亭雲外塔幾度夕陽明
散漫邛陵盡依微草樹生一天如意闊千里入坐平

○高麗堡

玄莬烏桓盡渺茫遠人猶自念家鄉君看今日高麗

堡二百年過事已忘
〔堡本我邦質留人所居今訪其子孫以東事已漠然不知所對矣有隋唐先世本中國人到其故鄉之句〕
飄泊千年事誰識兒孫

○太子河〔相傳燕太子匿於此地〕

匕首揲摹欲奈何，燕丹心事感人多，窮途伏匿倉皇甚，尚說當年太子河。

○遼陽

遼陽一鶴化千年，華表歸来已黯然，今日幷將城郭改，不知何處訪神仙。

○遼野迢迢渤水清，漢家營壘盡前明，烟花萬井多於櫛，尚有凄涼吊古情。

中書臺事鎮全遼當日繁雄號北朝八族如今無處

問淒涼國史剩桃椒

○○次古歡遼野韻

海外人來見未嘗關河一路恨念忡行尋白鶴千年

柱指點玄菟四郡疆野樹不分烟渺渺陣雲常帶日

荒荒君看歷代干戈事此地雖編繫四方

○次上使（號耕石）見示奉呈

官轍窮南北賢勞又此行乘槎浮鴨綠叱馭過鷄鳴

山更有文章健能無鬐髮明知公家食日一步未嘗

輕

○白旗堡曉枕口占

夢回猶自睡紛紛燈影窓先久未分隔舍行人偏早
起驅車聲到枕邊聞

夜與古歡談明李事有感

遼薊山川滿眼來啓禎遺迹使人哀將軍意氣空傳
首熊廷元老精忠尚乞骸宗孫承門戶竟為千古戍封
疆豈多一時才蒼莽野史亭前語逆旅寒燈酹酒杯
興亡一代奈天何祗惜從前草草過事到危時籌已
晚人從開慶議偏多遺民恨結黃龍塞善類魂銷白
馬河記得昇平朝野語梧桐楊柳盡笙歌

幾家兒女擁雙旋看發朝鮮使者程唇齒未能通國

語衣冠猶自見人情三河黳黳風沙氣四鎮蕭蕭草

木聲我自念念來復去有愁如海不能傾

○呈上使、

單車襆被啟行旆蔰蔰風流被遠程宵為少年談故

事偏於寒士結歡情上使遇古三時珍重加餐飯五

宇商量得病聲畫說中州肝膽好此來共得幾人傾

○石山旅舍同古歡曹衛將東大

十日靈風不滿旂可知天意護王程平沙、白草疑、無、

際古郭青山更有情裊日鞭絲車外影浸霜畫角枕

邊聲北來稍慣玫瑰露酒名二客相邀輒細傾

○○○大凌河○

當年原野蔽旗旄此日寒飇送客程使行到此必事

謬賢愚同有憾王化貞謂熊廷弼時移天地自無情沙魚夜

食侵腥氣塞馬昏歸帶嘯聲隴上陳安竟何在東流

河水不西傾

○○十三山堕海

坤輿磅礡勢如何壯觀須從北地過七百里中遼野

潤十三山外海雲多禹迹蒼茫淪碣石秦封迢遞限

榆河辰韓使者無相識獨倚長風放浩歌

○錦州感祖大壽事用前韻、

社氏軍聲北地來原功執迹儘堪哀三朝雨露偏淪
髓一路風塵獨纍骸他日章邯猶有涕當時馬諼豈
無才兩坊文武凄涼甚惟有清泉湧滿杯坊遠有文坊武坊大

壽阡居井
泉味甚佳

⊗塔山迓海

頗頗白塔掛斜陽渺渺青山入半洋島名一坐烟波從
此瀾幾經離別使人傷尋仙徐市無消息得士田橫
有耿光安得長絙三百尺扁舟浮去繫扶桑

水壽寺浴堂

百道飛泉注石房氣如霞蔚更蘭芳慈雲法雨深深
護此是皇家湯沐鄉瀟陽駕幸輞御此詩浴堂扁額
萬點征塵一敝裘今來繞得浣煩憂出門步履輕於
藥惟有泉香拖不收

進關同古歡

浩浩川原曠霏霏雨雪多我行方未已子意欲如何
周道皇華詠燕南變徵歌俱將千古蕙無負大山河

姜女祠

駐馬荒原問古祠范家夫婦事堪悲長城萬里埋新

骨片石三生化舊姿尚有烟波傷極目更無風雨訴

相思熙朝立教先施別芳躅帝留寶墨滋居士韻皇子藤琴

振衣亭畔幾斜陽望極天涯不見即已分家鄉成淩乾隆皇帝御製韻

絕可能泉路似平常六宮縵縵委脂水三島峨峨駕

石梁君愛長生兼少艾向人何必苦相妨御製韻

○沙河次季文蘭韻．

灤河驛雨洗殘粧刜樹寒烟拂滿裳卻羨古來証婦

怨只堪將魂夢度遼陽

○○還鄉河何由得似此水還歸因名其水曰還鄉世傳宋徽宗北狩過澷河淒然下淚曰

河○一說是晉末帝重貴語末詳當更考

去汪英古
劃程指南云還
鄉河一名沙土河灣
水世屋見口經望圖
五旦八海此必狗曲
坡謂一島嶼
江旦二書此諸山
方此宋偽字醫居
嗚呼之云

還鄉河水潺潺河水西歸人不還大觀天子歸德俟

傷心片語留人間憶昔繁華汴州都紫清宮殿上仙

居良峰花石天下無如此家鄉住不得青蓋白馬去

作燕山何處客日射黃金萬道霞行人不識趙官家

可憐一生好風格憔悴旌裘擁塵沙還鄉河還鄉河

送君此去當奈何萬壽宮前麋鹿入五國城中秋草

多君不見昔時鄭俠進畫圖青苗水利椎剝人肌膚

又不見後來水滸作傳奇高俅蔡京坐令百姓恨流

離百姓流離有歸日天子一去無還期嗚呼天子一

去無還期

○○姜女祠

人生有一身自可邁百年不知誰家子與我相牽連
兒緣女蘿良苦辛錦水鴛鴦愁殺人萬里尋即即不
見此身化石無回轉妾不恨秦君不恨蒙將軍但恨
為兒女一生空自誤寄語天下人生女慎勿啼用脯

王河館乙亥元朝次古歡

得此元朝事更難遠人心緒也宜寬重城曉鑰開新
霽萬戶春衣謝舊寒物色已知函夏富時光偏似故
鄉歡佳詩不猒千回寫持作桃符賀喜看

天上京華縱覽初舊心商略十年餘鍊都方識難成

賦仰屋何言好著書一代有情皆養屬八荒無事即

庭除老来重渡三江水却是先生計未疎、

、

8正月初三日上家大人書

過海三千里来燕第一書敢言勞道路庶以慰門閭

情至楷從略辭繁句或疎及歸還撿篋惺汗欲何如

○紅白梅、‥‥

旅館蕭寥夜色沈數株紅白自成林踈芳乍續燈前

眼暗馥偏縈酒後心鄉國音書千里遠美人風喻一

生溪氣和調苦誰能似付與明湖處士吟　次古歡

8水仙花

絳雪霏霏綠玉沈仙姿生不隸華林如聞雜佩臨江

響尚有宮袍羨月心絕世風流那恨少散人行止未

澒灤出門一笑嫌輕脫故近清香細細吟

佛手柑

皮相真傳勝佛衣半龕香火得依歸參尋法數心心

異點示迷塗處處非散核未宜充爛熳畫圖曾與認

依稀豪家橘柚皆僮指不羨江淮十艘飛

千手神通現白衣幾生種果此生歸因參薝蔔香無

隱始識菩提樹本非掌裏圓光浮界幻指端真訣解

人稀天生靈液甘於乳一掬何年萬道飛

東風連日報花開廿四番中第幾回鵶鵲宮樓猶見

雪裏蓉池閣已聞雷不妨料峭侵衣絮擬喚輕盈入

酒杯為是今年情更別好春知自故鄉來

正十日登極賀禮畢晴內廷諸公　黃少司寇孝
侯鈺　徐宮庶

頌閣郁張侍講子騰談次口占
家驥皆南齋供奉官

○青陽左个紀春王萬國新瞻日月光朝退蓂龍相告

喜聖人衣尺若干長

○玉河新水漲如何隆慶年來此瑞多歸與海東遺老
登極日玉河水暴長出槽外軋

語從今千載不揚波隆嘉慶兩朝亦有此瑞徵云

頌閣寄便面囑書率題

紅塵不到度書樓花木池塘事事幽曾是吳楓橋畔

客寄居還在小蘋州　頌閣本蘋州人京寓亦在蘋州胡同故云

翰苑文章下筆殊真成百斛瀉明珠憑君欲訪承平

事退食金鼇有記無

糖霜新譜替茶經談屑霏霏入眼聽為是苔岑同氣

味座閣偏憶趙怡庭

每到情深喚奈何天涯會少別離多憑將懷袖三年

字記取飛鴻雪裏過

〇〇夜陪頌閣談次感念時事仍和李中翰薌垣有

斧見示之作

海水群飛大界翻十年羊豕恣狂奔不知熱血從何
灑尚有殷憂末可論蓁室事原關婦女羽林名更愧
兒孫禁中頗牧湏君在莫忘臨歧贈策言

○奉呈孝侯(公) 孝侯 新

大佳山水毓清姿 安人

學蔚醇儒貫盛時史法已
應爵左馬理官終合列皋夔 時以少司寇鳳鸞不搏 策曾史局
人猶敬衛鑑無逃我豈私別有感恩難忘處幽光洞
徹九原知 先忠貞正終事尤有發潛闡幽之惠 公賜余行基詩集序惟誚過分湖論

○奉題子騰慕樓偶存集

大筆謙光署偶存　詞林千載重璵璠宓知風雅關時

教真見文章報主恩　石室抽書皆秘笈天章給札幾

溪論呈槎自是君家事躬見風流被海藩

頌閣屬致詩緘皆因出游未報走筆寄謝

春城車馬散轟愁滿案瓊琚爛不收好黲朝朝僮僕

語主人眈句客眈游

玲瓏散水不經思盡是千秋幼婦詞已道賢愚三十

里腐毫休怪馬卿遲

吳春海鴻恩侍御見示尊甫峽村先生諱福自 峽村五子俱登仕籍

壽詩次韻奉呈 壽考福祿近世罕比

龐眉皓髮想清疎現在神仙畫不如丹桂靈椿希世

事竹林繁露晚年書葵花半榻春無恙蓴菜扁舟夢

　葵花蓴菜用詩中語

有餘自說君恩渼渼似海滿床花笥貧幽居

古家清白世傳聲德業真無忝所生學到治平些實

事詩於忠孝見渼情陔庭彩服同萊子郡國傳書似

馬卿
　有縣馬導輿圖

四方名
　上治平疏幾萬言

同治親政初春海一

、題春海瑅雲就日圖、

白雲縹緲壑家山紅日瞳曨見帝關最愛君家詩畫

　圖為春海應

境天然不出五倫間
　名辭家時作

走筆呈頌閣

人生百年內嗁笑紛為人細思皆妄耳愛才差為眞

昕以古君子許可不輕云先生亦何者見我輒斫斫

我口不能言我筆不能窆究之不可得云有香火緣

客年五十餘雞皮髮盡白鵠鵠衆君子遇之如拱璧

山蔘五千斤東人入中國我來無所持惟有一古客

焦桐得子期棄材輸匠石物離鄉則貴乃今知人亦

○趙頌閣蛺蝶圖

嫩草濃花入眼明江南鳳子劇輕盈夕陽金碧渾多

事擬向徐家學寫生

題陳即中莜農福綬詩卅

風雲兒女遞相成　脕裏翩翩逸氣橫　記得小齋茶話

好三分聲律七分情

天上樓臺舊刼寒承平遺老話摧殘何人得似元才

子淚瀟連昌竹萬竿衍一首悲讀还河卒讀　淀園潑後君有淀園老人

錦琴華年逐水流楚些凄絕洞庭秋人間我亦同情

者不是言愁始欲愁悼亡諸作尤凄楚

目擊時艱感主恩載書騎馬度雄藩才高不作江南

賦廿四橋頭草罪言

有此胸中一段奇潛卽端不恨低垂清秋八詠詩如

史正是香爐伏枕時

合壁聯珠共典型桐花雛鳳更堪聽太卬家世由來

盛重見文星聚德星 立讀令弟 卽近作

重過淀園遇雨

桃花的爍柳陰疎一幅明漪畫不如三日重來橋上

坐近江魚鳥識藍輿

神仙樓閣是耶非滅沒春雲罨翠微輘峴崑明池上

雨何緣沾灑遠人衣

洪石臣太史 良品 教卽中金甫 冊賢俱贈大篇

屬和奉呈兼及吳春海春林鴻樾兄弟

赤縣神州四海宗學士大夫蹻羣龍況當郊野無戎
馬褒衣革帶何從容我來撲成傾蓋錄二十八宿羅
心目

余入都後交游諸名彦二十八人盖錄其官爵名号里居題曰傾蓋錄寂喜郭西琭

芝巷真見文章家家玉同居琭芝巷金甫鄉人馬相
如人教蜀

右臣橐筆承明廬吳氏昆李美無度聲價歘

過千琕璱不知賓主竟誰是日下雲間皆名士入門
已覺使人清梅花亂落茶烟起相看一笑還喀然以
手為口目為耳虫魚細瑣廣雅莞樂漚隆迠正始
湏史可得一卷書堆案盈几無次儗乃知翰藻有溇
情不然那得歡如此酒酣弄墨祊袖濡白衣使者化

余於春海席上醉翻墨汁長篇巨牘送眷容敍

為烏

金甫作白衣使者行記之

右巨前奉使前唱

記歷歷纍貫珠鵲來投我星騑詠有星騑詩集前唱

後喁如相應人生仕宦隨緣耳友朋文字亦天定愧

我才疎學不充丁年奉使來觀風上荷天子溥戚靈

退遇一代詞塲雄盛世文治邁往古此事可以垂無

窮請君採我詩一首得附閭媛僧道後

潞河道中

潞河新水綠於雲消釋羈愁巳七分記得前年羊苦

事橐林莊外雪紛紛

東風二月氣凄凄北地初聞杜宇啼屈指歸程知不

遠楊花如雪浿江西

8 盧龍道中

清晨驅馬去迢遞向何州、野曠烟如積春寒水自流、不侯悲李廣為客感田疇古意無人見登臨集百憂

濼河夷齊廟

8 夷齊雖讓國孤竹有祠堂魂氣無不之況乃父母鄉、濼河水溯溯一坵其傍土人強傅會相傳為首陽、緬思叩馬日時事實倉皇虞夏忽已遠欲適靡所方、豈其返故居復使仲子傷兹山亦有薇聊以薦吾觴

8 仲尼尊周室深諱諫伐事但云古賢人孰能知其意

曾孟亦稱述、大節無所紀、子長始揚摧軼、詩觀可異

疑信不能淩躒、次雜論議、夏五與郭公、亦猶春秋志

士生三代後、談古何容易

夫子非殷士、早避北海湄、岐山有鳴鳥、扶杖往聽之

三分服臣節、九載靡所觖此事、常所欽、倒戈寧不悲

至情見倉卒、大義無文詞、斯惟報先王、不此成身耳

太公年八十、鷹揚或非時

○灤河次古歡

灤河斜日佳、孤篷渺渺、汀洲起數鴻綠、水自生春雪

後青山多在古雲中、離宮瀦墨三朝遠慶（雍正乾隆嘉皆有御製）

破廟承塵二子同修　清聖廟久不拜
甚荒涼　不拜荷神明多賜我詩

成滿袖是清風

賣花聲

慣春風吹送賣花聲

異音啞啞聽難明惱煞經年萬里行却是無情也相

關內雜絕

潞州城裏夜迢迢珠市銀鐙接畫橋月上鐘鳴人不

斷滿城佳麗似元宵　通州　夜市

河流一派繞城回桂棹蘭槳次第開見說今年春尚

淺江南船子不曾來　白河

一帶寒林擁萬株中條山色遠糢糊㳂秋棗栗千家

好不羨江南有木奴
野雞坨

野田漠漠草離離何代功臣有墓碑寒食東風吹不

到石牌樓壑海松枝

朔方身手撚開丁頭白長亭又短亭除送行人無個

事坐看楊柳拂天青皆書護送行人看守官柳八字

每舖各有官兵居之
關內所過州郡五里一舖舖壁

洞裏金仙喚不應木犀花發目層層無端一臥三千

刧酒氣禪香共貌甗醉佛
獨樂寺

薊門樹色乍沈浮幾派春江澹不收似此烟波堪送

老商量只少一漁舟<small>薊門煙柳</small>

○澹黃楊柳拂綠綵布穀聲中雨一犁絕愛茶棚菴畔

路水田茅屋似高麗<small>堡高麗</small>

○灤河春水淨於秋幾點青巒映綠洲一路清風吹不

盡行人拜過墨胎侯

●○萬峰蒼翠四圍齊盡日清暉送馬蹄行遍關河二千

里佳山都在撫寧西

●○騎龍仙子隨人衆辛苦荒榛瘴海間如此家鄉歸未

得膏車枉自說盤山<small>撫寧古昌黎盤山在其西南或謂即李愿盤谷然此亦傅會也</small>

○萬里風濤去不還至今魂折覺華山東南一帶青無

際此是朝天第幾灣

一將向桃花洞阻雨次古歡 <small>當在下</small>

藥竈金丹窟漁舟錦浪溪尋眞應不遠何事雨風迷

路出居庸外人行渤海西一鞭生晚色雙轂輾春泥

（二）次古歡論詩見贈韻

邂我君子事有斐尚如礪鈍學寧爲古齻才不算多

巴人驚白雪海若笑黃河一涉中州路歸來意若何 <small>次古歡韻</small>

○渡大凌河雇人擔轎沒水而行危不可言 <small>歡韻</small>

借人肩舁代乘船灘急風獰古渡邊忠信可能澳沒

水艱危惟有仰看天心驚杏堡廛兵地事憶萊州航

海年熟愧明朝遼野路四、駿如、舞緩、鳴鞭、

○角山次古歡

蹋閣攀林更渺然海山覺率締因緣成連遁世琴情
澹山有可謝眺驚人句語顚碙石波濤收眼底居庸
蒼翠隨樏過丹蕤燭地仙靈喜可是先生學少年日是

與古歡追到可琴亭
余先上角山上使公

海天空綠峒雲開勝地登臨愧不才北戒蚖蜒同結

東長城迤邐屬縈回神仙冨貴原如夢堅子英雄捻

可哀東望辰韓如點墨臨風一笑獨歸來、

○出關次古歡

六堡千墩勢共聯出關重憶啓禎年時平覆轍尋前
後力訛殘棋計腹邊竟使金城通亂宂徒閒鐵騎墮
空烟藩邦百載風泉感綴筆何由後代傳

次古歡見示

海外書生作計癡要將天下覘安危到來不是他家
事關戶纓冠合早知

議防消息豈無端海宇瘡痍得甫完片語不宜輕大
國且頇遲到幾年看

是事難將口舌煩實形猶可寓空言歸來若問東南
報但道臺灣與澳門

徐李黃張兩不妨一般甘苦儘曾甞皇華善處吾滋
愧敢恨時人不細商

○○檃括頌閣贈言次古歡

河橋江樹古人詩一例含情送客時歸去青春好相
伴重逢皓首以為期飛揚意氣防人見峻潔文章貴
自知一代汗青須記取懃懃不獨贈將離

國朝先正錄一
部頌閣贐余

次古歡遲憶

海客詩詞噪禁埌婆娑老樹發新妍
程渺渺還江北好夢依依尚日邊夜雨生寒優白祫
春風吹綠到華顛桃花重對劉郎笑可否今年勝去

頌閣評古歡歸
詩有此語

年

昨與古歡訪桃花
洞古古歡有此語

○宋家臺
宋家藝婦棠德初玉田宋寡婦等城抗節處

○宋家藝婦有遺城貨殖兼將節義名試看嵯峨三百
尺膚教秦帝等懷清

孤城一帶頓熊羆健婦持門事更奇欲問當年諸將
士臨危能不負須眉

○○閭山道中書感
是日上巳也室徐
叔人再暮祭日也

古洞桃花紅欲燃怪君何事獨悽然青天碧海三千
外苦雨寒風百五前王粲登臨非暇日謝公辰樂似
中年此生已為多情累猶向雲棲雲棲問古禪
松問古禪

上巳日

又見今年上巳回　恨人心事有誰猜　斜陽一片紅如

染　泣憶青門轉馬來

凄絕荒山舊宅邊　東風吹草綠三年　夫君自愛開名

秋　又欠清明幾陌錢

萬里逢春作客時　遼陽城外草離離　寫成幾句傷心

語　猶似當年寄內詩

稽首雲棲古佛尊　來生乞與度煩冤　遠途無物當真

薦　鑒此東風兩淚痕

　　　　閒山王女峰

皚皚山上雪、霏霏山下雨、造化豈有心、亦各隨所遇、

草草覉旅人、日事風塵苦、今朝發溪顔、去作名山賦、

桃源雖無津、雲棲尚有路、但求意所適、不害名或誤、

以為桃花洞、大高嶺或誤、新晴芙氣色、峰巒皆可數、石門謝徒御、

苔逕撲杖屨、東風挾我行、翩翩非故步、低頭入洞壑、

舉頭見瀑布、春氣尚未長、細流如連璐、十二大羅漢、

莊嚴法像塑、八十聖天子、寶墨神靈護、御製乾隆有、高臺、

堅巖巉飛鳥、不可赴、翻身徒從之、信有濟勝具、奇巖、

競龍從劍戟、森武庫、蒼松奮鬐鬛、軒如丈夫怒、又有、

萬丈竇、百川中、委輸出為山上泉、甘寒當玉露、巌黐

啟廟門稽首香一炷玉女粲然笑問汝來何訴不見
二十年形神已濁污惘然失所言躊躇而四顧天海
繚青蒼齊州起烟霧寰區僅如此○聖哲紛馳騖萬迹
既茫茫秦封亦非故況我生徧壞九域無所附豔羹雞
覆瓿天斤鸛蒙草樹愚者與夸者猶謂有所慕得愆
擾其精良樂損其趣盈盈一帶水老死不得渡忽然
念及此寧能不省悟白雲隨我前青鶴空中度茲游
雖可樂至清難久住惆悵下山歸野日荒荒暮逆旅
不能㝠感歎為長句

○夢得二句覺來不可了惟記以醫巫閭對鳥鼠

穴其事顧奇故足之

醫巫閭已見鳥鼠穴曾聞各極東西徼并尊虞夏文
遠游干斗象奇夢托靈氛欲此八荒意歸棲滄海雲

寄呈小荷觀察 趙成夏

遙想行營玉節移馬警江畔柳如絲民憂最繫方春
月使命多於列國時 時中外冠蓋絡繹小荷直北關 亦以僕勑來住龍灣
防須有策大東杼軸可無詩從來利器須盤錯莫憶
山房短竹籬館取短籬風雨句語 小荷山房名四時香
洱水津亭舊把杯隔年親得遠游來論心海內忻如
願藉手朝中媿不才虛實僅能存故事唱酬聊復

行臺重逢一笑頃傾倒屈指龍灣幾日回

〇柵中留題

戀馬╱╱江北是中州

萬里征車耐遠游孤山十日更淹留莫道邊荒無可

宣川桂察訪 德海 後孫冠童數十人邀余至東

林城樓設屏障供酒食屏間翰墨皆余族祖二

參奉公遺迹中有陶詩二篇走筆次韻以示諸

桂察訪號鳳谷以經學詩文名當時與二參奉 鳳谷官青丹察訪 著有圖書譜各種

公有至契常千里相訪

〇縱轡入東林松檜連路陰風塵得此勝亦足暢幽襟

況有諸君子賦詩而皷琴先輩有典型遺矜式至今

通家百餘年夙昔同所欽懃懃一樽酒淸溪不可斟

愧我顓且駿何以報好音願君共努力詩禮當紳簪

庶使西州士觀感日益深

青丹志三古不惟謹小節吾家二寢即風流同朗澈

千里輒命駕此事真殊絕并州十篇詩遺集俱謰列

咨嗟有遺言兄為西土傑我讀圖書譜奧旨闡遺訣

後學上愼旃無謂寢歲月

還朝後四日陪耕石樗里號副使 出東郊遇雨宿

文巖逆旅翌日訪華溪寺

漢北千峰黲有無溪流一夕似江湖青郊十里歸來
晚忽憶昆明遇雨圖<small>余於海淀遇雨頌閣擬作此圖</small>

半載何曾有暫離風餐水宿鎮追隨當時只道尋常
事一宿郵亭始見奇

倦游萬里欲何如應接紛紛未定居偶誦坡詩同感
慨一菴僧臥白頭初

明美堂紀行三集卷二　　　　完山李建昌　鳳藻

直指行卷

序

以為別

明君此行又一行臺路只少城隔手共分

見水驛秋涼遠鴈聞古道末應著薄宦非才何以謝

日夕西風輾碧雲相思悄悄更紛紛山齋夜寂疎螢

○○隋城迎華樓

遲遲峴下路縈回如意橋邊眼忽開萬石全疑神力

運千荷俱送御香來樓臺壯麗凌空碧水木清華絕

點埃緬憶先王經始日屬車詞賦貯英才

一路遇南平宰尹錦湖滋祿劇飲大醉縱筆戲作

朝出八達門暮至五羡村徒步四十里天色已黄昏

一緺繩鞋三條衣破扇窣窣手自揮塵沙撲面汗流

蹎道傍蹎著頻歇歇去將乞食以救飢忽聞馬蹄鳴

特特雙騾呵道列伍佰內行輜車繢紋錦騎從官婢

面粉白最後一官貢轎中端坐何天然我時屏息不

敢坐有似沙龜泥鼈縮尾而寧肩俄聞轎裏有語聲

語者聞者兩相驚君豈非李校理我乃是尹南平出

轎握手便引去尋入村家最靜處取酒醯我更相勸

一杯二杯三杯舉酒酣耳熱眼生花醉談紛紛亂如

麻憶君與我在京日我居臺閣君曹衙君嘗自視不

如我今日視我何如耶君言予勿欺予行我已知子
頷雖瑣瑣子官甚巍巍繡衣行御史威震一千里我
若移官渡錦水見君稱下官為君再拜跪子今乞食
豈真是答云我不欺我言亦有以世間人事百千般
官如空中花畫中水惣無根蒂無波瀾眼前有酒差
畢竟無可認真看乞食固非真窮漢御史亦豈真高
為可君能飲我即勝我

○○雁

南國在何處西風為汝吹江清寒少夢天闊暮多思
冷暖非人識飛沈豈自期傾陽元物性誰謂不如葵

秋燈束馬理晨程兩袂蕭蕭一笠輕攬鏡自看仍自
笑十年還我舊書生

水雲覊旅一身閒溝壑民生萬慮關若把行裝通算
計輕於秋葉重於山

振威逆旅滯雨紀懷

北關衙　恩日南州閒俗初江山雙驛馬雙鐵牌畫
雨一遞廬刱劇才終短回淳計亦疎何當細斟酌無

頁十年書

旅宿無多夜離懷不自聊晨燈難胭胭秋雨馬蕭蕭

漸識腰圍減翻驚髀肉銷身勞何敢憚吆馭度迢迢

○牙山過李忠武公墓

元帥精忠四海知我來重讀墓前碑西風一夕松濤

冷猶似開山破賊時

謁外王考墓以詩代哭

旅泊江湖竟不歸又埋雙玉此相依二舅不知天道

終何在惟見年光逝若飛瘴浦荒荒多宿霧秋原寂

寂有斜暉外家梨栗渾如夢一慟那堪萬事非

過德山趙斯文鐘明居主人苦索詩臨別走草

冶老遺墟有後昆伽倻峰下謝塵喧江山文藻藏書

洞宅里風聲侍墓村〔主人先祖故南臺文穆公克善居喪至今稱所居之地日侍墓里又日書洞墓里又日書洞〕萬樹松杉濃翠滴一坪穩稑晚香翻

雪泥鴻瓜忿忿甚惆悵溪流送出門

華藏寺贈影波

尼眉瘦顴影波禪小住華嚴不記年老去并離文字

相逢摩大士一燈傳

竹戶繩牀絕點埃萬松溪處玉屏開〔溪名開南行十日無〕

多事三入華嚴洞裏來

天藏寺

一宿禪房四體安轉頭方覺道途難何緣廣設蓮華

界遍與群生作喜歡

假饒微力濟斯民不過些兒有漏因究竟云何大功

德度人兼度自家身

田家秋夕

京師屬貴地四時多佳節鄉里貧賤人莫如中秋日

秋日有清輝秋宵有明月風景固自佳非為我輩設

但見四野中嘉穀正垂實早禾已登場豆菽亦採擷

中庭剝旅葵後園摘苞栗團團土火鑪吹扇紅榾柮

羹飯作羹湯大家劇嚼啜一飽便意氣散漫雜言說

去年大凶年幾乎死不活今年大豐年天意固不殺

恨不腹如鼓恨不口雙裂日食十日糧快意償饔飧

父老在上座呼語勿亂聒民生實難難物理忌盈溢

莫以令醉飽或忘舊飢渴吾老願經事過食則生疾

○○南里釀白酒北里宰黃犢獨有西隣家哀哀終夜哭

借問哭者誰寡婦抱遺腹夫君在世日兩口守一屋

門前一席地歲收僅糜粥去年秋旱霜掃地無半菽

糠麩雜松皮過冬猶不足春來向富人乞米得滿匊

一粒惜不嚥持為種田穀氣力日以微腸胃日以縮

同是一般飢妾何頑如木却送夫君去埋前山麓

埋人人骨朽種穀穀頭熟穀頭熟何為閉門不忍目

即欲決相隨奈此兒匍匍兒雖不識父猶是君骨肉

扡兒向靈語氣絕久不續忽驚吏打門呼覓稅粜

○過洪州

雙鞋初踏古平州粉蝶斜陽畫角秋徙倚城樓憑遠

瞩鳥棲山色使人愁

○金塘寺次知縣沈雲稼琦澤壁上韻

十載名場未息機又來南服試征衣秋風錦水初移

艇夜月金塘獨欸扉廢殿丹青山鳥下靈湫黝黑洞

龍歸使君詩句清如許恨不攜壺共翠微

定惠寺中蓋秋朓

寺樓秋日淨練練悵望雲飛葉下時向晚青山如潑墨隔江疎雨過臨陂

白馬西來第幾灣江流如帶復如環英雄割據凄凉甚只剩扶藜數點山

重陽登拱北樓

江南有此好樓臺北客初隨鴻鴈來粉堞丹甍迴趂忽白沙翠壁紛縈回關山千里一翹首風雨重陽空把盃　聖主不知臣不肯繡衣使者何為哉

靈隱寺

夜壑千松翠秋江數柳黃月明僧盡宿誰是駱賓王

洪鐘山先生宅談次奉呈

南太守故鄉回湖右行人遠道來師友十年更誰
似逢迎千里亦竒共秋高露冷黄花遲夜靜燈明綠
酒杯坐久各論游宦事屢驚殊績愧菲才 時先生方宰龍宮縣
縱殊官事亦同情一例俱為世務嬰隔歲重逢驚白
髮中宵太息念蒼生棲遲未厭淮陽薄慷慨空懷孟
博清何似南村晨夕日古雲今雨續春明洛下諸公 先生曾與諸公
唱酬有春明帖又有古雲今雨帖不俊亦附名其中

○落花巖

溟宮絲竹醉無愁玉氣那知半夜收能使佳人同死

節縱然亡國也風流紅粉寶靨銷春影翠黛紅裙逐

水漚一例芳魂招不得麗華丹又綠珠樓．

○皁蘭寺

宮井

百濟興亡似古吳醼江山故蹟之流傳者皆類勾吳

百濟之興也以讓國其亡也以荒

扶蘇合作小姑蘇江楓漁火皁蘭寺不識寒山勝也

無

○○○伐吾龍

伐吾龍國乃滅吾國吾龍不可伐龍兮龍兮神且武

長江日日大風雨波濤汹湧不可渡八十大將從北

來阿儂角干從南來欲渡不得空徘徊君王宴笑自

溫臺宮女三千如花開樂莫樂兮萬歲杯伐吾龍國
乃滅國將滅兮龍先伐白馬之白天下無豐肌細毛
臕且腴一軀可作千庖廚以此為餌投龍側龍兮見
之攫而食忘其身兮與其國十八萬軍奮用力釣出
大龍如小鄉持提擲投江之北龍飢死兮風雨息風
雨息兮將奈何宮女紛紛墜江波君王面壁出山阿
南軍舞兮北軍歌伐吾龍國乃滅龍亦伐兮國亦滅

○汪津觀漁

漁舟如葉綱如烟橫截江南水底天蓋地移舟提綱
出銀鱗閃爍夕陽邊

恭之四十里　有山入海中　潮來嚙其腸　日夕常汹汹

欲斷不肯斷　巀起更穹隆　緣坂設城郭　褁可三十弓

登臨頫萬象　碧波涵晴空　三南貢稅路　過此方會同

雲帆與風檣　飄忽若驚鴻　況復交隣國　江南日本東

一朝有緩急　便可呼吸通　有國之大政　食我其次戎

茲邦寶兼有　雖小乃要衝　伊昔一乘障　其職徒虛克

近陞行營使　節制頗稱雄　承平少將帥　恬憘以成風

疇昔竭心力　念始圖厥終　破艦臥長浦　孤燧隱荒叢

倉餉多雀鼠　戍卒半兒童　復聞轉運粟　屢入馮夷宮

護送一無責重以斂鰥窮侈名而瘝實安得有成功

不才叩　恩命白簡乘青驄削迹偶過此有憂心忡

忡願將田誦庶補祈父聰三嘆綴長句雪白郵燈

紅

留題店舍

但道湖中去誰知海上來天空無島嶼地窄有樓臺

戍皷侵晨動漁歌趁夕回真成三宿戀臨別更徘徊

海上大雪

朔風吹雪曉崩騰壓倒邊山第幾層却向摩夷亭上

望海天依舊碧澄澄

十萬蒼虬化玉龍　水晶官窄不能容　一時逐出滄溟外　錯道安眠雪裏松（安眠島禁松十萬餘株雪中望見奇壯不可言）

○瑞山露蹤日
十旬登鞽困備程　一夕笙歌鬧滿城　羞與兒童誇得意　願令父老樂安生　輕雷輾地春聲動　積雪籠山夜氣清　湖海不知京國遠　階前萬里我　王明

○次洪內翰汶園見示韻（頤山改號）
林惵承　王命南行廿六州　攬時驚遠別　臨事愧前脩　簿牒仍相積　詩篇久已休　多慙洪學士　千里寄書郵

洴陽道中口占

風雨平生感慨多古人名節果如何澄清有志終無
術一路空懸攬轡過
故吾今我太無端莫以乘車戴笠着惟有玉壺氷一
片不曾些子向人瞞

洴陽試塾士題一登車攬轡
平生風雨夜臥念名節艱

洪州官樓

鷺車十日滯洪州簿牒如山事事憂止竟　君恩難
報答不成沈醉醉恩樓

樓名
醉恩

錄囚作

不知喫打苦但道喫錢甘汝輩亦人耳肌膚何以堪

一鞭一簑間常恐傷而死縱我失之寬我心本如此

○雙溪寺夜坐

蕭寺鐘鳴夜嚮晨一龕燈火伴吟身眼前略有詩家
意只少新梅與故人

○永保亭

永保亭前春水渾烏棲基下暮雲繁千家烟火依山
郭萬里風濤入海門暇日登臨猶恨晚盛時歌舞亦
君恩不妨大酌姑蘇酒■發狂言又罪言

姑蘇營古稱
蘇營城時

方草保安復議
而間之以妓樂

○重登拱北樓

高樓春日類澄江爛醉佳人白玉釭記得前秋黃葉
裏一燈如豆宿禪牀

、 公州官廨後園觀燈

8、佳節偏憐樂事違家中談笑想依依第三燈影明如
畫齋道行人得好歸 燈爲余家每佛日張燈戲以第三
燈爲余燈以燈光占休咎

3、經年按察愧虛名一事無由答衆情不識有何功德
大萬家香燭送歸程

書啓成自題

、菲吾德業類吾年縱欲云云豈易然惟以文章爲報
國要之心事不欺天

○蒲鞭常欲視如傷鐵斧終當不避強攬筆無端成一
笑如何菩薩變金剛始余按事尚寬湖人譏之謂菩薩御史云

○珠厓未可輕捐地塩鐵寧宜盡屬官纔效「言明利
害廟堂休作應文看左目下坳急此二事竊附古人
為明主明言利害之意
但未知究竟廟議當如何意

○戊寅夏首自湖西還征塵甫息應接稍稀園居
多暇散步林木間隨意口呼時令家弟屬和▆

○年光三十轉頭如古道難期俗學疎謝遣胸中無限

○事閒書一束閉門居

○新舍初歸客館如門庭花木摠生疎袵緣景物明人

眼却。又依然似。舊居　余家移此在余南行之後距前
木翳然正如人意歸　居地僅數十武而園林隱壽花
而視之喜可知也
朝士門牆野客如　溪山淡僻樹扶疎歸來拜謝雙親
語知汝心情卜此居
理最捲游歸最好居
處世淡知百不如秖堪叩轂養清疎算來乏有乘除
佳花惡木共紛如莫問低昂與密疎但著些兒分別
想便成朝市不山居
○月夜
風進疎簾月隱牆解衣銷受北窗涼此間未許閒人

到兄弟詩書共一牀

○雨中疊前韻

梅雨昏昏辟荔牆烘炎天氣變蕭涼書籤乍潤琴絃

慢閟撥薰鑪近簟牀

漏幾家茅捲濕牀牀

○瓦溝聲聒枕邊牆却似扁舟臥聽涼尚喜吾廬無屋

○戲苔荷汀嘲晝寢 荷汀 朝窗 畫寢 蒲團 隱牆錯將魔界認清 詩曰臥貼

涼求田問舍吾何與 日見元龍臥大牀

絕無車馬到門牆睡美山窓夏亦涼上等人真君輩

是懶禪何必下枯牀

○櫻桃 和昌㊞

櫻桃一樹拂西牆映日殷紅帶雨涼大明宮下當新
日皇恐惟臣偃在牀 時有湖右查覈之 命杜門
俟勘并絕公私人事者閱月

六月十八日愚書上事將不測賦詩自慰

嗟余甚貌末憂畏乃如斯事有難言者人方欲殺之
眚災招逆境真道遑明時太息屢中夜此心非獨私

學不通時務心惟信古書出身思報國經歲不遑居
既致市三虎又逢兕一車優哉聊自慰流坎竟何如
社中諸賢餞于郭外席上口占 當在下

孤臣負國罪何宜薄譴猶蒙 聖主私寄謝同人早

努力好須名業荅明時

經歲逢迎又別離此行何以慰相思辭親去國猶餘

淚重為情人灑路歧

明美堂紀行三集卷二

西征紀　恩集

序

完山李建昌　鳳藻

○二十日伏蒙，恩譴竄極西之碧潼郡即日出
城行至綠礬峴述事見感

繡而斧者職何如臣罪臣知實僭愚按事惟能論不
法用心寧欲殺無辜駿機暗曖方乘隙忌譴倉皇遂
就塗驅馬綠礬山外去不禁翻秩淚沾襦

○叔父惕士先生送余至高陽而還拜躄賦呈

出門三十里一步一依依昨到高陽宿今辭叔父歸
青泥深沒馬白雨亂沾衣自愧嚴敦蕫徒然妄是非

擬古

結髮事　明主積年十有餘置我白玉堂乘我使者

車光華被四體出入有令譽一夕邊譴怒竄我極邊

隅獄吏驅之去催迫不火須無由望　顏色孰為暴

余誣曾子豈非賢曾母豈非慈告者曰三至終然投

杼疑

今我有遠行天明即登途父母不出門兄弟不臨衢

讜言送無益且歸願安居朋友重義氣餞別意甚殊

贈我以好詩遺我清酒壺詩以廣君心酒以寧君軀

攬涕一揮手心謝不區區

古人豈皆是今人豈皆非我初不違人有時與人違

良由才不通僅見志尚微此情甚可惻人卒恕我稀

觀閔雖孔多戚戚聖所譏

朝出青石關暮至慈秀山山板一何峻水潦何漫漫

路逢相識人寄書報平安念我兩老親憂我行路艱

艱難兒自好老親顧康保

丈夫四方志妻兒焉足說從軍我負羽奉使或持節

皆樹不世勳卒令民國活不然老田野聊以懷家室

伊余獨何為東西常汨沒娶妻已六年宴處無數月

生兒亦週歲提抱不幾日

青青者一松獨立恭山陰其上有雷雨下又螻蟻侵

昂藏雖自好礌砢終不禁豈無桃與李灼灼榮春林

生質不可化又愧種者心

美人在高堂俟我入中門相知非一日何用媒妁言

申禮而自進懷誠以相干如何事有謬君卒不遑妥

薄怒感深眷暫悲冀永歡

嵩陽別金于霖澤榮

吾衙多官謫君臥但雲林不訝相違跡常存莫逆心

登堂飽白飯發篋贈人蔘終席無他語冷然古意深

中京一君子為于霖作

中京一君子開門種仙藥有時發清詠寥亮如雲鶴

知我遠行役留我火酬酢解帶滌煩懣開觴恣歡謔

園木列繁陰沼花含靜篲朝遊狎麋鹿夕息馴鳥雀

卒歲無異患至味存澹泊何如走榮利戚戚自相迫

我見三太息吾我君居樂

崧陽道中

崧陽六載五經過不見扶山與彩霞細數一生游官事

會心偏以役形多

七絕一首在下常鑣至此

渡湞江作

黃州赤壁江樓括小詞

湞江楊柳拂征塵又上浮槎一問津綠水可憐前夜

兩紅亭如夢舊時春荷衣蕙帶悲游子桂棹蘭槳憶

美人欲喚多情鄭留守長堤攜手共沾巾

七夕詞

有情何處不相憐，天上人間萬種緣，若遣雙星常聚
合，未應七夕獨流傳。

銀河咫尺是紅牆，一水盈盈不漸裳，只為神仙有身
分，直須烏鵲倩成梁。

嫁女人家費彩鈿，天孫卻要賠天錢，算來不是恩情
薄，只信無私是上天。

幾家兒女綵為樓，乞巧喃喃語不休，儘把金鍼都與
汝，可能替我別離愁。

渡清川江作

舟渡清川水自波安陵城郭航前過長堤漲落歌黃

柳曲漵曛生靜碧荷去國敢言知已少窮途偏愧累

人多滿江漁邃非關恨却為栖卽喚奈何

安陵懷古

○六月橫江水接天安西門外浩無邊婆娑一葉衝流

去想見隋師百萬船

○白狽玄花事有無遼河薩水亦糢糊乙支文德終千

古難道偏方少丈夫

○迤西獨數錦南功沫血登陣又趙公七十年來無一

事滿營紅玉自春風

○楓江

逆風終日泝清川十里楓江又喚船慚愧百祥樓一
舡毅勤猶在岵東邊

○諭文章谷

文章嶺外路初踈如遇平生未見書詰屈漸多安穩
少令人頭白汗青餘

○三陽

溪山溪翠映朝暾路入三陽古縣門五十二年如昨
日遺民隨淚說孱孫

○龜城道中

孤城隱縹緲草樹雜人居硼嶼馴蒼廊溪童戲白魚

天涯惟有夢日下久無書羨此山中俗終年不出閻

○○自朔州至昌城作

朔州有八陽昌城有延平兩嶺極高峻餘者不可名

秋踰西北來山與水俱行水爲萬丈壑山作千仞城

沿置七郡縣割界朝鮮淸維天設此險實欲捍寇兵

豈知遷謫人有此勞苦情余初渡薩水束馬汩晨证

自離平野闊迤接群巒迎蒼翠悅心目似可忘煩醒

迤行數十里嶔巇屢變更荑茷半壁立閃爍長劍橫

森如虎豹搏拗若蛟螭牽頑貌劇顚顧猛勢欻狎獷

驟遇誠可怖習視遂不驚時當盛炎熱九雨纔一晴

草樹紛蓊鬱溪潦漫縱橫白日不能耀鳥自相鳴

咫尺迷所嚮崇朝至西傾穹窿出洞壑石磴復迴縈

荒野人詭服髯音盭耰鋤中田入烟燧夾岸生

茲巳極邊鄙意若無去程及聞碧潼遠尚有三日贏

江上不踏土道皆斷山成所過雖艱甚視此方為亨

自非曠達懷焉禁淚沾纓努力登絕頂東望我

王京

○○○大關

匹馬西驅出大關獨憑危堞俯江灣殊方巳隔雙汊泓

水客路猶餘萬點山盡日口中含石關幾時天上
賜金環思量不及邊城卒柝散秋風手釣開

○道中口占

聖主知臣愚且頑嬾於時世癖於山縱然不與同中
國謫墮千蒼萬翠間

○過嶺作

不過此山險寧知吾道非石多行地少木密見天稀
遠燧穿雲冷高笳隔水飛玉陽雖叱馭阮籍亦沾衣

○碧團

秣馬昌州曉黃昏到碧團峽隨江稍迴天與野能寬

稻壟村容好松棚客坐安所經多險怵飢者易為餐

○次韻二堂別時見贈

樂浪西北馬河濱此路連年大有因子豈不知眞與

夢吾今聊欲意為身靡靡阡陌懷良友瀯瀯風濤感

逐臣記得扇頭相送語不如守舊靠明神之日二堂讉

在恭齋直中夢余云將西行覺即襆被馳入京得
與余別又有崔啓英者為余占于關廟籤曰登山知

沈吟入水知深不如守舊余扇何必高吟二堂為書余扇以贈

○次韻鄭春江升朝見寄

秋鴻西過碧潼濱鄭子書來慰遠人如見暗窓風雨

○夜病中援筆亦傷神 来詩病中夜作

○十旬于役一無成　臣罪臣知負　聖明莫説當年江
表事風波流落易心驚

○書生作計每多踈　能否春明愧屋居　岬寺丹楓秋正
好故山吟望欲何如　時春江契

○土屋荒涼積水邊　祇將一步限朝鮮　纖愁欲付江魚
去却恐西流入薊燕

○○蓮花歌

蓮乎蓮乎爾既稟太乙之精受沆瀣之英花中早以
神仙名何不向太華峯上玉井生朝吸金莖露夕秀
九華成霞衣羽裳相逢迎直令壽與天齊傾不然竆

到若耶溪畔金塘發采采佳人手綠水芙明月縱然

芳菲有時歇不比尋常自攧折胡為產此大江之濱

荒山之墟乃與芋蓎蘆蒅叢處而難居年年歲歲寂

寂寞寞孰為為之而開且落女額太輝媛汝性甚孤

特無乃群芳忌汝美愬向花神遂被斥蓮乎蓮乎汝

勿嗟使汝為牡丹為藥釀花種在洛陽城東家國

中之人連袚列騎來看汝相與喧笑為紛奢汝自不

惠不富貴天下誰復識蓮花烏乎天下誰復識蓮花

○○中秋對月

去年今日客平州夜到千丈寺裏歇今年今日謫陰

潼月向九階嶺前出我家京南青鶴山此夜亦應見
此月家人見月憶行人行人憶家更愁絕月出迢迢
天地閒四海九州皆洞徹幾家歡笑團圞幾家悲
愁怨離缺人情見月自不同月光照人本無別若隨
人情為月光一刻定須千明滅安能萬古常如此不
受纖塵涴皎潔我亦醉倒月下眠碧雲滿地風灑然

夢拜雲齋先生于彩雲官樓談及民事覺而悵
然因次夏間寄示韻

一燈孤寄萬山中永夜思徑獨撫躬忽夢扁舟江海
去彩雲橋外起秋風

髮白心勞簿領中視民溝壑若於躬但令郡國皆如

○此漢代何須直指風

離合憧憧舊社中撚緣袍笏各廛躬豈知蕙帶荷衣

客却向關山倚北風

○飛沈寒燠半年中未許須臾息此躬分與車薪勞道

路敢從扇篋怨秋風

○黃州赤壁江隄括小詞 當在上

碧玉分流浸女城 甲戌行墓錄中句子 風光依舊異人情江鷗

不辭炎涼事飛向船頭欸欸迎

此以下原名瀟堂散稿今合一集

此身與此屋各在天一隅偶然寄所寄聊以吾愛吾
始至猶惝怳習處良敷愉峽氣雖不清雲霞有時殊
野態雖不妍笑語無日無既以舒吾心且以寧吾軀
人生百年內倏如隙中駒況我生褊壞斤鷃搶枌榆
何用於其間分別太區區顧游物之外悠然以自娛

○新涼

老暑初妝玉宇澄關河寥栗意難勝愁如古塞防秋
卒開似窮山破夏僧袖手未曾書咄咄閉門祇合醉
騰騰木蓮館裏新涼夕兩■不相思共一燈

○○木皮屋

捕蝎　改　捕臭虫
有蝎　改　有蟹
蝎何在　改　虫何在
照屋　改　見蝎

九嶺多古木大者或千尺棟樑豈不偉歲久無匠石
根出深圅倒榦臥空寂豈知骨已朽反遭斤斧厄
雖非湘山趙乃似馬陵白樵人獵其皮載之數牛脊
暮歸下平地烟嵐散阡陌家家十月交衆屋逗農隙
持此代茅瓦可以十稔易齒齒相架累鱗鱗互堆積
曬淨紋理雨沐新光澤苔蘚閒青黃未汝塗金碧
吟嘯聊自適竹樓四宜人侈哉黃州謫

○○捕臭虫

我來處其中
晨丝在時當以是
言之寗寗晉然也
此虫名昌臭虫亦
屍遺若蝎則
日曬淨紋理

我來處其中吟嘯聊自適竹樓四宜人侈哉黃州謫

此屋久無人有蝎千百簡我來严其群覆視為奇貨

病於物名之失實
見笑於中國此不
可不改也醉退之

李建昌全集

一〇四

朝畫不肯桑　乘我暮氣惰　盤旋集腰腹　散漫布袜座
平生一肚皮　患與時坎坷　為汝徒殷勤　薄施救長餓
更番若互讓　合約卒相佐　微唾尚有禮　痛飲真無奈
中宵怱呼燭　蹶起玉山臥　暈肌野花亂　墳肉春繭大
奇癢欲透骨　往往自抓破　却著緜何在　邑衆已逼播
時復得一二　可知甚庸懦　腥血在手掌　惡心翻嘔噁
漢法雖甚寬　傷人罪必坐　况汝至賊物　死亦遺臭洳
區區欲為仁　襄余無乃左　窗壁淨塗堊　簟帷快掀簸
猶恐有遺孽　捕獲日程課　吏部昔何官　壁還自賀

見蝎

8 飲酒

我雖不善酒一日能十飲況復秋夜長不醉何由寢

此鄉無秫田但望菊黍稔酒方家家有調和雜難審

或釀如漿汁或淡如米瀋辣者類合椒甜者疑食蔗

酒於五味閒中和為上品此如褊駭人生不妖氣稟

幾思廢樽榼且復加飡餰父老遠見攜軟語慰孤枕

人情苦難拂我口寧終喋聊復強引之芙道甘芳甚

燈火亂紅綠霜月闘清凜忽憶故園中秋花紛碎錦

慈母手中籰美祿當天廩思之感我心矢詩將來諗

8 秋光

九嶺蕭騷落木多童巾江外水增波不頂更作湘纍

怨只此秋先可奈何

次東坡穎州別子由韻寄保卿

歐老遷夷陵夫豈不思穎蘖子謫惠州亦復懷遠景

惟其早聞道出語無淒冷而我豈若人但能稍習靜

致仕葦懇公有書云君長老謬期許朋友深規警不 自能習靜無須奉慮

恨尺蠖屈但娯獅子猛何當見大方望海知坎井沈

憂若中酒易醉苦難醒舟中秋冬交悠悠關河永勗

子念征邁為我慰定省

子亦性沈潛但少千卷胸通來與我書每與小詩同

驟視不甚文字疏語亦重依依 斂老母婉婉狀孩童

當其至情處乃閭伯之風　弟書寫家間光景歷歷在目其詞氣性往似余文

子、鯢有、長進我亦豈終窮會須共琢磨璧列西東

莫羨紛紛者悬與名利攻爛熳雖春華飄忽竟秋蓬

人孰無兄弟萬古雙蘢翁

⑧九日感去年北樓題詩事復用其韻

雙樹城中漢使回九峰亭下梦匡來亦知罷廚咫如

夢那意關山又此杯風雨每從佳節至菊花偏為異

鄉開開門不敢登高望叱岵三篇上傎救

月夜於池上作

月好不能宿出門臨小塘荷花寂己盡惟我能聞香

風吹荷葉翻水底一星出我欲手捄之綠波寒浸骨

○次韻二堂對月見憶

我愛秋江雁齊飛雲天碧我憐秋山月獨棲霜林槭

去年得君詩錦水初挂席今年詩又至隨我雪城譙

飛沈境自殊新故日相積感君獨殷勤外睽中無隔

人生如寄耳百年能幾展辛苦走名利熟知非長策

惟有萬卷書不用堪可惜余既重若人君亦非此客

五字缺

將以裨民國嗟我不善舟出為風波激

方當補褊袆祕詐恨濱廣市君才實英英有似玉韞石

中美粲已具但少微刮力異時幸勉旃勿為蹈險厄

大貴元無色

　哲仁大妃因山日北壁於邑敬賦二篇是日為先 膿

　忠貞忌辰兼寓私懷

○續女來京室徽音古昕稀祈祈奉　宗廟婉婉涕沱宮

　閭晚節惟形管當朝亦練衣梧雲十年淚終向玉欄

歸

○先王臨御久大父受恩深歲月俱冥邈　山陵自古

吟

　今窮荒遠埶絲廻薄屢沾襟欲哭不能得含毫敘短

次韻謝小荷尚書

最困青袍百不才行無輪轖進無媒如何竄謫倉皇

日坐致高車駟馬來

斗酒西城達曙酣繁星缺月影相涵狂奴故態龍鐘

甚說與時人定不堪

洞仙關外路悠悠碧漢無情水自流記得主人前渡

處五年惆悵一回頭　小荷按節關西余時有行臺之
語主人前渡客隨來其後小荷不堪巡至灣上余自北
還小荷詩云今日主人同是客　命先送以詩云弟與大同江水

春明門外閱多時幾見楊岐與墨綵惟有好花三百

本年年無恙入君詩

古來同說逐臣悲不待躬經久已知但道此間殊可

○ 樂王泉亭子藕花池

○ 梅花應到漢濱開白雪紛紛空把盃但及春風好相
見不須重挽上瑤臺

次韻謝小龍 心氣□□平中十一号

○ 重陽把酒不同酬離思溪於百頃潭瀲落居然君已
向南搽為名心鎖未得故山何處少烟嵐
老憂危如此我猶堪嘶風病馬還依北戀日孤鴻亦

○ 友朋文字動相關千里書來一解顏白雪如聞歌郢
市黃花幾笑飲龍山冄生未可無離合好夢何曾不
往還寄謝故人休遠念莫教添却鏡中斑

次韻橋沂見示卻呈

樸學清才冠一時江湖雖樂豈君宜胸中自有凌雲

氣未許人間狗監知

○間叔父靜堂先生於青坡酒舍買桃賦詩為娛

　悵然有述

先生無一錢有時得相遭不入紙中裏便向杖頭挑

趣呼白門友往市青坡酖意行無近遠散漫出林郊

幽幽蓮花峰粲粲五色桃唉桃雪此酒出詩當瓊瑤

歸來忽不樂悵望千里遙阿咸亦可人何不從我邀

宦飛食無肉謫隨居不毛不識此味真年年自勞勞

○○○送曹衛將東友歸鄉

都門送臨賀此心不負國緩急人時有風義古難得

伊君獨何為長與我行役北出三韓外南下百濟城

時余盛冠蓋君猶不寧息及茲竟顛沛千里窮一斤

倉皇出國門憂思不可測豈惟三危遠且恐負窮厄

親友不忍語觀者為戚戚君又慨然起并馬同執策

昔飢許相隨夷險不可擇棲棲六月交火鳥夾雲赤

洪潦漲原野鉅嶺通沙磧褰裳涉呂梁繭足踰巴鹥

荒哉古女真遂與華夏隔寥寥土屋中雙影倚四壁

朝冷錯匕箸夜卧交頂跖翻成對泣四復似同病客

秋夜一何漫秋懷一何
排歐歐目不寐魂飄飄遞
遊飛魂飛歷九天周流
蕩何依遇我平生人華
顏爛明輝歡喬紋契活
潸淚已交揮但訴我行
于手子亦顧我衣相近
忽相遠故情無乃非夫

我自招青災、君豈坐黨籍、笑我多戲語、愧君無難色、
秋冬忽已交、霜露日浸積、離家二千里、念君猶衣襫、〔起令分手地懷緒甚初調〕
黽勉使之去、欲語心先惻、昆雁未同翔、蚯蚓中分析、
顧我習患難、惜淚不肯滴、君猶不能捨、簑簑涕乖席、
今日天氣晴、僕夫已戒飰、薄言置此酒、陳詩叙胸臆、
行矣勿回首、九峰插天碧、

〇 夜坐書懷

秋冬之際夜難徂、獨對燈釭擁火爐、寒月滿空嘶白
雁、北風旋地戰黃榆、四愁迫迮張平子、九辯蕭條宋
大夫、寄語春明門外客、可能知有此人無、

子正年少德音慎無違
誠能不相忘隔世猶重
闇語言雖琅琅容色已
微微俄然寂寂覿但見
撩龒扉殘釭暖欲滅寒
再為之罪

夢至一處云是忠州陸敬輿祠堂感賦一絕覽
来了了記之于此

寂寞荒山積水鄉先生祠廟有輝光滿庭藥草開無
數不見當年集驗方

○過城

勞喜亭邊凍合輈憬夷臺外雪侵裘邊城十月頻為
客不信潼關始有愁

○述志

鱗泷畏惡習翰飛懼張羅山居積霜雪水宿頻風波
棲棲靡所託戚戚將如何名都壯八達列屋棠四阿

前榮樹曲旗後房貯清歌朝會金張游夜宴趙李過

當年豈不盛去日亦已多聖者嘆閧川小人悲俟河

庶幾貌榮名百世終不磨

○雪

玉帝前頭白鳳凰罷風吹隨羽衣裳擧仙俯視人間

笑飛舞依然故態狂

8月

氷雪層江凍絕舟枯魚腹疾老龍愁金波萬斛溶溶

甚不為天寒不肯流

8紙帳

以此一張紙欲防天下寒熟知謀甚拙聊復戀微安

風大燈猶定雪溪酒尚瀾銷金帳中客老死亦何歡

○木癭杯

木有不平者癭生如怒人因遭椎鑿苦始識酒醲醇

清廟元非分曲肱聊可親平生雲壑志撫汝為嶙峋

○謹次仲叔父下示韻

五奉叔父詩十承叔父書豈無諸子姪叔父甚愛余

言每若不足意恆如有餘懷戒我叔父君子宜得輿

胡為五十年衣布出無驢孝悌冠人倫文章邁古初

歆歆廊廟具蠻彼環堵居 聖朝闕徵辟群公閱稱

譽不知亦何病尚無愧屋廬昌也童子耳學淺術空
疎而苦不自量強欲寶其虛甫回江南舟已駕山西
車三年走道路千里思門闈暌違豈不難憂患方未
渠得為失之之門何者非乘除永惟我家法樂在糜與
蔬惟先重其內乃與時卷舒豈必忘世者衛籬及楚
漁燈茲業可追庶幾無敢徐三復叔父訓增我屢啼

嘘

謹次季叔父下示韻

雁畫斷荒江雪滿天千里書來欲畫年凍手開緘顏色
好紅桃黃菊媚新篇

城西老屋養清癯烟火蕭然俗事無尚有胸中如斗

物悶來時復醉烏烏

羊腸詰屈幾窮茲荆棘何年此路開海外嶺南從古

有袛應流落愧非才

野老酣歌樂有秋旅人飽食似無愁蕎稻屑麵霜翻

礁玉蔥燒醪露滴篘

綺語紛紛口業多香燈繡佛悔如何近知陶柳眞平

淡不向江潭擬九歌

人事天時取次新　聖慈容亦戀孤臣何當盡室同

歡聚拜祝　龍樓壽萬春

南至日作

夢隨雙炬趁朝班　簇立承明劍佩間　夾伏鴻臚聲未畢　五更風雪墮關山

雙親垂老倚門閭　昌日旋歸閭起居　強欲登臺憑遠望　白雲一片最難書

大家團會作良辰　想見盤中釘饀新　綠凍沱趨紅豆粥　也應停著一傷神

近來心緒欲如何　捻為思多却忘多　偶檢曆書成悵望　二哥生日幾時過

次韻答保卿

○○

德功不可尚　姬孔及伊呂　魯論列四科　亦有文與語

於此苟無得　百年猶霸旅　晉肉豈非親　不見即相阻

如何千載人　至今有令緒　斯為第一義　餘皆可掃去

買珠不湏櫝　食實為用笘　世人迷本眞　歡粗遂忘醨

及時幸勉旃　勿為聖人距　　　與

　　　　　　　　　　　　　　　未嘗躬鍾杵

官職速無味　未妨如鐘呂　〔速〕壽會之謂洪景盧曰官職大呂
　　　　　　　　　　　　　　速則無味湏如洪鐘

遷謫古亦有　何至嗟勞語　但恨在朝日　進退徒以旅

苟能蚤堅立　豈致遠疑阻　光光　聖主命　奕奕先公

緒半年行郡國　空手自來去　民食日以艱　惡草不盈

宮風俗莫能醇底樽失舊醑實事一無裨浮名亦何

與窮居發深慟若有胸中枦臣罷臣自知敢不愧孔

距

詩者本緣情然後有律呂區區切音韻吜竤無足語

君看三百篇閭巷及師旅初豈欲工者聲入心無阻

屈宋信奇麗不過述其緒吾亦昧此義久向別處去

孰知澗溪毛可著王公宮逼來學平淡獨唱撫村醑

開緘得君詩性往亦可與霜鐘自發響不關蓮與枦

家雞足文采為用人觜距

汝兄平生友若李趙徐呂愛我遂及汝時過與之語

牽連寄書札慰我遠羈旅文字豈非神山川莫能阻

愁思何綿綿千里相引緒不見面耳一心幾復共芳去

春菜欲登盤蠟梅應滿莒鶴洞風雪夜幾復共芳醑

吾臥萬山中村老日相與頗似百結生歲暮琴代杵

新羅百結先生家貧歲暮織辭托鴻雁攬情卬跙
以琴聲代杵聲以為歌

○次韻怡堂見示〈光祖〉

夏徐孝弟人端居讀曾思吾常省其私事必古人期

於義有微愫寧貧斷不為平生數三人聚首喜論詩

溫溫若不克飲酒亦吾師吾愚竇滿合微孑與誰其

情好日繾綣會合苦參差憶君用夢語歲暮驤天涯

○○○次韻篠堂見示

君出宰相門十年守一幟讀書飽恣味開善捷如響

平居不能言恂若在鄉黨及遇我輩人開口蹴龍象

為文不在多單車奪韁鞅抗志矯俗好遊心發幽賞

異時用邦國古誼必不杜豈惟贊補蔽可以䡾鴻朗

操之苟有要德藝豈云兩嗟余遭患難遠慕周貫溫

得喪滿天下何者為太上惟有文字緣羞勝顛倒想

千里送唱酬一葦河非廣莫效張茂先兒女語恫恫

○○○南山詩為荷汀篠堂作

蕭蕭南山天極之樞厥土孔陽厥民甚都凡百君子

是游是居我之懷矣惟呂惟徐

惟呂衎衎如瑟如琴惟徐愔愔式玉式金二子之賢

豎古非今蘊厥奇志宣以惠音

其音伊何有歌有詩匪劬昌學匪踔昌思禮以止情

誠以立身彝大雅之作微子孰為

為之不易得之必難余獨何幸獲此二難何姻不好

何隣不歡匪直姻隣于猶我身

昔子過我靡日不臻今我別子秋忽及春瞻彼時物

載故載新我無新契惟茲故人

故人有書我懷我衷故人有夢亦與我通千里匪遙

寸心則同日月照之無西無東

〇〇〇 歲暮即事

流落潼關久未歸 臘殘風雪對斜暉 孤城帶水居人
潦九嶺連天去 鳥稀獵戶暗通遼市酒 江水後犯戍越多有
櫻寒逼漢宮衣 每年冬內賜沿江戍卒青巖山上平 紬濃冷以綿布製之
安火一夕何由到甸畿

雪城歲時詞

九峰寒日挂高稜 一水婆潴兩岸冰 短楫長艖開不
用江行雪馬氣騰騰
沿江把守幾灣回 草幕相聯一字開 戍卒不知風雪

○冷朝廷新賜紙衣來

○洗兵樓下簇人肩平地來看錦纜牽五色龍頭西個
〈每年終有纜戲以五色綵索為龍形數百人相向〉

○去一時旗鼓賀官前
〈纜兩頭細為龍形數百人相向擠之摔而北者為敗官與中軍為東西隊西邊勝則吏民皆賀官亦有賞勞以為樂云長〉

○年少相逢角酒腸但知盂鉢不論觴城中造麵孃無味嗅取江頭別字嘗
〈酒辣者〉〈謂之別字〉

○氈笠村郎鬧入城官庭祭閱上畨兵歸來競說風流話眼裏分明着妓生

○社首風貞手共攜銀丁巾倒醉如泥村人曉到門前拜單子先呈有貢雞
〈手中〉〈歲餼謂之貢雞〉

祿服群童作隊行書堂不去謁先生世間只有新年

好闖卻星爲百萬兵何人詩此中村學堂所謂一月作都元帥星爲百萬兵不知

卯日逢人卻閉門亥宵持炬莫山豚家家汲水清晨卯日忌客云不利主人亥日夜燒山田謂之莫豚上元早起汲

起戴福歸來作上元者有福

水云先汲

飲食徒聞不見多餅湯藥飯味如何年來國客頻邊

讀學習京風處處誇朝士譏來者謂之國客

手中抹額臂鷹輕平踏江冰盡日行隔峴胡姬相識

久半分山味作人情當在第五首下

○○除夕

故國書千里荒山屋數椽　不眠非守歲為客又經年

盛壯真堪惜窮愁未必賢　君親如在側余豈敢懷

然

己卯　⦿⦿　洪三泉承運寄書勸勿吟詩以此報之

我師淵泉文我友淵泉孫懿玆博洽士復出鐘鼎門

天姿去雕飾曠懷彌清敦一見輒心許不在來往煩

城西一分手倏已驚歲翻豈知千里外勤勤枉書存

發緘讀其辭上言加飯飡下言慎言語吟詩勿頻繁

悲愁近兒女諷刺忌蘭蓀不見陸司戶古方手自繙

不見藕團練好句腹還吞胡為潔堂作往往士友論

淨名不足嗽故吾今室摒子誨甚叮嚀子罃佪燀埃
伊余遭眕際代無延齡惇狂疎觸憲冠罪重猶見原
薄竅亦善地未始為覆盆區區發文章思以明上恩
豈若二子者世涵憂巧言荒山積霜雪土屋窮朝昏
上客但牛鬛奇書惟兔園此間若無述笑語誰與爻
不敫賦涉江不擬書投沅辭必大雅作義歸柔與溫
牲旣嗜菖歇功亦當虈譖他戒敢不從此好終難譖
嘗聞兩湖間山水清且渾子今遠游歸雲霞氣軒軒
何不寄新詩令我慰夢魂子方止我艦我輒侑子樽
遞知子笑我飯為滿案噴

讀古歡老人海棠樓銷寒歌至西方之寒寒更

苦以下數**句**見念懇惻不覺涕下輒次其韻欸

其體既以為謝亦寓自敘云

我年雖未壯眼中世載光陰現我游雖不遠腳根萬

里山河轉謫居閒憶平生事一一有似風中靉風止

靉消倏無迹惟有故人情不愛就中相思誰最是古

歡老人碩且鬢此老能禪亦能俠不似寒窩秀才但

知磨鐵硯六十年来游戲處除是不到瑤池宴忽向

瀛洲方丈海上来却到易水長城燕南見白髮滿頭

不足悲布衣詩名天下遍近來銷寒海棠樓寄我長

句逢卷戀一讀使我長歎息再讀令我忘寢膳三讀
四讀讀不止我本鐵心石腸今日淚簌簌亞如線一
幅溪藤數行墨智其間字字湧出先生面親到萬山千水外
手撫我背如相援西方之寒寒峭苦春風應已遍郊
畎廣通橋底水初暖丹轂朱輪日喧闐谷風之詩古
所嗟今世亦豈無群彥獨我先生最貧賤念我無益
徒繾綣道文字有神力那能攝我還鄉縣承平日
久英雄老有似晴簑及秋扇肉食者鄙蓼蘦謀世人
怪笑謂風眵黃鵠逝矣弋不得咽咽啾啾者誰子無
乃鷟與燕但顧他時得聚首辦取青錢一萬還與君

飲六橋之酒膽五湖之魚歡笑日日相慰聊孤憤莫
欵韓非大談莫學鄒衍眼前一醉真難得何用撐腸
挂腹文字五千卷

○○○仲春

鉅嶺蟠崇昊長江割厚坤仲春猶積雪亭午已黃昏
蕭蕭孤鴻遠啾啾眾雀喧極知無可往聊復倚柴門

二月十九日恭遇　恩赦聞喜有述

初聞喜語夢猶疑繞讀　恩言淚已滋厚地高天無
棄物秋霜春露各隨時賈生欲老方思用藕載錐才
僅許移豈有如臣愚賤者暫羅旋宥獨蒙私

○平字書衆喜字來手中纖逐笑顏開雙親共倚山扉望兩弟先期驛路陪酒到經時應便熟（慈母書云花釀酒以待）敎趂節未須催（是歲春）候稍晚歸程黠計狂歡甚十指無端屈幾回

○謝客經年臥草萊柴門今日盡情開野翁白髮孫扶至邑妓紅裙馬載來（村中人為）倒罋歡如佳節飲攀鐙悽似好官田世間苦道人心惡孰謂遐荒有此哉（余邊妓設）宴老翁年九十者亦至

別潔堂
千里不唾井三宿猶戀桑況我遠謫來經歲于此堂

半年無飢渴四體常康強斯以金石聲被之翰墨香

堂雖甚狹陋於我功難忘我雖才德薄於堂亦有光

我今別堂去逝將還故鄉堂亦歸故主與我不相將

我猶情未已出門屢回望堂子不能言茅茨掩夕陽

、

九楷嶺口呼別潼關諸人

勞苦潼關諸父老騎牛騎馬步行來借問離情誰得

似九盤九十九回回 山嶺有九十九盤

萬山匝匼雪雲深一路攀援涕淚滋三日繞行三十

里半緣天氣半人心

叢祠牛酒薦精誠拜祝祥雲護去程果有明神應笑

我謫居猶得買人情

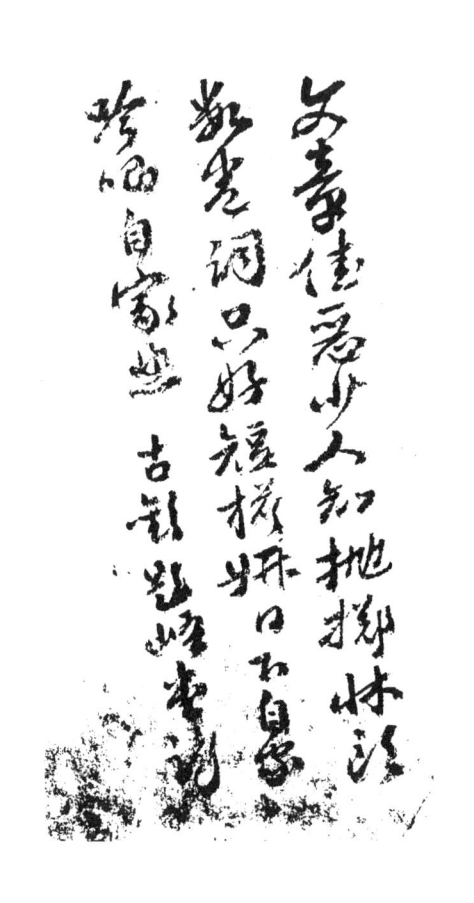

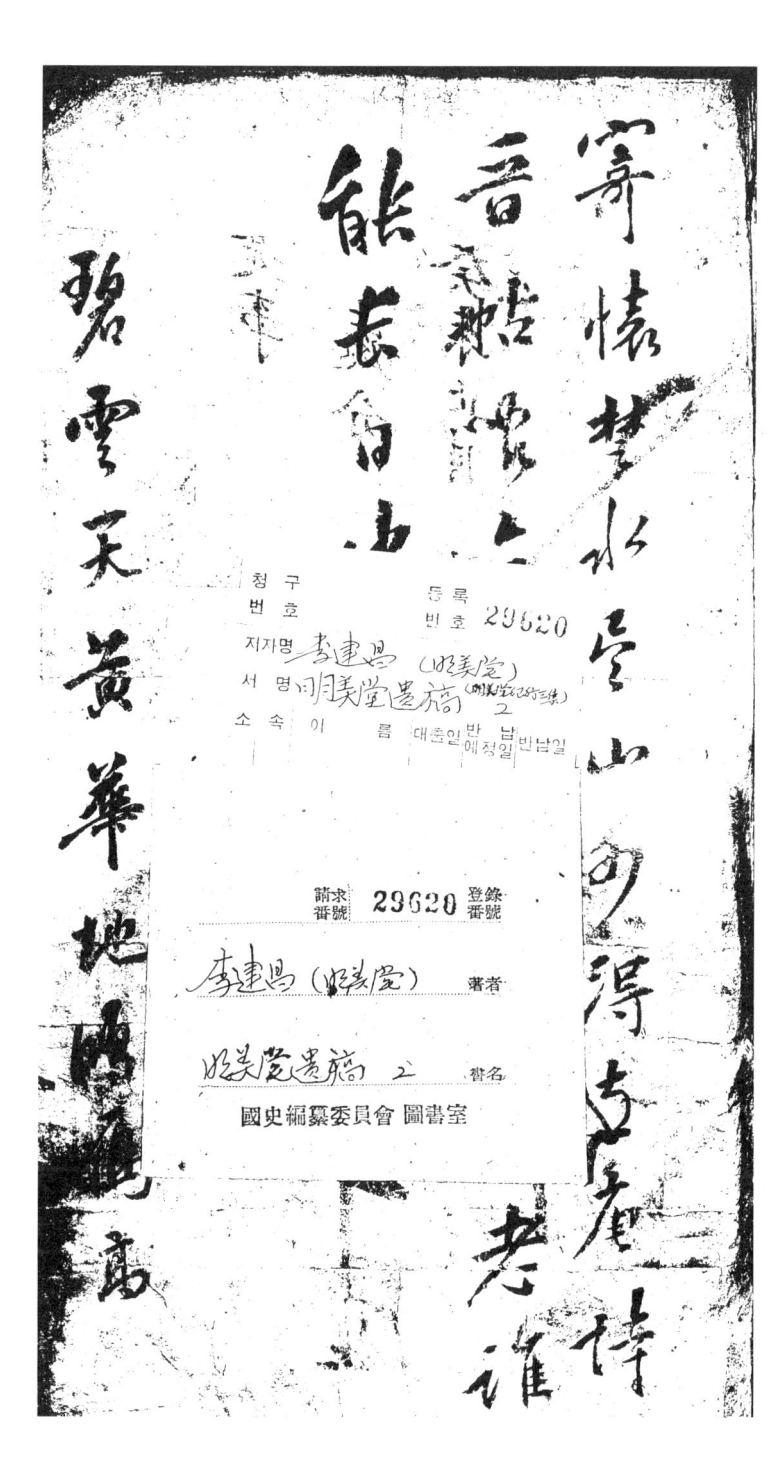

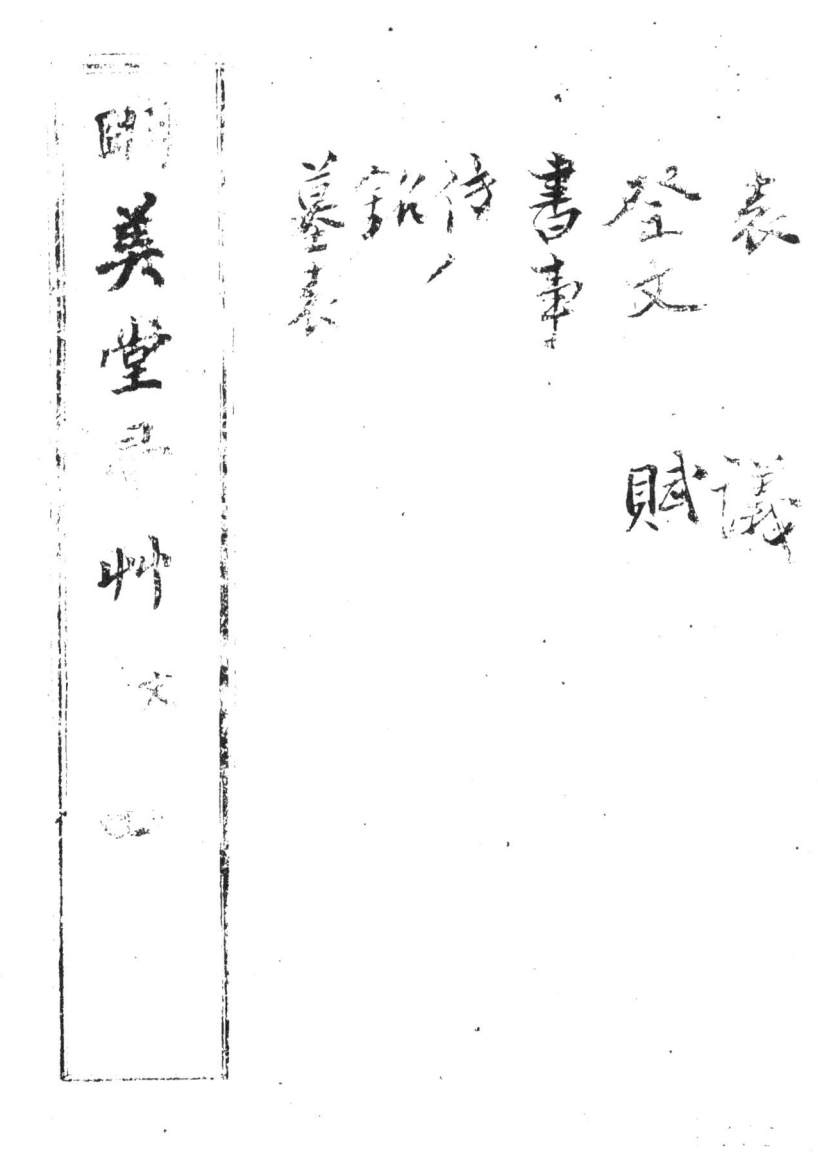

議 表

登文 賦

書事

待 銘

墓表

郷美堂 州文

表

擬到碧潼謝上表

臣某昧死言臣准義禁府配文一道奉啓下竄臣平

安道碧潼郡已於今月某日到該郡居住者奉公無

狀方竢嚴誅馭下以寬幸從輕典惟示不同中國之

義有以仰見上天之仁退省徵郵彌深感愓中謝伏

念臣齒猶藐末姿實固編束髮受書慨然慕古人之

學撫身從仕思欲訓 明主之知竊居臺館者幾年

汎無片言之可効叨賦皇華於萬里亦乏專對之足

稱屬當徃歲直指之行乃是微臣匪躬之日彈擊自

大吏二千石以下按廉遍全省數十州之間既險阻

艱難之備經雖強梁豪右而不避惟以竭力為務對

揚尺一之書未嘗度時之宜經營方寸之內有物相

矚人方卒怒於虛舟無故至前世莫先容於蟠木致

其在途之際謗讟已騰及夫返陛之初衷腸莫暴雖

是非付之公共或有廷論之直魏其而事變起於橫

求乃至仇家之告張敞讐言荒忽見載鬼於一車積

毀浸尋聞殺人於三至臣獨抌心而傷悼　上猶屈

法而憫憐不卽狴犴之溪文俾禦魑魅于遠商三江

接地已極邊荒九嶺敝天但瞻日月生際承平未嘗

北首而爭敵今雖淪落猶得下肩於齊民況無瘴癘

熏蒸之患將以優游飲啄於斯實過所望昌敢少恨

慈蓋伏遇高厚則天大中爲道教亦多術雨露雲霜

之以時物能有容山藪江河之莫測遂令肖硬亦被

燠咮謂臣少弱之年宜存末減矜臣狂踈之行俾兗

大何臣敢不戴罪爲榮居屯若泰瞻淫岵岵縱憐爲

傷之衝情顧頷江湘尚漢鳳凰之攬德若曰文章以

報國庶幾能弓每念名節於平生厥維艱矣

祭文

「祭外王考文

爲乎痛哉昔荀卿著書以勸學爲首而謂皓天不忘

百年必復蘇軾言善報定於子孫蓋善者必資於學

而百年所以待子孫也爲乎前五年甲子公春秋六

十有一先王考爲文以壽詩之美公以華國之才而惜

其窮老賀公以多男之慶而期其式穀大意則曰古
之君子欲壽其學于子孫是取箇與籲之意合而爲
一明福善之不虛也蓋是時公居沁海之濆荒山破
屋中布褐不繼糠籔不充人不堪其憂而清明在躬
粹盎發外未嘗有窮愁之色皓首炳燭寓心經典公
之身宜有以受其報者矣中歲叩盆復續弦膝商瞿
晚福穀難成列意其胚胎之初必有吉神寅佑若所
謂孔氏釋氏抱送於天上者而自在襁褓不離典訓
並授詩書以肄其業公之後亦有以壽其學者矣偈

乎公行年七十竟不得一命以展布才德之萬一狹
其用而施之家以教誨此二嗣者惴惴不懈人以公
爲固窮無所求者然公獨不求諸已耳若其求諸後
者則有之公亦不求諸人耳若其求諸天者則有之
且使公之生若無是二嗣爲則亦將何所慰意以自
怨其窮如平日也卒乃遇亂漂泊飢不得爲食疾不
得爲治喪在旅舍躬隔先龍雖使上天悔禍厚及其
後以公而言乖盭已甚奈之何一年之内一月之間
折其兩孤纊麻未練齔稚相續寃乎酷矣夫匹士交

與之義尚不以存亡易守則天之神聖其復於公而
定於公者必有不忘可必之理而公在則罪之為子
公沒則奪而不祀於是乎苟藉之說并歸無有而先
王考臨難取義沒先公世壽序之意亦無以仰質矣
烏乎痛哉血氣之倫在今獨我緘辭寄哀泣望江左

祭季祖監役府君文

烏乎痛哉天不悔禍不憝遺我季祖以鎮撫我家而
今以後小孫建昌將安所以更事我祖父耶烏乎痛
哉夫人之稱祖父之兄弟也苐之謂祖別之謂從從

者何從吾祖而祖之也乃公之於建昌則有異焉皇

祖生平天倫篤摯視仲祖季祖若一己也建昌其敢

不吾祖之志是從我皇祖將終撫建昌而告之汝勿

峒有汝之季祖在焉乎建昌其忍不吾祖之墜言是

從我惟其從吾祖也故建昌不敢以從祖事公願以

事吾祖者事焉然心誠願矣願未有以效之是則建

昌之不肖焉已雖然建昌自失吾祖以來思吾祖之

動靖語言則於公焉是即思吾祖之老而好學不倦

則於公焉是得思吾祖之稱述祖先故事用訓迪我

後人則於公焉是識蓋於惚怳悲徬之間吾祖有不

此者矣建昌嘗私心言誠哉季祖之猶吾祖也顧以

吾祖之靈用相我季祖俾榮衛強起居優至于耆耋

期頤靡有害是吾祖之典型不遠泯于斯世而建昌

得永有以此壽矣烏乎痛哉今茲之辰其夢也歟其

眞也歟我酒既清矣公不我啜我殽既馨矣公不我

嚌我告我哀矣公不我唏烏乎公乎其又無及焉已

曄其儀形戢于一木爽其神精擾擾于槁壤公焉至此

而況吾祖之有不此者其又奚徵焉於是乎建昌心

隕坐絕大慟長號謂吾祖之永棄我矣烏乎其忍言

我昔者公常勉建昌以學曰汝胡不惴惴爾使余一

朝溘然歸從皇兄于地下皇兄若汝之問其何以對

汝其圖之汝其勉之烏乎公今果歸而吾祖之從耶

吾祖其果問建昌公對之若何自今以往建昌尚賴

天之靈庶其童昏使不至無成烏則公之寔寔尚有

以察之以告吾祖尚與欣欣然悅豫之耶縱察之矣

縱悅豫之矣顧建昌將安所以求之烏乎建昌其不

得以復事我祖父矣烏乎痛哉

祭從叔父進士府君文

嗚呼痛哉風漂雪剝靡撼不仆彼美梗楠如草委露
后皇來服公實嘉樹介立挺生既貞且固清明含醞
榮華發吐徵諸文萩允矣天賦公之記問如入武庫
公之詞章如出玄圃天心月脅名理所聚公手探之
萬秘森布世眼如恭徊徨眩瞀不受人知獨與思姬
磨蝎伺釁㮣鈍獻想九命之說信矣無誤既貧無食
病且成痼三霜血泣萬事遽暮戚戚膏火銷腸鑠腑
匪直也命繫以憂故雪屋淞窓寒燈一炷沉沉若瘱

炯炯如寐四十四年如逆旅寓哀哀慈母撫此婦孺

彼蒼者天何怨何怒衆父交縈群貽競驚胡椓於公

惜矣莫顧人亦有言遇於不遇如詘得伸如春鮮泹

此理茫茫于何覺悟岱山千仞蓉城一路傷乎尚饗

祭亡妻文

淑人徐氏皋復之旬有四日而葬葬之九日而返虞

于京第夫李某拭淚操文以告之曰烏乎痛哉往年

余偶讀韓文至弔武侍御瘖瘂今目存丁寧兮耳言

怨不聞兮不見莽誰窮兮本原之句懷中邌作惡淚

淬淬四五行下時君已病矣而尚未巫吾殊不知何

心感焉乎乃今吾知之矣俗語有云越近越親越遠

越踈常人之情孰不然而丈夫之於室家尤甚故嬿

婉而篤恩愛契濶而渝言說者無往而無之而況幽

明之間一別千古形已離矣魄已降矣袿帷闃寂鏡

奩塵埃晝思則恨其無益夜夢則懼其不祥向所云

晢晢而丁寧者庸可復道耶余之哭君繞若千日耳

不言神傷情豈遽忘而淚之熱而聲之疾者比之於

初十已三四減矣日月無窮宸樂有期由今以往吾

心中幾何不頹然忘哉嗟乎今之不能遽忘者固情
也而由今以往不得以不忘者亦未始非情也情萃
如是可哀焉惟逝者耳雖然君之生也通事理識大
體與我居十年之内意盛義浹焉無間然然未嘗以
兒女子世俗之態緣毫見於余余以此愛君敬君倘
使君精靈不昧聞余今日之言必不曰夫子真少恩
哉矣此心此意須君自知焉乎悲夫春風時至萬物
生光何指晢者之不可復見而丁寧者之不可復聞
耶烏乎傷哉

禱洞仙嶺神文

年月日碧潼郡竄配人李某謹具錢壹佰禱于洞仙
之神曰余以有罪竄西千里道塗孔艱自茲收始側
閣山神甚有靈異行旅往來必虔禱祀伊余不佞不
工謀身不獲于人遑于鬼神今遭大困聊且呼譆雖
則呼譆固知所愬閟閟默默與神俱塑余愚如斯神
庶無尤俾不能言亦或處休

祭小荷趙文獻公文

始余從故公已乘軒遻于關下握手與言曰子之才

可謂國士子母排我我顧結子余家單素公世貴榮
匪親匪舊半面平生官拙游倦獸避請謁惟公之故
塞驢時出鐘初月上酒香滿衣家人不問知自公歸
余齋北幣公按西節于湏于灣避迟暇日萬花如海
譽營沸絲公釃酬其樂可知公嘗諷余憲子徑直
余狙不艾觸憲圯職天譴人非環視莫憐公以隻手
援于重淵力之不能猶不自已發廩輸幣送余千里
獄吏在途驒騎在門載笑載沸自曛竟曉荒矢西陸
不狀人虞公以書來時月無阻緩怠與須古亦難之

余懷感激匪直也私踰年而宿歸蟄蓬戶余不敢謝
屈公屢顧自去歲夏余復授官匭弛畏約彌以少歡
公曰無然子必有用獎之誘之心念口誦有及於余
如渴如飢公則然矣如公者誰萬丈峰前三清洞裏
飯剖衣聯直兄弟耳謂憂可滌謂病可瘳謂我與子
一不可無公憂公病惟余所識公之平居惟心惟國
以處之密不同外人淒坐黙念累晞頻呻知余信余
時發其蘊風雨雞鳴夫以方寸不有大者昌觀其餘
余拜公言相期何如已乎已矣言之何補茫茫一塵

候候千古昔公寢疾有減有加旬日之間胡斯厄耶

有來告余公疾且篤趣往而視入門已復昌不爲余

少遲其行俾余於公永負心情有淚如麋有聲如皐

奚報公知奚塞余責念余交公始終以文凡有述作

每見輒欣今爲此辭以抒衷曲公聞不聞一讀一哭

哀辭

鎮撫中軍魚公哀辭 并序 辛未

上之八年四月洋夷犯沁之廣城 王師敗績鎮撫

中軍魚公在淵死之公武科出身累官至會寧都護

府使以廉辦聞軀幹長大絕人有膂力至是因大臣
建白即日赴任甫九日而難作賊之犯廉也知有備
不敢遽入以大舶上德津遙放子母礮流丸四注公
堅坐將臺上不少懾分遣親校率京營兵埋伏于城
背要害處俄而賊之下陸者迤邐從城後潛水伏兵
岠嵎望塵而遁舶中賊又蜂擁而下緣塹爬岵肉薄
爭前前後交襲而墩堡地勢甚狹彼我雜糅眉額相
擊戛公與府千揔金鉉暾沫血徇師誓殊死戰無敢
旋踵也有一卒止走鉉暾直前剔其背卒譁語曰奈

何令我死公莞爾曰死則固死耳汝輩編行伍幾年
寧不知有一死耶是時京鄉軍僅三百餘精銳者不
能半然短兵相接刀鎗斷折至用礮柄以搏之飛血
如雨咫尺不辨自朝至晡終不少怠公以士卒不能
遍甲故惟衣狹袖衣手一劒揮霍其中又取大礮丸
袖之左以右手彈之所向無不立殪者有流丸中其
左股乃仆賊恚公甚環立而刃之糜爛無完膚公之
弟在淳布衣也徒行赴軍顧以身殉兄是日公麾之
不去翼蔽公以戰公死乃大號手格殺數賊而爲賊

所害禆將一人從者一人與金鉉曝皆從公死鉉曝

沁邑人平常感慨勃發自言當為國死蓋其性然也

於是前起居注李某為之作哀辭其辭曰

孫石鎮兮祖江阨背艫櫓兮頻沙磧驚飈旋兮狂塵

射日色赭兮雲容墨大丸流兮長鎗東前茅竄兮後

勁覆虜阿薄兮欻先登氣熛怒兮勢崩騰仗孤軍兮

絕援兵衆寡懸兮不可爭偉將軍兮武且剛抗義詞

兮激忠腸淚迸裂兮聲低昂誓將士兮同日亡舍礮

石兮趣刃鎧短兵接兮空拳張頂踵戛兮膏血潒紛

格鬬兮戮過當天夢夢兮日荒荒左股創兮七尺殭

神將離兮魄逾強忽反顧兮瀏睨長擲飛刀兮閃寒

芷兔余冑兮縶余馬塗肝膤兮棄原野目炬閃兮口

血瀝鬟輪困兮入脩夜儀從主兮弟從昆駛雲馬兮

堅風幡齋精誠兮斂煩冤恭趨忽兮排帝闥格上帝

兮辰　列祖神赫戲兮威靈怒揚海旗兮震天鼓從

天兵兮下如雨撞大礛兮拉大舶鷈虜肉兮爲脯腊

妖祲豁兮海氣清民康樂兮桑且畊漢之曲兮汾之

陽長終古兮思何忘播妥眇兮擷芬芳蠲穀朝兮薦

江字待考書 下

國殤

哀辭後書

余家沙谷距廣城二十里而近方師之始潰余家居
遇沿津之避難者詢公何狀或言斃或言走最後乃
有言力戰死者然其言力戰死亦互有異同余姑裁
擇其可信者次爲哀辭一通醉酒西向而哭之實公
死之三日也無何武士將劉禮俊等十人被俘而還
語公戰時事甚詳而與余所爲辭合禮俊故奇士感
慨自負不出金鉉曔下至是中流凡創甚幾殊竟不

能死及還賊與之衣禮後拒不受裸行蒲伏至營搏

顙乞伏法且言伏兵凶走罪願與已駢戮以謝國殤

留守特宥之伏兵竟實不問禮後雖不能竟死其人

與言固可無疑也余嘗觀史書所載忠臣烈士之事

其耳目所觀記與夫後世之論議往往牴牾漫滅多

不能明言甚則吹毛索瘢而甚其後者有之每掩卷

深思而滋惑焉今於魚公之死而得其故矣國家不

幸師出與尸其與將帥同立懂者既已儗猿為鶴不

可以復作矣其餘則弱懦怯儒望風逃竄之徒貪生

畏法慮無所不至將以為彼死事者明白無疵纇則
吾屬罪逾重矣顧乃往來唇舌然疑可否以眩惑一
世使死者不免於自取而逃竄者可以譸諉司馬遷
所謂全軀保妻子之臣隨以媒蘖者良可痛嘆向使
劉禮俊不還則其時設伏之事孰為公明之伏兵乆
走者又孰知而孰言之耶卽此一事而可觀也烏乎
公以視事不浹旬之官率數百烏合之師守萬死不
一生之地非有宿昔之恩加於軍民也非有蟻蝝之
援可恃而無恐也徒以忠驅義感骨騰肉飛終日格

鬭於礮礌血雨之中而所殺傷亦無算使公不死賊
可以少却而師不潰矣公一死而公之弟死於兄從
者死於主人褊裨卒伍死於軍抗志同日烈烈如此
微公孰能使之且公既死而師潰矣賊可以乘勝長
驅如無人之境而顧逡巡沮憊不敢前一夕遁去彼
果何畏而然哉謂非公一死之力不可也太常氏謚
公曰忠壯宜哉

傳　書事　銘　贊

李春日傳

李春日沁邑人家貧無它能獨能飲酒邑南城門守者號門將而實賊後也春日求爲之醉輒大言曰吾亦將云　上三年洋夷犯沁自鎮撫使至屬吏軍民恋鳥獸散夷皷噪而前時春日方隸城所徑至城下酒舍中盡取酒飲之還衣皀衣仗劍中門立有一老兵過而嘻曰此何時若乃飲酒爲賊見皀衣人必殺之盡裼而走春日目直視若不聞老兵又嘻曰若醉乃不知死耶前強裼之即去春日又不動夷旣薄門春日倪取衣衣且扳劍夷怪問何爲者獨不走春日張

目罵曰我南城門將也我守此門雞狗汝不得入必
欲入者殺我乃可夷怒以刃剚之酒氣拂拂腹中出
而口益罵至死不絕亂定留守以狀聞朝廷贈春日
官旋其家

李鳳藻曰沁邑有南城門當　仁廟時清兵至仙源
金文忠公諸賢登門自焚以殉邑中校吏胥隷及諸
公家僕從同日灰燼者指不勝計而門址有崇碑勒
其事至今二百年赫赫如在目中今所云南城門者
蓋中世所徙非其舊云而春日者死於是烏乎可感

李建昌全集

一七〇

也或謂春日素無識不飲酒未必能死吾獨怪古今
多不能死者孰使其不飲酒哉

謹書先忠貞公記金貞女事後

金貞女歸于未醮之夫朴某治其喪祭養其父母者
三年而先忠貞公爲之記其事金貞女遂名一世其
明年先忠貞公捐館舍又六年而金貞女沒通津江
華二邑之人綴先忠貞公之文而狀于監司監司聞
于朝廷遂施其閭於是建昌嘉貞女之全且顯而感
先忠貞公之不及見也輒徵先忠貞公所未載者錄

之謹附於後貞女沒前數年其姑先死貞女持喪甚
毀然猶曰吾不死於夫者以有舅姑耳今姑雖已矣
尚賴舅以爲命吾忍死及姑服闋之歲某月日爲夫
死之七碁貞女忽病劇告其舅曰婦始欲終事舅今
夫台之矣婦事舅不得終勿恫指所養族人兒曰善
視此孫舅驚泣曰汝病豈遽至此汝何忍棄我對曰
婦亦不甚欲死柰命盡不得自爲耳又曰婦有自製
衣裳皆用綠色在密箱中即死可出以爲歛畫上頂
少脂粉冀夫初見婦不嫌醜也夫手書一小冊所帶

錦囊可令婦左右手握之彼此不識面相見須有驗
也言已潔席卧數顧日影竟以夫死之時浚是夕里
中人夢其夫綠袍騎馬從墓門出曰我迎新婦去也

書金東周事

金東周沁邑人貌甚戆讀書曉文義居父母喪甚善
一鄉稱孝子今　上初朝廷方鈞捕西洋學甚急有
因於賊書濫引東周治事者檄沁府盡逮東周全家
詣京師於是沁邑人無老少皆涕泣曰寧有金孝子
而爲西洋學耶　吾儕安坐不救非人心衆遂裹足尾

秉周以行秉周既至未就讞拘地牢中秉周語監卒
曰吾有嫂少寡今俱繫此雖倉卒不可無別乞以身
囚他所監卒相顧謂西洋學那辯嫂叔此冤明矣以
其語告治事者治事者亦訝之及見沁人具狀言金
孝子必不爲西洋學乞以數百口保之乃召秉周與
衣冠上堂嘖嘖曰汝何以得此於鄉黨也立釋之秉
周家故吏胥獨市藥以爲業恒不能給及自繅繰歸
益蕩析朝夕假貸人一日忽大慟曰吾苟不爲盜決
無活理遂縊而死噫秉周其忍人也然使秉周忍六

七日餓可端坐而死何汲汲也豈餓之不可忍甚於

死耶抑憂患督惑而失其心者歟東周昔爲先王考

所謂嘗過余値余方夾東周憮然曰昔者謂先相公

見君待側讀書未嘗不歸而訊於人今所見與前異

東周惜之又曰前夢拜先相公讀論語至如有周公

之才之美使驕且吝其餘無足觀也爲之三復覺而

識之故來告余瞿然改容而謝爲東周死余不及知

後乃聞之爲之出涕悲其賢而不終也忠告於余之

不可忘也書其事以抒之

李嶬堂詩傳

嶬堂名象秀字汝人宗姓故翰林煬然後也嶬堂幼
失恃家貧苦飢父使寓族人家習農一日歸泣曰米
耕非兒所能任聞學書可以代耕願改業焉父憐而
奇之謁一先生先生曰汝欲學書乎曰幸甚先生曰
汝能爲我供汛掃必如我意乃教汝嶬堂遂居先生
問與僮指雜處所命無少遺者先生愛之課授甚勤
嶬堂性聰詣又痛自刻礪砣砣不已先生每中夜睡
覺聞茶竈筆牀閒有伊吾聲必嶬堂也甫幾年盡讀

先生書深究獨造卽於性命之原有所契入古文詞
類若神鮮者然自是游執四方藻思日以茂聲噪
都下遂成進士然雅踈拙不能交貴顯惟梣溪尹尚
書定鉉深許之嘗使其子師焉然尚書已老致政不
能尉薦也峿堂爲人才高而氣下晩益自歛繩墨無
少舛蓋以文人無行爲深恥故知峿堂者以爲人品
過於文章殆所謂隱居求志者非歟峿堂嘗約人築
室廣霞山中挈妻子先之其人竟不來峿堂獨處踽
踽無所與語薄田一頃不足以給公上屋不能編茅

風雨時至漂搖如破航晤堂方與三丈夫子讀書其

中以為樂嗟乎其可悲也晤堂著誤甚富諫不肯示

人余僅得其詩一卷與姜古歡老人共加讐校箧之

以至上京冀或有天下君子賜之觀覽而知吾兩有

家貧讀書之李嶠堂者豈非幸哉余與晤堂屬繼別

之族而古歡其友也光緒元年人日朝鮮使臣李某

書于玉河館中

　書李聖養正模傳後

李愛韋士述此文示余而曰子嘗謂李聖養賢士惜

吾知之猶未盡今聖卷不可見矣昔之云未盡者其
將有得乎斯文否歟余受而讀之再三益信聖卷眞
賢士韋士文又序次得法如見整襟危坐之聖卷仿
慮尺幅聞幾忘其已死然聖卷之墓草已宿矣憶其
可悲也聖卷隱居求志計生平必不以一步枉於人
獨當一叩余門蓋以有先世之故又韋士折輩屑余
必有所過聽者然余顧荒嬉少撿束當聖卷見余時
度其中不能無悔意余至今愧之而韋士文乃稱李
學士噫李學士何人豈能重聖卷耶書之謝韋士重

以悲聖眷焉

百祥月傳

百祥月者安州妓也兵馬帥李君嬖之畜數月
李君故孤貧客千里外帥各於財僅支食料無佗物
以是百祥月不得李君一錢第心愛之而已旣而帥
與李君論事不合怒欲撾辱之李君不肯受帥恚甚
勒稱李君欠錢六萬囚而責之甚急百祥月見帥
曰李君妾夫也今爲公所囚乞保妾而釋李君惟公
所命帥許之李君出百祥月延之舍持而泣李君曰

吾縱由汝免然實無錢將累汝奈何百祥月指其室
曰妾有此居又有田若干粳苽若干悉鬻之可以償
君勿憂也李君曰吾畜汝僅數月無所與汝汝所有
皆前夫物何爲償吾百祥月曰何言之區區也第聽
吾所爲立召市人出田宅券與其粳苽而計其直得
錢六萬既以償所責以其抈爲李君治任送之京將
別李君有不忍色百祥月辭曰妾賤人不能從一夫
君努力勿復念妾也李君去百祥月爲妓如初
李鳳藻曰安州有百祥樓名國中百祥月之名以此

云太史公有言緩急人所時有夫緩急固人所時有

而同緩急者不能時有此自古士大夫所難也而百

祥月能之嘻孰謂百祥月妓哉

某學者傳

某學者不知誰氏也雖有所冒不足信故某之前五

年以謫來陰潼始至宣言曰我某先生之後某公之

族兄弟也爲朝廷上書言先聖先賢祠院之撤者宜

亟復以此得罪潼故僻陋郡守例武官卽以衆來者

又多四方之賴鮮有士人至是聞某學者來莫不聳

然郡守又震其家世卽造見執禮甚虔爲之舍館供

億其備於是一郡中皆云某學者乃辱吾邑幸甚其

業爲儒者尤汲汲具刺贄謁某學者惟恐其不及也

某學者狀貌甚雅善修飾終日正衣冠危坐不妄言

笑喜讀書與人言必稱程朱氏與諸先生之緒論又

作楷字甚工嘗自道蚤志于學謝科舉家居養母視

世之榮名利祿如浮雲今不幸至此命矣夫聞者益

感嘆曰此眞學者也邑之人醵錢百金爲某學者周

急某學者屢辭不獲已受之居數月某學者見一妓

兩悅之當與居或疑學者亦不免此然不敢言也久
之邑有訟某學者潛受不直者錢爲之右郡守強徇
之又邑中任儼所謂座首別監者某學者受其錢求
於郡守郡守不能盡從稍稍厭之又久之某學者聚
邑中富人子年少者使爲馬弔江牌所負錢輒以已
錢出西責三倍復誘妓使與合得錢與剖分之於是
一郡中大譁云某學者天下之凶賴者也郡守絕不
復通其具刺贄請謁者皆唾而走前釀與錢者更謀
往奪之其長者止之乃已而館某學者者尤穢其所

爲曰罵之某學者不堪從於逆旅歲餘國有大慶某
學者得赦可以歸矣而無行意有問者答曰朝廷旣
敎我必且名我我非奉　旨乘駟馬不去也如此者
又數月某學者資已盡欠逆旅食債影猶大言待我
被召歸卽重報汝會逆旅人有事出一宿歸見外門
大開入視之某學者盡攜室中物適矣
李鳳藻曰世之冒氏族醫行止以欺人者多矣未有
如某學者之甚者也然吾獨有憫焉士大夫蔭籍門
閥讀書談道義出處較然非有冒且匿者及名稍盛

而利有以誘之一朝有不屑事僅如毫髮已廷累其
身奈何不能愧畏曰駸駸入其中遂為下流即前日
所為適足以欺人而已噫某學者一匕賴子遁則斯
己矣若不能遁者又何哉

中京布衣白君膺絢介其鄉金于霖澤致書一通
于余并寄白氏家誦五章小識一篇余受而讀之誦
曰我白舊籍鰲山即今清道郡在新羅焰智智證時
有著明倫說者有號圖里先生者在高麗太祖時有

以詩將王意而遁者至麗末有没而爲神食崧山壇
者有遺命治喪勿用浮屠者識曰此我八代祖妣安
夫人以諺字錄先世事藏于家者也而世系諱爵皆
不傳盖七代祖幼孤遭亂徙于中京而清道之文獻
泯矣獨賴是錄而僅有存者不肖懼久而益晦也譯
以文如此寧缺不敢贋書曰僕之世遠矣而家微矣
僕之文又不足以發前人之幽私恨之僕居中京
嘗觀先忠貞公之滋吾鄉而飲其化嚮其義者久僕
雖未嘗交足下而語其故則且三世矣足下文必不

朽敢以是請余感君之言質而戇且重于霖也屬節

其大槩而書之孔子曰吾猶及史之闕文也先儒謂

闕文如夏五郭公之類古之紀述者疑而存之同或

加焉故聖人貴其意而惜後之不可見譜亦史耳凡

人之以姓氏相系者或數千年興替繼絶之不可常

何由一一諦其故而無少欠乎是不足病也惟遠矣

而不敢不追微矣而不敢不闡此之謂孝其君之謂

乎君富讀書工詩刻勵至老于霖云

　韓心遠子傳

心遠子開州人父進士錫祐號蕙畹以詩名有三子
皆世其業而心遠子寂能蕙畹嘗謂心遠子曰波乃
欲過我即然子不及父順也其父子相知爲樂如此
方　正宗時函設課製以取士心遠子文用古體不
合功令　上才之而病其異下其文于開城留守曰
爲我語韓在瀋盍少變之當是時心遠子之名動一
世矣心遠子美風儀聰悟絕人好西京古文治三禮
學尤長於詩思深而氣清嘗寓居漢陽之城西作藕
華堂貯書萬卷日諷咏其中氏巨公重卿畸人逸士

以風流文采相先後者無不挈萆行相推許號為極
盛然亦以此為忌者所伺　正宗升選諸與心遠子
游者或以罷黜心遠子坐據摭遂竄順天府地濱海
俗陋窙文學心遠子至則誘其人以誨之具科條甚
悉久而不勸其人感之至今道韓先生云居數年宥
還登進士第心遠子家素裕至是窮落無所資屏處
鄉里時與學者劇文章沿山水以自廣其志未幾卒
年四十四初心遠子負才欲著書自見述開州故事
分類援引為故都徵四冊行于世詩一卷甲乙問對

一卷藏于家或曰南竄時妻金氏取其書而火之曰
此禍媒也以故多不傳兄在洙進士號希原弟在洛
號藕人子曰晚殖藝而蚤殞曾孫東赫袞諸詩而梓
之屬西原家稿凡三世五人云
李鳳藻曰余高祖椒園府君寓居開州有答韓霶園
論文書一通霶園心遠子字也蓋余於韓氏有世好
忍心遠子少日内則父子兄弟相為知己外有師友
賓從傾一時而布衣之名至達　人主何如鹹也而
卒註誤離憂短折以終則又何悲也以心遠子之才

使不蚕自見而稍撙抑之以昌其業而延其箕則其

所就豈易量哉然士得如心遠子而不終自見者無

也為乎豈非難哉

烈女石氏旌門銘并序　代家大人作

石氏恩津人年十八而嫁于礪山崔順明孝順稱鄉

里未幾順明浴于野溺死氏哭幾絕者數奉舅姑勉

強食事及三年夫之死日祭既徹家人失氏所在出

門跡之時星月晦明氏立野中茫茫如有所求顧見

家人至遽自投前渠宛轉泥沙水淺不即殊乃歸勸

以勺水氏咋血淋淋也翌日泣告姑曰婦願以夫死日死夫死處今死於家又遲一日恨恨矣夫故袍在婦懷中幸以此為斂言訖而絕事聞朝廷命旌其閭曰烈女氏先育舅姑取夫之弟之子某為嗣久之貧不能樹楔某曰不可以掩吾母乃業商積賢大會鄉里謀所以舉旌者介其隣人方達周而求余文記之盖距氏之沒爲略千年云銘曰

大湖之水匯于江鏡玉女裁裁孤騫特映婉婉崔婦惟節之奇靈秀所鐘詎特鬚眉義缺恥刑眾趨姑慰

謂屬善者徒苦無益婦之死夫内斷于心不激不詭

僅古勢今誰其施之國稱有司誰其尸之家亦有兒

孰燉不彰孰芳不絕屹彼烏頭天光下焰

截江先生牟司諫贊

牟公姰性至孝親病求醫將渡江水大澌不可舟公

仰天而哭水忽中斷見者異之相謂曰此截江先生

云後官司諫　光陵靖難守節不貳以竄終裔孫某

以耳溪洪公所譔行狀來乞余言乃屬之贊曰

嗜世之譚天曰天曰時曰命余胡能爲姑委以順

苟幸無徑惟倫與義諭香以遷狃而同艾美貴乎人

人與天一有感必神秋水方至彼江沄沄不舵不楫

淼其無津孝子臨止仰首號旻洪流中斷宛宛飛塵

是無奇特惟誠之真惟此孝心厥爲忠純遭世之艱

守死潔身無曰無成求仁得仁我贊而唏詔百子臣

墓誌碣銘

亡妻徐淑人墓志銘

志者志也使人不忘之謂也生而幸爲男子有功德

文章之實則其没也爲人所不忘無待乎志矣其爲

婦人則不幸矣然顧幸而得偕其君子富貴老壽又

幸而長子女延血脈俾生而有天恩沒而有大哀者

則亦可以不忘矣惟不幸而為婦人又不幸以夭不

能偕其君子而延其血脈於是乎他人入室而逝者

之跡泯然無復存其使人不忘者惟荒山一坏而已

是則不可以不志焉乎吾完山李建昌鳳藻也吾所

屬志者淑人達城徐氏吾妻也吾妻家世有至行大

父某<small>援捕</small>父<small>王</small>光陵令某<small>長厚相</small>兄某皆以居喪盡禮毀而殞母

沈夫人煢然獨處日抱吾妻以注吾妻時尚乳也顧

甚慧婉婉左右涕讟呼阿█奈何不念我少安親黨

見者皆嘆曰是亦孝女也及長學女紅治辦酒食一

見輒曉吾王考忠貞公故與令君善及聞吾妻之可

箅也言曰孝子三世而斬其後非理也天如悔之是

敀必能育遂定婚吾妻始八吾閠年甫十二進止無

少失王考嘖嘖曰使汝為男子者徐之閠豈不容軒

駟耶每進酒輒令吾妻賣之曰孫婦手中酒寒暖得

宜正如我所欲吾妻每省舅姑發氣滿容言笑驩驩

如春風及退而見吾則遽自收斂非有問或終日無

一語手未嘗相投而衣帶未嘗相襲吾年少不能檢
柙然居室則庶無大愆吾以此賢吾妻也始吾居沁
中科舉窘游旅館於吾妻之家辛未秋盡室竄湖峒
距京十里而近每赴公送食傳衣亦於吾妻之家沈
夫人念吾甚至不惜減產而佐之吾固不欲以已累
人特不忍違其意亦吾妻之賢不以是為挾能使吾
安也吾妻雖恂恂女士然通敏有識吾每遇事試詢
之郇微言其可否鑿鑿中窾吾心以為非所及世稱
才行不相兼若吾妻則可謂有行而有才者矣吾妻

素無疾忽得奇崇醫藥失宜日浸以劇猶盟櫛詭稱
有瘳吾父母憫之使歸于沈夫人側歸則已不能坐
臥矣一日泣告沈夫人曰兒豈不知死可悲乎但服
藥無驗徒苦口奈何遂却藥以癸酉三月干支終得
年二十二無子烏乎吾所云婦人之尤不幸者非吾
妻也歟為乎傷哉襄也吾嘗祿于朝駸駸有聞矣而
吾妻不甚喜惟吾讀書作古文詞則喜由今思之豈
吾妻有前知以為責且顯無與而區區之文章猶足
以寓已之踪扵後也歟此吾所以傷心扵涙而不忍

不隔之志也銘曰

以死之自有四日■葬于江華之沙谷弊盧之側先
塋之麓焉乎百歲之後歸于此室

　許佐郎墓志銘

許出孔巖代有顯人文敬公珙集賢學士源在高麗
尤著中徙關西務切即孟昌忝奉鵬監役珪君三世
也君諱瀅宇學圃別號箕山生而有雋才五歲能屬
文八歲擢本道都會試以神童名　仁廟初俱中生
貞進士越二年中本道及第主司李公明漢置君狀

元時年二十八尋遭妣李宜人喪服闋授成均學論
陞典籍屢出爲延曙大同金郊道察訪咸從嵓津縣
令河東縣監安州黃州鏡城府通判閒入拜戶曹佐
郎辟訓局從事官逆臣金自點用事君上書斥其罪
以此黜居山此君之大節而君於是年終　孝宗某
年也君通敏好奇尤諳兵策事成敗必驗清之初擧
君時有喪節度使南公以興守安州強起之君見城
有毀堞者問曰美爲也曰將以便於俯射也君入語
南公曰城之所以守者在堞毀則無以禦人射況能

射人乎必不守飢而城果陷南公死之南漢之後以

察訪在城中一時應從名臣如吾家文忠公暨李公

時白具公仁至莫不噐公論事輒稱善時清人圍之

其急眾謂城不日陷君獨曰不然此天險也而　至

尊在笏上下同守彼以為不可拔惟江都將嬉而備

弛可虞也或又謂彼謀不可測雖與之和恐不免君

曰顧義不可和耳吾觀彼志不在小固將厚我以示

天下是則無患也卒皆如公言後清人徵師於我時

有不悅君者辟君將從行君悲憤賦詩曰中原父老

何顏見都督監軍此路來竟不就即쐃之志可見矣
君雖屈於外每遇事上疏狀多所陳瞉以孟子王道
爲宗旨居官廉謹甚在咸從循昭顯即喪造一布服
及歸畱置庫中嘗曰守心如守城一面毀則全體隳
矣爲詩文博而奧所著知恧堂集二卷平壤志一卷
藏于家君墓在平壤府東白羊山負友之原次子進
士哲繼窆其址始君嘗曰吾後孫弱至六世必有克
家者其爲我勒石於墓乎今謁余求銘者曰墻距君
實六世云銘曰

王尊賊懼志春秋罒維耆義又好謀亦旣弎聲揚歐

休蹈地蹟官紬其優芘遺後人永潛麻我銘以昭樂

斯卬

慶州金氏二世三墓表

金氏氏慶州系出新羅大輔公諱關智代有巨人麗

朝有諱殷悅平章事大安君本朝有諱德載策開國

勳諡中山子孫仍居焉累傳至諱和鐘贈工曹叅判

墓于咸興雲田車引洞負子之原有三男長曰命輅

次曰昌輅贈朝奉大夫童蒙教官次曰文輅武科嘉

善教官墓在叅判墓東貞艮之原與其配恭人朱大
觀女同封而異兆繼配恭人坡平尹尚輝女墓在上
朝陽洞別有志惟金系叅判者寔繁有昌燿夫年代
之寢久而湮其傳乃令謀伐石豎阡上請余書其事
余聞之孝與禮相終始事生言孝而禮寓焉事死言
禮而孝寓焉聖人之教人以事死也無徒而非其致
禮是以飭窀穸之且爲之封與樹墈之至也而後世
又有表銘志記之類以識之必求蓄道德能文章者
以信於後而不朽然力或有所詘而事或有所不暇

則孝與禮無従以寓而愼與信之道未備若諸金者
可謂備矣惜余言不足以不朽之也命鞈男斗慶斗
峽昌鞈男斗寬斗潤　純陵恭奉斗龍假監役斗成
淑陵令文鞈男斗衡斗益武科折衡斗翰斗慶男道
鵬武科道鳳斗寬男順鶴側室男順肇順遇斗潤男
順鳳造紙別提順鴻順鵬進士順鷹　德陵亘長順
鏑側室男順鴗斗龍男順逵順逜順近斗成男順驥
順驊斗益男順鵠順鸐順鵬斗翰男順鳩道鳳男良
集順肇男性集順集順鳳男泰集恒集順鵬男蒙集

順鷹男觀集順逵男羲集順逸男羲集金自北遷以
後世以忠厚遺其家隱德而嗇名無事行表襮可紀
紀子孫遠而益多以見食報之理蓋其先必有所以
致之者云

　　金堯泉墓誌銘

開州金君澤榮與其友若而人具贄致書于余曰吾
鄉堯泉金先生之没今四十年矣而其文未鋟板其
墓無樹石吾鄉人之責也吾儕相與謀旣已收其詩
文稿十四卷付之剞劂矣若銘辭則求當世立言者

有吾子在況子之先大夫嘗薦先生于朝子於銘先
生也誼不辭敢以狀請余辭不獲按狀曰先生諱憲
基字釋度號初庵堯泉者學者之所稱也其先熊川
人中徙開州祖諱弘海生貞考諱就行文科禮曹佐
即妣清風金氏副護軍郁兊之女先生幼峻莊不羣
五歲受書過目輒成誦長治舉子業戰執輒雋然曰
勉而已去習古文詞沛然一筆千言醇雅毐茂不失
作者嫏嬛旣又嘆曰工辭以飾道奚益哉乃取四書
及宋五子語伏而讀之十九歲元朝自書曰今日天

地更始吾身所得於天地者亦當與天地新日是便
以聖賢為期躬行心惕交修日進前後所著如理氣
鬼神人物之性致良知諸辨論崇朱斥王理正而闢
明往往有肯綮蘊奧前人所未及道而悉力發之者
嘗師事趙蘿山有善而與金牧養尚欽金止菴天復
韓是憂巖源友啓同州之名病也性至孝佐即公病
瘇左右扶養者九年不懈盆勤居喪三日絶水漿幾
絶而僅甦遇忌日哭泣如袒括初　國有喪必蔬療
客至泣而相弔親沒事叔父曰必再省朋友之貧而

不能藥者輒不量力而助之有癘死者趣往視其斂
無難色沙磯李忠貞公以直指使薦先生學行第一
寢不報留守辟先生爲敎官不就以　憲宗壬寅正
月十八日考終距其生　英宗甲午春秋六十九疾
篤命子弟背負詣家廟還正寢絜席臥將絕猶數引
手若將正冠者以其年九月葬于開州加土里金沙
洞之原二配祔㝎元配淳昌朴氏進士彭壽女次配
全州李氏學生元務女俱有女士稱男長中錫次忠
錫朴氏出次時錫羲錫李氏出中錫男萬源忠錫男

德源時錫男達源萬源男龍樂鳳樂騏樂德源男永

樂先生有高世之氣絕人之才而早志於道嚴毅剛

果勇然不疑其於義利之分斬如也見人不善即面

折不少貸然洞曉情隱優游欵曲窮辨而不競泛應

而無勌與之游者皆畏而愛之晚嵗自言吾平生讀

書論得一厚字是聖人心法臨終明人間遺戒曰敬

而已先生沒州諸儒狀先生學行請襄于留守留守

難其例第以孝子聞于　上又十年始　贈承政院

左承旨享鄉賢祠蓋狀所云李忠貞公某之王考也

某童子時聞王考談近故君子必先堯泉今於是狀

信其無溢辭也故輒隰括而序之系以銘曰

後徐文康二百年私淑艾之有此賢文章性理迺古

先韞而不施全其天君子之道奚病焉不朽者存鐉

斯阡

保安復議　吏讀本

有國之重其務有四分土以定界設官以制治綏民
以輯內詰戎以過外亘古至今莫之或易臣今所言
保寧事者一擧而四物備焉童子何知書生無謀
顧何敢指陳方略明言利害廷議八年已定之朝令
妄論三路收係之遍情非狂則僭臣罪臣知是白乎
乃原田之誦實昕耳聞金城之圖既已目擊茍其有
懷于中宜思無隱於上是自如乎蓋此保寧合付即
曰朝廷特軫籲營事宜以營之爲重地邑之爲關局

故姑捐不急之官益肇必守之勢此實時措之良規

通變之大政是白乎矣竊惟籌國之道必度始而圖

終論事之法先引古西證今粤在建邑設營之初相

其地形別以官方邑其邑營其營者此必有所以然

而然也逮夫順治壬辰陞保寧為新城與營令付至

三年後旋復各設此必有不得不然而然也合之則

不過三年分之則前後數百年分之之便令之之不

便可推而知 分此 除良 臣既遍歷其地詳探其事則

以地形而不便者四以公體而不便者四以民情而

不便者四以營府而營不便者一請勿拘格例二

爐陳之所謂地形之不便者保寧邑治南距藍浦三

十里東接青陽北連洪州各五十里背負重嶺為諸

邑之輔車而臨大洋通四方之舟楫此一境之中央

西海陸之交界也水營在邑西二十里邊角於陸而

隘口於海故設始之初建邑于中以重其本設營于

外以固其圍其勢如所謂守曰馬飛狐而攓成皐敢

倉相倚而必須者也今以海防論之營固緊矣邑固

歇矣而海若有警陸豈無虞衆以海陸論歇營邑則

營人之喉也邑人之腹也為虛其腹而徒實其喉則
不啻伊慇勢所必至此其一也保寧邑前面亦有大
川之港介于藐營藍浦之間各二三十里春水方生
礮艟可入凡盜入人家昌當盡由乎門路哉或有完
壁者或有踰墻者墻壁雖固不能無慮況撤其墻壁
移之門路則是又開一門路以順賊之勢也移府合
營或近於此萬一有覬覦之徒伺隙而擣藍則將如
之何此其二也藐營國之保障與沁都相埒合屬藍
奏亦以藐沁並舉而沁之為營環海西塹之地廣民

多所謂且戰且耕天府之地是自乎矣籠營則不然

烏山一巋立入海中緣坂為郭周迴不過十里所謂

地如拍拍將飛翼者正言其偏小之狀非雄傳之形

而館廨樓閣市肆闤闠懸若贅疣密密如此櫛每海風

驟至則輒擊鉦以戒火城中無井泉汲水者自外而

入鼇門而通之此皆兵家之所忌脫有舋孽必不可

以獨守且其前港亦非安興之路也潮而上之不過

洪結之間西大洋在寒山之外水營之設蓋以統轄

水師專管一路非必以此一片之地為天險之金湯

也今廢保寧而專恃水營是自如可倘有如前所云

則城中之人且不能通水火顧安所施其勇哉此其

三也當初合付之時以風高風和之節屬半營半邑

之親既有廟議已經　上裁則與武莫越頁其恪導

是自去乙　奈之何一合之後仍留不來餼廩既加樓

臺墻麗依舊是瀦營之水使非保寧之本官則鎣歸

雖云可忿幷髦何以不念　是自乎喻且以虞候言之

其所當屬者瞭望也所報也而棄其舊鎮守此空城

處非其地任非其職邊情初無可察民事本不相關

癈曠之甚事極無謂此其四也所謂公體之不便者

殿牌校宮社壇莫嚴莫重邑所虔奉官所祗護而今

也歸然於寂寞之濱香火只憑齋生灑掃一任守僕

觀瞻悚悶道路咨嗟此其一也各項上納公轂公錢

至於營府之需用將士之支放水使初不看檢只以

簿書期會而一任本府委之該掌無官之吏何憚何

懼權有所歸奸無不至若是而勿問則保寧一邑必

無錢轂之名矣既策其官不親其事未知於義何據

而罪竟至於隨軍實而杅國儲則勞將謂何此其二

也京司及巡兵營公事到付本官者不屬知委於營
仍復遵行於邑自邑而轉之營自營而又遷之邑去
來之間動費時日每致遷延若或過境有警羽書交
馳將何以趁期辦事乎此其三也殺獄之檢審異船
之間情臭載之鉤拯此皆時惡而不容緩者列邑本
官當剋親行卽例也而水使爲隸官則拘於體面不
肯自爲有檢獄則移定他邑有閒情鉤拯則代送虞
候舉行之稽緩事情之踈忽實非細故此其四也所
謂民情之不便者民之於官若子於父今使捨己之

父而謂他人父則此事之所不安而情之所不堪者
雖以繩樞瓮牖之兒置之高門懸薄之室必不欲以
此而易彼啼泣而思舊窩窺而懷歸此亦必然之理
也今保寧之民捨一縣之官而屬於三軍之帥執跡
而論升也非降也而環一境幾萬人心懋懋然邑邑
然如政者之思起飢者之思飽卽惟曰復邑一事耳
此果出於橫議之士亂法之民則事所當禁言亦矣
卽而諦究其故實者有欲忘而不能欲罷而不得者
蓋其言曰有邑脊官雖死無憾此不但安常之俗習

亦可謂秉彝之天性此其一也且夫民之視官其小
者愛之其大者畏之愛之則有隱而罪達畏之則不
威而自怯今羈營以水使衙門緊戰森列伍伯狴獄
虫虫之泯抱牒而往墾門而還寬不得訴慝不得決
況營屬之豪捍此前尤甚或溫稱推捉而侵虐萬端
或勒差任役而討索百倍蕩析立至嗷嗷不息此興
二也保寧之於營雖二十里而閱三重嶺踰越險難
未合之前或至老而不往來今則責應多殷轉輸不
絕筋力盡竭資斧積費愁痛之聲無時可休此其三

也邑既無官民志不固否出感言莫肯安業其居也
如寄其徙也如歸一旦未以後絕戶數百餘座陳
田數十石落以此布與此稅移添於僅存之民則何
以聊生此其四也所謂營邑俱不便者以言乎邑則
若吏若隸脈役於二十里之外腹背相望臭眼莫開
其所疲斃尤甚於民是白遣以言乎營則當初合屬
以水使之營用營屬之料賴也而保寧官需一百七
十石盡入於營用所謂營屬則初不沾溉與前無異
食少事煩亦復呼寃是白于旅且向日則營之於邑

雖曰上司無甚關涉合屬以來主客之相形彼此之相名幷有爭心各自爲計合之愈久而分裂愈甚是自乎矣至於復舊之說則無營無邑如出一口可見大同之論不是一邊之說是自如乎上項所陳十三條不便者的出見聞毫非虛因然則合付之便不過是水使之添況而已水使之添況何益於邊情何補於國事而爲一營況廢一完邑矣且水使果其才也必不以廩之厚薄爲政之勤慢如其不才也雖加之以萬鐘豈能任事今若持難於水使之減況則此朝

廷以餔餟待將帥也豈其然我臣以爲水使之兼保
寧府使者自令減下水虞候還住元山元山別將移
定佗鎮保寧府使以秩高陰官有聲績者差出是白
去乃或以文臣羞出是白去乃卽令廟堂稟處俾一
邑大小吏民八年斷望之情一朝得施仍令該水使
專意戎政益加團束則邑旣頌恩於骨髓營亦藉力
於唇齒將見閭境奠安邊徼增重是白遣臣以不肖
叨奉明命艫昌萬死爲 國家論一大事得有成效
則榮踰華袞其爲感爲幸當萬倍於保寧之民矣瀆

煩至此惶隕無地 是白齊

清川江賦

二月壬寅潔堂居士奉詔宥還朝自博陵將至安西于時春也
氷雪盡消卉木將芽天晴雲媚風細日和江流新綠其容可嘉
縈回宛轉如縠如紗平無起浪淺不藏沙挂篙知底回舷見涯
扁舟一渡曾不頃俄顧謂僕夫是何水耶僕夫告余曰此晴川
江也曛昔之夏吾與夫子共濟於斯子寧不知矣以問爲余咎
爾而笑曰吾豈眞不知歟將以有言也吾想夫威陽之月伏陰
乃雨祝融赫威豐隆憑怒百川時至八表伊阻黔牝驟濊溽歸
暴注短茲水之浩淼兮吁可畏而可驚集眾泒之奔赴兮亘千

里而氾行挾魚龍之光怪兮紛閃爍其難名天吳巍峩其九首兮
陽侯起而揚精爾乃湍瀨迅駛波濤衝決橫抵直擣雄吞深囓
卵漫十版閣漂百室田漁疇潰杝傾檄折行旅不通曠至旬日
時余涉此幾危僅脫曾日月之幾何而險夷之不同此余所以
臨流發嘆有所感于中者也且吾聞之四時有變萬物無常感
極必衰柔久亦剛君子立名道備且長小人姑息志以卒荒故
知一時之修汰不足以加乎人一日之摧敗不足以沮乎舅惟
勉勉而不舍庶斯喜之日新彼江漢之朝宗墜滄海而必臻而
況晴川之小小兮亦何足以儗倫

余旣窶于荒濱挹茲幽憂雖雅懷理遣而情不能已耿耿不寐

或坐而待朝感古人夙夜之義乃作曉賦一篇其詞曰惟朝昏

之大旣兮陰與陽而繼續啓十二之靈辰芳蘊厭初于清曉若

三英之犧首兮類四始之攝摩其爲氣也絪緼其爲狀也窈窅

于斯時也瑤光左界望西傾眾宿浸微孤河澹明風飄飄於

四際兮盪玄氣於紫京桃都倡其拊翼兮感羣蜇而相鳴春空

鵠而灝霧芳秋宇沈而崢嶸暑夕收其靈霖兮寒宵集以翳霙

旣循序而異候兮亦隨遇而殊名紛總總其萬有兮盍專處而

觀情若夫金門辨色玉樓嚮晨司烜植燎挈壺報辰崇觀醫其
造天兮見五綵之繽綸懿百辟之威造夸爛瑰佩與華紳載昌
言於丹扆兮顯昧爽而日新斯朝會之盛觀兮羌不得以騶驟
至若九軌之市百貨都焉人進如潮物行若泉間雞鳴而起利
兮操贏紬而貿遷厭咻譁之囂雜兮餕酒食之腥羶何昕暮之
掉臂兮而今晨之側肩鄙小人之相時兮醢君子之所宣又若
田家作苦晏食蚤起出顧牛羊入戒婦子燿人生之有價芳儆
緣畝而勤止披荊榛之宿露兮決潽澮之新水庶嘉苗之繁茂
兮逞辱收而未已感沮溺之微言兮繄孰爲兮夫子爰有勞人

志士居無求安宵征風駕水病風餐川原浩其無極兮指長途
之漫漫熠燿蜚於草中兮鴻雁呌於雲端憫僕御之況瘁兮念
家室之永嘆咏東山之遺什兮信斯人之多艱及夫佳人道遙
乃在長門鉛華少色錦瑟無言撫羅幬之虛影兮別蘭釭之幽
痕託微情於孤夢芳希髣髴而承恩魂煢煢而不交兮惜良夜
之將暌無相如之妙辭兮孰導余于至尊乃若流戍去國千里
一別重嶺藹雲朔野積雪對樽醑之空湛兮聞箛鼓之增咽目
鰷鰷而不寢兮思綿綿其靡絕懷佳期之晚晚兮怨盛年之離
缺無靈均之婉旨兮孰明余之婷節亂曰孟氏存性夜氣清兮

莊周齊物虛白生兮皓爾太素貴死色兮惟寂惟寞道乃宅兮

抱靜守默養吾天兮庶幾夙夜尚愼旃兮

芭蕉賦

卉類之生異乎樹木長不盈尺大不滿咫枝不足以別幹本不

能以合族何茲芭蕉之可珍兮獨殊彙而絕倫蓋其始也雙芽

冒外偃如卷檐單萌抽心豎如倒簪覽嘉植之方辰兮驗生意

之油然既擁汝以厚壤兮又沃汝以甘泉植堂宇而流眄兮步

徙倚而潛玩諒俄頃之異態兮率五日而一換其為物也孕柔

挺堅體踈含密方寸之間百摺千折窈斜礧砢適欹纖皮結錦字

難鮮蠟書未蘗起不可窺秘莫散淺時至氣舒了不待人約束

漸弛披露自陳增管變籥展軸開輞媿空空之無有顧無隱於

情曲爾時碧霞晨舉綠雲夕張色頮日正勢健風當或斜斜而

側側或軒軒而堂堂或如公卿大人露冕當中而擁蓋挾傘不

離乎前傍或如貴游子弟揄袂相對而舉扇揮塵曲中其頎昂

又如大賈運萬斛之柂高帆飽風潮而揚揚又如上將獸

三捷之書長練濶帛曳露布之夬夬若乃畏曦乍歛驚瀾忽決

珠宸王怒商抗羽切鳴篁謝韻響荷輪節琮琤磊落清澄灑淅

至其風雨之甚則徒戈眷劍紛攘礫裂披如亂茅坼如驚

襪其摧敗之餘或使人怖悸歎咤不可復視而雖其生意之油

然者猶方升而未已豈非在外之形固盛衰之不可恃而本有

之真心終亦莫之遏耶異哉旣以心而成其形又以形而護其

心心與形循環於終始而李末枝幹皆由一氣之相尋是不惟

異於衆卉之類而已亦有與乎愚人之慈慈林林者也故其長

大特別班乎羣木名流達士寄情寓目蓋不但右丞之娛丹青

懷素之供毫墨而已雖然營聞之鄭圃之談以夢喻蕉毗城之

辯以幻譬蕉豈以蕉之無華而不實不足為非夢非幻之物者

歟抑舊獨夢幻而天下之草木人物皆其真實者乎以區區

形內外長短大小之說而強為之下別者又無乃夢中之夢

幻中之幻而重以見笑于㯲寇與摩詰也歟

可憐傳。

可憐者咸興府妓也年十四五時爲監司客睦生所眄歲餘生
歸憐願從生自以年少攻文求科擧應以納妓故玷名行不肯
摯憐悵然久之每日誓若奈何爲睦生守寡營府多貴公子何
必睦生憐不得已稍稍復自弛矣當是時 肅宗屢以黨論進
退士大夫之所謂西人南人者西人復裂爲老論少論頗
持平容南人而老論專欲殺南人以逞其憾南人懼其挾宮禁
復進反殺老論大臣而德少論欲與共事少論頗義屛不
仕南人遂專國政睦爲南人大族相國某方用事生爲其踈黨
然生素自喜好爲黨論居京師日夜撼堅鼓唇噪齒厊屑閈及至
咸興邀鄉無可與語此者乃與憐日夜講說西人之非南人之

是凡數十年来廟堂之所爭臺省之所訟與夫縉紳衿纓之家
布衣韋帶之士所相與甲乙而雄雌者一朝在憐盒盒床褥間
矣生既去而監司判官之至者及其禆佐賓客皆南人頗聞憐
善為黨論至輒首邀之與之語殊邑工歌知書雅善誦諸葛
公出師表抗墜中節悲壯感慨閒者無不意動然諸南人方得
志意氣蜂涌閒憐譬南人之賢鬢簪督有根槭已又誣署老論
曲盡其所欲則相與大歡笑趣舺扸手稱快閒以其中曲折浃
微人所不盡知之事為題而試之如策問試士者憐所對常十
得五六又大歡賞以為奇不暇復聽其出師表也自是憐常櫃
營府寵名動京師南人公卿之好為黨論者皆思一日為監司

與憐相上下其論議也居數年　上甚燭南人無狀逐睦相國
以下諸臣更名老論少論監司判官皆易置新判官將之任歷
辭老論諸公卿皆劫齒言感興有效可憐者是好誣詈我老論
子必殺之憐聞之乃瞋眼竄走千里外六鎮荒僻處判官至素
之不得又久之而朝廷南人盡誅亦老論之憾稍稍移集于少
論而監司判官來者不復閒可憐憐得復歸感興憐之匿六鎮
聞有南人以譖來者必往候之尚與之為黨論讟來者多畏怯
反搖手誠勿然後聞有南人過感興則輒攜酒往謁與為黨論
如故監司判官及其禪佐賓客即老論憐不肯謁雖見名強赴
不肯歡笑有引之欲自近輒詭辭以免或奮身跳去居恆嘆

咤寧為南人婢不為老論妾唯遇少論則往往以情告曰少論
嘗有德於南人憐不敢疏也太學士冠陽公讌過感興憐年已
八十餘矣聞公文章名攜酒此候驛舍請歌出師表至三顧臣
於草廬之中冠陽公為之泣數行下曰嗟呼此女俠也夫以賤
妓詆譽朝廷士大夫眾當死然其用心皭然不以威褒改操古
之所謂俠者然也為女俠詩以貽之云

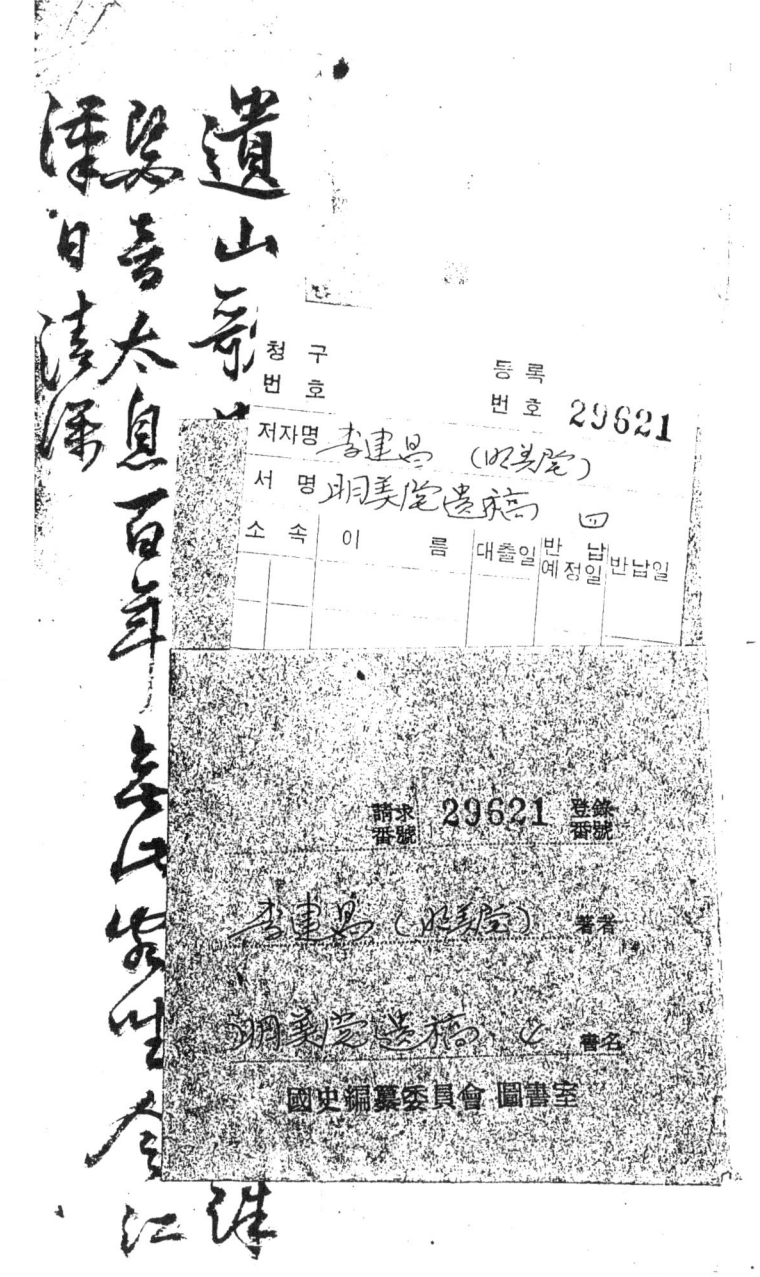

詩文

詩

丙午

明美堂彙艸 六

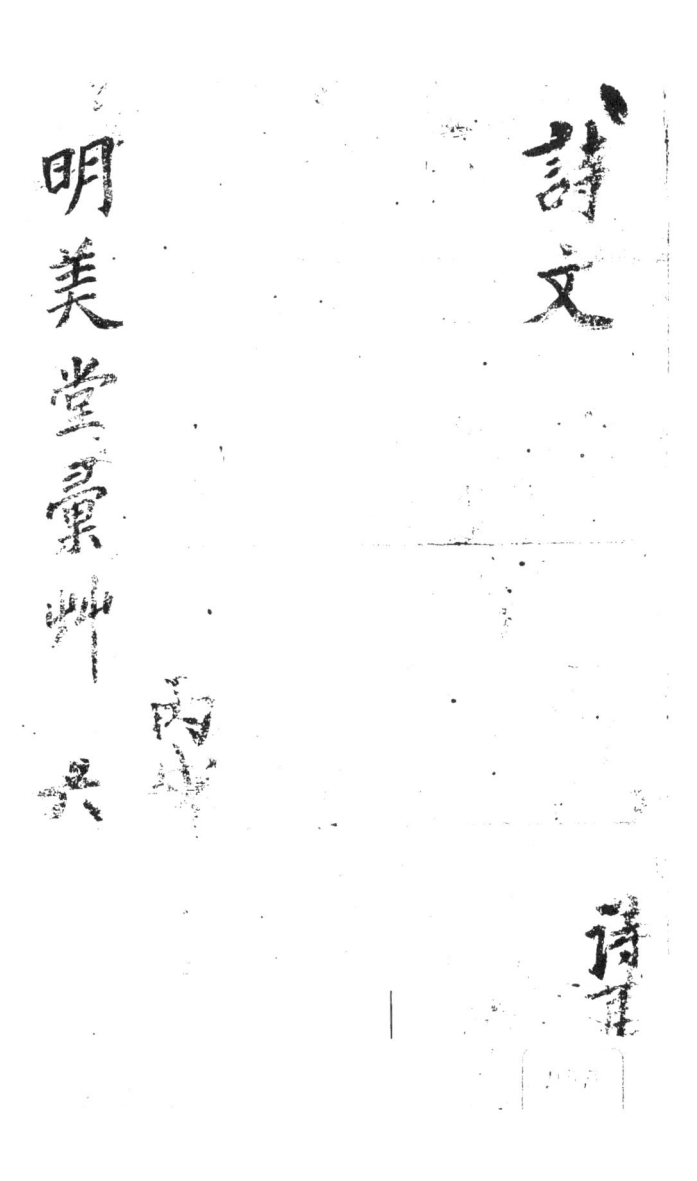

立言貴含蓄不可使
知德者厭無德者惑

錄明道先生語

古體詩

韓狗篇

李弟從西來示我韓狗文讀過再三嘆此事誠罕聞史牒
重觀述銘頌在詩人二美不偏舉吾今當復申狗也江西
產主人韓氏貧所蓄惟此狗神駿乃無倫戀主而守盜狗
性固無論如人忠孝士智勇貴兼全貧家無僮指使狗適
市廛以色掛其耳繫之書與錢市人見狗來不問知爲韓
發書予販物其價不忍瞞狗戴累累歸掉尾喜且歡邑豪

欺主人道遇與惡言肆氣勢欲毆狗見怒兩奔吽呀直逼
前如虎將噬豚主人回不可麾之狗傍蹲自後豪歛伏畏
韓如畏官韓狗聞一邑遠近爭來着債家欲得狗憂來索
錢還無錢還不得索狗手將牽主人把狗語丞淚落狗前
何意汝與我一朝相藁捐去貧入富家賀汝得高遷好去
事新主飽食以終年別狗入屋中思狗淚如泉出門視狗
虐狗已中道旋衒衣方入懷新主來復噴自奪與新主附
耳戒諄諄如是四五日狗去來何頻新主復來語此狗不
可馴狗還錢當出勿為更遷近主人不能答撫狗重細陳
舊主誠可念新主義亦均汝誠念舊主勤心宜事新奈何

違所命徃来不憚煩狗受主人教却徃新主門白日何太
遲舉首望黄昏潛還舊主家匯首隱籬藩不敢見主人俱
為守其關相去四十里道險多荆榛日日無暫廢寒暑風
兩辰兩冢久乃覺相語為感歎狗竟以勞死死糞家村
行人為指點共說義狗阡烏手此狗義可質於聖賢樂毅
身在趙終身不背辭徐廢心歸漢居魏恥為臣王猛志中
原眶勉事特秦未若此狗事義烈且忠紙國家五百載養
士重縉紳社稷如太山環海無風塵高官與厚禄豢飫富
以安甘心附夷虜賣國不少難逆賊恣窺通朝著方紛紜
何由得此狗持以獻　吾君

李翁名夏錫家世崧陽城崧人儒半賈勤力隨所營翁也
少孤貧種蔘以代耕秉心絕歧害販鬻稱物平夜從蔘圃
歸途有死尸橫黑容遄邐卒何撐獰鬚翁地牢中一
月三受刑貞冤雖不服獄老無證明家貧族又單綬戀鮮
弟兄伶俜惟一妻垢衣首釵荆志氣乃丈夫誓天同死生
十指辦錢米三時齋飯羹持饋獄中夫又餉吏與兵長跪
乞護視觀者為吞聲追追漢陽路　至尊時幸行萬馬肅
無塵羽林森鐵槍是何一歸入攔道手摯鉦臣妾昧死言
悲甚淳于縈前後七上徹事寢卒無成維時法尚嚴重囚

敕不輕一日翁泣言不死久累卿從卿求嗣續門戶得支
撐引械強相就淚熱顏俱驛果得男子子乳以獄童名童
長隨母入翁出無期程皇天可憐見命我先忠貞旌節按
事桑桑至已先偵呼吏坐堂皇閱寶文書呈讀至三檢案
片言決其情曰是囚無罪馳奏達　王京有吉可其奏一
府譴畫傾觧械賜衣冠名之進前檻舉止乃開雅言辭謹
且精此豈殺人者其妻尤可雍米肉厚與歸奬詡重修榮
生還二十載自疑還自驚夫婦父子同呶笑紛屢更街衢
隰不通隣里競相迎皆云此事稀為知困乃亨翁歸等壇
場五夜禮三清祝公壽耆艾子孫多且盈不肖受胚胎喻

年辛距庚於理有或然萬化由一誠先公既捐舍翁秉相

輀輔叢莎積淚痕手自封壙塋年年九月望祭需專送伴

終獻以燒酒雪梨佐豚烹翁年八十餘伉儷諧琴笙孝子

勤服賈每歸輒有龥入廚視糈饎上堂獻醲魷翁曰慎無

忿公德天地并去歲翁仙逝獨人疾亦嬰却食自從容兩

壙同峥嶸賢士不偕德節婦無渝盟豈惟吾私感可以警

簪纓謨詩侑翁忌涕泗心怦怦

題東浦同甲會帖　族祖承旨東浦公生於萬曆辛卯

與同庚諸公會于江亭有甲會帖并圖帖存而圖

佚後孫建初重爲圖屬余題之

小東門外春江淥江干亭子明人目高窗天几淨無塵帆

影低亞簾紋颭東浦先生玉堂仙二十五客来華筵貴介

屬籍本龍種名公接武皆蟬聯鵷鷺衣冠盛無比蒼蒼顔

髮都相似并時豈惟朋盍簪同年已自皇覽掞繪事追踪

洛社圖定知當日喧京都風流綿邈浸歲月丹青散失餘

江湖徵君邃學動　人主嗣子勵志承禰祖手膌副墨作

親堂但雲仍永為寶我今太息重沿巾古者觀人重論世

流傳意駕真景無今古遂令後三百年人目擊宛如身見

定陵辛卯　穆陵世中國昭回日月光東邦未遺龍蛇歲

先岳氣全鳳麟生鍾水豐物多且盈何時復降此羣彥坐

令寰海看升平

○ 普門寺同從弟闚內典

平生愛空濶海門西復西般頭盡日螢意欲窮坤坤倔落日

浸殘紅暎色自燕齋俄頃寂無覩但見雲水迷境謝覺情

倦霜露浩巳凄

日暮天無風海水湛湛碧明月自東来晃朗天地白一道

直練光鸞波跳金色水月兩性空何至相盪擊始信目為

咎萬象本泯寂

皇祖携我来撫頂命題詩二十五年間俛仰不可追及兹

雖未老巳復非童時惟有無恭頋浚齒以為期青山與古

峽入崟妍險野居無田宅青山不拒貧赤手来謀食烈妲
燎瀧荼勁未鑚硫磏皇天均雨露歲課收粟麥爲農誰不
苦此穀真堪惜當盂不忍飽暗喜盎中積遍来逢穀貴出
山利敗糶前年買一犢今歲屋慢壁耳令兒有匙寕可歸
無憤人生稍倫物如轂方長翮豈敢望富厚庶期償筋力

● 峽村紀事

罷所得懽惆悵

誠澹泊旨哉不可忘憶昔在城市賔友送相訪轟飲劇談

蕭瑟黃山裏浩渺滄海上石窟一圍書兄弟對欣賞兹遊

佛廣義鑑車私

此山無虎豹旁郡無盜賊白晝屋中坐何意轟霹靂官校
直入来未聲面先赤皀衣肩半卸紅絲手雙攊趂翁與竊
颼梱口無倫脊一辭那可鳴生死繫拳踢罪狀且姑舍財
物先搜斤庾燼無藩蔽何由得藏匿頂剝盡掃去霜林風
捲籜出門尚呹哮餘怒猶未釋惡鬼生搏人隣里誰敢逼
山罔罻羅將隳籬落異前夕嗁兒色半死踞犬猶喘息何用
更點撿籬坑餘漿席氣結不能歇叩心復何益所悲力田
久氣衰髮盡白已老不重少已失難再得此地不可住舍
此無所適城中多富人破產猶得職

蒲扇

當戶嘙三下

織蒲復織蒲織作團團扇雖無卷舒才用舍隨方便棄置

覆醬甌坐来當草薦擁箒扱塵淨罌窒吹火爛過雨即蓋

頭揮汗仍拂面豈謂汝多能直以人共戲大塊自無私風

行逐回轉耗夫龍上息販子逢中倦尋常動搖間頃刻清

凉遽求之得便足以外為所羨窈窕芙蓉池沱沱楊柳院

有扇本無施何用紈與絹

、中秋夜中弟有詩云披雲萬里未相慰苦切氷輪此
　時余悼心屬目矣

夜情戲為長句以示之

同輪大抵周天規月非行天天動隨本自無暗明何有夜

畫晦朔名奚施世人皆以日為目日所開合謂圓虧死魄

李建昌全集

二五三

生魄宣然否上弦下弦強襧之黑雲湛〻觸白石去人咫

又不堪持但能鄓人雙眸子月高肯為雲所欺果令此雲

歛此月月無两手何能披萬里誰人計程道長空一色青

玻璃詩家妙語例無實更有一案真絕癡慶賀吊慰人間

事高士不肯屑〻為近日世情重將篩月亦知知禮誰不知

長安老身死不哭月應惟我非人猗我應不能作回謝煩

君對月童致辭

、、涵虛瀑布歌

涵虛大士初開山海上摩尼東南間蒼厓翠壁掃萬古上

下千尺無寸土崷崪高過九成臺摩窖中睿五軏步眾流

奔會於其上以石為家石之平鋪為水籬水之直

瀉為瀑布珠璣散碎電翻空羅綺曬灘烟裊風天官垂紳

色不動壯士挼翩氣自雄不知何處神仙子張樂空山萬

松裏琴箏筑笛合同腔妙音隨手無宮徵恨少高浪吼鼉

端要須快雨溢驚瀾夜聞簷溜喜不窹朝趖力疲登巇屼

是時日吐雨未歇高林披拂落殘點洞門晝晦寒靡靡白

雲片片為我飛但道兩後瀑方奇雲中看瀑今更知最愛

峰頭瀑發源一重一掩相吐吞恍如排雲望霄漢星君寶

蓋銀浦畔晻靄不肯現真面有時微露光凌亂我欲長歌

又雲中雲飛紛紛西復東瀑布不知雲與我忽分一條衡

大谷綠陰歌

我家西園名大谷歲歲春夏繁陰綠谷人頭白綠陰中州
人耳飽來驚矓洞門初入光氣滿遠着殊不知草木綠雲
綠霧蒸晴空綠浪萬項風中盧山形陡立復橫鋪粉壁句
曼平四復錦章羅圍繡異風一時操染藍萬斛西迤北折

○高棅夜歌　家弟讀東坡妻作樂府一篇因書此示之

人生會止此至此亦大難恩封府院君大達議政官子孫
數十人一一登朝端賜宅第一區賜號稱保關前門綵戟
樹後堂絲竹彈步履落天上咳唾流人間功德被黔黎文

章耀戎臺一朝嬰痎疾御醫齎御藥承旨與內侍奉敎來
几閤相公疾何如能無甚瘟瘲相公疾何如　聖主為不
樂相公默無言仰天長歔欷人生會止此五十九年非五
十九年事歷歷復依依復歷歷相公心自知廿二魃
司馬廿三狀元為三十重試第四十踐台司憶昔三十前
際會　英陵時　英陵大聖人愛才如金玉置我集賢殿
賜我湖堂讀內廚饋盤饍內府供筆札內侍宣名入內人
宣醞出宣醞四五行御樂奏未闋娟娟上林花灩灩天池
月小臣醉不知月墮香沁骨煌煌紫貂裘驚顧此何物
聖主手自解被與小臣醉小臣醉不知小臣死無地仁叟

好經術謹甫多文章仲章經濟士太初英妙卽伯高富才

思小臣同朝翔朝翔復何為戒之愼勿忿人生會止此誰

意大不然　英陵旣藥臣　顯陵又賓天　英陵好孫子

聖人曾有言千秋萬歲後望卿念此孫此在何處此事

不可論淸冷浦水淸子規啼明月不聞子規聲但見子規

血仁叟好經術謹甫多文章仲章經濟士太初英妙卽伯

高富才思此輩盡淪亡此輩盡淪亡小臣獨朝翔朝翔數

十年富貴未邊央人生會止此日月不我與富貴不相留

五十九年去去何所見何以見　先王先王在我上謹

甫在我傍仁叟與太初伯高與仲章人生會止此此事難

又難傾世為臣者勿復有此歎

喂馬行

君王送汝来汝知君王事君今幸何虜聖體得無傷音在
山邸與汝同苦辛馬性固戀主女命惟仰人死時遭禍月骨
因恣滛虐常恐罹禍網與汝失所托一朝兵圍門倉皇震内
外吉凶判呼吸氣色覘嚼背武士何沈沈列騎如雲亡人心
雖不測馬尾肯肯當門是乃進我宠賀君保無危斯須大將入
拜跪前致辭君當作君王獻壽千萬年君王騎馬出出門即
發天昔飛汝為馬今視汝為龍汝馬且為龍為妃何光儂何
人無夫婦夫婦誰不憐秀才一作羣貧妻夫使錢魏巍國
母嚴嚴當壺闈椒塗新掃滌徐徐被老裘何人敢誰何

何事不稱意何意事大謬禍與福相倚王妃種瑤桃千年一
花開花開忽風吹零落隨飛埃娟娟三五夜滄海出期月
月出不上天墮你塵中物父兄亂兵死親戚悉誅夷不知有
何罪罪者云是誰君王亦不知但道為三勳三勳彼何人五
君不畏君殺我無罪父聞我罪人女罪人女當廢罪人女當
去君王不能咎但道糟糠妻三勳告君王大義不可攜有臣
富無妻有妻當無臣無臣君何為何所無婦人君王無奈回
含淚與我訣生亦不同室死亦不同穴千秋萬歲事與君長
別難咽咽禁城漏怵怵宮牆月步出建春門門外路曲折舊
卿亦隨轎殘燈取欲滅去婦亦有歸我歸無所親亦有遺兒

女我今獨一身郭西數椽屋風雨無障蔽淋淋向壁卧寂門
長閉蟲蛸罥我牕蟋蟀織我牀露草迷幽逕風葉鏖空廊寥
思結夢寐時與君王見但夢晉山郎不夢交泰殿那將九日
貴斷此百年恩　君恩何曾斷薄命月結冤潭潭竹桐宅對
起長安道中堂錦繡業取霞樓映花詰朝日晝生妻一品夫人
爵始知君王貴不及功臣樂今朝聞鼓吹遐知君王過君王
不忘舊送汝來見我摧腸數三聲助我同悃悵見汝肌肉豐
愛汝毛骨長煜煜黃金韁爛爛綠錦韂裡紅鞾鐙門是君
宵坐虙長歎復長歎人生不如汝寒厨無所有賣糜持作
粥濕薪吹殘火粥久不能熟玉手奉一盂低首當馬前馬

予喂此粥努力奉事尊此粥雖無味此意慎無忘勿忘喂粥

人曾為君作羹

、養泉館夜會同荷亭篠堂茂亭讀淨名經分韻

摩尼海上山碧波環孤嶼欝欝萬松園是余讀書處讀書
有何好端坐送寒暑閑久不知閑氷火忘蟲鼠西風忽飄
墮漢陽添一旅九門駛輪蹄萬戶聒砧杵耳目散飛走識
念紛無緒心境苟未融奚適非齟齬宿世種微福畸生多
善侶膠漆有時分形影那可去才高廣文鄭學博東萊呂
偉長盛文雅英華久含咀煙波濯統綺清歌動白紵啞夢
屢回換暇興頻延芳良會選重九新醅美可醋高閣黃金
花天空月舉舉房櫳似主人幽靚發鮮楚杯行靜照譁座

定秩有序何意一方大神通遽如許嚴嚴師子狀粲粲雨
花女爛然說真詮不待相爾汝聊復作解人是法離我所

、衆響篇

層城翳圓景萬廬青濛濛諸有斂形色盡墮烟霏中何來
衆響起遍地無西東浩浩海退潮习习山鳴風不分是歌
哭遑辨商與宮朝晝豈無聞境寂耳始聰方知古律呂審
者必聲曠我願象此聲被之絲與桐瀝者使其節齒者令
其豐呻吟與咨嗟都化春融融上以奏郊廟下至閭里通
坐見九苞羽翔集阿閣東此意無人識獨吟和秋虫

一〇 蘭谷四章 為從弟作美之也

蘭以國香芳于幽谷聖人所歎蘭非自憐華衣采佩于

明堂王者攸攸珍蘭不增光

在谷亦蘭在國亦蘭蘭性惟一居不異觀蘭性伊何芬芳

郁郁自香其香無谷無國

昔人種蘭期汝貴榮旣榮則悅及我同生惟汝用心無意

以是貴之者人蘭香而已

沃爾靈根秀爾嘉苗蕙猶斯下況艾與蕭春風時至國將

媚汝視汝之德如今谷豪

、乾攡行

大旱三年古見史我生之後初見此融霏結雪并不下秋望冬

春春淫夏厚霜集樹花盡白涼雲籠天月獨赫老農預語煩
通神水田不宜宜旱田養苗移水乃專制乾播未害退古先此鄉
堤堰半滄海近山石多沙土堅下田白鹵腴柴鴻片拆塊凝燥莫
當赫連勃勃蒸成土鑽刺不入千鏊鎔農人奮臂持鑿椎叩叩大
地何愚哉富户傭多誇勇敢貧家數口相對悶牛疲未折人股穿
可憐力盡還見功水田秧枯惜不得復理殘畝偷殘漲燈燈偷夜
如戌邑邑歸來無事日高眠日斜西風冷徹徹骨老龍堅縮不能出龍
子能於時作蜀五點三點灑白日夜深枯葉相摩鳴天高星大
聞雨聲秋後無食不可說目前憂急萬井渴或云土焦液內稃
但令得雨皆有油旱田自佳水亦渴決定百穀登九秋又云英幡
直太歲歲德在土中央帝帝夜夜更聞豐年島不愁米少愁鼎小
讀書不讀五行志陋儒焉敢知天意聊為此詩紀勞苦

近體詩

至京師後奉簡二堂明府述事紀懷一百韻

澗面經三載題詩憶二堂吾宗固靈秀之子實珪璋詩禮

家傳業文詞風擅場排行同魏國風來似歐陽綏節猶孤腰

裏低飛亦鳳凰聯翩登俊士局束困潛即空餓知增益孤

寒見激昂明經動軒陛佐務近巖廊晚魁東觀從容齒

左坊名高人不忌道直世無妨颶歷皆清選超遷益寵光

量材寧郡縣注意即封疆禁闥須頒牧朝廷待魏黃紛紅

天下事疲獎海東方一脈須聯內羣蜚輒伺芻風吹難獨

立河決急先防弭伏徒為順橫挑不是剛萬端悲弱國獨

應賴　明王子產辭多苦孫弘策未當老成常嘆暗裏詬
兢披猖思痛情猶怯言愁氣已傷白虹纏大角金虎起宮
牆況掃終孚佑扶持尚香奩漱侬戀圓杞愀歎念芑糧天
意興多難人情樂小康蓬心雖漸啟蒿目未渠央勢異隨
離合謀多錯否臧眾咻誰竟是隣嘖復方將報國官無小
憂時心共長茲州本要臨近歲遴選賢良牧伯因蕭使軍民
況并商　九重紆簡昇萬國係詹印廉操無珠舶威聲及
卉裳班超言不異徐邈事皆常隄悌忘羣狡委鈍夫百必
筆倪歌畏壘陬潅顧甘棠復有行人役重尋出塞裝獨賢
勞敢憚專對息靡違彥國論河磧營平略罘羌大池出長

白高嶺夐穹蒼夸亥何曾到諧虞說未詳支流齊魯泒首
尾艮坤鄉國俗疎多漏邊情遠易荒民饑難禁散地僻豈
思攘指點憑樵牧稱呼信牒章邊云歸魯參非欲訟吳桑
冠蓋煩期會圖書費論量名公雛未關蘭子亦差強遇勑
思逾屬臨艱氣益昌照懷如水鏡揮筆似風牆國體因人
重文心遇事張潭龍雲裏出巖虎雪中藏晶晶平沙積森
森亂木僵春深裘似鐵日午廩無糧七聖迷停驂三神失
引航歸來應認夢聽說已回腸學力從躬驗忠誠托贊襄
安民心獨功事大禮宜彰奏可箋丹宸書宣集包囊珠儋
牧版籍卬勑返流氐野燒回耕艦邊烽罷候壑山林啟藍

縷金石勒輝煌蹕屬真堪詫勤劬亦足償尚懷朋舊誼曾
辱弟兄行厚祿書寧斷多儀覼不忘布纖盈剩匹醒辣透
瓶香聞疾移靈樞鄰兒寄彩糖情思方毫毫音耗又琅琅
副墨齋緘密聯箋龔訊芳計期思入洛循跡惜嬰潭旅館
虫如雨鄉亭雁欲霜幽悁欣謦齧歡喜恐因狂束髮居同
時隨肩步共翔古心期李杜時譽竊王楊末老著蒲柳役
前塊粃糠四隣耆禾稆一棹足滄浪豈浩當高閣陳登甶
臥牀寒山炊槲葉老圍剖茄蘥海近觀潮碧泉高聽瀑涼
寄情游老輝抗志誦虞唐泉樂泡歸水升沈廡付隍日邊
猶夢霖天末暫彷徨牲自傾蔡藿謀非戀稻粱三山瞻氣

色雙闕祝禎祥通客塵清禁閒官盡太倉鈔書坊傲宋槧

飯廳依梁談笑疑同榻遠游似隔岡陽春歌郢市秋夜話

巴塘久要惟徐稺相思最鄭莊人生容有別世事實難詳

觸目多新異回頭轉渺茫颷回嘶歔栗日射耀橫槍園爐

移樓櫨街衢改廐厩甍驢行偪側癃僕意恓惶却訝河應

皺真成海不揚綿綿懷速道唧唧卧寒房墮露跣櫺韻繁

星缺壁迻辭同方朔隱調近左思僋大塊元于畀高霞或

頡頏偶逢公事暇為我引清觴

　　昇天浦

小病登舟怯蓬窗倚半開沙頭送客散帆外看山來風水

自相囑空雲時復回梯蒲宮不見懷古意悠哉

〇古德村金于霖莊留題

天磨西出聖居關指點空濛杳靄間二十二峯都送碧不
知何處是佳山

人蔘花發滿家香瀑布聲來盡日涼如此平生那有羨老
親佳子好文章

香閨歲暮亦堪悲婉約風情禮自持終是未經身道語世
閒還有婦難為　于霖有東家有女子詩

新詩初見更誰同四海文心頻至公難道書生無事業毛
錐三寸重吾東　浙江張季直見于霖詩以為過海以來初見之作

道中苦雨戲作和保卿

老天端要幾時晴倦客真堪白髮生人面何曾無雨點馬
蹄隨處有江聲閑如季主應須坐聖似臧孫且莫行苦憶
家居無事日小窗看字夕陽明

　　山行

積雨有時露青山不礙行雲暉遠濃淡沙水漫縱橫茫茫
宜川獵家家足火耕居人猶有慕年熟與官清

　　七夕雨

銀河秋漲淼無津兒女情多強欲親粧盒頒攜明日淚寶
車應積去年塵老龍有意非輕薄靈雖無端枉苦辛一暮

了朝膓更斷楚宮應羨夢中人

峽店滯雨排悶

艶葉翻翻茝葉稀雞雛啄啄燕雛飛老翁日暮驅牛入兒

在房中犢未歸

誤喜晨簷點滴稀金烏戢翼未輕飛東天霮霿西天黑併

是行雲不是歸

蒼苔白石水西東深樹鳴蟬盡日風坐久衣衫渾碧綠時

着飛雨灑林中

七寶山前小峀東紗羅溪水引樵風兩邊都似雲安路曾

見丹青畫蜀中

獵無所得罷歸戲題

撒手歸來意翕然機心繞歇道心全一禽不獲三旬久技

似王良也更賢

呦呦鳴鹿競相招月滿空林夜寂窹我亦鄰亭高枕臥不

教清夢墮陘蕉

〇 舟行

夜店雷喧枕晨程露滿衣扁舟真不惡安臥美清暉

峽江清見底峽舟長更長不湏揚帆快終日美雙槳

〇 悼亡

數僕僵眠熟雙驢絆立閑笑吾頻臥起怕失一佳山

在時惟拙婦　沒日乃賢媛　試聽全家哭　人人似有恩

未乾栖樓淚　仍積簟牀塵　更忍中門入　家居亦外人

鹿場驚曉夢　漁艇顯秋暉　不及如皋客　能成一笑歸

何曾坐作郡　稍已識居鄉　小福難消受　門前黍稻香

兒小不知哭　哭聲似讀書　忽然啼不住　簌簌淚連珠

龍鐘半七十　那復作人夫　從此一方丈　惟應法喜俱

○ 酒醒

酒醒燈殘夜　風回葉墮時　魂消猶有夢　心折欲無悲

春日

長遥賦明星　離佩詩併將　無限淚潛遣　鬢毛知

秋日野屋

秋日秋雲陰復晴野人野屋陋還清草花滿地臭功德禾
黍入塲心太平但有六親常對面都無一法可當情東家
夫子何須問沮溺雖賢也近名

惠人枸庭再春日作

戚里賢聲二大夫蒼黃　君側共捐軀平時報國談何易
沒世論人恐亦無幕府頻煩霧祿仕廥慈鄭重廁文儒窮
居敢顧安危事感舊循環一涕吁

友竹宅有梅無盆恐凍於外而不能花靜堂叔父有
詩以咏其事命余和之

煖閣深屏得氣先終嫌局束欠天然梅花老去漆身分有

要掀房露地眠

癯龍鱗甲凍杈枒無恙橫枝帶月斜著地靈根應更固未
妙含蓄一年花

念腳南窗默笑看蝸廬還比去年寬曉來不作羅浮夢一
穗青燈伴歲寒

十載殷勤一榻容肯教抛擲過三冬不涉湯沐移關內茅
土新加即地封

陽溪晴雪鎮江村想見橫斜樹映門不道先生無長物滿
庭明月似金盆

綠園

西園千萬樹新葉正華滋隨意流鶯坐應無可選枝

夜涼

不出門庭巳月餘晚来聊復過村墟病因嬾積何須診問
與閒宜未要除小鼇能鳴新雨後高林如洗夜涼初有時
進愧長安友應謂山中有著書

凉月瀝軒砌高林青氣浮忽如為遠客不省是何樓露重
欲聞滴星行時見流冷冷綠綺手可以解幽憂

攬衣如欲出門游鮮帶仍成下榻休忽地蛙聲千百合有
時螢火數三流

○李性天宅敍懷感物有作

木蓮高閣鎖秋芳幾度江南見葉黄暫喜杯樽成聚合自

嬾言笑帶凄涼僞紗一頂三年面金菊千叢萬里香

聖主憐才蕭愛物好須努力荅恩光

○茂亭新舍小集時宋秋塘督學自湖左歸

舊夢紛紛記不清新歡歷歷眼初明但令公輩時相見不

枉吾人此一行筇簟平安多吉語輖軒勞苦有嘉聲牆東

倦客龍鐘甚擁鼻猶堪咏洛生

○本元寺同石觀茂亭葆堂荷汀關內典數日而歸

不戀鳴珂不羨飛幅巾前世水田衣知音敢恨陽春寡聞

道空懸子夏肥明月半林叅憩寂殘書數葉證授機心空

及第無情面除是當人自做歸

奉恩寺

欲歸何事未能歸十月寒風動客衣城裏不知秋節盡江

干初見雪華飛瓦官白浪無船度金粟青山有寺依忽忽

重尋舊題處西樓東畔小雙扉

玉匣珠襦萬古悲祇今坏土尚然疑山僧詭解蘭亭帖野

老空傳杜宇詩香火祝殭成底事金繒修好已當時長歌

激烈無人和修道山光欲攢眉

琵琶潭

檀郎顏貌已中年　謝氏門庭事可憐　一隔幽明多妮貝屢
經良樂尚纏綿茅荒破屋牽蘿補蛛暗殘書綴網懸小婢
出門相送罷琵琶潭水響摧絃
忽忽顯顯事何必合莫浮生夢一塲秋夢較長春夢短不
堪回首細商量

○養泉館同梧西侍卽冒雨賞菊

瀟瀟寒雨使人思老却浮生是此時忽見書來知有酒正
聞花好可無詩宰官戴笠毲村叟禪客腰鑣學圃師休道
臨歸了無得衣邊點滴手中枝
不多相見最相思相見那堪又別時苦被多情仍學道怕

提閒事只吟詩籠邊黃菊能相伴案上維摩是本師五鼓

出門山雨歇疎星的的掛南枝

、將還鄉同尹念菴過杏州

一棹飄飄過杏洲渚清沙白鷗聲浮忠臣墓畔山如揖元

帥營前石不流得句聲高每子怪借書擔重僕夫愁故人

半道來相伴歸意翻成處處留

曾經

萬境紛紛只自齊行雲流水日東西分明有物終難拾極

是無情最易迷鏡裏容顏應密證桃邊魂夢或重提題詩

莫寫曾經字寫到曾經已犯題

六玩李尚書輓[豊朗宋]

太平光岳釀精醇要為文章出福人百歲之中皆健日三

公不下更開身遺書度閣齊靈座孝子充廬臨弔賓一事

祗今終有憾熙朝笙歙竟誰陳

寒食

萬壠皆寒食綿山獨不傳遠花猶似燒新柳未能烟若節

談先滌良辰著可憐從龍餘恨在為雨自年年

書紫霞詩鈔跋

紫霞申侍郎詩共著干卷余所刪存為卷鈔贈金圭臡

嘗謂余曰紫霞集至今未刊此士大夫之愧也然余則以為

紫霞於詩人中有厚幸焉巳者臺其年以富其籍而身後之

名逾重閱四十年京師及外鄉緱子小生類皆能言紫霞詩

以余所見寫官之流傳者無慮百本刊不刊不必言豈皆能

真知紫霞詩如干霖葦與無亦以其芳草桃花鶯聲燕影

句為夫夫之所共悅而遂以為口實與然余觀自古詩人競

為大家者未甞不為達達夫之所共悅師與能有真知者及力

在夫夫之所共悦之外然則大家固惟真知者知
之而又不可以夫夫之所共悦病大家也若是則紫霞詩亦
吾邦近日三大家非那紫霞之詩其始蓋出於吾家茶奉君
其後入中國服事翁覃溪始自命為由藕入杜然去杜益遠
矣善乎西林李虔士之祭茶奉君文曰不屑為鉅剱以為好
此語於古詩人中惟五柳先生足以當之錐子美未必能然
而以之施荼奉君則不見其有愧色是則以人言耳非但
以詩也余恐紫霞將以詩論蓋亦未雜乎為好而優乎為鉅
者也書余所見將以示于霖賞其何如云

歲丁亥仲秋之月其日癸未織屨兪叟啟業以據終于汝化
道哭汝化之隣舍壽七十無子顧明里三茺集于汝化以所送
送叟者汝化來皆舍爺李之以帛姑之地俾瘞之且謀所者
字無名題諸碣愴怛畏死可得以詳而其生則闕也乃乃
獨身流寓與汝化爲主客三十年撲呐無他能曰唯業織屨然
不自驚以身汝化驚得呆則遺逆使皎不得或累日不炊
里人無所行之久流樓驾則與成匿直而以還久亦不自徃深歐
或終年一米不出門余家與汝化相迮而追然剬意不如叟商
叟殆非庸人者幾柳余嘗悲古昔聖賢終身未嘗一事行於世

或終年一步不出門余家與沐化相連座而進然余竟不識嫂叟

叟殆非庸人者歟抑余嘗悲古昔聖賢繪身於世

而其所業皆所以行者也今叟亦終年未嘗一步行於路而其

所業亦唯所以行者也雖其具銼細有不同而其勤而無所用

於已則同又可悲已然聖賢既不能偕行而噫下又卒不用其

道反以招譏謗嬰眾厄困焉而不寧若叟固無意於行而隣里

之人猶用其屨焉而歸其直叟得以食其功以老以終無他患使

叟果庸人也則可以無憾矣而果非糟火也抑又何憾銘曰

五穀蔬菜民所寶歙精食實啜茇啟餤薦窬雖叟得之以終老生也為

序

○送金于霖游燕序

始余年十四[五]時赴漢京大比頗習切今有聲一日遇少年
年可長二三歲于余者踵余館而言曰余崧陽金于霖也
與子論文可乎余時未有知第見其人貌甚秀辭氣甚聳
瞿然謝不敏于霖語數轉遷延辭去傍有昵余者曰夫怯
子矣不交而遁矣余雖未有知然已黙然愧之知余之不
足以藉于霖也其明年于霖聞余釋褐貽二詩詩殊艱晦

不敢強為之辭然亦知其非世俗之詩也自是余亦輟功

今學古詩文稍稍有進然不復與于霖相聞其後余有海

西行道出崧陽叩于霖之門而與之語彼此俱長大駭不

能辨于霖屈指良久曰吾期與子十年復見今七年矣投

案上一大卷曰何如余受而讀之皆其閉門溥思而作者

其中不可解處尚半之然其可解者超超然古矣余乃歛

衽而歎曰余不足以論子之作請袖此而歸以俟復見又

明年余以行臺役于燕往來皆遇于霖且讀其後之作辭

愈古而不可解處愈少十不二三矣前所見不可解者間

又時時易之矣於是余謂于霖曰曩余思您邇子出游當

世顧子好古而近詿世雖鮮足以賞子之右而猶將有怪
子之詿者吾所以不敢餈也今子之作非前日也可以無
怪者矣又豈無賞之者乎夫賞與怪非子之恤也然以子
之才而聲聞不章本故人之恥也子雖自愛盍為吾聽之
世之士亦多因余而識于霖者然猶徃徃病其說余每辤
于霖笑而諾之盖于霖之復游漢京在再遇余之後而當
之曰不如是僅如吾耳矣以為于霖論者乃定然余力薄
不足以資于霖顧連遇良有司屢儶場屋又以孝廉
舉於鄉又對策論便宜事以次需邊今于霖於進士及第
偶不中耳然要為布衣中有盛名者嗟乎余於于霖總角

論交歷十年而後乃患其底蘊而于霖之游於世繞封域之內耳然論定名成之難如此今于霖一朝爲萬里之行將與天下之士生平所不相聞語音所不能通者馳騁上下議論於其間意欣然如將有合也顧不尤難乎我俟于霖之歸而聞其說其果不難而易歟則吾必曰大國未可量也

燈拈簫錄序

余世農也少而至壯見聞不離於畚耜家中未耜錢鎛之物不假於外顧嬾惰不能服力又間爲游宦所奪倦而歸視田疇之不治久矣課其歲牧尚不足自緇其饋況何以

充公上周隣里之急乎徙徙且不免貸粟於人然鄉村鮮

有富戶貸之亦未易也所居近海有業賈者過余而談焉

之樂余意頗欣然嚮之盖欲從事而未能焉試詢於諸為

農者皆曰子之欲從事者妄也焉有久於農如子而乃為

賈者乎余聞而為之廢然不應家弟問余曰兄之廢然何

就余曰夫吾欲為賈固非計之善者也然農者之止吾者

亦非計之善也弟曰捨農而趨賈非計之善則吾旣聞命

矣止之者之非善何也余曰業以求富富無農賈謂賈之

厚於農則過矣而謂農之重而賈之不可為者亦不通矣

是惟徇名而不覈實者也然則求富無本乎余曰何為其

無本也勤之爲本未有不勤而能富者也專之爲本未有
不專而能富者也若所謂農與賈者所操之異焉而已今
吾與汝惟不能勤且專故有田而不能治有田而不能治
者獨能賈乎使農者果愛我也則宜正告余曰子惟勤且
專於子之農事矣求於賈若是則可矣今曰久於農是徒
悅我耳而怠我心也久於農而治者可以謂之久矣久於
農而不治者又可謂之久哉又豈如暫賈而速富者哉且
夫賈者非吾也農者亦非吾也其或勸之其或止之是豈
能富吾哉可富在吾而吾未能焉吾游民之昌於農者也
又敢賤賈哉於是方夏日午荷鉏而息隴畝之上偶記謨

賈者之說錄之如左此亦余不勤不專之一端也若夫牢
籠百貨眴息千里狀然自適其所之者顧豈非素封之雄
哉燈拈節錄景德傳燈錄禪門拈頌二書鈔名

○送季弟序

吾邦之地西接遼南連長崎以灣府萊府為國之門二府
安則國中之人飽食酣歌二府有警八路騷然不寧士之
有志於當世而為域中之游者舍是宜無所先通來外交
方始天下萬國之人輻湊於畿甸事有不虞往往出眉睫
肘腋之間而不及謀何暇問千里之外而求邊事哉今之
二府其為觀也亦末已然朝廷深機密筭緩急利病之所

在有九卿典屬國主之非布衣白面者流所能聞也若夫
箋一匹馬操三寸管縱觀山川城郭道里之勢與夫人民
之謠俗而覽古今之不同審得失之有所由則苟有志於
斯者皆可浩然而莫之禦也天下之事與人之常情恒戡
於近而狃於衆孰知獨游於千里之外者其所聞所見所
思慮或有裨於近且衆而不及者歟憶余奉使過灣府一
夕五皷下雪止月出呼一童攜燭登統軍亭方憑欄四望
忽亭下卒急走呼曰滅燭滅燭詢其故曰此亭西南柱與
白馬山城烽火臺對有燭於此則山城舉烽火瞬息而達
京師矣余為之跼蹐下怦怦者久之嗟乎邊門之重如

此朝廷豈可以忽之有志之士又傷可以不一覽乎李弟

陪家大人赴梁山官所梁庫且薄無可以為游者念遠行

多不恤姑為可觀之說以廣之以梁之偏於菜也朱子謂

陳安卿曰他日之事安知非吾儕之責蓋士君子無論遇

不遇要不可一日無此意也

易義私箋序

易之道無論已要為學者不容不讀之書既讀之亦不可

不知其義義有文義之義有義理之義易之廣大微妙義

理無窮固不可思議而若文義則萬古一法易不應獨異

於他書今學者能離文句便能讀聖人之書非必皆達於

義理以其文義尚可尋耳至於易則并文義多不可曉豈
非羣言之繁或有以反晦之耶朱子以是病之為作本義
務要簡明然大義之外不復覈其詁訓蓋亦先儒忘象之
意而非朱子他經集解之例也余十歲受程子易僅成誦
而已後謫遣郡日玩程傳歎其質懿精深真有以得義理
之正而亦未能泰互經旨而求其通曉今冬廬居二弟共
課易有疑輒相質問往往茫然若未嘗一涉者因稍致詳
於本義及古近諸家易說取其可曉而擇其不觝牾於十
翼之旨者時相舉似旣久則遂詮為一通名曰易義私箋
言不歇以示人也易以象為書如詩之有比興而其理則

猶詩之賦也讀詩者不得於賦則必求於比興讀易者不
得於理則必求於象所謂舉言之繁晦者未必非主理嚴
象之過）而若又專求於象則是猶徒詳乎草木鳥獸之名
而不知思無邪之可以一言蔽也故言義理者當以程子
之說為歸若文義則出入易可矣

姜古歡批評孫武子跋

余嘗爲姜古歡居士序其詩文時居士尚無恙讀余序甚喜

至其中數句語輒瞪視而鞠傴人不喻也及居士病且卒屬

其嗣曰吾文湏甯齋定之其嗣曳纙來以告余不忍辭爲刪

煩校誤而還之其後居士集刊行其中數篇乃有不經余目

者聞亦以居士遺意然也蓋批甫批於嚴武李商隱之於令

狐綯陳亮之於辛棄疾可謂相知莫逆矣然其離合存没同

異死係懼有不可以明言者情唯涘於三百篇者知興觀群

怨之未始不同而唯游乎方之外者知笑而唱之非笑而唱之非

喝也自居士之没不唯雅道寥濶即師友文字意見且論種

種曲折求無從以密羣者可不悲歟然方爲庤時余實未嘗

記

視心堂記 代家君作

今之民古之民也今之民之心古之民之心也居今而曰
古曰不古者在視者有不同耳不在所視者古者井田行
而學校興旣富而教凡君子之從畋者久於其官於其民
也皆有父與師之恩若是則雖竭其力以奉之民固顧也
而土穀夫布之征有藝而無加足以充貢賦而給餼廩而
已又節其用度蓄其餘以待不時凡水旱師旅城郭宮室
之費皆取辦於是而民不知又重民之力用之於隙而歲
不過三日猶尚申申然播告其情而忸忸然勞其事詩書

所載是也當時之民其心之可見於後世者如所謂我
公田躋彼公堂之類固亦忠厚篤摯矣然是不過歌咏之
辭酒食之禮其受惠於長上如彼而報之如此烏乎古之
為民也豈不易哉今之從故者無論其與古君子遠也雖
號近之者既不能久於其職惠無以洽於民而其取於民
則有浮於古若是者非盡其人之過也然烏可曰非不古
矧況用之或未必節而蓄之恆不能餘其有不時之費則
滋取於民富者以財貧者以力督責而剋期使民不能休
若是者於古又何如也然不俟之為吏六年矣其所治者
三縣而風土謠俗不相似也然其民所以事其官長者大

抵同也不佞之為故未能有過於今之君子而視夫其民
之心未嘗見其有不古者然則今之民之心也豈但古乎
云涌蓋將有難者屬夫以財以力被督責不能休而民自
事官長猶古也斯已難矣況不督責且不勸不賞而民自
為之不休不憚其財之竄也不邮其力之疲也其心誠樂
而忘勞若古公田公堂之詩則是可謂尤難也甑山政堂
之重建是已記曰堂之役其始議而請于縣令又丞請于
觀察使者士人金義鼎朴履賢等若而人其倡以錢具牒
而來者士人朴齡厚等七人其相與合錢而助者○○姜
崤等三十九人其六坊三十七里之民募後赴役有差其

經紀而監董者其□□金學年等四人其掌財出入者□又

宋周瀨等二人合錢之數三十萬六千有奇堂凡若干楹

廣袤增減之數比前若干以丙戌二月干支始以其月干

支落之扁曰視民之心言視民之心也非不安之能有相于茲

役也

虛白堂記

潭州李子和名其所居之室曰虛白請余為之記余曰虛

白非可記也記局則非所謂虛白也夫記者文也為文必

書之紙今夫紙虛而白者也加之以一點之文則一點實

而黑矣加之以一畫之文則一畫實而黑矣積點與畫而

為字積字而為句積句而為章積章而為篇則皆實而黑

矣尚安有所謂虛與白者歟且夫書之於紙將揭之於子

之室子之室固虛而白者也而揭之於牖則牖實而黑矣

揭之於壁則壁實而黑矣又安有所謂虛白者歟子和懌

然有閒曰有是哉虛白之不可以記也余曰無傷也夫天

虛而白者也由虛白而有子之身焉夫地虛而白者也由

虛白而有子之室焉夫既有子之身焉子惡得而無居歟

有子之室矣子惡得而無名夫既有子之居與名矣吾又

美以記辭為夫由前之說則佛與老之言也而吾儒亦未

始不言蓋以是為體者也由後之說則吾儒之事也佛與

老不以為事故體則一而用與無用二也大易曰寂然不
動感而遂通天下之故中庸曰喜怒哀樂之未發謂之中
發而皆中節謂之和亦若是而已矣子和漠然而釋曰有
是乎虛白之不可以無記也余曰夫謂虛白之不可記者
吾也謂虛白之可記者亦吾也然吾非子也吾之室非子
之室也吾之文非子之文也使吾而記之不足以損子之
虛白使吾而不記不足以加子之虛白是則記與不記均
無與於子也夫子而求子之虛子而求子之白則子之記
久矣又安用吾文為子和曰善姑書之以應之

▲▲第七 難得室記

浮圖書有維摩詰者其室有八未曾有難得之法其第七
法能令十方所有諸佛弟子念之即来為說諸法說已即
去各還其處韓退之言浮圖善為幻若維摩詰者所謂幻
耶非耶抑實無其術而寓之空言者歟然天下之士出處
離合之不可以常也久矣聞維摩詰之言其必有感於心
猶之晝倉如可以墜而飽也余觀鄭子茂亭雅以朋友為
性命其所居里閈為吾黨人文之藪其仕宦又一時材俊
之所府結納無虛士徵選靡曠日維摩詰所難得之法固
茂亭之所易得者宜若無羨焉顧取其語以扁其新移之
室又求記於余斷斷不置何也無乃以生平故舊如余者

流尚有在山濵水涯之間時時思之而不能常見也轍茂

亭之用心其亦可以感矣然余家在百數十里之外有江

海之阻如鄭衞伯如金于霖如吳文伯如黃雲卿所居又

加遠如李厚卿家雖隣官游關塞不見已三年其餘落落

不相值者亦多誠能使茂亭果得維摩詰之法宴坐一念

輒令此諸人翩然而來集于此室無舟車之勞無糗糧之

費無公務私累之繫與風雨寒暑疾病之阻礙則豈惟茂

亭之為樂此諸人皆將賴茂亭之惠而不復知有離索之

眼矣然豈其然哉豈其然哉夫天下之心一也一則能感

感而應則必神維摩詰所說之法亦言其感之之理而已

在咸之九四為感心之象孔子曰天下之動貞夫一也又
曰天下何思何慮謂感之以一則雖思慮亦寂也天下之
人如彼其眾也天下之事如彼其多也吾欲以眇然方寸
憧憧然往來則將愈故而愈藭豈有窮乎故曰朋從爾思
朋從之思未始非出於正也然憧憧則不一矣不一則二
彼與我二也來與去二也思與不思見與不見皆二也無
論其與大道遠也視夫方外之士忘形而相與者不亦勞
逸之懸哉昔程子曰讀華嚴經不如讀艮卦余亦以為
讀維摩經不如讀咸卦茂亭為人頗若過於情者余故以
是說復焉

中庵記

居於夫子宮牆之側而為四方賢士之所主世守而不遷
其人宜若有異者然類皆汩於營產默他能獨金中菴以
善射聞中庵每試射輒五中自武舉累增秩至資憲階皆
以五中得之遂為號以自詫既老臂疾不能射然見里中
少年射者奪其弓夫而角之尚時時中也徃歲家弟赴泮
製館于中庵中庵遇甚厚嘗曰吾願徽君家長公之文以
記吾庵可乎否家弟歸而語余且稱中庵好義多善行於
文可無靳也余諾而未就久之余至京師中庵踵門求文
甚懇諦其為人良如家弟言然居有羆非古也號而為之

記亦非古也蓋後世文勝而好名者之過也今中菴之號
不以文而以武不以名而以實是可記也然余竊有感焉
號者稱謂之私也無之亦可有之亦可雖其名之過而爽
於實尚無大損益於事者若夫科舉爵秩有國之公也讀
書攻文詞而取上第積勞勩偹材德而躋穹班固其宜也
而若夫所以致者或不稱於所致而又往往有假借附麗
而得則其於治忽汙隆何如也豈唯號之爽實而已哉若
中菴者科舄而自致秩舄而亦自致榮極於其躬而人不
得議其後斯其無愧於科與秩猶之無愧於其號而士大
夫之所難也余奚足以記中菴哉抑余嘗有志乎聖賢之

學自束髮至今幾十年矣日顧其所言所行闕無一中焉
是又重有愧於中庵而不能已也姑自敘其感且媿者以
塞中庵之求且以告于士之客於中庵者庶幾有省於余言

梧月亭記

德為北路大廈四方舟車之所會朝廷之所注意特遣從
臣秩中執珪者以涖之交輯軍民及賓旅商賈之務府治
鉅細事視舊多所增餙唯是臺榭游觀之具闕焉二十三
年春李大夫自妄邊府移守于茲未朞而續成闥境晏謐
如小縣閑邑會有土門疆事朝廷以大夫為使馳登長白
山挨驗便宜原官仍如故二十四年夏歸自使所秋以朝

廷命荊元山港監理署于元山蓋務曠而不窳工鉅而不
聳茲二役也大夫之政愈著署既成正以餘材告大夫曰
是可以亭乃相址于聽事之東隅若于武為楹為欄者六
乘之以茅前對梧桐樹二近挹郊疇遠眺浦漵烟雲風景
之勝可朝夕娛也而於月尤宜扁之曰梧月大夫既自為
詩而又以書貽余并寄江南大橋曰請以此為贊而徵子
之文又曰吾且歸矣將以遺後之人余發書而歎曰大夫
之政其著者不以亭然亭亦政之一爾後之觀大夫之政
者盡於是亭乎觀之木以餘庋節也覆不以瓦儉也將歸
而後之人是圖公也行之以節儉慮之以公於為政乎何

有若夫梧之清也月之白也又可以比德於廉而警世之
昏墨者惜余辭蕪不能以橘頌頌之姑書大夫爲政之署
以告于大夫之所欲遺者

祭文

祭亾室文

嗚乎君之没今一周矣吾尚不能為文而哭君者以吾久
廢筆硯雖欲綴數行語苦不易也抑吾於君有平生之悲
非特時月而已悲在於心何用文為近日忽思君在時多
可紀之賢吾不言則人未必知吾有賢妻人不知何傷但
兒子他日長成亦未必知其母之賢雖知之又必以為母
賢如此父矣以無一祭文也此皆可念故忍淚書之因以
侑君之觴君其諒之君之賢不能盡紀紀其大者君嘗從
容語余曰今日夫子在尊姑之前出言不謹夫子必不至

是豈婦人之有罪而使夫子之孝衰歟吾愧悔泣謝不敢
忘也先母在安陰縣衙遘痁患屢劇吾奉使不獲歸省君
與吾弟竭誠扶護吾歸母為少愈余因事訶君母笑曰止
止是代汝事汝母汝不能及也君沒吾弟為丈祭君斂安
陰侍疾事吾不忍讀然益知吾母言良然也吾前與友人
約婚君沒之前數日聞友人女有疾余應君之或難之也
微以語君君曰吾家當得佳婦耶女雖疾必愈不爾又誰
尤我及君沒而友人女亦夭然君之此言丈夫所不能也
孝為百行之本信為五德之終君可謂有本而有終者非
歟君之賢如此而君在時吾猶不知其難也顧時時若不

足於君者君之賢而無祿天固不可諶若吾則其未老而
鰥宜也不然則何以知君之賢為不可復得也然吾方悔
過而思學萬一有成庶幾不減戚於竆以為君憂兒子自
君沒即為其仲叔母所鞠慈之如君君如有知無待吾之
言也兒與鄭氏女定婚聞甚慧備能如君之賢亦君之有
後福也君其諒之烏乎吾袞吾母不能毀吾母之德行尚
不能為紀述之文今乃為文以紀君之賢是亦吾罪也吾
不可以多言而過哀也已烏乎痛哉

祭曹杞山文

為乎杞山昊為而至於斯歟以杞山之敦厚謹信不輕然

諾不言人過失而至於斯歟以杞山之端詳脩飭繩墨不
爽尺寸而至於斯歟以杞山之寡嗜欲節起居類能學道
者為而至於斯歟是皆非所以至於斯也無乃以余之窮
而過好余以累杞山歟然余之窮能使杞山不遇則然矣
而烏能使杞山不壽耶然使余不甚窮而粗有以為杞山
力則必不使杞山求食奔走於數千里之外竟以客死是
則余誠有以累杞山矣然余嘗與杞山同居處出入者二
十年矣其在京時則無論巳其在道路之日自甲戌燕臺
之行丁丑湖右之行戊寅潼關之行癸未畿甸之行乙酉
觀縣之行前後不知其幾十千里也使杞山竟以客死則

死於吾之手無寧賢於死於吉州人之手乎其生也若有
牽摯於余而不能離也其沒也若避余而恐其或近也斯
又昌故昜無乃余之累杞山已甚而杞山不欲累於余歟
嗟乎人能積數十年之勤與幾十千里之苦而卒無所成
者其亦鮮矣使人積數十年之勤與幾十千里之苦專
於為我而卒無所以報者其人又如何哉然余已倦於游
矣曩日四方之志無存於中者使杞山而在余必不重勞
杞山使杞山而在亦未必能有獲於余但余每誦孟子熊
魚章向為身死而不受以下三句以為宮室妻妾不足言
也惟所識窮乏者得我誠有不能遽忘以此不無少介於

心今杞山已矣余之所識就有過於杞山而杞山至於斯

余又就為而介於心我信乎杞山之不欲累於余也傷乎杞山有

余之言亦悲甚矣然非杞山之為慟而果誰慟乎杞山有

知其亦聞余言而諒其心矣

△祭故鎮撫使鄭公岐源文代人作

傷乎哀我善人為故可以即戎親上死長是謂教忠孔孟

之訓世以為迂當試驗之聖不欺余首公泣沁西我來驕

轟我列埤塌我前茅盎盎者泯亦豈無逃雖則逃矣載瞻

載閒我公安在公在鎮公在鎮公不驚不震潚耕爾穡

寧爾婦子公之命矣有死無從不植其本奚取其實聲邑

以化扵道　為末彼愚　孔神同曰　可欺逸而　猶艱矧其方危
關公之術　蓋亦無奇　視民如躬　應國忘私　盡我當為匪術
匪飾維廬　維勤所以　成德公世　則儒公家　于野衣敝緼袍
御歉歿馬　崇牙大纛　非公樂也　厥或有為　視世用舍北至
不咸南至　于海自襮　近終歷數　十載難易　者事盛衰者時
公心無改　始終以之　圖之盡臣　古稱干城　如荼证虜如趙
營平匪曰　尚功賢則　無愧余豈　阿私實有　公議若余愚魯
豈足比數　先人之誼　重以知遇　布衣葛屨　從公于伍豈不
自怲維公　之故自公　東歸曠未　起居計以　風聞云踰歲餘
大奎令終　公奚憾歟　上痛下笑　余懷何如　維昔杜甫詩衰

嚴武雪山已軼三峽欲暮烏乎宸衷

以代沁都士民祭梁大將軍憲沬文

兵不在奇止亂曰切將不在勇忘死為忠雖唐郭李曁靈

姜金約而最之實事真心羣嬉衆咻無難不易有流一凡

乾嘗以試有溺者津昔公收濟有戔者城昔公收稅旣稅

旣蓐戾乃大至震其不虞踣殭滿地世之談公若幸于天

公愈謙讓曰何力勷國之承平垂四百載嚴嚴貳京實象

行在執訶其陝埶怛其燻焱如猘如亦孔之憪吾儕小人

敢言其大猶有祖禰亦有內外坎其木主婦竄于榛眗眗

引領曠逾三旬喬英欲老謀覬應隔盈盈一水若限以域

矯矯虎臣咸在師中豈公私我豈我要公竊嘗閫公業武

志儒蚤從賢師繩步矩趨郤詩祭歌特公餘事報國之誠

救民之義有蘊于中諒非一日提卒數百獨奮而出山蹊

黝黝海波軒軒揮鞭擊楫有止無存奢勝擄北懇利行夜

居者同覺若從天下方事之殷匪匪舒匪慝手不停抱躬罷

擐甲有創于前吮血如箭有瘞于衛雪涕被面激之斯須

氣已吞虜趾之髆之士有餘怒舳迪郭完滌穢驅氛爰撫

爰集有來如雲嗟我沁人仰父俯子凡厥有生自公復始

稻滯棲壠果熟映籬呼狗數雞有盈有斸　王眷我人命

公亞旅　王晉公爵莫尼其去自公去我星將再周弗諼

弗譖我逸以休峴碑未剝河疆尚彩時移事陳邈如狨代

桓桓惟公耄而克壯闔門養威繄我遑想豈意斯辰遷闈

公訣大樹飄美長城撤美嗟我沁人其誰不哀奔走呼號

如公未來斷絲于機傾粟于塈匪曰具儀聊以見情昔我

迎公亦以簞壺公笑不却矜余區區公靈不昧庶歆我將

沁人報公乃此一觴

銘

○烈婦韓氏旌門銘

烏乎臣而死於君婦而死於夫皆所以自盡也非必有益

於君與夫而後死也苟謂必有益於君與夫而後死也則

其必有當死而不死者故曰殺身以成仁而不曰殺身以
成事然自古以来忠臣烈女多出於亡國喪家而死而有
益者常少其無益者常多於是世俗之論往往以徒死為
咎雖其說不足以辯而其為忠臣烈女之不幸則甚矣萬
一有死而能益於其君與夫則雖於其所以自盡者固無
所加焉而魂魄有知亦將愉快於地下豈非幸哉況所謂
世俗之論閟嚛不敢出而世之主風教者又從以揚之使
知忠臣烈女之不可無如此而又因以知所謂無益與有
益者均之為自盡而不容軒輊則尤豈非有益者之切歟
昔吾先大夫忠貞公嘗為西原洪烈婦詩大意以為洪烈

婦絕其命以救其夫雖不驗可以無憾蓋洪烈婦蘄有蓋
而蘄無益者也然吾先公猶表章之況救而驗蘄有蓋而
夲有益者乎咸興劉生與臣以前母韓氏之狀求求余為
施門銘余為之序而系以辭曰

咢昔金縢以某代某王其閟害公亦壽考方公之祝豈能
必斯倉皇震迫切心急辭夫纊于肤婦酼于器亦豈筌幸
不忍坐視生者方死死者忽生雖云有命曠曰非誠誠既
感天胡不并活不戕其躬奧暴其節公孫碩膚非以一善
韓惟衿襞死而乃顯彼醴者泉孰謂無源　聖后之宗賢
祖之孫子亦克家嫽烈以彰屺此朱閎百世有光

○迂窩崔公墓誌銘

故濟州牧使崔公以戇直敢言名於　蕭宗世公沒後若
千年裔孫賢九請銘于某蓋公前姚為某先祖孝敏文忠
二公之甥弟而公之在朝某七世祖忝判公嘗抗疏白其
節某於崔氏為有舊矣然某年少寡學匪敢以能言稱者
累辭不獲謹按公家狀年譜思有以礱括而緝綴之又久
而未敢下筆匪惟不逮盖亦有難者以公平生奏疏言事
大小數十計其中指陳　乘輿則無論已其論大臣近臣
戚畹藩臬多不可悉紀其所斥籃籃不飾下官不職者由
今觀之徃徃多盛世名公巍然若不可追又公仕宦來士

大夫論議已潰裂公亦未始非門戶中人然公居鄉素不
與京華諸公相追逐不能詳悉時事曲折廟堂所密應而
隱憂者公未必預知第以外面大體侃侃乎其言之故不
但異趣者之所不相能而已其於吾黨元老著龜柱石之
賢亦猶繫柄之不相入卒至露章陳義幾若自別於儕類
者然此皆某所以難書也然唐介之言雖過實不害為直
呂大防雖無黨終不可不謂元祐人後之觀實者固宜取
節於此而尚論其世亦將有感焉公謹啓翁字乃心其先
朝寧人寧城府院君謹恒以文章致卿相中徙南原籍組
相承曾祖謹尚重司諫祖謹祈左尹考謹徽之翊衛三世

俱以遞學祠于鄉公生于　孝宗五年擢明經科于肅宗

八年授承文正字　正字　仁顯后遜第藁官不仕壺位既復眾

正廟登朴文純公世采首薦公為侍講院說書累拜兵曹

正郎司諫院司諫司憲府持平掌令執義成均館司成閒

出為冬至書狀官務安縣監靈光郡守後陞為濟州牧使

尋為襄陽府使以三十六年二月卒于鄉廬四月辛亥葬

于求禮縣潺水原公娶全州李氏生男與明與明生甲賢

景賢稷賢今請銘者稷賢之玄孫也公羞稿具在將次第

刊行雖未刊國史起居注載之又何庸某敘述為我然嘗

竊惟　人主至尊也為臣子者孰不慄慄於其前而又有

親與疏之異焉公固世族公仲兄翰林公亦先公居清顯
然公家南服在朝建為遠臣登科二十年始歷臺省非能
朝夕於君所者乃以強屬磨功敵所不能堪之辭曰陳於
前無所諱豈公之獨無畏然哉　聖主納諫之美士大夫
風節之盛猶有可以想見者然上章論事猶易耳朝奏一
封即夕竄千里雖欲退悔求免其勢末由尚可勉而就之
至伏蒲攀檻天威咫尺或溫顏以誘之或嚴怒以休之遜
之則可以無虞逆之則有不測之誅當是時也其能不沮
不撓言其所必言而為其所必為者雖古昔盛時或未之
多見觀公之論大臣被召夜對上下詰責應對凡三十二

轉未有一辭之屈　上怒公亦函矣而竟罪公不過遠而

責公則謂之遠而已然公豈能預廋　上之待公如此我

語曰主聖則臣直然當時亦未必人人如公也且夫大臣

蓋妾不必論吏雖貪不當惡錢宰銀帥之謗非所以告

君公之遠信矣然今人皆知不為此言不遠者之多終未

見有裨於世此又何說哉孔子曰觀過斯知仁古之君子

所以不可及者有是夫公孝悌備舉為州郡多異政然無

著於讜言者故不書書其著者然又略其蹟而詳其意蓋

史例有如此者不但以言之難云銘曰

返雖世笑乃德之美所以由也以謂夫子其在於後汲黯

魏踈誰其似之崔公之迂　君以命我我以自號迂言迂
行迂心迂貌抱迂以終不怨不記嗟嗟崔公其誰與傳自
公之沒歲逾二百具日予智巧捷黠給視今之人何如其
時千秋萬歲必能辨之

鹿言

李子有羸勞之疾詢于醫醫曰服鹿茸則吉於是出獵于東陽之峽踰月而無獲倦而少息夢一大夫黃冠蒼裘頎而甚澤厥角隆然一雙三尺趨而前曰余鹿先生也竊聞吾子將求藥物於余跂履霧雨淹於茲山之墟得無憊歟李子怍而謝曰誠如先生言歆聲望塵之日久矣先生將何以教鄙人鹿先生曰僕聞之下醫觀色中醫觀脈上醫無觀默然而識僕之於子所謂不言而得者也相子之疾非陰非陽非火非風五官均通六氣順通頹弱骨勁體羸

神豐宜壽永年孔厚且融然而猶有求扵余者殆吾子不
能養而夯之反有以撓其外而汩其中也夫衛生之道非
一而妨身之事亦多矣（醇醞醲酥妖嬌嬈娥發人之往動
人之邪智者避之如視細羅愚夫溺焉不恤其他以吾子
之高明豈有是耶然子徒知數者之傷人而不知子之所
以召疾者乃有過耶子為文章凡幾十年口不報哦手不
停編不屑為今力追古先大化凌夷世降時遷非子不才
勢使之然子不知此矻矻逾前憤悱愁苦忘食與眠嘔心
髮白自古所憐子扵仕進自謂知足希古驚遠内實大欲
群譏衆譽不挂耳目獨思千古輝映簡竹觀古聖賢有顯

有伏好名之心何異于徇大道肫肫為北為谷勞心外馳

是謂桎梏子之為人遇事徑情喜慍之感多偏少平紛綸

激軋交發疊生悔而不改自搖其精子之平居喜閒厭煩

慪仰終日足不闚園四體弛解支不束根久習成性清氣

乃昏凡此皆吾子致疾之原吾子其思吾子其言且子徒求藥

於僕而不知僕之所以能為藥於子者吾子者吾子其亦欲聞之

耶僕山林之毛羣也目不辨史皇之書心不涉姬孔之文

得失則數莖春草是非則一片秋雲逍遙放浪無戚無欣

跳躍遨盪載馳載奔其中常逸其外常勤逸者所以碌萬

其天勤者所以引其年僕非有為而為也蓋亦任其自然

而然耳夫何世人之不窮乃欲自利而戕物既攬吾角端
之肉又探吾胃中之血彼將肆暴而縱慾又豈但為服餌
而療疾惟子明足以燭理仁足以相恤而反信庸醫之說
將以檃吾鄉而刼吾室得無為千慮之一失乎嗟哉人之
有生儲精毓秀誰謂彼天而不私覆盡収其餘臭濁滓垢
以畀余族命之曰歡歡胜目慶以全其受人苦不節戲其
富有反來相奪於心安否且譬之於飲食酒醪升而糟粕
委黍稷登而糠粃棄未聞有憂酒醪之不釅而益以糟粕
憫黍稷之不鑿而補以糠粃者今以吾子聰明鑒秀之稟
於天者猶以為未慊而頼取於如僕之鄙●不幾近於糟

粗充上尊糠粃盛六簋乎僕非惜此腥臊之軀也竊不甗

不為賢君子恥之也李子俛首良久起而對曰敬聞廉先

生之嘉音詩去我有嘉賓鼓瑟鼓琴和樂且湛者也罷獵

西歸佩服銘篋豈惟去疾且以養心

苦雨賦

夫何苦雨之為災兮肇自春而迄秋閱三歲而歲半兮泯

不知其少休風浩浩而四至兮雲漫漫而長浮歊炎蒸而

醞釀兮翳伏陰而綢繆迷玄黃之上下兮錯晝夜之明幽

傾天河而直注兮決滄海而橫流類高堂之建瓴兮狀屋

雷之翻盆補何術於媧皇兮埋吳績於崇鯀六鰲屏其戢

翼兮五龍駕以仰噴雷蓄怒而暗噎兮電揚精而迅犇紛
盪汨而霄皇兮呼可畏而難言雌霓候其夕姥兮暘烏儼
其朝暾夤告喜而瞻卬兮復曈曈以重昏眾蟬瘖而輟嘻
兮群蛙聒而競喧傷熒零之無驗兮哂罾巫之多言詠宵
雅之無正兮稽洪晴之時若惟五行之舛施兮懼三事之
有責哀下民之仑仑兮夫羹辜而阽溺遭頃歲之游饉兮
盼不遑以求食欣嘉種之虆播兮賴甘霖之膏澤甘苦忽
其變遷兮百穀焉之不殖相田野而拊膺兮覽穧穎而嚼
息彼稂莠之桀桀兮尚何黍而何稷諒十寒而一曝兮宜
進寸而退尺矧隄崩而岸嚙兮將潰垣而漂宅天其使之

為魚兮又重之以癘疫柩相連而輲續兮惜奚啻於鋒鏑

懷伊生之納溝兮慕禹氏之理川觀斯世之多艱兮余奚

得以為賢臥窮山而不寐兮呻佔畢而纏綿庶　丹宸之

或補兮冀王燭之長宣

麗澤堂記

人不可以無業業不可以無居百工居肆以致其用君子亦猶
是也自夫井田廢而民無常居學校壞而士無常業游閒之徒
紛然驚於天下終老而不知休其心志亦隨其骨體而化焉及
其久也則天下之道術又隨其俗習之所尙而日新日甲如飛
蓬之轉於風中雖東聚西散倏忽異態而終則墜於地而已竊
嘗思之居今而望復古者與夫力不足而圖有爲者皆徒言耳

詩曰無田甫田無思遠人惟吾之子弟吾可以法度節之吾之

鄉人吾可以辭說勸之是誠在吾而已然天下之至易而至難

者莫吾若也吾之身與心其不為風中之蓬者幾希吾方自覺

之不暇而暇飭子弟乎而況勸鄉人乎蓋余觀於朴君景謨而

深有羨焉景謨年甫四十息念進取歸鄉讀四子書家多賢子

弟或服勤以治疇或繼業以劬經教授不出於閭井而一方之

士聞其風而来鼓簦攝袵而前者常十數人是豈無所本哉如

景謨者可謂能自治矣可謂能治人矣昔孫明復胡翼之布衣

疏食講道於湖山寂寞之濱其派流之盛規模之備能使天子

取法而大賢踵起以此言之苟盡其在吾而已則天下之事固

未始有不可必也景謨遣子致書曰常患家塾狹少不能容眾

遂購一巨屋移以置諸洞門之外房室廳壁略備翼以兩廊名

其堂曰麗澤請以記之余作而謝曰余方慨羨景謨如從役於

道路者坐人家居林木之好而悅之而已余言奚足以重景謨

然嘗辱與景謨友以古文相賞者有年景謨之囑余宜不敢辭

姑書平日所感與夫所羨於景謨以示學者之居是堂者俾知

景謨之有本而尚有以則欽之亦景謨之意也若夫麗澤之義

程氏傳詳矣姑不復書

荷亭詩鈔序

君為諫官坐事謫金馬郡肆力治古文辭日與古人角旣以貽

示其友弟昌且曰吾為此不大有立不止舊多駁雜之好今悉

絕棄去之惟平生所為詩往往自以為得今存其如干通寫二

卷子其序乎昌時以守制辭居數月君用大號禮成赦還昌旣

禪矣乃序曰詩之國風雜出農人紅女徭夫戍卒之手太史採

之孔子錄之遂與他經列由是言之為詩渠不易歟七十子之

徒皆通六藝而惟賜商以言詩見許何歟蓋詩本於人情喜慍

咸愉雖夫婦之愚可與也至其此物引義歸之于可通可遠之

正者非有間乎聖賢之道則不能也列國之世百家競起人自
為文不可勝紀詩獨寥寥焉惟屈原變風為騷為後代所宗由
今觀之原之名與日月爭光豈百家之文之所可儗我是則詩
不可易為也君為火性通而情摯識偉而材鉅凡天下之道術
藝能一涉見聞無不可為者無不可必於至者假如君未嘗
一日用力於詩苟一讀詩斯可詩矣苟一讀騷斯可騷矣況君
之於斯用力最久既已自信其有得其無不及於古人可無疑
獨觀君之持論微若重文而輕詩者豈亦所好之有時異而所
見之然歟余於君畏之甚而隘之厚君所謂不大有立不止者

余且正目而族之苟至於大有立則詩與文一矣即文與道亦

一矣非君無能斬乎然者君號荷亭姓呂余姓李而同其自出云

○雪嶽山五歲菴藏經閣記

上御極之初浮圖南湖寄於陝川海印寺印大藏經六千卷通

為二分明年航海而東其一藏于五臺其一藏于雪嶽之五歲

菴五歲菴者東峯清寒子僧號雪岑　賜諡文節金先生之故

居也世傳先生以神童進見　賜帛以此知名後壯大人猶目

為金五歲一說五歲與傲世音近先生自況也而僧徒又謂上

世有五歲童子成道於雪嶽未知孰信然先生雖浮圖乎游然

其清忠大節可與天壤俱弊詩曰高山仰止孔子曰伯夷叔齊

餓死於首陽之下人到于今稱之雪嶽固以奇勝聞然其能為

後人所仰所稱以是菴在耳菴舊有佛像及先生真影而已印

經之來始藏于菴後之堂其地石确善圮後十年浮圖混虛圓

建閣移經於菴東北隅十數年而又圮僧聚禪之久而莫能修

二十六年春浮圖芸先曷自京山募木石匠五十四人而至大

拓其地培厚等固悉撤其傍寮舍以為閣而增大之凡層架者

二上為十榹以藏經下為僧居其衰倍之役自三月始閱二百

有奇日而落之用錢以緡計者一萬六千其九千則遠近所施

舍其八千昌之私也於是高與弟子宜禪来告余請記余遜謝久之既自惟平生慕清寞先生之風假如先生今存雖為之掃除給役於菴中心誠甘之幸以文字緝區區之名竊附其遺躅之所寓於義可不辭抑又思浮圖之說固與吾儒異然苟摯而儗之其事佛猶吾有君師而其崇奉其書猶聖人之典籍國家之令憲焉已讀書為士誰不欲出而事主明聖王六藝六典之道以有施與立於天下而要其所就恆不能萬一於所期乃如壞衣菜食之徒獨能一朝奮勵建竪無所為而不如其志此王介甫曾子固所以論盛衰得失之故而咎教化之不壹者也然

若清寒先生生聖人之世甫自亂提已名當時其所學又豈不

誠君子儒哉而事謬不然旣無所裨益於成敗反以資夫異說

者之口以為修以此觀之殆亦有天焉不曾如介甫子固云也

然先生固蓮其不常者耳若夫順處平進可為而不效則是又

何哉余方遠悲先生而近愧奇與喬蓋有不勝其慨者并書之

以貽

〇玉蓮菴記

嶺南之通度寺雄於國中寺僧二千餘人其少而秀者曰永海

大小菴寮十數其新而麗者曰玉蓮余弟垂卿之記曰余游通

度問眾僧曰誰可與談詩者皆以海對又問誰可與談經者又
皆以海對巫呼海至體短而貌哲年甫二十丹唇添眸瑩之如
畫他僧皆合掌低首隨後稱師惟謹余色然異之與之語示余
所為通度寺歌疾讀朗諷聲如碎玉試以書運筆如風宇悉得
法與之詰經義語簡而理晰往往有警省人又曰通度之西曰
布溪布溪之西曰瑩峯瑩峯之南曰如意峯海之居挾澗西抱
如意上下二屋上榰十五以為佛堂及其師愚溪之盧下弱上
三之一以其半予其徒而所謂玉蓮者菴五間有竹數千有泉
泓而為澗欄欲曲以循泉也簷欲短以承竹也四壁皆古書畫

案有經卷數十與詩集若干而已蕭然無他有又曰海為余道

其營造之始終今　上二十二年二月甲子越三年八月庚辰

也用錢之數五十萬用餅礫鐵錫及木之數繁不能悉蓋垂卿

之游通度余未之偕以書與記寄余曰海有請於弟然弟不足

以重海敢以囑余未之應嗣及於大故塵而不死不可為文字

然垂卿獨時時語余幸勿忘王蓮菴記余固亦嘗時時往來於

心今海千里重繭而至喑余畢喪留十數日與余兄弟談經談

詩儗及他書余始聞垂卿道海或意言之微過實及是乃信卿

垂卿亦謂前日知海猶未悉也將俞垂卿復以記索余既藏

垂卿之勤而重悅海之為人無辭以辭然垂卿之記已具余獨
無可加者姑為藻括而重敘之如此統以下海且呼海而前曰
海乎此余記玉蓮菴也非記永海也玉蓮菴之記垂卿可為也
厥藻可為也至於永海惟永海記之雖佛不能為也雖然吾試
問於海今吾此室羃覆塗壓塵埃滿前誠陋且庳矣吾雖遇海
與在菴中清淨之時何如也吾輩士大夫多目貴重吾雖遇海
不薄然不能無少慢矣海之自視與在菴中受人禮拜之時何
如也今日之夕宿於野店懸鞍為燈束枛為枕唾沫烟痕狼籍
左右販夫屠儈酗呌淫謔至賤之人見僧輙汝海於此時又何

如也夫少而秀者有時而或衰新而麗者有時而或壞衰與壞

者有時則不衰不壞者無時也有時則有別無時則無別嘗試

以是思之

▲高孝子旌門銘并序

高孝子正鎮石城人也以至行聞始余以御史行湖右得鄉人

士所為狀狀孝子曰云請達于朝余重而未之許然嘗察之

具如狀所稱後數年先君為石城宰孝子之孫寅壽以謹潔見

知余二弟往來省眡暇輒引寅壽游寅壽且工書能吟詩余以

此益稔孝子事而意獨其愧寅壽　國家敦教崇化率歲閭廣行

施典職在有司間復遣使者以搜訪其佚靡隱不彰顧世俗駭
駭下不能無溢與冒矣孝者人道之至然視他節烈為庸徵之
逾易眩而選擇之誠不可以不慎嚮使余知孝子事若後之詳
也則豈惜一言之奏使其久闇而不耀哉　上二十七年孝子
事得達有　命臺櫽如例寅壽以書來告余曰願有以述也余
鐕書讀之淚為汪汪下蓋余遭先君之喪時將免也寅壽之請
於余者不惟余之知孝子而已亦以延先君之遺愛而不以余
不肖也余其忍辭昔夫子之喪三年畢諸弟子治任嚮哭而歸
子貢獨設壇於場又三年而去夫三年者聖人之中制也兩子

貢過之何也使子貢矯情飾異以求過於人也則雖加一日不
如已也其必有大不得已於心而迴翔躑躅彷徨而不忍去雖
至三年而不自知其過也蓋孝子誠臣之至情莫不然也而其
事或然或不然者固不病其不及而然者逾見其賢也世
俗既不能無溢與冒而又以孝為庸行故競傳為奇異之稱求
以別於眾多於是氷鯉雪筍又不可以勝述余獨愛狀孝子之
辭其事皆若人之所可能而鮮有然者以此知孝子之制行卷
與中道合惟其廬墓不去有似子貢之於夫子故特著之以見
孝子之心然非以是為孝子令也宂悉具狀中兹不復書申之

為韻語以銘曰

嗟孝之道兮以順為祥譚者或侈兮好稱非常若世治理兮黃
龍鳳皇遂遂無華兮美擄為良懿君至行兮著於一鄉生養死
窆兮同不允藏我聞其語兮跂余可逢內自循省兮有泚有滂
先王制禮兮以時畢喪情不可短兮日不可長松葉羊羊兮娑
露瀼瀼不忍逝此兮即安帷房徘徊上下兮三載于傷豈惟三
載兮終身不忘孰無斯心兮忽焉而凶燕雀喝啾兮豈能永傷
崇闕廣楔兮于後有光我聽輿人兮述此銘章

○祭從叔父暢士先生文

嗚乎痛哉小子於公事之無師公於小子視之猶兒三十餘年
同閈一旦恩至義重非惟叔姪小子髫齡覲公盛歲戈之王立
竆蹙鳳喉斯晨斯夕大舍之側皇祖嘉之有暉其色方夏日長
蓽木風凉抽書命題瀏咏滿堂公每詩成小子持獻皇祖嘉之
手加以圈頤謂小子汝其徽似不惟其文人亦然矣既喪皇祖
公謂小子古人有言感恩知已國士之遇我于家庭尚勗若曹
以答明靈吾父在制朝有來問泣以公對纂其有闈小子重重
胡加簪裾公竟不振罷實擭余皇祖之道惟孝惟忠公殂其本
而齒用邦小子從政甚駭且稱豈敢望古道又不易吾父曁公

以掣以提指畫于家俾出弗遂吾父在郡稟承不時卷以就公

靡公與私凡公有誨我同不受凡我有質公同不剖竊箐關公

殆庶誠明不為危論不求高名名如土木身如浮雲錐則浮雲

而不遠人世路如歧熟者亦誤又如疾病當體始苦關門宴坐

獨語曲折正大無霸方便有佛在鄉農賈在京卿士分安理惻

咸導于是蓋棺之論間不容偽鹵簿黃腸送或不淚周雅珍瘁

乃在一命哭不為生盂云德盛問胡使然愛人之仁錐余小子

以此加親公之赴辟固非雅意執鞭擊柝不仕無義衆趨之門

亦旣或知非有公事終歲不窺閨闥浩浩竿牘紛綸氷牀雪鉎

外內無塵在公踈節世皆咨嘆下惠之介清者所難公謂小子
道不在言經文甚易行之惟艱人生有事疇能怠懷但不自摿
自無不佳惟茲數語可以斷公不怨不尤君子有終嗚乎自頂
降割我家哀哀小子六年首麻靡特靡怙憾恨終天天之罰我
亦孔朕焉隆隆大宗小子是主營營諸弟小子是輔縈小子躬
疇倚疇望公之在世惟公是仰公雖在京念念惟余歲以再臨
月無曠書公有書來如自吾父吾父之心以郵以撫廬居永念
堂宇如故公來在坐若逼皇祖晷宵分不忍捨離感慕循環
公愀我洒嗚乎正月日計今幾吾父之祥公實在次辛事登途

示以前期皇祖有謚有旃于楯其儀將行公且復還何意譁音
旬月之間天不慈遺乃至於斯哀哀小子云如何其已矣吾父
夙詑其孤邈矣吾祖夙翼其謨若成訪落周公又觀文武之緒
夙迪其承小子寔頑不如死久嗚乎公仁云胡不壽嗚乎彼天
無乃夢夢豈有如公曹是莫恫崩城之哭感傷天地老弟弱姪
攝治其事有兒外出未離襁褓過房議嗣未貿遲早然公之後
當有其時是小子責寧敢憚辭命蹇才拙力不如誠惟恐關隆
重負平生小子奔赴公已戩木旋升于舟下于先麓昔公鄉居
于谷于坪今其大歸永閟玄扃扃杏峴之北霞峴之南千秋萬歲

於何復瞻霞峴之南杏峴之北魂無不之今豈異昔哀哀小子

俟巳冠裳服公之喪哭公于堂浦蛤園扦思公素嗜葢辭薄薑

以侑兹觶哀哀小子昌其有極公靈不昧尚庶歆格

○書堯峰文抄後 以下當在飛澤堂記上

自明社既屋而中華之族循髮相視吞聲而吸泣者有年矣俄

而開博學宏詞之科增內閣中書之負修然以尊道崇文一新

天下之耳目於意慮之外又以高名厚利歆動天下寂寞枯槁

自分老死無所靳之士悉收天下奇書古玩聚於其所縹緗之

蘩富鋟梓之精善鐘彝瓦甓之妙翰墨之良茶酒之品廔史某

其皆有以投其所願欲而陰銷其悲憤感慨不平之氣以日忘
其著惡不安之情又其所為皆考證慕錄之事穿鑿擟拾日不
暇給如鼪鼠之食牛角也如蜜蜂之採花而獺之獵魚也誠甘
之而不知其疲也況安有飛高走遠之思哉曹子建曰吾王於
是張天綱而該之頓八紘而掩之唐人詩有太宗賺英雄之語
孰謂沙漠崛起之君長其為天下慮至於是哉雖然其悲憤感
慨不平之氣羞惡不安之情固已根於天性有膠結不可解之
理亦焉得以盡銷之而使之亡哉夫文章者士之一技耳然其
為之也亦必其理之直而氣之昌者然後能臻於盛美彼其理

已絀矣氣已餒矣其噏於吻而呻於筆者無往而非縊烝蓋
枝梧窘追之辭又安得以有所謂盛美我汪琬之論文曰大家
之有法猶匠之有繩度又曰其高如盎天之雲其深如行地之
泉其雄且駿如波濤之洶涌萬馬之奔馳其離合變化如神龍
之不見首尾其言誠是也然試以其言而觀其所自為則惟其
局局於字句之閒欲吐而不敢盡者似乎繩度之謹也而若所
謂高者深者雄駿者變化者不可得以見之又其首尾瞭然一
覽而無遺正與其言相反何也蓋繩度之謹猶可勉而能也若
夫高深雄駿變化之說乃文章之盛美而非理絀氣餒者可為

也當時之論文則曰侯方域才人之文也魏禧策廿一

琬儒者之文也夫以琬為儒者而躋侯魏之上者豈徒以其

我其意以為儒者既為我用彼不為我用著特木人其

以余觀侯魏之文雖未知其果臻於盛美否也然要其理與

有過琬者而世顧輕重之如此豈以其文我故余因閱汪氏之

文而極陳清初文人所蒙被於其上者以見其上之能而其八

與其文之可悲云

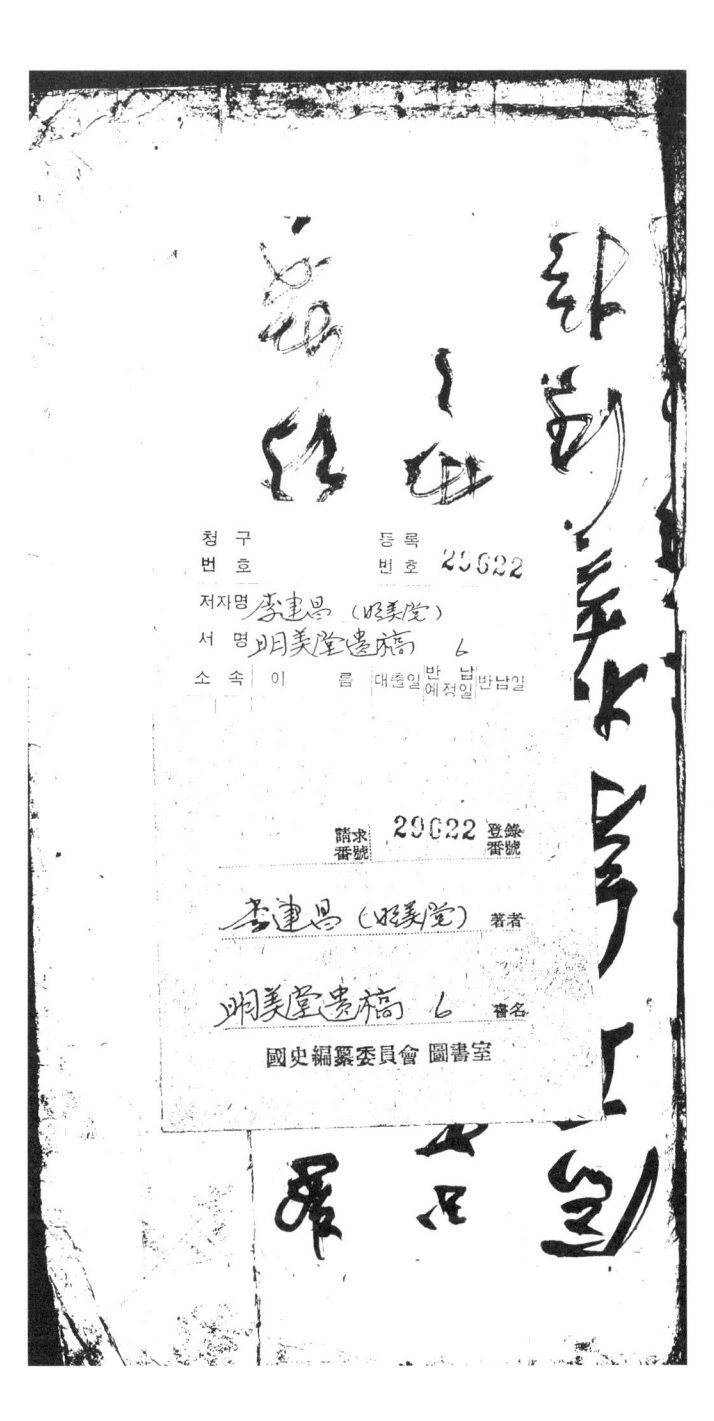

文

明美堂籑藁 七

里有世富而中賈者曰東家既乙失其先人之重器惟宦室爐釜甑存而西家
暴起以富聞西家子自遠方來徒其先莫之知也東家有三子其伯傭於西家日俯
其直以哺久之忽習西家伏藏閒窺其珍寶之物光爍如也心艷之私語其仲以
伯為尊諭西家之牆而肱之累累而歸視之皆其所亡失重器也其季曰是吾
寶號於里驅其徒以往刦西家子而盡收其貨東家遂富如做三子
之子曰吾長也且向非吾父亥伯仲之子病之不敢爭季之子曰若父盜傭世寶由吾父獲
季之子曰彼其祖嘗傭於我而盜伯仲之子曰若父盜傭可按也季曰夫傭者非吾祖也
長西家于訟之吏曰彼其祖嘗傭於我而盜可按也季曰夫傭者非吾祖也
盜者非吾祖也乃獲盜者吾祖也然獲盜不獲寶所謂寶者皆償也吾祖已擊之辭
矣吏曰若是則而家安所有寶曰此固吾先人之重器也中嘗亡失吾祖求而得之
非盜所謂寶也吏乃笞西家子而遣之

論唐順宗事

唐自中世以來其天下非李氏之天下内則宦官外則藩鎮而已然藩鎮之禍緩而彰宦官之禍急而幽世徒知憲宗敬宗之崩由於宦官而不知順宗君臣之敗宦官之禍尤烈也夫天下之大變弒與廢而已然弒可以暗曖為而廢必宣布於天下故弒君而人不知者有之矣至於廢立雖霍光之賢不敢辭其名惟文珍劉光琦醉盈珍等處人父子之間文農立以為禪受顯享其功而陰凟其惡既以欺其當世而又以欺天下萬世可謂巧矣順宗自為太子遭卻國之獄賴李泌調護幾危而安泌告德宗曰願上勿露此意左右樹功於舒王矣可見其時左右皆不利於順宗者也順宗欲諫官市王叔文止之曰太子侍膳問安而已有如上以人心見疑何以自解順宗為之泣下叔文一言可知其賢也然亦見其時順宗危疑之積而昧然自驚於色也順宗居東宮十數年未聞有疾至德宗將崩順宗以疾不待安知非順宗欲入侍疾而宦官沮之反以順宗為有疾耶然順宗有疾無疾不必論順宗立而用小

此下三篇皆至正至實之理而其文精鍊古勁也

人其政亂則雖無疾猶不君也苟立而用賢人其政治雖有疾何害為君也罷教

坊小兒絶貢獻灩通責可不謂能政平追還陽城陸贄以杜佑為有司置陸淳

柳宗元劉禹錫於侍從可不謂能知人乎傷有能政且知人而不堪為君者其若

王伾王叔文順宗所專聽之臣也順宗誠賢君則伾叔文斯賢人而已史官乃曰汲

汲如狂以伊周相推許夫汲汲以為治者何以謂狂也人

臣事君不以伊周相推許則必以共哎可乎又曰賣官受賂夫當時人主與宰相求

略必於外藩如韋皋之徒月奉日獻所謂債帥之尤者也而卑使劉闢求蜀叔文欲

斬闢此等昏與伾叔文必不求即求必不予其他得官者皆號一世名

士如八司馬雖未必其皆賢然有賂與賣之跡戟又曰進不以正夫伾叔文始以

翰林待詔侍東宮翰林待詔唐時恒有之非順宗翔設而伾叔文冒進也魏徵之於

建成李泌之於蕭宗其初皆伾叔文也豈必高科大官然後為正人歟又曰與內侍

李忠言相朋比為奸嗟乎伾叔文之敗果何以哉豈非以易神策之師奪宦官之兵

欲草百年之舉而反以促其變哉使忠言果朋比于伍叔文是個**殄**滅私之人也神

可謂奸使忠言果奸彼寧宵明比干害已者哉又或曰伍叔文驟用事不量力欲奪

竄官之兵宜史官之譏汲汲也然是亦有不得已者順宗之立非竄官之所欲也非

所欲而立則其情必不自安不自安則必逾圖所以不利此其勢為也伍叔文奪竄官

則竄官奪順宗矣雖欲徐之得乎然順宗之禪又非竄官之所獨為也伍叔文以陳

賊進內外寡與上下交忌造謗毀伺間隙非一日也而伍叔文不知方且勇於建豎

意氣蜂湧抗宰相於廟朝之上拒諸俠於疆場之外彼其抗宰相惡宰相之妻裏於

竄官也其拒藩鎮惡竄官之連結藩鎮也不幸謀不遂而葦鼻之表先蘖鄭絪等従

中成之即位不一月而冊儲不數月而監國不數日而大位以遷蓋吾於

是而知順宗之誠有疾也夫使順宗而無疾則寧宵內受家奴所制外為強藩所脅

下為庸臣所誘自甘不君之著而脫艉其萬乘哉夫竄官之力不惟可以弒君撅君

能使君有疾房帷之[密]已箸之[隱]大則可以操縱其性命小則可以變易其忌知此

伍叔文之所不得與於咫尺之間而聲舉之請固已貫通於數千里之外者也傷乎

可不畏哉

論輅運宮禮說

生我者謂之父我生者謂之子自有天地以至于無天地萬世不可易也自天子至
于庶人無一人不父其父雖周公孔子之聖苟一言而不父其父則吾必曰非周公
孔子何也天下寧可萬世無聖人不可一日無父也自有天地有父子數千年來始
有大儒出創為不父其父之說天下靡然從之遂為不易之論此生民之大變也且
不父則已矣謂伯謂叔又奚據哉禮雖非夫人之所可知名獨非夫人之所可稱乎
為人子而呼其父曰伯曰叔必不忍出於口何也天理人情無所謂不父其父之說者
也夫以父為伯叔誠大變也然既以所後謂之父則尚有父矣至若我　仁祖以
　宣祖之孫　元宗之子光海之姪子而入承　宣祖之統則與宋英宗明其宗又異
矣而議禮之儒乃曰　元宗不可考是　仁祖既無本生之父又無所後之父將

以立於天地之間乎又曰當考

考　宣祖則是以　元宗爲　宣祖天下萬古豈有以祖爲父者乎夫　仁廟而

古豈有兄其父而弟其子者乎吾誠不知其何謂也或曰然則追崇是乎曰雀完城

與張瑢桂蕚不同明世宗旣有所當後之孝宗而奪其宗廟之位以蹕興獻是亦一

蕚也若完城則以　仁祖之無禰故尊　元宗以當之可以有辭矣然稱考宜也追

葉不可也退崇可也入廟大不可也禮曰子爲大夫父爲士葬以士祭以大夫所謂

祭者謂以大夫之祿祭也非以大夫之爵祭也武王周公追王其父祖者以創業也

創業者受命於天故稱天以配之若繼序之君其家國之典禮皆受於其祖制作不

敢由已故雖其父之親尊以養之孝也尊以號之則私也然此非其子之爲也爲人子

者無所不用其極觀過可以知仁故曰追崇可也君入廟之大不可者宗廟之序有

順無逆父生而傳之子子死而其子以其父躋之於其祖之次非其子之爲也其祖

常命之云爾故曰順也父生而未嘗傳是子也且以爲支庶也子死而其子繼祖之

後并與其父而隨其祖之次是以其祖生而未嘗命之傳之之子升庶而冒嫡且使

其父受重於巳死之後也故曰逆也歐陽公謂降服不降名尊為大王使他子主祀

其說盡之矣或曰然則　仁祖當無禰乎曰無父則不可無禰何害父之名骨肉之

情也禰之位宗廟之禮世情不可絕禮有時而闕也漢宣帝之於昭帝然也蓋禮所

謂為人後者非必皆其諸子之列大宗無後則小宗為之後探以後祖可也曾探

玄探後於曾祖高祖可也兄以後於姪亦可也然無親踈無高下而皆

為所後者斬重大宗也故禮曰為人後者斬且曰為其父母

報而未嘗曰為所生報則是為本生雖蕃而父子固自如也為所後探斬而未嘗曰

父子也然則何必有禰然後可以為人後耶　元宗固　宣祖之子也追諒入廟是

猶以支為嫡而巳使　仁祖為　宣祖之從探或并從探則豈可嫌於無禰輕其巳

巳之父為之後於叔父與從叔父乎以此觀之無禰尚無害無禰而必欲有禰未有

不反失於倫序者也且禮所謂禰者非必謂父之廟也在親禮大夫出疆以遷主之

在其國者為禰禰特一室之稱也士祭於寢故以父稱禰若夫宗廟之禮重在昭穆

不在禰不禰　宣祖為昭仁祖為穆而已

　　論己亥禮說

仁祖長子曰昭顯世子次子曰　鳳林大君俱　仁則后出也世子渓　仁祖立

鳳林大君為世子是寳　孝宗而昭顯子孫就封如它宗室　孝宗之喪　仁祖繼

妃莊烈后方在東朝禮官議　后服大儒懷川氏曰禮四種不得三年庶子其一也

宜服朞首相鄭公曰古禮吾不敢知皇朝及國朝禮母為子朞用國制可矣於是服

朞而尹鑴尹善道始以禮相訟其言曰　孝宗以次嫡升儲位踐大寳如之何謂

之庶也懷川氏曰　孝宗雖升儲位踐大寳固　仁祖之庶子也故曰宗統可也

而嫡統則不可也鑴善道曰若是則　孝宗為假為攝而其真且正者誰耶懷川氏

之黨乃目鑴為詭說禁枯國中無敢復言禮者　顯宗　肅宗稍用鑴之徒而

入其說復以懷川氏為亂禮放流之悲錮其黨鑴乃與大獄謂凡為懷川氏之說者

皆欲立昭顯子孫以為君　蕭宗覺其誕復召懷川氏而反坐鑴自是鑴之徒遂廢

外史氏曰觀子禮訟而可以知黨論矣夫　孝宗受　仁祖之命以主宗廟社稷享

國十年切德茂焉凡為　孝宗之臣以至為　孝宗子孫之臣者孰敢言　孝宗非

正嫡我況懷川氏之於　孝宗臣主相遇千載一有懷川氏感　孝宗之恩誓死而

不敢偕者當有已我且固儼然目謂同德之臣矣　孝宗雖黨其榮名顯號必益尊

而無窮然後已亦從以享其福利情之所願也何苦而偕　孝宗之恩絕　孝宗

之統使　孝宗之子孫不安於天位而自附於所不知之何人遠情拂理以蹈天下

之大逆我此婦孺之所可辨也而鑴善道倡之其徒之號有識者皆和之真以懷川

氏為叛　孝宗也自古說人之閭極未有甚於此者可不痛乎抑所惡於說人者以

其所譏必君子也所愛於君子者以其言與事必是也其言與事必是則雖暗昧於

一時必彰明較著於天下萬世雖無人主之令與其黨與之助而後之論者胥歸焉

夫鑴善道誠譏人也則懷川氏必君子也其言必是也是則余之所不敢質也夫禮

固非夫人之所知也若夫貴嫡而賤庶夫人之所知也有人於此實庶也吾猶不斥

言其庶為其賤之也況非庶而斥曰庶可乎於敬猶不可況於尊乎懷川氏之說

者則曰凡第二子雖非妾出皆庶也古禮之不知烏知嫡庶夫第二子之謂庶非辟

書也讀禮記者皆知之矣古之知禮者於歷代典章無所不究於天下之義理無所

不通其所知嘗出於眾人之外而其所行嘗就乎眾人之所安後之知禮者不過知

眾人之所知而不嘗欲行眾人之所不安此禮之所以失其本也夫三年與朞不必爭

也庶與嫡又不必下也惟所謂第二子之說何從而發哉　仁祖為第

二子而非長子則亦夫人之所知也然當　仁祖之舍孫而立　孝宗也於

曰此第二子非長子云爾則其言誠宜也　孝宗斷立享國十年而薨　嗣子繼序

方將崇宗廟之禮廣尊親之孝　孝宗為第二子之說何為而發於此時哉又況

顯宗　肅宗以次相承前後數十年之閒猶斷斷不已於　孝宗是又孰使之至於

是哉夫　太宗　世宗皆次嫡也然不聞　太宗　世宗之後其子孫君臣相與言

太宗 世宗之為第幾子而爭其非長子也蓋所謂第二子之名即不當立之稱無

竢言庶不庶也況又明言其非長子乎其君既沒而其君之子孫與其臣相與明言

其不當立之名而有謂不然者又相與爭之不已此眾人之情所不安而非知禮者

不能道也於是乎有正名之說焉又謶之以檀弓子游至謂孔子譏立庶是又不但

明言之而已觀懷川氏之說惟恐鑰善道之言之不伸而示重者如與人鬪

以刃自鬩而投敵以其柄其無懼則誠過人矣亦幸乎不陷其胸也或曰謂第子不

當發誠如子言然鑰之徒窠不以是爭之而必以所謂四種者卞之我曰鑰善道皆

儒者號知禮夫知禮者必以禮之文爭猶善車者必以車戰雖有短兵之利不用也

若吾之說則於人情甚近而易曉當時儒者所不屑也然亦不出乎此使人主

乎此為懷川氏幸之也或曰懷川氏之必用四種者何也曰吾固不丟乎知眾人之

不省而徒聞引禮之紛紜夫引禮人主所能衷其是非哉故曰幸而不出

所知而欲行眾人之所不安以知禮自高而號於眾人使人聞之相與譁然異之曰

大儒之見果出於常情遠甚也若鄭相國之於懷川氏則知其然矣故既斷以國制

以折方生之論而使典禮早定又退辭自托以避其鋒而俾亦有以伸其說於是懷

川氏亦無辭與之爭而私自筆之於書以質異於眾人而已及夫鑴善道出而儒與

儒相角禮與禮相攻禍始不可解矣或曰當時之賢者蓋咸矣豈皆不知懷川氏之

失而主其說弐曰烏乎此吾所謂黨論也蓋方議禮之始尹文成公首以三年為是

矣及與鑴等下則又恭主四種既以是見譏於鑴而終又以鑴見疑於懷川氏其

後至告絕於懷川氏而斥鑴則猶夫前日蓋已著論以行世故不可復竄也

夫文成之在當時則懷川氏其師也師之說非大故不可貳其屈已見以從之可矣

若其他則黨論而已夫使懷川氏之黨白於上曰某之於禮誠誤矣而其情則無它

心矣然既以懷川氏為宗主者數十年矣所尊乎懷川氏者以其儒也儒而誤於禮

馬耳鑴之言誠是矣而其心則將以售讒賊也云爾則可以救懷川氏而服鑴等之

則黨類皆屈寧主懷川氏之說而激其禍使懷川氏幾死而黨輯皆鉗可也謂懷川

虹不可以氏誤禮而屈柁鑣等不可也烏乎豈惟是我夫惟寧使懷川氏我死而不欲其屈者

榍然無一言不出於又不睏眼而寧遂目至於覆敗而不欲懷川氏之伸非異人也其形相反而其勢相

因也夫豈惟懷川氏之失哉故曰觀乎禮訟而黨論可知云

韓景晦小傳

韓成履字某後悦朱文公之書別自字曰景晦其先清州人家族通顯居京師景晦

蚤孤與其兄僋易嗜酒貲與不類者游歸輒使酒詬罾景晦或至奉歐椎擊

之景晦俛首力敢呼詈竣止扶以入隣里莫不憐之景晦少亦好嬉無定能一朝忽

感槩走關東道歷覽九淵萬瀑薄海而歸即痛折節修謹讀聖賢書文理自解不待

人指授久之嶷然有所信復出游兩湖閒多與其地賢者相往來論說尋摰妻屨徙

貧無一顆儲不卹有凸賴子詭儒服造景晦察其詐拒之此子謀作賊事

發官搜其文書得景晦名遂繫討捕營討捕使武人希珝賞治獄務健又謂景晦名

家子事白脫他日燿反禍已期令其誣服榜掠刺剟無人理景晦終始無失色無撓

辭獄卒相頤言此木人耳今豈有此事聞朝廷以為冤得釋□□□其晦復徙戲縣楊

江上居十年宰相薦其經行將官之而景晦持躬甚飭久稍和易無作為之

形內防逾確非義者不敢干或愍其貧且死從容語盡少自謀景晦曰篤信好學守

死善道此吾所以自謀也且吾所嘗者備笑雖飢餓死不過是也吾何懼就會暴下

數日氣盡猶冠帶不令人見異如厠還拱手負牆立移時不動人就視之死矣景晦

嘗家居誦三百篇其聱清濁高下皆有均後遇老樂師談律呂老樂師驚曰百年以

來無傳此者不知子何自以得之景晦曰吾得之吾心而已

論曰景晦長余十年余總角持嘗與景晦游處其後不復相聞景晦嘗與客言天地

之中景晦曰周公宅土中洛陽是也客曰此禹貢九州之中也景晦毅然曰子謂九

州外又有天地耶子讀書不信禹周公而信誰耶推景晦之意蓋以聖賢所不言者

雖天下的然有之而吾必謂之無也豈亦矯世之為誕者而云耶

答□士元論作文書

承詢作文事要以秘法相示弟宜謹□曰愚不敢聞命夫弟之愚在自兄

所嘗卷從前與兄道此事云何何得卒以愚辭<small>是愚也宜以正告</small>曰作文豈有秘法多讀書

多作而已夫多讀書多作古為文者無不然也即今有志於此者無不知其然也何

俟弟言是亦慢也兄在六百里外專使相問如此其暴且至而弟以慢辭或以慢對

均不可無寧以弟所嘗困苦艱難其為文者為兄卷暴之雖不足以裨益於高明而

庶以盡吾之情以不負兄之勤且至則可矣凡為文必先搆意意有首尾有關架首

尾粗具間架粗當即疾筆寫之但令聯屬相貫通了了易曉不暇用語助等閑字不

暇避俗俚語恐失正意所欲言者不載也意立然後修其辭凡修辭者欲其諧黃潔

精而已修前一句勿思後一句修□一字勿思下一字雖為千萬言之文其銑銑乎

一字如為小律詩然凡辭有雙行有單行有四字成句有三五字成句修之宜先擇

之雙之不可以單猶單之不可以雙四與三五亦如之凡辭有取古人之意而為者

有造意而為者取古人之意而為者欲難其辭使人如未始見也造意而為者欲易

其辭使□無惑也取古人之意而并取其辭者必書古人古書名以別之勿使亂吾

辭不則為陳腐為剽竊凡攓意亦宜先撣之有主意必有敵意將以主意為文宜別

用敵意為一文以彼攻此主意如鎧敵意如兵鎧堅者兵自抵累攻累抵則主意勝

也即攻敵意停擊而入之使主意益尊以明如或勝或敗或勝敗無甚相遠者皆不

足以為文即并主意棄之如敵意竟勝不難盡捨主意而全用敵意以為甚立意

辭修則文可畢矣而又取意與辭而稱量比挈之以有事焉於是長者短之短者長

之疎者密之密者疎之緩者促之促者緩之顯者晦之晦者顯之虛者實之實者虛

之首顧尾尾瞻首前呼後應前或繼或擒或揣或挫或結或理紛紜乎其不可壹

縣也瞭乎其不可改也適乎其相當也以辭當意以意當辭辭不當意則雖巧可使

拙也意不當辭則雖整可使亂也拙之然後逾工亂之然後逾整句句而皆工者必

害於意言而皆正者必累於辭辭與意不相蘅之為當當之為法法定而文斯可

畢矣然又惡可以自是㧑姑捨而納之於篋不以接於目也又滌刮驅袪之枑胸不

以往來於中也或一宿或再三宿而乃復取而觀之使吾愛戀此文之情弛而後視

之如人之文則是者立見其是非者立見其非則不難棄之如其是也則又取

古人之文或唐或宋或近世名家之作與吾文雜而讀之使吾貴重吾文之心生而

後律之以古人之文則合者立見其合不合者立見其不合不合則又不難而

必惟可以自是而且有以合於古人然後吾之事畢矣故凡為文非惟思之難而

記之勿忘失之為難累寫累讀之又難凡寫文必精必夾影紙作楷字必用朱墨點

句讀欲令增減窺易處覽之不眩凡讀文心緩尋熟念咀之嘿之熹之鍊之引之隆

之搖之曳之欲令抑揚曲折迴旋反覆響而有節覽之而眩響而無節竄讀之不

善也寫與讀吾矣而猶且然者文之疵也必亟改之凡為文必十寫十讀而不得其

疵也然後止焉夫天下廣矣後世遠矣其知吾文者鮮矣縱有知之者相值相待難

矣惟吾心可與質吾文耳夫繁於吾心感於吾心而猶不慊於吾心則是甚可慊也

吾惟吾心之慊是求安所靳天下後世哉天下後世猶不足以靳而況區區一時之

譽矢惟吾心恆而吾文之事畢然吾之困苦艱難則已甚矣且夫吾文非夫人之所

能為也必昧於世惛於家出為君公大人與夫當時之士之所怪笑入為家人婢子

所譏當飯而不知口在舉袂之袴以為領如弟之愚者然後可為也不然遂失職

幽愁寂寞然所用志如兄之今日者然後可為也蓋此事粗有以成則他事盡廢矣

彈吾之困苦艱難而不避他事盡廢而不恤專乎此者是又可笑也然以弟之愚

所見不出乎此若夫矢口肆筆動為文章者此其天才過人千萬倍又非愚弟之所

能言也兄之高明雖誠犖犖不羣然竊關所示諸文其校上所云修辭定法之說若

猶有未至者豈非以才高性理隨意之所驅而傾輶之以為快所以然即兄謂魏叔

子輩未足與議於古人此說誠然然叔子所云多作不如多改多改不如多刪是固

古人所不傳之祕法而叔子言之甚有切於文章誠能一日一改一年得若干首又

於若干首而刪而層之為若干首如是十年者可一卷矣誠能為一卷不可復改不

可復刪之文則吾心恆矣夫以一卷而易十年者雖勞苦而寡效以十年而圖千萬歲

[右側眉批] 別紙云別下千有所見未然比祕法也非兄專使六百里勤則弟不敢輕以相示逞兄察之

凡立言須有令箸無令知

使者厭無德者惡

偶讀明道先生語錄書之

以自誡

又章云云為以先寸言志

祖考　贈大匡輔國崇祿大夫議政府領議政行正憲

大夫吏曹判書兼弘文館提學知宗正卿府事　贈諡

忠貞公府君墓志

維我　恭靖王諸子於宗姓中受封最久遠德泉君諱厚生

最賢有德子孫爲最蕃孝敏公諱景檍孝簡公諱正英　相繼

爲卿孤大顯於時孝簡生諱大成戶曹然判是生諱真級翊

衛司洗馬是生諱匡顯是生諱忠翊　贈吏曹然判洗馬之

弟諱真偉進士是生諱匡明　贈吏曹然議無子以然判爲

嗣始系議自京師從于江華尋遭家難與諸昆弟流邊門戶

幾不支然判有高識至行爲世所重中轉徙不常旣老復歸

江華布衣以終身公祖考也考諱[勉伯] 進士 贈吏曹判書
續學益勤蘊不克施妣曰 贈貞夫人青松沈氏領議政[壽]
賢成均祭酒[鋪]其高祖曾祖也公諱是遠字子直以 正宗
(二)十四年生 純祖十五年狀元及第例授六品仕久不顯
後十年選入弘文館歷校理應教間嘗出監泰川縣掌試全
羅慶尚左右道復以親老乞縣得康翎未之任而判書公沒
于鄉公奔不及臨大恫恨欲自廢請於沈夫人夫人許之服
闋以侍講院兼弼善召乃上疏乞刊名選牒卒養偏母政院
却不以聞會 命公爲御史按京畿公曰役也不可辭屏傳
潛行詢民疾苦遇不法吏擊去不少留威聲大行人爲之語

曰八輅軒十駿馬言舉劾多貴豪也臺官尹錫永受慍者嗾

誣公欲陷之　上知公直事得已　憲宗初以久次　特陞

為同副承旨不就春川府使缺號難治朝議屬之公時　純

元后臨朝　命吏曹促公之官公以狀辭　命下理復　命

以責補例往視事居無何有開城買人想公于趙相國寅永

相國入其說委監司監司李輝正貌敬公然內畏趙相國卒

罷公馳書謝之公竟以此竊延豐趙相國尋愧悔乃白公無

所失宥之罪愍者然公自是十數年不復仕以終沈夫人世

久之　純元后壽齡推　恩晉公嘉善階是歲　后復臨朝

迎　哲宗于江華即位明年　除公開城留守公再疏辭不

許蓋 上在江華聞公名欲首用之 后亦素賢公及聞

上言益信故有是 后詢公家居甚悉且爲公

道所聞於 上者 命公陛見

所未有公亦欲少自試以報 上者 褒諭甚盛士大夫動色相誦以爲近古

譯人貨中國爲利歲有常踰者以犯論法久弛矣公至函發 上侃侃不肯俯仰開城產蔘

令紏之譯人羣起而譟將徙蔘圃于京師開城人洶懼公上劄論公

疏陳其事趙相國方提舉譯務疑公之甚已也乃上

不能鎮人心辭甚激 上爲罷公數日復拜公如故相國意

亦稍解然公竟辭去圃仍不徙數歲 上念公不已 特襃

公善居鄉趙授都揔管明年 除咸鏡監司公力辭跪三上

不許　面諭公曰卿大用之器豈特一藩於是人謂公朝夕
入相矣公愈感激自勵甫按事劾奏前南兵使李根永貪虐
狀根永者貴戚姻婭也所之橫甚莫有問者至是乃抵罪世
皆快之然公竟以此大忤於時歲餘引病歸御史洪承裕挾
私憾誣公　上覽奏曰此監司素廉何臚列至是承裕惶汗
不能對人語公益痛辯之公笑不荅及對吏惟云員　上恩
無狀讞上議徒以耆老贖錢　敘授刑曹判書累　諭飭出
終不就投畀安山數日宥還明年　除漢城判尹　諭益嚴
同時以前監司遭與公相似者二人至是皆出被公獨上䟽
矢志自廢如初　上切責罷之自是終　哲宗世不復召今

上初以公宗臣重望累　除禮曹吏曹判書弘文館提學晉
正憲階皆　特旨也其授吏曹朝廷堅欲起公公疏辭自陳
本末　上荅曰予方初元卿豈不願一覲　命政院趣問行
期復以老病辭乃免三年九月洋夷入江都留守以下皆逃
城中舊有　肅宗　英宗影殿建置行宮略倣京師至是
影幀遷次不詳所在宮殿悉爲夷擾焚掠四出時公春秋七
十八在里第患痢方巫子弟謀奉公以避公強起辭先墓曰
屬遺疏決以身殉子弟泣言公無官守何遽爲公曰吾世居
茲土古之所謂鄉大夫者豈一時官守比哉旣老且病不能
親枹鼓募義旅滅賊以報國寧可避難求活惟死可以明吾

心耳且曰世將有以徇死議吾者然　國家有難死亦不腐

無補仲弟郡守　請從殉公許之遂相與引藥言不及家

人事惟云小醜當自滅毋遽動也正席整冠而牢遺跡從間

道以聞　上大震悼　贈公議政府領議政遣上大夫致祭

施其門子謚忠貞時中國使至義州聞之舉手嘖嘖曰朝鮮

有人國無憂矣趙人黃雲鵠文章士爲詩以輓公有夷齊同

操語　公卒旬有餘日　王師入江華西北從征將士即日相

率來弔皆投甲抵地哭曰我輩尚可惜死乎師旣葵捷忠恚

眾遁去以是歲十月癸公卒于江華稷山穿權夫人之壙之右

而合焉遵遺命也公前後三有室俱　贈貞敬夫人曰權氏

此一節當上補於
陳情上

籍安東未廟見而卒曰趙氏籍揚州亦无育曰沈氏籍青松

舉一男一女男　進士官至郡守女適東萊鄭商容

有三男建昌前任叅議建昇建冕建昌有一男尚幼　公先世

以論議受摧敗歷百餘年而公始起家登甲科然不悅者猶

未慈公族兄先公仕為人所駁終身不振公拜校理欲上疏

讓族兄判書公弗可乃止然公亦以此畸於朝志不得行其

為侍從多居鄉不就亦不能久當為問事即輒筆書四供

有他即狀以危語使改之公執不肯他即彪閔囚若所供云

何囚伏階下望顏色覩有以自觧孌辭如他即指公度不可

詰即投筆稱病出或曰按囚事重例毋敢引病公曰病安得

有例於是人皆推公有不可奪之志南相國公轍薦公剛明
為御史及反公以直聞當世他御史同薦者亦多稱能然南
相國子竟亦為公所劾在春川有貴戚婪于境時有賢聲被
湊公獨不往并不遣一役金相國與根為判書時有賢聲被
謫還居江上公會詣京歷造之相國甚驩叙久別且言嘗
見公于吾兄第蓋相國之兄亦為相當國日久士大夫多從
之故云公正色曰平生寡游未嘗識相公之門相國愧謝失
辭公子將赴進士時主考者為某相國門下相國素善公從
容為言公子年雖少高才可念公謝曰某無狀然不能為子
求料相國為之憮然緊公剛正不阿多類比平居言若不出

口唯讀書至史傳忠義事輒出金石或雙淚迸下志士不忘

在溝壑扳湯識誠臣比其所恒誦也　嗚呼建昌嘗奉教於公

曰君子有大節在平時為出處臨難則為死生其道不苟而

已自公立朝　國家久安士大夫從容致名位號為盛際然

夷考其進退辭受之間能毫髮無憾者幾希惟公壹意孤行

見義精確表裏終始較然明著異趣者或往往病公以為

過於中道公則若弗聞也方夷變之初京都震驚朝夕戒不

虞愚賢勇怯胥不知所出及聞公殉無不慷慨涕泣而

主所以惓卹襃寵之至又有以竦動之當是時雖平素有異

同者亦皆相與傳誦慕義如一辭庶幾以公為一國倡及事

稍定而人情狃矣▉▉▉▉▉運化曰

徂殯常無窮前後二十餘年非甚遼遠也而惟公徇道勸忠

之心日晻翳剝鑠幾無復存於斯世斯爲公無涯之憾而不

肖所以痛恨内疚忽焉欲無生者也公事親至孝當侍疾雪

水自澡嚙指以餇血家居手緯蒲以易錢物供甘旨無缺居

喪哀毀逾制至老猶孺子慕其不仕自陳情始而卆以盡節

於事君壹本之孝若其他居官居家諸行治與夫譔著之略

兹恭不載謹書其大節納于幽堂用諗于萬世之下

從祖考　贈參判公墓誌銘

公姓李　諱　　字　　我祖考忠貞公之仲弟也江都
陷忠貞公草遺疏決殉公泣請止度不可回乃曰兄欲化屬
以殲賊弟雖不武請■爲兄前驅忠貞公曰無乃過乎公
曰國有難臣則殉兄有行弟則從如之何其不可忠貞公曰
善遂對坐出囊中紙包物分嘗之談笑如常有頃舉忠貞公
公呼曰吾兄没耶吾尚活耶欲起不能起轉卧哭數三聲聲
不屬未幾亦卒時以戊亥異同爲丙寅歲九月十九日事聞
贈公吏曹參判予旌如忠貞公十月窆公于乾坪尹夫
人之塋而合其封乾坪爲公考妣墓側忠貞公草疏決殉處

也其正終則于沙谷之盧始喪忠貞公几筵東向公几筵南

向以受 賜祭及四方賓旅之弔者皆如生時儀及葬而公

季弟監役公以公几筵歸于乾坪而虞焉

建昌既爲稷山墓誌世次具矣玆不復書書公官

履事行及子孫以爲公誌公以 純祖元年正月一日生

年中生員試 憲宗 年補 章陵叅奉例遷典牲副奉

事尚瑞副直長 哲宗 年由刑曹佐即出監三登縣期滿

移守金浦郡時忠貞公上疏辭咸鏡道觀察使將大歸于鄉

道過金浦從容謂公兄老弟且病非宦游別離之日盍念諸

公對曰唯即投狀觧印從忠貞公歸晨夕不相捨者十餘年

卒從公殉公為人質直踈簡其居官廉甚雖

忠貞公亦往往以為難然好飲酒在三登嘗被酒謁監司不

如式既出左右皆怪之監司曰此賢令也且文士三登至大

同江舟過三十六洞■安得不一醉卒禮遇之

不堪益飲■或暴慍然即自省乃更和易建昌嘗為

公有二子長曰　　次未名皆早夭公悲

公怒啼而告忠貞公忠貞公授之箠使詣公長跪請罪建昌

如忠貞公教■公乃起抱建昌大笑索果啖之若未始有怒

者其事忠貞公敬之如父與一監役公相愛如嬰兒凡家事

無大小皆仰聽兄俯聽弟一日罵童奴怒甚即曰吾告大相

公矣時建昌在傍私念公奈何不自治一奴而煩大相公■

爲忠貞公聞之曰汝其志之此小學書中事也公少從忠貞

公學汎濫經史既老且窮專讀佛氏書以自娛久則幷斷葷

類日飯鹽豉泊然有餘味蓋於性命之本所造尤深卜云尹

夫人籍坡平文成先生之後學生儀鎮女也溫靜有度事公

候顏承志常恐有不及建昌先父嘗言婦人誰不奉君子然

必如吾仲母之於仲父然後可謂奉也夫人先公二年沒一

女適尹相庚（進士）亦死育公曁夫人在時監役公舉第二孫公以

辛酉歲生至是甲子一周公撫此孫曰是與我同歲宜爲我

孫後監役公長子沒（長孫已夭矣）然以公喪時此孫承重三年故

不敢歸奉公祀如初孫名建芳讀書成進士有二男尚幼嗚

呼建昌尚恐銘公尚敢銘公然銘之抑有辭焉辭曰

少學於兄老庇於兄兄乃弗生　兄曰予弟　君曰予臣煌煌

雙旌　烈烈維公自信其情昌榮昌名　兄之童孫爲此銘

辭尚或嘉之

趙文巳公傳

清陰傳　金東峯

李守則傳　金伯厚

原論

于忠畨備出

書李巳事

俞豐墓志銘

送呂司諫赴請序

除草說

寶記

論唐順寧事

論　盧連言埤記

論已克傷說

緯景吔洋

著呂志元論文書

附汪連雜錄

趙光祖字孝直漢陽人父元綱嘗為魚川察訪時_李金宏兩謫

居熙川光祖往從之學　中宗五年中進士初燕山主溢虐大毀

賢士宏弼為禍首士大夫搖手相戒不敢言學　中宗反正諸功

臣皆麤鄙不好士士以不振光祖獨慨然以道自任居家行已一

本於禮聲聞藉甚十年吏曹判書安瑭白於　上曰進士趙光祖

明經術有行誼資格常調不足以勸勵賢才請超授六品職遂以

司紙名光祖從父元紀有高識與光祖書曰古語云盛名之下其

實難副既有譽之者必有毀之者此古今所共患也若夫色言狂

驕害已敗官吾於汝不當戒也凡人羣居天地中不可高飛遠走

必須小同於俗庶免為眾之嫉惡惟無咎無譽乃保身之道也昔

馬援遺書戒兄子今汝之所趨雖不類嚴敦而老夫為門戶計則

未始不同於伏波也光祖被徵不赴或問之光祖戲然曰吾素不

以利達為心且今之時與古異虛譽過情吾甚恥之無寧由科舉

進以為行道之階是歲中別試狀元歷官三司時 上方用申應

漑安瑭之言四方儒學多以不次進用日名光祖講論治道光祖

引喻縱橫言無停轍同列不敢發一辭尤善徵發 人主意所言

無不從甫三年而超拜副提學大司憲光祖感 上恩自以為千

載一遇三代之治可復也野人侵甲山人畜多耗南兵使請出奇

兵襲其不意命名三公六卿雜議皆曰可 上先諭旨咸鏡監司

及兵使資送甲兵器械特遣重臣李之芳 賜御衣弓矢將辭矣

光祖請見 上趣名入光祖曰今議事者之言乃盜賊狙詐之謀
非王者禦戎之道奈何以堂堂王朝為一么麿醜虜行盜賊陰謀
辱國損威臣竊病之 上命覆議左右皆言詢謀已同不可以一
人之言而改之兵曹判書柳聃年曰臣自少出入北邊實諳虜情
耕當問奴織當問婢請聽臣計迂儒之見自古不可盡用 上竟
是光祖言止之芳勿遣諸臣皆不平而罷韓忠當曰 上曰方今
欲致太平湏以當代第一人為相李延慶進曰是則趙光祖也光
祖誠賢矣然用人須多閱歷使人壁洽然而後大任未晚光祖聞
之馳見延慶謝且泣光祖嘗言治無成欵由不得人才而用之也
燕山無道至以儒生充輦夫游幸後宮儒生不知恥或袖筆硯而

從以觀賞賜士習大壞可為痛心今當以變士風正趨向為先務

我朝用人惟科舉一路句讀之儒角一日之長故碩德宏材終

老蓬革而不求聞達今誠能搜訪遺逸布列朝廷斯為三代之美

政然先王舊制不可輕廢莫如用漢法先薦舉而後試取於是政

府禮書請設賢良科合中外選士無論朝官儒生悉

取掌令金湜等二十八人一時以經行聞者皆與焉　親策之乃

喜時年少清名之士意氣蜂湧爭務建白風氣為之一變自　魯

山君遜位　顯德后昭陵夷廢累十年至是光祖等請復　昭陵

致祭魯山基以伸幽冤又請罷國忌飯僧及昭格署醮星　上皆

從之惟昭格署載祀典其來已久　上頗難之光祖率三司面對

力爭累月不允乃伏閤一日四啓光祖謂承旨曰今日不允不退

矣曰暮臺諫皆退光祖與弘文館諸員獨啓至難鳴不休中使徹

夜出入承旨倚案不能寢皆懷獸苦　上不得已許之初反正功

臣多以干請托錄士論嗤之光祖伏閤啓曰士習不正知利而不

知義請悉削功臣之濫猥者以清其源政府六曹三司皆以爲言

上面論有不怡色光祖以言不用請辭　上為削功臣二等以下

至四等光祖每見　上必極言終日　上久而倦欠伸更坐御床

憂然有聲及罷昭格署削功臣　上雖外示容許而實稍稍不能

堪光祖亦微知之　▨▨▨▨▨▨▨▨▨▨嘗從容請

曰臣學術不充而祿位過高欲得開僻一郡讀書進學然後復立

於朝以輔　聖德　上不許又言今日國家修舉廢政如　昭陵
之復皆志士所欲行而　先朝所未遑者自古正直之論感則必
有大禍隨其後他日小人若因是而中之則善類殆矣宋朝紹述
之說可鑒也　聖上不可不知亦不可不言於　元子時　仁宗
方數歲矣有賢士失其名以皮近隱光祖時就共宿匝曰以公之
才固足以經濟一世然　上用公徒以名耳實不知公萬一有間
之者公將不免光祖喟然曰吾亦料之勤之仕不肯光祖嘗與成
守琛許伯琦論時事輒以士類乖激為憂金湜等多蹂屬初倚光
祖為重及詆賢良科黨與日盛反以光祖依遑苟循欲并斥之光
祖天姿特異長身玉色朝會眾集嶷然出人嘗自下輦臺趨過廷

班風采朗映百僚為之心沮其教士必以修已治人教人必以孝
親敬長痛抑僥倖恢張公道明白洞達無毫髮隱慝居憲府刑政
簡肅都鄙有章嘗路見儒生奪人冠巾裂之曰父子相姦不可與
齒其人痛哭歸訴光祖光祖曰是則在汝汝自今飭躬修行以善
人閒則人必曰前言誤耳汝若行事悖戾以不善人稱則吾雖欲
為汝辯之其可得乎其人叩頭出後果為善士無復言相姦者光
祖每出入市人相與羅拜於前往往呼吾上典上典者奴尊主人
之謂也南衆沈貞為人傾險嘗起大獄殺人以要功光祖素惡之
衆有才名申用溉嘗薦衆可相光祖格之衆欲改行附光祖光祖
拒不與衆怒欲中傷之然感用溉久而不忍發及用溉卒衆益無

忌貞嘗求為刑曹判書安瑭不許後光祖省墓在鄉一日地大震

光祖瞿然曰今日沈貞必判刑曹矣歸而果然遂劾罷之贊成洪

景舟亦嘗為臺諫所劾戶曹判書高荊山嘗與光祖爭路故事憲

府官赴衙雖正卿亦避光祖以此囚戶曹吏荊山亦怒乃相與交

通謀益秘初 上元妃慎氏與燕山妃為兄弟反正初功臣惡之

遍 上殺妃父守勤而廢妃居民間 上改聘 章敬后後 章

敬薨金淨朴祥上疏請立慎氏得罪將死光祖力救之 上復聘

文定后◯燕山時尹珣妻鄭眉壽妾俱出入宮中有穢聲及 后

冊封珣妻以宗室女當預光祖請黜之城外眉壽妾與 后有屬

方待側臺諫金瑞等并請黜眉壽妾痛哭辭出 后為之慼恨又

聞光祖嘗救凈祥起其為愼氏景舟女熙嬪及敬嬪朴氏皆有寵

貞嬪朴氏家為隣乃誘其婢為蜚語珣妻眉壽妾相與煽之以上

聞熙嬪復受其父旨日夜為　上言一國人心皆歸趙光祖家又

募人以飛矢繫書射宮門至三　上始勿問康允禧上書引金友

曾言金凈欲與賢良科中人論愼氏事追罪切臣朴元宗等剖棺

戮尸并誅舊臣謀不軌　上鞫問友曾以亂言自服事得已然

上意不能無動景舟教宮中人以蜜汁書上林木葉曰走肖為王

久而虫食之如篆乃採而獻之　上益危懼於是景舟矯為諺書

密吿曰光祖等將罪反正切臣以廢君之罪以及于予設賢良科

以樹羽翼以危王室卿可惡剪除之光弼心于王室貞■可任長

坤未可信光祖■思世賚自任遵先除後聞可也景舟以宰

相安潤德宋軼權鈞皆辭不應家算笠布衣步至領議政鄭先弼

家以密旨告光弼正色曰公以大臣為賊人服歷都市而來何也

眾怒去即馳書召兵曹判書李長坤紿言國有大事長坤至家將

與蕃神武門景舟等俱會夜二皷密旨開門延入不使政院知景

舟以書啓進　上前讀曰臣鄭光弼洪景舟金銓南坤高荊山洪

淑沈貞孫澍方有寧尹希仁金謹思成雲等伏見趙光祖等交相

朋比附已者進之異已者斥之聲勢相倚盤據權要誣上行私阋

有顧忌引誘後進詭激成習以少凌長以賤凌貴國勢傾倒朝政

日非在朝之臣潛懷憤歎畏其勢焰莫敢開口側目以行重足而

立事勢至此可謂寒心請付有司明正其罪 上可之命先下承
旨尹自任孔瑞麟注書安珽檢閱李樺應教奇遵修撰沈達源於
獄始開闕門命逮大司憲趙光祖右叅贊李荇刑曹判書金淨都
承旨柳仁淑承旨朴世熹洪彦弼朴薰副提學金絿大司成金湜
景舟貞以事慧不暇問請撲殺之器物卷具殿廷長坤抗言人主
不可行盜賊之術且國有大事首相不可不知請召光弼 上許
之光弼素持大體當光祖用事有建白輒匚勉從之衰貞等始謂
光弼亦不善光祖也至是召入為 上言光祖等年少儒生不知
時宜妄欲引古施今豈有他意少垂寬貸請與公卿議定其罪澌
隨言下衣神為之盡濕 上遽起還內光弼牽 上衣叩頭不已

乃命下光祖等于獄時夜月明無雲獄庭朗然金淨金綠李耔相

與酌酒賦詩為訣從容甚得光祖獨終夜痛哭淨綠曰孝直死常

耳何至哭泣為光祖曰吾非畏死也但欲見吾君吾君豈有是哉

乃裂衣書疏曰臣等具以狂疎遭遇明時但恃吾君展鴻愚衷冒

犯羣情天日照臨無他邪心但顧吾君為堯舜之聖而已臣等罪

固萬死但士禍一開國將如何天門阻隔無由達懷泯默長辭實

所不忍幸蒙一許躬閒萬殞無恨情溢辭感不知所云疎不能徹

尋命光祖淨賜死餘杖流復命光祖等并放歸家少宿翌日光祖

等出處城外又命皆聚獄遣承旨傳諭曰甫等俱侍從之臣本欲

上下同心劤觀至治爾等為人固非不良但作事不平朝廷曰非

故不得已而罪之然予心何安使爾等至此予之過也爾等非有

私心但為國事不自知其激也承旨可仔細傳之光祖等聞 命

頓首流涕曰臣豈不知臣罪臣豈不知君心臣誠作事過激臣誠

宜死承旨反告 上為之戚然時太學生申命仁等率儒生及吏

民數千人排闥上疏闔者訶之不得諸生被髮流血號哭聲徹內

上命囚其為倡者諸生爭就囚恐後獄充不能容鐵鈕亦盡乃以

藁繫頸列坐至雲從街生員林鵬等又疏請同罪待命獄門外坊

里聚徒市肆皆廢洶洶不可止 上大恐釋命仁更命光祖淨減

死光祖謫綾州然 上至是而益信光祖得人心決意欲發之矣

初柳雲李思鈞為人少檢飭光祖等斥黜之至是光弼引雲思鈞

置兩司雲首請宥光祖曰光祖不還臣不就職又言景舟所受密

旨詭秘不正　上曰卿誤聞耶安得有密旨始景舟聞武士欲作

亂殺光祖等以為將生大釁欲自朝迁先處之於光祖等亦為福

此予所以從之也於是人皆知家旨之偽雲遣客馳報光祖於道

曰豈可使孝直不知此事光祖聞且泣曰吾固知吾君之不然也

思鈞道遇光祖光祖欲避之思鈞直前執手曰中庸不云乎生於

今之世反乎古之道未有不及災及其身者也子於中庸尚未熟

讀況可奏唐虞事功乎子尚年少正好讀書努力自愛及至朝亦

訟光祖冤坐罷光弼能知人唐踰月李沃尹世貞李來

等希察貞意請誅光祖大司憲李沆請罪安瑭等三十六人罷賢

良科　上召光弼議之光弼力諫如前日　上遽震怒罷光弼御

筆擲南京為相遂賜光祖死禁府即至光祖曰　上賜臣死宜有

罪名請恭聽而死就庭下北面拜跪故事宰相賜死無坐書惟奉

旨施行而已光祖聞無坐書歎曰國家待大臣不宜草草如此將

使奸人得以擅殺所惡者欲上疏論之索疏紙不得禁府即促光

祖死先祖曰古人有拒詔書伏哭傳舍者何其異也遂正席引筆

書曰憂國如憂家愛君如愛父白日照丹衷昭昭臨下土仰藥良

久不絕府卒欲繼之光祖叱曰　上欲保臣首領汝何敢用益飲

毒酒而卒時十四年十二月也年甫三十八是日白虹繞日者三

四方聞者莫不流涕弟崇祖聞光祖死奔往道哭有老嫗從山谷

間出亦哭崇祖曰吾聞吾兄死故哭嫗何哭也嫗曰吾聞國家殺

趙光祖賢人死矣民將不得生所以哭也　仁宗自東宮時心知

光祖冤不敢言臨薨遺教復光祖等官　宣祖時儒臣李珥等請

贈議政賜謚文正配享孔子廟庭

贊曰昔退陶李文純公曰趙靜菴學道未成而暴得大名遽以經

濟自任非不知行道之為難而前既誤有所恃後又求退無路臨

危不戒直前太銳使讒夫得售其術此後人之所當鑑也然倡道

當時樹風後世歐切優美石澤李文成公曰趙文正以賢哲之姿

經綸之才學成未大遽升當路上不能格吾心之非下不能止吾

室之讒繼方輪謗口已開徒使後人慕此不敢有為豈其天歟

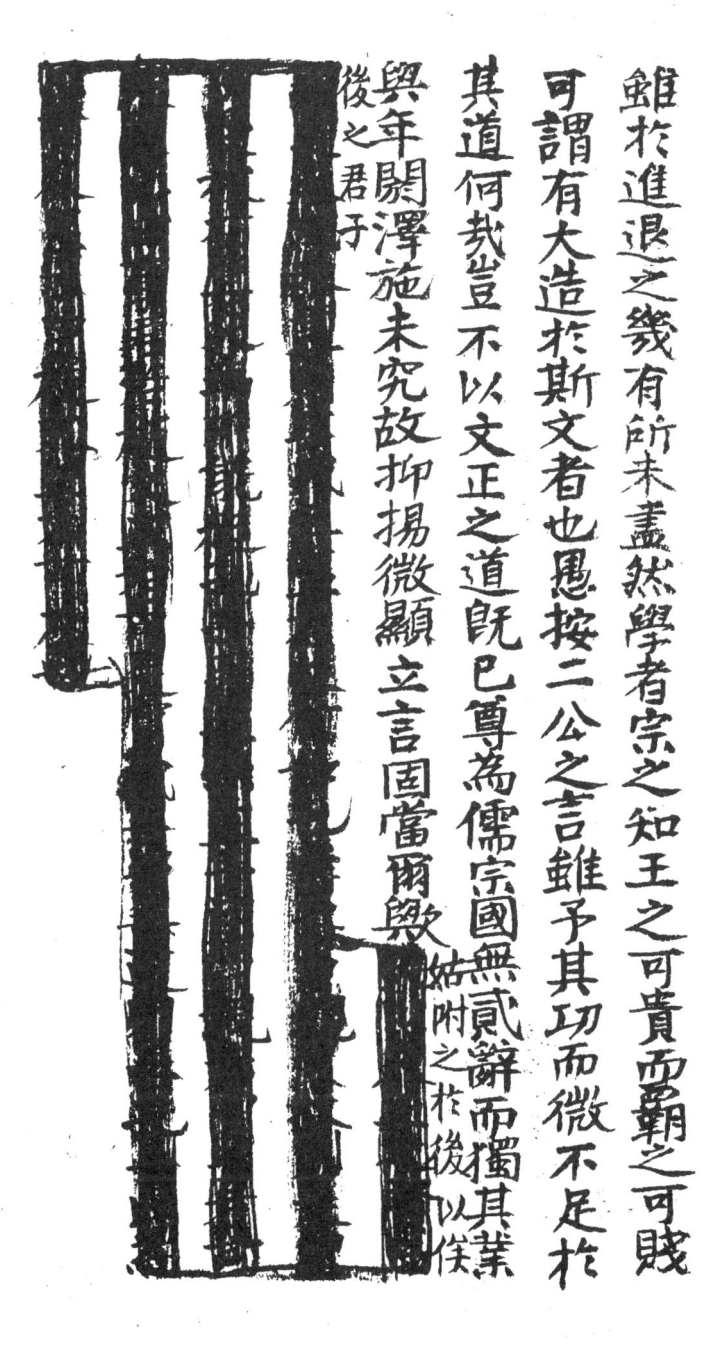

雖於進退之幾有所未盡然學者宗之知王之可貴而霸之可賤
可謂有大造於斯文者也愚按二公之言雖予其功而微不足於
其道何哉豈不以文正之道既已尊為儒宗國無貳辭而獨其業姑附之於俊以俟
與年閞澤施未究故抑揚微顯立言固當爾歟
俊之君子

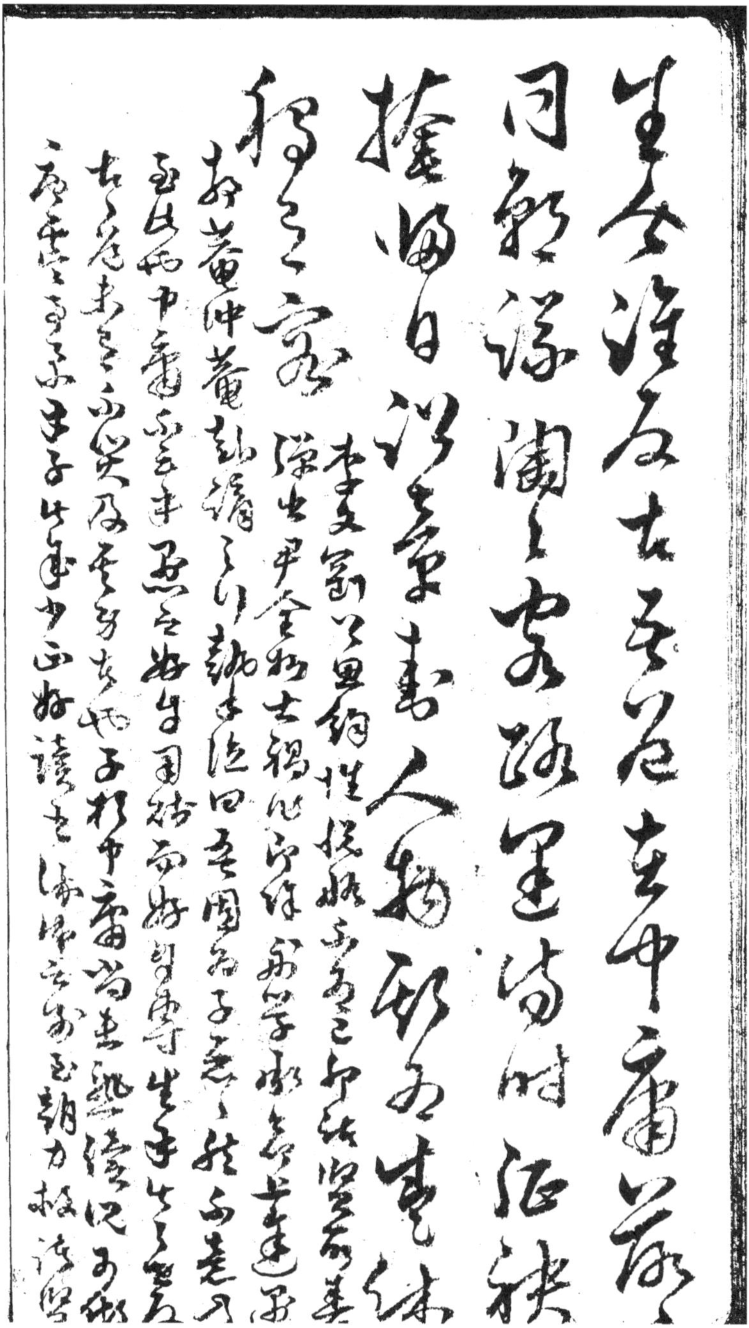

孔子曰不降其志不辱其身伯夷叔齊與謂虞仲夷逸隱居放言

清中身廢中權夫伯夷叔齊虞仲此三君子吾固聞之矣夷逸何

人哉雖得孔子之聖而傳之然傳名不傳事此孔子所以歎闕文

也夫不傳於隱者固善然好古尚德之事猶憾焉於是作清隱傳

金時習字悅卿江陵人生八月知書語遲而神穎不讀而曉時

世宗致太平人才號為極盛有以時習聞者 上名之甫五歲黃

門提而入 上試之詩應口便對 上亞稱神童時 世子侍立

世孫幼扶牀坐 上顧世子世孫語時習曰是而君也善識之賜

帛五十匹積於前令自取 去時習乞針線綴其端而連之曳而出

宮門內外環立觀神童一日名聞國中時習雖長大人猶稱金五

歲以此云時習長與徐居正游以文學行義相高居正早貴時習

不肯屑屑為舉子業常喜入山讀書 世宗薨 世子立未幾又

薨 世孫立是為魯山君居數年叔父首陽大君靖內難即王位

後為 世祖遜魯山君于寧越清冷浦尋弑 世宗舊臣朴彭年

成三問等 魯山君亦薨時習方在漢東水落山中聞變大哭盡

焚其書製儒衣削髮為僧自名雪岑或稱清寒子時習雖未仕自

以五歲為 聖主所知及見其三世義不忍捨魯山君而臣首陽

大君也日夜叫呼發狂布衣縕縷縛藁索行乞食一日漢陽城中

人見宰相徐居正朝道遇僧犯前導僧仰字呼宰相曰剛仲別

来無恙寧相燃然謝偶立相欵語衆皆大驚有識者曰此舊時金

五歲也　世祖好佛召國中高僧僧多言雪岑得道有名趣名雪

岑雪岑至　上為齋戒會朝臣及衆僧將聞雪岑所說佛法忽告

雪岑遁去　上索之不得外人譁言道傍涸厠中有僧頭面穢不

可近出視之乃金時習也寧雪岑耶朝臣為　上言時習狂書生

安知佛法　上置勿問然僧徒皆盛稱雪岑為生佛時習亦夷然

自謂知佛法嘗寺中大會僧千餘人棧香叩頭請雪岑大師說法

時習大言曰吾為汝說取一牛來牛至令置一束蒭于牛後僧如

其言時習良久大笑曰此佛法也僧弃不雖然時習實不知佛法

也時習□□□□□顧壻曹才雅有所欲為使其有為必不如彭年三問徒死術

楊閒然時習灼知天命　世祖之世豈時習所能我事卒不可為

意率不可觧故托於佛以自攤挫銷爍之年四十餘為文告父祖

蕃髮聚妻甚眠生子時習家有田畜自為僧不復問忽抱牒入官

語叩叩不休求還其舊官為直之然亦怪時習奈何至此時習出

即仰天大笑燒其券不問如故居無何妻子俱死復削髮然不復

稱僧而稱頭陀●每秋高木落軏上山至泉高瀑愇慮悲歌賦詩

書之於葉泛流而下泛一葉即一哭哭聲滿山谷竟亦不知其詩

云何然哭時徃徃呼　世宗云後自麟蹄雪岳累徙至鴻山無量

寺以老死遺令以儒衣冠龕慎勿火燒我其徒藏其尸於塔三年

而發之面如生竟火之

金麟厚字厚之長城人幼慧善屬辭全羅監司金安國一見大奇

之會試士以長城童子天下無雙為題安國能文章慎許可獨於

麟厚激賞如此麟厚自讀書即以聖賢自期動遵禮律通性命之

大原隣里呼為小顏子時朝廷旣敎趙光祖奸小得志禁學甚嚴

仁宗方在東宮有聖德一時賢士大夫顯顯他日奇遊諭長城

見麟厚嗟歎久之曰努力善自輔為 世子臣也麟厚游京師有

友人為 世子宮官邀麟厚於直廬持酒勸醉故留至暮宮門將

下鑰麟厚促起友肘之曰遠方士不識禁城路不畏榜乎麟厚慰

不知所出忽有綸巾少年攜燭曳履至友出迎少年直前等執麟厚

手曰我 世子也願與君為布衣之交麟厚蒲伏惶恧 世子曳

無傷也我故令宮官邀君至此麟厚乃謝曰戲厚之道奈何以非禮干謁我 世子曰今夕友朋耳何言臣復命酒講論古今聖賢之學麟厚自以遠方踈賤雖久聞 世子賢亦不圖 聖學高明如此遂感激願為 世子死不惜麟厚素不欲仕自是乃赴舉未幾登第為說書侍 世子夫時習童子麟厚布衣世宗 仁宗悦其名而急見之然其相期豈不遠我事俱不事此二臣遂感恨以終身死不足償其志天下之欲士以身許君寧可易即彼貪躁苟速不知重其躬者其於君亦█惡知愛我先是章敬王后生 仁宗數歲而 后薨上改聘 文定王后生大君后兄尹元衡用事謀不利於 仁宗賴 仁宗仁孝得不廢然元

衡黨與滿朝　仁宗素多疾小人皆謂　世子不得嗣及　中宗
薨　仁宗即位元衡托為大君新禱夜登南山點燈為咀呪事
后又數怒　上手書下朝廷言寡婦孤兒危怖狀至不忍聞　上
暴日中線經露立　東朝門外泣血請罪　○后若不聞上以此疾
益甚於是麟厚與校理丁煩上疏請臣錐不知醫藥願預內醫院
同議藥且　上不豫難於定省請暫離　東朝側居別宮以便調
養元衡黨大噪言麟厚間　上不自安出麟厚為玉果
縣監甫數月　上竟薨　大君即位　后垂簾聽政麟厚即日棄
官歸閉戶謝人事每歲五月走入深山中抱　仁宗所嘗賜畫竹
扇提胸大哭　后旣垂簾大殺賢士麟厚以隱故得免後　后薨

明宗頗聞麟厚賢欲用之以校理台家人恐麟厚不行得罪麟厚顧
即日就途無難色弟令多載酒路遇人家有佳花好竹輒下馬取
酒獨飲至醉湖南處處多花竹麟厚日行不過數十里數日酒盡
麟厚亦病乃謝遣使者自引歸　上亦不罪也麟厚平生誦孔子朱子嘗以
戎家人曰書我銘旌玉果縣監可也麟厚年廿餘卒
為天地間二人後以道學配孔子廟廷學者稱河西先生云
外史氏曰我　太祖既受命崇獎靈氏節義之臣李穡朝見不屈
吉再趙狷終老山中　賜禮有加　聖人之意遠矣由是賢士衆多卒
夢周之忠以勸後之為臣子者　太宗　世宗令史臣正書郞
能立節明義大有辭於靖難之日彭年三問等既死而時習慶錐所

趣異逸而心志皭然明白。至今仰之□□麟厚所遭之時為
尤難，其事隱，其跡晦，雖其以大儒名世，不為詭異之行，而幽憤抑
塞，卒不可明言其故。云

李守則傳

李氏，漢陽南門外良家子也。英宗末，其母黨有克掖
庭者，李氏年十五，隨母入禁中，偶得侍世子。一
夕而出，旣出深自匿，人無知者。亡何世子薨，李氏〔莊獻世子〕
即不梳洗，晝夜處小室中，飲食便
遂以不離，狀若病狂者。女稱後，父母問之不答，父臭惡不可近，隣里怪笑，
雄以不售，若病狂者。女稱後父母問之
氏乃微告之，且曰：慎勿洩。告居十數年，弟嘗問姊似非病者何居，李氏
先世子者皆推恩及其家，李氏愈勤，其弟匿如故。然自是里中稍貧不能
稍有聞。又十年，而上方大行仁政，令五部按問之，有加南部令周之，有加南部
婚者大賫錢帛，相與為正白其事，南部令接
行視老處女，至李氏
容白，上，上以問老宮人，對曰：有之。於是上召李氏入禁中詢從

之李氏爲上言　世子容貌皆驗　上大感痛　賜號守則食

三品祿施其門

外史氏曰始李氏告其弟曰吾所以爲此者堅吾志潔吾身以死
而已非爲賢也先世子何如人豈賊人所敢言私弒
正宗聞之嗟嘆以爲賢然李氏意不止此正宗知其意然不忍
明言世子時賊臣忌其英明日夜爲流言讒諂於英宗
民間謹傳里閭奪人好女子洶洶不止李氏得幸其
事不甚明白萬一以此實流言而重累世子罪在李氏其深匿
不言有以夫可謂忠且智矣當　正宗痛念李氏
襃贈李彙章林德蹎諸賢皆爲　世子故也李氏竟亦不自言至
數十年後始以聞其所謂堅志潔身者益信丙傳陽以德李守則
以節其能不言而不登報則均也孰謂賤女子哉

嗚呼朋黨之名所由来遠矣然其邪正逆順之分與夫衆寡之別

久暫之殊可指而言也歐陽修之論朋黨自唐虞殷周始然四凶

與紂之惡十六相與武王之賢不待辯而明者也且堯之時所謂

明者不過四與十六則其亦不足為大朋也若殷囯之百萬與三

千可謂大矣然是則敵國之勢然也非可以朋言也且夫四凶之

為朋在堯倦勤之年而舜立而竄殛之其害不能久紂之餘風至

頑民而未殄然亦不出乎武王成王之世而已降至後世朋黨之

盛莫甚於東漢及唐宋之間東漢之黨衆且久矣然唐之黨固陳蕃之

為忠與夫涩篹張讓之為惡是亦人皆可以言者矣唐之黨不然

牛僧孺李宗閔均之非君子也亦非小人之甚者也盖難乎言之

芙宋之黨則有甚易程頤蘇軾劉摯皆君子也雖呂惠簡王安石

亦不可斥之為小人斯尤朋黨之所未有者也然唐之黨前後僅

數十年宋之黨亦不過數世而卒以亡國且夫唐宋之世亦未必

人人皆黨也若夫舉一國之眾而分而為二為三為四歷二百餘

年之久而不復合其於邪正逆順之分亦卒無能明言而定論者

惟我朝蔫然其亦可謂古今朋黨之至大至久至難言者歟窈嘗

論之其故有八道學太重一也名義太嚴二也文詞太繁三也刑

獄太密四也〔臺閣太峻五也〕官職太清六也閥閱太盛七也承平太久八也何謂

道學之太重夫天下之人各有其身則各有其心旬私自利喜相

競而恥相讓其勢然也古之聖賢有憂之者崇禮以齊其外眂善

以壹其本使皆有以勝其暴肆爭奪之氣而措之于和順公正之
域天下之人翕然而尊尚之親其賢而樂其利沒世而不能忘夫
若是者非以其有勢位氣加可以畏服而然也由其能為克已之
學而得無我之道其心曠然無彼此同異之別而以天下為一家
中國為一人善與人同而不獲其身斯為人之所難能而道學之
名歸焉者也若夫已有所未克而我有所不能無則雖其所讀為
聖賢之書所服為聖賢之服所行亦未始非聖賢之行而其自
私自利之心猶夫天下之庸人而卒無以相遠也夫以庸人之心
而居道學之名斯已不可矣況率天下之庸人以成吾道學之黨
以號令於當世而使人莫敢矯其非則其視古聖賢將何如也已

日以尊我日以大私日以固利日以厚人亦孰不欲為是我於是
競奪之勢成而禍亂興易與庸人相競奪者必庸人也故其禍止
於一時而與道學相競奪者必道學也故其禍流於無窮夫所責
於道學者以其有無窮之患也不以其有無窮之禍也而今其效
若是意者道學之或未必皆是而其徒推重者之過也何謂名義
之太嚴夫名義者天下之公物而非一人一家之所得私也昔孔
子之世天下大亂蒸報篡弒之禍代不絕而國相望恬焉不以為
怪故孔子作春秋以空言代斧鉞自是以後人倫始明今之讀春
秋者其於孔子之所貶鮮有不知其為惡者其時然也所謂名義
者亦若是而已矣今謂舉天下之人皆不知名義之為何物而獨

我知之云甬則是必其國之亂如春秋之世而其人之賢如孔子

然後可也不幾近於自聖而誣一世執且夫名義亦何嘗之有哉

孔子作春秋尊周室而孟子勸諸侯行王政孔子不與衛君而子

路死之孔子欲墮三家之城而毋有寧我臣之然孟子為亞聖而

三子者猶得與於升堂之列由今觀之孰不謂孟子謀纂奪而

路毋有寧我從亂逆教又孰不謂孔子非聖人而其流與之至於

斯執天下之變至無窮也人心之微至難見也其要莫如務實其

愛在乎隨時固不可以一時一事強為之名而曲為之義封已以

儒人求為是必勝之術也況甲所以為名者乙又從以成其罪乙

所以為義者甲又從以發其愿名義果何常之有哉自古朋黨之

爭莫不自謂君子而所人為小人後之尚論者猶以是病之今則

不然謂小人之名不足以湛其宗而束其類也故恣假名義之說

悲驅而納之抬亂賊然後快焉其亦可謂不仁之甚而甚於作俑

者矣何謂文詞之太繁夫挨摘字句以罪人者前世所誠而我朝

百餘年来士大夫之遭黨禍者大抵啓坐於此其始也不原其心

而求罪於其言其終也不究其言而成罪於其文夫心者藏於方

寸言者發於俄頃故心有過人或不盡見口有失亦不過於一時

惟文不然一登繼墨傳之久遠既不可以揜匿磨滅而彼其挨摘

而求罪者愈久而愈工有為之考註焉有為之箋註焉有為之鈔

略其要語焉有為之數衍其餘意焉其用心之精致力之勤不翅

如先儒之於經典而以之為攻人敬人之資不售則不止世安得

以有完文亦安得以有完人哉其亦悲矣然其所以致此者有由

誠使論君上者但曰陛下內多欲外施仁義論宰相者但曰願得

尚方劍斬佞臣一人頭云爾則雖其戇直妄足以干不測之誅

於當時而其言模其辭簡雖欲抉摘而求之無可以復加矣文章

之體與時俱降非惟我朝然也而從未有曼衍煩僂如我朝之甚

者曼衍故不坊於事情煩僂故務刻於議論事情不坊則曲直難

明而是非難蔽闊之者易以眩議論務刻則愛惡偏而感憤愈

激見之者易以觸徒使公車之戕奏摺紳之書牘簏竭毫麓堆積

填委竆老盡氣而有不能通其說者文既者是其繁則雖有善於

辭命者難乎其無失矣況文之美如此而出之以黨心者歎宜其

紛綸輾轉相尋而不靖也何謂刑獄之太密夫刑不上大夫禮也

宋不殺宰相高麗不殺諫官我朝以忠厚立國而黨禍相連戕殺

無紀議親議貴之論遂為屬禁斯已不能無憾者矣若夫鞫獄之

嚴尤前代所未有蓋前代所謂關三木下獄衣朝衣斬東市者未

始無濫且酷也而皆出人主一時之怒與權奸宵小之私憾而已

故濫威方遲而正氣莫過大禍不救而直名愈伸當時之士既顯

訟其冤而後之尚論者翕然稱之我朝鑑前代之失不欲輕殺無

辜故必假之以名義傅之以文法以成其罪定其名為亂逆下之

於獄拷掠訊讞具有節次要盡於口招手署自認當死然後誅之

周書曰、既道極嚴辜時乃不可發諸葛亮治蜀輸情者雖重必宥、局有道辜輸情而必誅者辜是無他焉必如是然後方可以義殺號於國中而雖有心知其冤枉者終不敢開口一言以自陷於亂逆之黨也且夫殺一人則一人茹巳姑無遽終而鞫之使其血肉痛苦求死不得則誣巳猶且甘之誣人何惜之有於是有援引株連而可以殲其黨類此法所以治寇盜者而舉而加之於吉大夫雖其時移事變反覆不常而若其戕殺而相報則如踵一轍不少改悔國之不空亦幸矣尚何座於人才之眾多哉何謂臺閣之太峻夫臺閣之設固將與人主爭是非也然是亦有輕重大小之別焉其重且大者言之而不聽則去之可也其輕且小者言之

而不聽則置之可也今不究其輕重大小而其言一發不得請則
不止前者雖去而後者復繼人主亦狃以為常而言之眂眂曰故
事然也有從而停之者則譯然以為大怪此■■■俱與一也
■有事於朝言之者固是也不言者亦未必皆非也設令可言
而不言是亦庸人之常態無可以憎嫉者而一人倡論數十人從
之其不從則搏擊先及故不得不立異以自下所言之事未及徹
於上而所言之人已相潰於下此■■■■■■■■
然是猶其節目之小者耳大要事有一定之理人無必同之見臺
閣雖重亦朝廷一宣耳既不當以臺閣而獨異於眾人亦不當以
眾人而茍徇於臺閣今黨人之相攻也必以其類先布列於臺閣

倡為峻論排軋異已以原情為容奸以全恩為亂法請寬請鞫請

斬請竿一有少緩則又移鋒而加之此古所謂獄吏之深文而我

朝所謂臺閣之體也夫臺閣之職在於補拾繩糾成君德而正官

邪而已掇拾短長黨伐是事其自待也已薄而猶求伸於朝廷其

何以感人主之尊而服盈廷之眾哉故峻論之名始於臺閣終為

黨人之藉口以峻為戒猶恐其過以峻為貴何所不至何謂官職

之太清夫天工人代罔有不慎官之有大小內外則然矣若所謂

清者何名哉有清斯有濁人雖不肖寧肯自安於濁而不慕其清

者哉此必爭之勢也自隋唐來重文詞貴科第而文職始盛然唐

之翰苑宋之兩制其員額猶不至如我朝之濫而權勢猶不至如

我朝之重也我朝專以文職為激勵士大夫之具所謂清官名叅

視古亦已濫矣而卿相之貴皆出於此又其制多以相薦引為用

於是年少氣銳之士權傾朝野咳唾顧眄足以榮辱當世而不悅

者衆之焉則為士禍久則為黨論然士禍者小人之害士類固其

宜也黨論則士類自相爭也同一士類而何為其相爭故其必有

所以爭之之資矣道學與官職是已爭道學者一則爭官職者十

道學之黨百則官職之黨千非道學之重則無以為官職之宗主

非官職之清則無以為道學之聲援此其勢交相為內外而其得

失成敗亦未嘗不交相為終始焉盖天下之禍常啓於盛美世道

之患必由於偏重故曰大名之下難久居又曰國之利器不可以示

人豈不信哉何謂闥闥之太盛夫天下之事當與天下人共之萬
世之事當與萬世人共之非吾之所得與也吾猶不可以得與況
吾子孫乎吾賢也子孫不肖也子孫之不及於吾吾其如之何吾
未賢也子孫賢也子孫之不同於吾吾又姑之何且使吾賢而子
孫亦賢又安必其事吾事也農吾農工吾工也吾子孫未必皆農吾事工
也吾子孫未必皆工農工之賤猶然況吾幸而貴顯有言議於朝
廷又敢必吾子孫之皆貴顯哉詖使貴顯矣吾所言議乃為一時
而發吾子孫之時何必復有此言議哉吾子孫猶然況吾所婣爭
言議者迎子孫又何能皆貴顯而復與吾子孫爭此哉此必無之
理也而獨我朝有之其為闥闥則可謂盛矣而國家何利焉夫習

久則不變守固則不通不變不通之人難與為一家之務而況國
乎今雖欲變而通之強者安其樂弱者恥其屈賢者戀其祖愚者
畏其族勢不可也且自其有生之始至于婚姻交游皆是黨也顧
安有可改之路哉惟上之人一日奮勵立賢籲俊不拘資地其所
舉措出尋常萬萬則從前悠悠之談論皆可束之一隅以付闕閱
萬世公心公眼而已誰肯齗齗然黨論為哉自黨論之分而闕閱
愈甚前之闕閱猶以資地後之闕閱純以黨論祖宗名器遂為黨
人之私物而一國之慕歸焉黨論何得以不熾哉何謂承平之太
久夫承平之久國之福也亦國家之憂也孟子曰國家閒暇盤樂怠
傲此之道也故古之明君哲輔必兢兢於是修明政刑勤民詰戎

維日不足尚何暇為黨論我我朝　列聖繼作比隆前古賢士大
夫駿為極盛其於監藥怠傲無一事或近者惟文治過隆議論多
於成功聲容盛於樹實故其經邦制政之要有遜於漢唐而寇敵小
之來卒然無以當之及其既去則上下晏如若未始有難者國小
壤偏仁恩洽浹外無強隣之吞噬內絕權臣之覬覦不惟人事蓋
亦有天幸焉於是士大夫之精神心術無所用之始相與為朋黨
之論相矜以道義相高以名節固將以維持世教聳動人心有所
裨益於國家而不專為私利而已然向使移斯心而措之實用內
以自治其身以消其感慨激切之氣外而施之國政以祛其支離
文飾之弊則君臣同休福垂後世亦何事之不可辦而何他日之

足憂执傳曰必世而後仁、又曰百年而興、夫世與百年、可謂久矣、

積德

■■■■而講之極其守之極其專行之極其遠■■■■■

今黨論之久、不逮倍徙 但有國有家以来所未有者也 ■■■■

誠能舉斯心而行王政則其效又何如也使孔孟而見之則其

有不痛惜於斯者乎夫是八者黨論之所由来也而其得失則彼

此均焉吾非為一邊之黨而言之也吾固曰邪正逆順之分卒無

能明言定論者也吾固曰至大至久至難言者也

于忠肅論上

于忠肅不諫易儲侯方域魏禧非之方苞袁枚
之論正矣枚偏且激矣唯苞所云忠肅諫則景恭心危而慮變
憲宗父子殆矣可謂晰於事情然知其至於是而不諫是亦忠
肅之過也夫忠肅之於景恭臣主相遇何如也而不能使景恭
不至於大不義而反迎其小不義苟然無使其竊之亟惡在其
爲忠肅之賢哉蓋忠肅嘗諫易儲矣而史不傳焉李子曰惜乎
忠肅之不去也或曰以易儲去耶曰以易儲去則名歸而禍隨
之矣或曰景恭之立不稟命於英宗可以去耶曰景恭不立切
不成且以是時去者逃耳非去也其唯去於上皇迎還之日乎

今為忠肅代疏曰臣以不肖遭亂承乏驟至高位以從戎行使
國家無事臣今日猶庶僚耳臣豈敢倖亂而貪功武唯以上皇
未還臣子義當效死不敢辭兹今賴祖宗洪福陛下孝友上皇
回鑾克享隆養臣事畢矣願乞骸骨以歸田里所有恩賜符節
冠服金帛珍寶臣今告歸不敢久淹并以繳上云爾則景泰必
不許之矣一不得請至于再再不得請至于三三而猶不得則
扁舟浮五湖被髮入山可矣此不唯忠肅自謀然也亦所以諷
示景泰為天下萬世則也且夫忠肅不去英宗雖不復辟必死
於石亨之手夫不世之功震主之威固景泰之所不能無疑也
嗚呼父子兄弟之間猶有難焉而況君臣兹

于忠肅論下

余為于忠肅論惜其不去或曰忠肅不難去特不忍去此之謂
忠曰感恩致力忠之細也引義當道忠之大也今夫朋友相與
至厚而宓也一日見其有不足於其親戚者必有所缺然於吾
心何則彼其施於親者然則踈可知已吾不能正以告之則思
所以從容以道之二者均不得則亦思所以自處焉而已誠不
忍內懷缺然之心而外益加厚唐肅宗迎玄宗還京師而李泌
歸衡山宋欽宗亦迎道君還當而李綱請出為宣撫使夫泌為
肅宗潛邸之故人而欽宗受禪以綱之策此二君之於二臣言
從計施任用無貳可謂盛矣而史記玄宗道君之還禮貌之備

皆可以無憾此又二臣進言之效也而二臣者卒去彼豈其有
大故哉既正而告之矣又從容而道矣且已得之矣而其自處
則然也彼其有見於一日之不足者審也豈忠之不若人哉蕭
宗欲立廣平王為太子泌曰陛下家事當須上皇不然何以辨
靈武之意且使廣平王入告曰陛下未奉晨昏臣何敢當儲貳
夫廣平王者肅宗之子也肅宗立肅宗之子而猶須玄宗而況
易英宗之子而錮英宗哉故曰以不諫易儲而是忠蕭者偏且
激也

閒其官以諫對問其行以謫對似乎賢也問其罪以不言對似
乎非賢也此惡乎定舉一國之眾曰賢者半之曰非賢者半之
此又惡乎定甲與乙鬨于鄉諫大夫與其僚言于朝將助甲以
戮乙司諫呂君獨以病辭於是謫君于南其僚與與四方之游士
復上書請重君罪事幾不可測君漠然不為聞悠然去也然請
重君罪者不休其言皆刻深伉厲其賢君者皆鏈唇緘舌嘿嘿無
能一辭是則舉一國之眾其半言而其半不言也無論孰賢孰
非賢既不言矣能與言者抗即君固宜見罪雖然余賢君者
也方蟄于家雖欲言不可然君之賢余能定之乙誠可戮也然

其發自甲始甲者乙之仇也不以乙對甲使之辯而唯甲之信
乙其伏歟況甲固未必信而乙未必可戮歟盖是以賢者或難
之曰使乙未必戮則君矣不言曰君以不言至於諫而罷之者
且半國況君有言庸詎止諫已乎知其不止諫而猶言之者是
忘其躬也必上之有大違也必國家之有大患也必天下後世
之有大咎也然後躬可怠也乙雖戮不足以至於是夫唯賢者
不苟免亦不過行

除草說

天地之心與人之心其同耶其不同耶君子必榮尊富壽小人
反是古詩書易聖人之書多言之其果然耶而中世以下賣材

奇辯之士往往憤盈慈慈呼咎夫理之不常甚且謂天與人好惡

異趣又豈然耶彼其人嘗誦慕聖人知足以弗畔奈何卒為怪

詭拂經之談務與聖人難苟豈聖人之言果詭人耶彼豈其有

所見者然耶今之時天下羣共怨嫉目為小人而不可易者誰

歟吾未之識也吾心所誠服無疑可以當君子者誰歟吾又未

之多見也其或蔡尊富壽其或反是吾何從以卜天地之心哉

獨見草之在吾庭者其為吾所愛悅欲其蕃者必難生生則有

風雨不時之患及為馬牛所踐婢子僮豎所襄悴焉而不寧其

為吾所憎嫉而亟鉏之者一宿而視則復芽焉不數日則栭然

若怒茁然若喜若有所憑恃而王張肆大快然無所畏也是則

誰使之然歟將非天地之心之為之信歟古聖人之言昜昜皆誰
人歟而中世以下頁村奇辯之士其言賢於古聖人謂欸抑吾
嘗讀楚屈平之離騷其人好草之芳麗者輒比之君子逕其蕃
而傷其忰其情殷然不能已豈非其性之近而有所取耶盖孔
子亦睿歎猗蘭云然瀟孔子以上周公以至舜臯陶其所為詩
歌及他所紀言語未聞有芳草之類為所好所取者又何欸豈
古聖人君子之性亦有然有不然耶抑吾聞鳳凰鳥之瑞而至
可貴也而周之三世鳳凰飛鳴而不去卷阿之詩以比鶬鶬之
士謂鳳之眾多如士之眾多也舜之百工歌昙昌昙景雲而曰朝
復朝乎謂星雲朝朝而見也然則其為詩歌也亦如今之為詩

歌者春賦鶯秋賦蟬夜則詠月而已□莖異也故後世所謂義
貴之物莫三代至治之國所常見耳況如芳草之區區哉孔子
與屈平惟不常見夫芳草也故有愛惜華□之情焉如其易生
而盛多若蘭艾然則不鋤之而已矣其稱焉人之有君子亦若
是□□與人家心同也及其降萌裹則又若異趣也詩書畫星醒
之心若□□□人之情 蓋天地無心而有運化運化之盛則天地
人以至中世以下之士各道其斷遇之時然耳非詭與詭也聖
人自孔子而始不能無憾乎天地於是而為空文以裒焉鋪焉
以慰夫人之心焉嗚呼裒焉鋪焉其果足以慰夫人之心耶其
亦無所自用其心而姑為是以發其憤耶其猶愈於吾之芸
吾庭者耶

鳩州墓誌

先忠貞公臨終命嗣子
若母同矣其歸我于稷山之穴嗣君不敢遵窆如禮獨念所
生沈夫人不克祔謀遷其藏而合之詢之形家皆曰稷山穴
道小宜偶不宜以參鳩州吉不下稷山宜勿遷嗣君乃止然
用是恒缺然益以爲慼盖稷山者公前配擢夫人之墓而鳩
州之藏實維我沈夫人今嗣君建昌帝吊于天重嬰大
故僅而不死火曜日晤瞀不可理文字無以識我祖姚之幽
堂以徵千秋萬世以無廢我先父之思乃敢不揆陋緩爲
文使二弟達昇晝書而鐫之石夫人籍青松領敦寧銅之
後學迂館之女年十九歸于我我先祖考諱□

曰毅則興室死則同穴室既與
贈曰貞嶽建昌生也晚不遠事夫人不能詳言夫人事嘗讀
祖考祭夫人文育曰柔順寬綏黽勉有無不見喜慍之色有
曰嘗倚舅姑疾以粥飲肉湆置爐窯火候不失溫熱疏數之
宜大冬祈寒藏疾而微曉不交睫者累月有
曰病浮脹苦惱極而末命嘗言不敢輕兩盂飯但抱一孫不
至今常常夢吾猶衣垢獎不能離井竈閒何時見吾母不
苦貪先妣嘗謂建昌曰尊聞姑嘗言之之文可以知夫人之至德
無恨而竟不能待矣嗚呼於祖考之文可以見吾先父母之言可以見吾父
於吾先父母之言可以見吾父母之至痛○建昌又何辭之加

今上之三年有江華之難公殉子義　贈公領議政夫人後
焉始窆夫人于星斗十年形家者曰坎有水害之良然乃移
其距星斗隔一巘距稷山三十里距沙谷本宅如稷山
今□□地俱屬江華夫人有一女適東萊鄭其賢而无育憐之屑
于鳩州之黨坐立相望於法宜附書效書

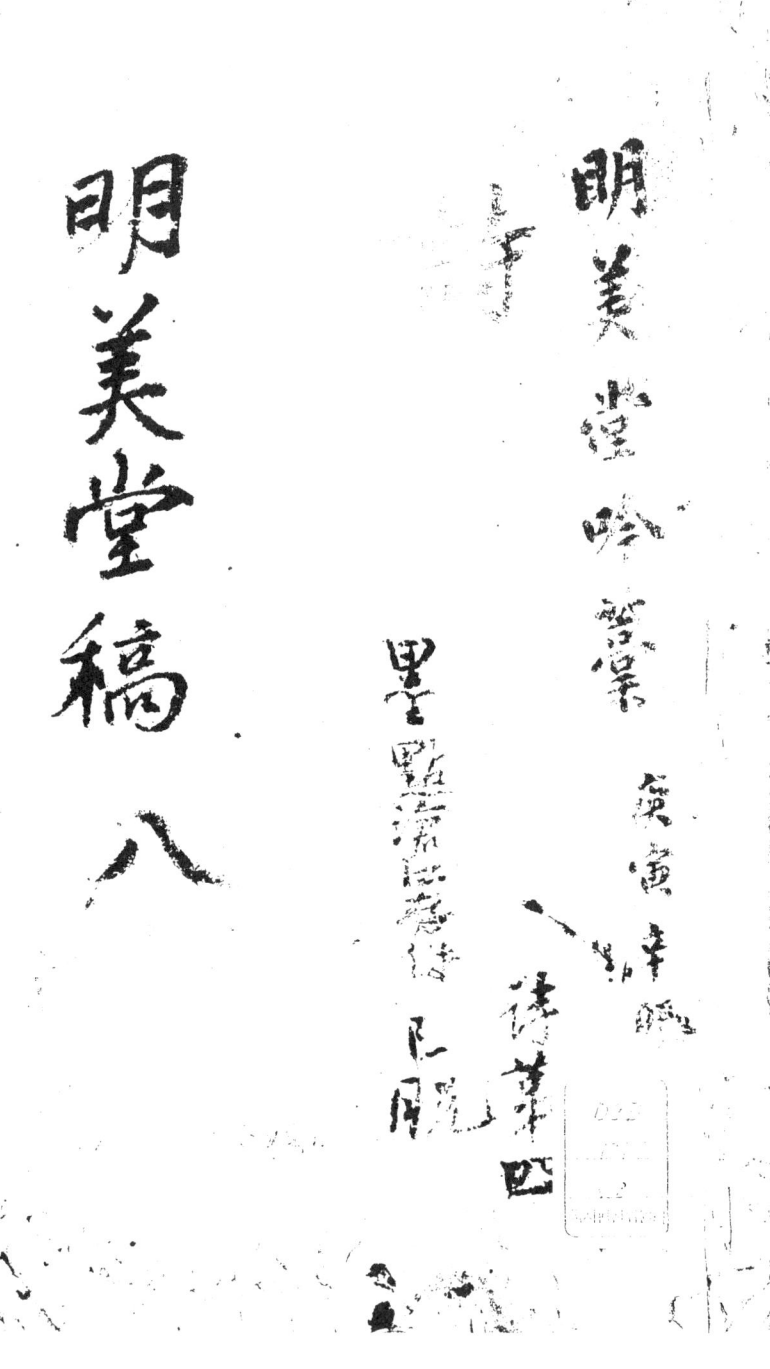

明美堂稿　八

明美堂吟藁

七絕

題〇荷亭南遷集

睥睨千年不數豪繽紛蘭佩被江皐怱須喚入明光殿

未許文章到楚騷

聖主恩深作本師

鳳泊鸞漂只尺時文章堪造一生資不應更說江山助

題永海扇

自從談學少情朋千里能來見一僧夜坐無端更怊悵

蕭蕭白衲隱青燈

古次雜絕江都古號甲比古次

穴口青山古甲比潮来潮去浸羅麗只應猿二羊三水
羊三猿亦二月黑復如斯古候潮詩
直到千年似舊時

檀家父子不多才只愛登山攬石堆鼎足峰頭望海去
鼎足城檀君子三即所等犁星壇檀君子祭天慶
犁星壇上祭天回

蓋蘇文去已千年鐵甕山頭飲馬泉奉氏兒孫俱寂寞
高麗山頂有蓋蘇文飲馬井倭人以
龍池水涸漸為田鐵釘鑿之其下有奉哥龍池

天竺胡僧五色蓮東西南北去飄然只令梵宇多零落

何處金鰲是半千　昔有胡僧登兔口山散五色蓮花隨

五部三抄簇兩班鴻來燕去幾時閑前朝宮闕無人間　其所隆各建一刹崔璃建半千金鰲

一片殘鐘見子山　麗朝避丹兵嘗以秋時遷江都見子山今亭子山有麗時鐘

羽佩繽紛下九霄神泥洞裏夜迢迢不知青木成黃葉　麗李禱于神泥洞有三韓作震語

猶墮三韓作震朝

春江氷破暗塵飛想見年年舉玉衣蓋骨洞中黃土冷

四陵流落二陵歸麗朝入瀋輯遷諸陵于蓋骨洞今尚有四陵

假闕離宮處處留八關燈會不曾休金仙寶塔興王寺

直到天窮海盡頭

燕子雙飛住幾時江潮相送到黃驪梯蒲宮外無消息

草沒員州水兩岐州辛耜之遷與宮人燕雙飛至尋徙驪

亂離漂泊九齋生勝事猶傳燕尾亭亭下春江三畔草

至今還似于裌青燕尾亭九齋生講會處

孫石墳前石角欹行人長祭舊篷師不知身為風波死

猶作風波記歳時十月二十日俗傳孫石死日必大風

閔氏輀車尚宛然至今欲入寺門前青天碧海休怡悵

大士西歸五百年元時涵虛得通東來修道于摩尼山其妻航海至化為石今稱閔氏嶼

憑說風流李政丞白雲遺地尚堪憑更憐紅杏村邊叟

靜坐惟看息影僧（李相金報家居白雲洞李相函號紅與息影道人為友）

曾說紅頭畏白頭窓梁何處夜焚舟（桓二八十黃莊武）

屐齒猶堪蹦馬洲（崔瑩號白頭將黃莊武公衡嘗言朝廷以我為木屐晴則棄之）

想見騎驢側帽回櫻桃坡暖小堂開自從宦柳鶯啼後

誰向權君進一杯（櫻桃坡權石洲寓居）

鄭公開府想風流吳帥賢名片石留最憶松亭道傍叟

閑提一字却千舟（倭兵初泊松亭問地名即引去吳帥宗道有去思碑鄭松江以體府住沁）

卅樹連天牧馬空鎮江山外起秋風燕雲萬里無蹄跡

恨煞當年伐大縣（鎮江牧馬有伐大縣者 孝廟所名）

濬池

飛鍪動鋤一村傾疏鑿陂池不為耕山史自許還自悅

分無識胝到書生

滁刮應須盡底休水泥瀝瀝過人頭斬殘惡葦根如蘖

截斷驕藤棘似鈎

景晏休徒事寂然夜涼齋閣未成眠不知半日怳何事

臥想新池正出泉

誰敎門巷儘除治草色苔痕減舊時不省朝朝勤步履

面前常有一方池

范涉陳蕃風昕期近知黃憲最堪師臨風觸忤平生事

小試澄清五尺池

涇清渭濁不爭多終奈人情計較何欲倩靈均問漁父

涊泥何意又揚波

懶臨明鏡已多時愛賞青瑤立故遲不甘便認觀河面

莫是春風皺水吹

池北池南盡綠陰芰荷千葉覆池心要編手掣金鱗起

預喜無端笑不禁

　　生日京寓志感

漢陽城裏雨漫天孤客昏昏醒醉眠怕人知道是今日

無有人知私更憐

古洲留贈宋景寶　校正

幾回來泊岸邊舟此夕初登屋後樓賴是不曾經宿處

燈前禁住淚雙流

沙邊瓦坐看行舟舟轉青山不見樓惆悵知君樓上坐

東邊日出水西流

燕尾亭

一江分作兩江天相送西南萬里船燕尾秋歸春始返

江流潮汐到亭前

、村居即事

過雨青天萬里長西風巖壑動微涼片雲不肯閒投歇

閃向山南作電光

楊柳陂塘雨洗塵芭蕉庭院晚涼新蜻蜓得意千嚴舞

蝴蝶無情也一巡

野雀飛三掠水田茅棚人坐稻紅邊驅來驅去慵無力

一笠婆娑植杖懸

水北人家大柳中四圍青綠畫濛濛茅茨歷歷畫重重葉

穿漏難聲度曉風遠

黃魚自擲礙筩腰紫蟛橫爬 不度橋憨愧江神遠相餉

門前一日兩時潮

刈麥經時放地空一犁翻墢曝陽中拋來雜菽蔓菁子

三日青三已見功

一穗青燈滿壁凉秋聲唧唧撼眠床野人蘿落無藩籬

七月莎雞直入堂

一 題警修集

飛騰意欲掃麗羅合喚詞塲老伏波莫以新聲例溫李

風雲原自茂先多

運化淊淊日遠眞生才要不限燕秦吾鄉前輩多心死

不信中州盡古人

一　京寓自嘲

不看經教不題詩掠酒人家日賭棋省卻山中多少事

倒應閒處是京師

　　苔荷亭

老荷居士黙如牆筆有江河不可當巨眼已厭天下士

綺言聊發定中狂

不見斯人不笑歸荷亭贈余原句寥三天壤事多違山山許汝

容相見莫向街頭叫客稀

　　食秋風湯

除是一盌秋風湯

京都燒肉滿街香海上山中不可忘舌根商略舊時味

丶諸弟同人會于傳燈寺拈聯若經應無所住而生

其心八字以生字見屬時余京寓未歸

嘉俳時節好江城稻頃黃蕪柿頰頳下展家書如讀畫

秋痕無數字邊生

峛元三峯氣色生金剛寶柝等詩城四千年後遙相望

不羨檀家舊弟兄　寺在三郎城中

巳判丘壑老吾生海嶼村〻足耦畊便合共尋高士傳

只愁文采使人驚

落木空山歲幾更廣陵八月又潮生院堂賓客秋琴侶

靡坐猶堪運巨觥　屬林海士承翊

三郎城外野田平不見長風吹浪生信有文章堅固力

韓山詩作海潮聲樓下長風吹浪生牧隱板上詩句

何年滄海殖長鯨碑面蒼苔日漸生直置征南與湛車

不堪回首更論兵　時余方撰梁大將軍墓銘

靈璪沈沈瑞靄生游人長是繞廊行何當乞置湖山局

手校西京七略成

盛世羲林亦傷英西峰瓶鉢鎮東瀛半擔粳米三升布

落得兒孫做一生

洽于妙香山逢人泛面情智公通度寺僧智宗解義也聰明年

來結識多如許四十無聞畏後生

心忘心助不多爭無住如何也有生蹋破芒鞋遍天下

兩家公案幾時平

泉香居士食貧久矣有以重價購其梅柳二樹者

不許余聞之讚歎為二絕 _{泉香徐廂韓生}

大門之外摽使者側帽遶回廊下不敢輕視萬金錢

楊柳梅花實難捨

盡日清齋坐小龕時聞廚婢語呢喃絲絲楊柳裁衣好

粒粒梅花作飯甘

＼秋事二首

廣庭量穀唱籌高爛杷黃雞煮白醪樂歲鄉隣多意氣

科頭箕脚捴人豪

屋頭堆葉積穹窿萬壑秋痕一掃空銷受三冬奇暖福

杜將搖落怨秋風

一　綠泉亭　<small>亭舊為某妓居妓有詩名亭今為外國人宅</small>

洛陽城闕尚清時何至梁鴻動五噫一種顏仙情已忘

眼看桑海了無悲

南山一帶好園池苦憶披花藉艸時善馬都歸究母寶

佳人誰贖蔡文姬

阿誰撞破好家居夸甫諸人盡有餘百丈金堤化平地

可憐精衛欲奈何如

五律

神貞王后輓章擬作

聖祖稱佳婦　名門出女堯
德容思媚日　風化代聽朝桑
海中多闋梧　雲久已遙艱
難須降任玄　緯黙終昭
虎旅延軒獵　鸞司抗晃裘
泰山宗祐重　膏澤八方流
事寢慈雲欲　年深愛日留
文謨貽　聖子元祐詒堪傳
是歲嗟何歲　先庚作後庚
欄花應自好　笙鶴儼相迎
清廟他年右　玄堂此日并
神武雖莫測　四德本終貞

夜與衡伯論學因留飲甚暢朝起以此寄示

節情亦豈易昨夜情如何燈落遠鐘動月明涼露多析

微終近鑿攄憤似工詞起視瞳之日那能心不波

● 博山呂老園留題

心健人無老年深地自治澗泉皆識道花果少空枝釀

久應須客書高欲等兒醉歸思美筆煩借石榴皮

● 今晨 ●

今晨殊懶起臥問外寒多曉薄窓疑雪風砭野盡波彈

冠期報國聞近日社中鼓箧會攀科宴坐妨禪力飛騰

意欲過是日諸薦作科行

廣城曉發

晏海樓前發潮來日未生店留孤客夢舟動異鄉情野
曠烟為水山寒雪作城篙師真可飲龜手劈冰行

宿金浦縣之中賽神甚酣不能寐

小縣多巫覡寒更鬧遂蕭鼓音渾帶醉鈴語暗巖嬌薄
雪鳴如葉長風吼似潮挑燈不成寐雙耳一何囂

雨中同荷亭

雨美春江活人慵畫景舒隣墻時過酒巷路不通車長
孺頻呈告正平稀鷹書陶然相對醉明日復何如

冬夜

此嵗行將暮難為遠客心老知冬夜永寒憶故山溪薄
雪魚微雨遙鐘遞意砧聊將一樽酒擁鼻作微吟　竹賀李修堂

恭遇　東宮攝裸大報壇禮成述事　升資

剡三　皇靈降依依天語聞大藩長福澤　宗子信溫

文雨立容無襯香升禮益勤陪臣俱東節嘉汝亦仍雲

攝裸頌　陵廟　皇壇事更嚴風泉紆感慨星海徵觀

瞻帳幄高松并笙鐘細雨魚遞知李司諫樽彈荷恩沾

修堂時為執事

西江、

大峴踰踰初豁西汪眺已涼萬行楊柳綠一色薺花香晶

晶明沙磧戔，出帆檣晚來颿便好徑欲下塩倉

臨江卜一宅一宅背江戍栗臺窗中入牛山廡下橫穿 鄭鳳卿寬

卿兄弟宅，

幽通屐屢滾熱敞軒檻不讓雲間好機雲是弟兄 鄭鳳卿寬

偶為洲渚客經過屋東西四月涼如雨三宵醉欲泥景

繁人意寂天遠水光迷隣樹應相識新鶯只漫啼 居也

吾家恭奉作近代拾遺風寒亮來天外安和入眾中鱸

、銀臺直中生日

濩落悲生日蹉跎失
職李自從孤露後初
近五雲邊杯酒從僚
勸鹽飡仗弟傳含悽
不能語心羨左宣

余同方為左承旨尚
其慶也

船波漾〻鹽市雨濛〻隩括江行句清游今古同
遠渚燈光薄高窓露氣渓眾賓皆入睡一客獨行吟科
舉頻年事江湖此夜心誰知箑笛裏揮手動清琴松屬二
寤〻江山宅英英宇相孫蠹編空歲月漁艇是家門消
息徵天道扶攜聽國言因悲天下士多少老林樊過趙

大宅閱其中術文字

月夜至景銘宅喜其清幽留題

朴鎮□

君家来往熟初到月明中嘉木交相蔭閑庭似不空烱
明窺烏雀高上絶蚊虫合有新詩好清宵曳履同

看畊

雨浹犁痕土勝酥　老牛行穩省人驅
知時布穀元相勸　盡日飛花更底娛
沙州翻埋歸雞糯　井泉疏納貯澄鋪
曙餘粒粒黃金子　閒擲閒抛看似愚

淨水寺曉妣

高林爍爍洞初明　遠霧濛濛島未生
一鳥飛鳴開不去　眾僧眠起寂無聲
家居盡日惟禪味　寺宿連宵卻旅情
聽說名山私自念　只留婚嫁絆吾行　是日與雪岳僧談

哭雲裔丈軾

風木餘生萬事悲重閒公計淚潸衣不論古道從今輟

直痛時人慶我稀巷哭盡傾金馬出皋呼應向舞鸞歸

空江渺渺傷春目黯數送程到夕暉

康成詩禮過庭聞載酒初年見子雲雅道魚牧江左義

清詞本出建安文身慳科第諸即得手洗骨胲百姓分

惆悵平生經濟意心為循吏報　明君

留客

綠陰如海畫關扉首夏多涼未裌衣雨後池高侵柳臥

林中日正耀鶯飛雞豚散食遭呼懶僮僕酗眠後用稀

一事閒居堅約束不教佳客不吟歸

清溪洪進士丈軾、

鐙子山前日色曛寒驢嘶破過溪雲一鄉四顧無先友

十日重來有短墳刻記碑陰悰子厚治喪廳事負希文

如今四大離塵障客至三呼定入間 病中耳聾以筆談

、初夏即事、

蕀藜花發松花落潮減今年雨未慳刻刻稻秋正可念

離離梅子齊堤攀出窠乳燕領褑好登箈大蠶頭腳頑

橋上行人有詩意　將驢不去看青山

卜題二堂哲嗣記注範世詩卷卷名和聲集

十七年華桃李榮　春游不放馬蹄輕　登朝的々君王
眄下筆暇三父客　傾興日全憑獅子力　清時久待鳳皇
聲止竟文章關學術　留川爭似廣川名

一與二松同舟還鄉次韻

亦不甚思故鄉回　欲任其如非世才　多載好書好酒去
況有同姓同舟來　日雲相駁水無熱　江海欲交天自開
漢上青山望重疊　送回船舫留樓臺

夜泊汾津江口眠水涼人靜思悽然濛濛四際不成雨

歇歇一燈何處船卧起消搖可永日去留錯莫非曾年

短蓬虛白上微月艙底潮生當復前

燕尾亭黃莊武故宅鼇頭浦權忠壯別業周覽之

餘慨然有作

白波噴閘鳥頭浦紅樹啣誰燕尾亭但使前人破蝴蝶

骨教此地引蜻蛉清平廟略輕天險寂寞山光閟地靈

惟有漁郎慣潮汐雙槳入浦雨濛濛

博山呂園同二松檀湖讌飲

蒲萄架上子初垂薝蔔花開葉滿池解帶招風林駿綠
飛鶴踞石水恬漪細惠京洛應無有未害漁農得自私
向晚紛紛衣影散一規明月更相隨

送二松還京寓

扁舟同載過江來一榻相將破夏回未倚前期輕小別
偏憐久客困多才垂綸晚浦魚籃重射覆晴窓蠟紙開
後夜相思最何處石溪明月照登臺

荷亭宅月明因出步大街次韻

月光穆穆無東西屋裏眠中各自迷夜久與人如更遠

天涯相報莫教低　林叢灑浙滎毛羽　樓閣縱橫寫牖題

便欲追隨過城郭　江村喔喔有雞啼

二松將游松京次其韻送行

百穀如雲露下清　野人時節旅人驚　大湖天遠寒潮落

京國風高數鴈鳴　索米正思家食好　拂衣還作壯游情

行二到我題詩處　寺映楓林瀑撼城

憶金于霖

吟回楓葉渺愁余　夢伴梅花閒索居　不向虛空跨縣騧

安能滄海掣鯨魚　長安紙貴傳佳賦　嵩少山青貯異書

聖代不曾誇羽獵雄文久已過相如

翰林承旨譽如雲瀟灑風流獨有君平等觀時無冷暖

逍遙游處自朝暉銀杯灔三花閒送玉局丁三月下聞

、寄贈逍堂

不用重拈仙佛語胸中應已掃紛紜

寄贈逍堂

尊公不樂二千石長子初登中執珪百姓攀援留未得

全家慈孝穩相攜厨愉有暇惟讀書卷履屐猶稀況馬蹄

我每見君心内作曩時游戲日東西

初春赴京道中

出門天氣暖於家未害輕風掠帽斜雨滿陂塘喧放閘
泥融村約露橫槎群鷗誰與報新水老樹馬能忘一花二堂贈余詩云戀
惟有故人知此意春明門外是江華
主有時入洛陽春明門外即江鄉

奉餞族祖大將軍察理耽羅

漢挐山色繞　天閽一夕鯨濤靜不喧宿將何曾煩吏
事島人應已感　君恩西平久佩安危壑充國溪知利
害言聞說中秋南極現福星雙耀瘴滇昏

心似清氷跡似雲四方宣力伐　明君家人不識何官

好邸報堪令異國聞蝂戸月明村有語鹿潭秋霽海無

氛南山偎屋空樽久且喜梨花䴬暫醲

○候　蹕東郊同荷亭小石過開運寺是日重九也

霜露凄凄氣已凝川原渺渺恩難勝寒花尚早繞堪採

野寺雖低亦可登九日樽前多作客千官隊外暫逢僧

憑誰共說開心事師魯原明是友朋 尹相湖

○次荷亭韻自属

偶到城中試宴居頻將今我較吾初略通時務情仍勘

強學官人體本陳藥裹封題麈訟筆梅花贈荅束螢書

商量也是消閒好只恐　君恩又負渠

〇荷學宅賦水仙花

琉璃百頃是君家錯到人間喚作花艷質自持從晼晚

貞心相輔免欹斜誰教遠道凌寒雪倘憶澄江帶晚霞

一例水仙無住着今年吾亦在京華

〇寄題朴壺山楓林精舍用原韻

不是丹山定女牀嘉聲調〻被崇岡醉人改服尋他逕

儌子回容心近傍進善堂風流今未遠懷仁山水古來

長無因得借停車地坐嗅楓林葉〻香

西江〻

龍山三浦到楊花從古偏憐栗島家有路何曾芳艸斷
無山不向碧江斜帆来天際遙知㿻漲落年深疊記沙
莫怪臨欄惆悵久舊曾黃帽共生涯
偏憐栗島家㕘奉君詩句也

嵬冠〻

嵬冠濟〻講唐虞何至區〻辨五銖王行自應無俗物
賈山難道是醇儒時人拍手嫌輕脫聖主虛心恕姜愚
且待春醨低價賣騎驢歸去掠青蚨

送崔切曹幷梁邑諸人 庚寅

門內遂無哭廟外徒沸涕五日及喻月琴歌禮然豈吾

惟撫哀應雛韻寧為詩天地老無情此恨當憑誰說：

眾君子遠自東南隨惟梁我儕邦坐向猶避移奈何移

其人至慶發衷私皇穹娛不孝罰絕非倫夔獨令畏罹

民乃過朱邑兒噭噭朝夕臨聲憾海雲垂哀汝何人

春服走京師餅餐羅囧覺范冠蟬代綬心肝則尚有刲

骨能忘之至今竟不死隙駟無停遞豈知千里外復共

三年時瀛之水沄沄鐵船劇電馳陽侯泣精誠萬波慘

不吹鄉遠戚友寡世踈賓吏衰堂宇一夕臨四隣動驚

咨及事具有鶯箆甀將所宜香升淚滿沱肅如聞歎噫

嗚呼我先君實具廊廟姿九年五符竹所向多薄庫諒

無文度賢孰知懷祖治高車一丈葢得由敲榜資懷仁

獨不舍永世為人悲即微觀眾情何以明有辭感懍陳

此篇請君歸自持人各示一通餘勿復煩為留傳到後

昆或有相酬期

一次韻答二松見示、

冗窶謝公事孤寄稀人問開緘讀新詩忽若春雷奮迅迤

迤海西南相距介十郡長安豈不好能令遠著近士方

貧賤日詎能無感憤奇氣苟蟠胸苦語必衝吻而子獨

不然似不驚聲聞舉容數千言一心皆可訓中世久不

振瓏畝逾蓆謹傳薪自有火何待隣束縕良金恥自躍

大王無終紐洪勻播坱圠亦各固有分名利善醉人日

富不知溫子其愼所之吾計惟歸隱扶搖六月風臥看

天池運

、大谷夜歸、

哭左南遷使仲侯

赤日隱西嶺遙暉散林樾清風四山下沛若雍川決松
陰已半黑石面尚殘熱泉水何冷々鳴蜩更咽々視收
聽邃專款云群籟歇驂驔白帝駕未至意先洩況兹攄
幽險夜氣易蕭瑟為歡誠可念所遇固有節山魈與木
客匹畫無相奪且歸掃廳眠還汝山中月

送曹東谷副使入燕 南康

昔為小行人綵袍如草色煜々黃金帶今充大宗伯遷
來十載間不已勤于從榮塵被熱路西過章有德々君恩
既如此勠力爲可惜惟應渡河日悵然照髮白

暨三夏興公嚙雪邁漢使即今北轅路伊昔南冠地艱
難伏菩節分定專兩事遂令九種陋黲然號禮義天道
有消息忠信昌二致春風滿瀋陽來歸喜容易
中東本一家已久非今時況值世多故義與共安危徼
惠旣云厚服勤亦靡鬱論三憎多口詿是相然疑嘗聞
柱史言大國下為宜倘遍贈策人為誦角弓詩
曹李世同好善書点俱有姚余學未暇當世無君右自
從北游來新意發運肘家難豈或猒外人資兼取由來
仲將簞妙悟再觀後及歸看奮筆更透一重節

憶君初奉使　邀餞南山側　雖無百壺酒　歡言以竟夕　今
我滯荒濆　獨阻帳飲席　含辭憑弱翰　懷緒甚遠適　重念
舊游人　忽爲成秋柏　余已負疇曩　君亦無此客也_{念此山}
報國一事無　文道耦未成　風樹六載餘　媿人知有生歸
眄海山曲　書不到春明　故舊豈敢忘　因君聊寄聲似聞
徐張傳雲衢　方彙沍落三　江湖士幾人　還在京

答錦澳　李元秋沍學人

蓬廬掩風雪　歲暮何所憶　惻愴多先故　其次舊相識　豈
以性情加　漸老良非昔　舊識亦不多　各在天南北　北有

吾宗秀為人清且直實游吾祖門時余甫勝情佳句輒
相酬好山必共陟中間不可數大抵多離隔余從大夫
後觸事憂悔積子錐擧孝廉衣布髮盡白俱為黎蒸民
鍾駟更何益外至況有命尾注唯金憨羨子氣軼～翕
甚學途殖遽為老杜詩且通程叔易余亦頗仙此恨未
對剖析遙～一千里共此晨窓色今春獲暫遇怳惚如
夢覿余眼淚而紅君面病而黑呼酒悵無有遠近同為
客長安吁可異冠裳混禽狄縱今身強健知君獻偪側
永懷君家傳義勇千人辟頰眉照肝膽至今猶雙鑠子

謂余能言丐辭塋域縷縷孝子心織為一匹帛幣厚
情詞苦感余重戚戚凡文尚體要尤謹碑誌式易寫萬
本紙難鑱一字石今人苦不曉但求盛譽飾亦不問誰
名所誇惟官職字多刻工愁費重金不惜朽壤有時崩
斯文先剝蝕道長世苦短為知此無力余辭雖不嫺賀
素無丹碧尚賴君孝思護持壽不泐文成父未壽書來
遠勤覓致書者誰子不問吾已臆口致父君命跪趨野
巾服試問何旷業出語更怕憚春夏長在田讀書以冬
夕昔余贈君語徂徠及桐柏即如董家兒未聞肩籍湜

何必世文章竚貴存謹敕關南賢刺史標證著一國殳

士重經術具見古典則露冕初下車儒珍已在席即此

事已佳聞之如有得重念歲不易何以羹艱食貧固士

之常襄疾恐難適所冀厚自愛努力以崇德咸關嶺高

高天遠溠無極臨當送即歸凍路怯單隻緘書付銘蘀

餘懷尚千百聊復綴韻語燈闇姍歌墨

、十一月十五日大雨作、

小雪及大雪氷無一片成虛陽不自匿澶漫游氣縈往

往數花開羣三百偽鳴司寒惰不肅縢六奮請行飛揚

始欲下骨癭奄銷精龍子三十萬顆顆何崢嶸潰師無

所歸各欲樹切名引手羨天瓢恣意翻四瀛舭觸泰山

石喎喎土囊聲風皆東南至雲盡西北近我年未四十

於事實少更但聞四時信夏潦冬霰雲鳶知堯洪水乃

值周建正石破青天漏鰲折赤岸傾森三萬銀竹動溫

修羅兵林梢濕鬼愁野割漂鷹驚夜久勢益健瀑溜下

簷榮墻壁壞田三屋茅竪縱橫錐無霹靂響自作雷硏

司不讀五行書休咎安所程幸且非農節未用煩祈禜

輾轉坐達曉風心雲漸晴朝起望前堤高下一以平大

波軒欲舞積水昏不清揭屬則已勞舟楫利誰爭五湖
與七澤湘然起遲情行藏不繫時出人徒守貞躑躅雪
中願無乃東郭生

、贈朴鳳朝先陽次其水光樓韻、
五色水無當而子得水光垂首戲連漪愛之過紅妝因
悟文章妙玄酒本濫觴後來味苦奠浮濤糅辣芳吾儕
翔生晚衆說方如簧聰明詐可恃割烹斯爲剛蕩蕩馬瘖
不驕旅旆自央央游騎錐縱橫未思抗楚良伊余久懷
此欲濟川無梁賴子海強輔勝似邵與揚子雲待子雲

堯夫呈堯夫皆甚無聊之辭也今鳳朝和鳳朝可以相

視一笑故曰滕似云

＼金坡

賤臣承 王命往視咸興民咸興人洊飢大吏庸且昏邑

豪嗾市民謂言將訴冤叫呼遍公堂道又研殺人斂魁罪洊

敕隨從如律論 聖主念元元誨論既諄諄選遣好監司

末至民已欣此如一瘡孔瘡合肌當新北有千萬瘡其患

難具陳請叙沿路見永興金坡村村名自古有可知寶昕

存運来觳礦司大開財貨源有夫擁節旄自云酬 上恩

收聚無賴于匕命姦盜羣日日事椎鑿鍬鍤如雲屯卽

此金波村開礦已十春金盡坡亦平所得惟沙塵何以

樹無花其丰摧為薪何以井無波汲多泉遂埋況聞山

谷間骨骼委荊榛蓬顆失所庇雨立愁青燐閬家好兒

女繡襦紅羅裙衆髑棄之去宛轉道傍呻嗚呼大亂事

乃在清平辰此亂苟不祓咸興烏足云　聖主尚敦樸

本不貴奇珍一民與尺土何當萬金銀芘囷雖或廣可

以許貧民陂池雖或大決之被隄眄獨此開礦地害甚溺

與株耕者無隴畝廬者無墻垣即令悉還主百年終荒

陳荒陳例蠲稅礦地稅仍存戶丁已逃徵責開功陳冤

苦復冤苦官吏不見原遙之八百里何由達　至尊大

我　宣祖訓無令鑿混沌

（以下草書、判読困難）

七古

耐過紅泥鍋綻仟少斗馬尾歴頂事必何補神亡守勢心我辟此能
乃捋讀君畫意此巻上吟得人採入風謹跋奇圃

、戲書贈北青李肇天應柱、

青海七月潮来青漂搖萬室聞龍腥廣川草堂浪淘去

壁上之書化為萍草堂不惜惜草書李君遠来胡為乎

北風正喧叩門惌面凍燈暗久乃識坐定聞君道此事

使我不能無愧色古人文字有神力入火不焦水不溺

陜州之碑亦退潮至寶既在消愚厄我書綿弱如春蚓

噫乎何以宣防塞聞君等室新壁茨高堂素壁頹連漪

何用更添癬疥為蟛獺蝦蟆必笑之雖然無以報君厚

我姑放筆為長句我詩或者勝我書佳處不落古人後

君歸十襲藏篋笥間自令君家安如山風濤不驚百穀熟

楓林社鼓清且閒請君以此為契券明年此日重相見 同日得景謨于霖書喜甚有作 景謨廌也

○ 呐嗒篇、

呐谷山人本不呐嗒臺居士豈真嗒呐者吐辭鍾嚕呍

嗒者噫氣鼓韃韃噌呍聲相應啄鳴之徒徒噂沓

我每瀏誦二子文退懘巖藂頻摧拉憶昔長安好事多

花時餉糕佐蚶蛤南巷春風媚綠蟻西曹夕月妬紅蠟

我時結客遍三韓尒曾遠游燕路踏獨與二子交最驩

于亦不棄愚嫫闒吶之枝嗒尤無閒憐瓊不翅鶼與鰈

吶者為學晚更苦脇不治牀膝穿榻嗒者近亦入城闉

通衢大步清風颯二于出處小不同要皆炯然無塵雜

鄭玄方開馬融帷朱雲冝掃薛宣閣嗒臺截臬峰嶂環

訥谷窈窕楓松匝我亦今為廬中人不相聚首盈十臘

申經桑海各漂搖并纏風樹餘鳴呃月化日遷老將至

計年非復前廿二子惟我久不飛豈不欲飛羽毛塌

屯骨自知仲翔虞狂態誰恕次公蓋蛾眉嫭首各自妍

笑我攦顡長邐邐垂綸時在碧溪舟掃地日繞青林塔

室中終歲無佗賓漁人綠簑僧白衲今日欲雪天氣寒

正思向爐開茗盒門外剝啄從何至無乃陸犬與張鵠

兩廠書來不謀同呐乎嗒乎朋簪盍宛如夢中眉髮森

依如畫裏溪山巖誰家入座喚麗馬何處浮家游苔雲

好會不讓毗耶床誕說休怪麻姑檯却看惆悵是紙墨

封皮分明書入納巾衍袛可十襐箴剿劂那由千手揚

幾時復如昔年聚快若調飢逢歡噱我況廐詩久不哦

筆鋒鈍弱爲鉛鏢呐者嗒者余眞是欲荅不知所以荅

昔聞桓公思伐莒引領東望口不闓我今作爲呐嗒篇

、戲作長句　丶

厚卿去為直指使行郡督稅眉雙攢彥鄉去為二千石

迎拜上官腰脊酸我為京尹更辛苦日與異類稱交驛

寧甘格鬭暴原野口舌之爭難又難百蟲坏蟄啓新雨

萬花蓓蕾輕寒春江凍釋潮信入扁舟便可乘汗濴

海上之夫遙笑我大魚小魚登釣竿

丶泉香館賞梅歸後走筆書寄　➤

君家老梅約三丈屋低簷礙不得上高枝總作蔓藤

萬蘂無次紛背向　本自倔強為嬌嬈　苦遭春風不相放

盡情聊為爛熳開　學得杏花梨花樣　號國夫人淡掃蛾

見之使人心更蕩　七寶瓔珞活觀音　終是莊嚴端好相

醉歸三日不出門闈　眼便作看梅想　朝起雪厚天更寒

折簡走儀探無恙

、電線

五步十步豎一竿　萬里千里橫一線　但聞時發輕雷音

不知何處送飛電　電者二氣之光精　而今乃為人所銜

海涌波跳金鐵飛火輪　世界空中現鉅費　無論物力殫

妙思直擬神工擅機關排軋替翰墨聲勢煥怒當卸傳
極天南北東西外兩人相對談如畫邦交乎吸繫安危
尚利朝暮懸貴賤電去電來無不聞中間萬事隨旋轉
硈儒識字不識時謾列三古起羲結繩已廢書契作
俊出寧菜日增慶但念籌國有緩急察遠或恐迷睫見
暴客晝橫三輔市飢隸曙立九門殿　聖主聰勤曠今
古吾儕結舌徒貪戀願添此線千萬三萬家齊報登聞院
滇澥莽三誰暇問玉階前頭是赤墀

宿二堂行臺

錦江雪盡春冰開城上高樓為徘徊檣聲鴉軋聞第一

行人如雨過江來遊龍蜿蜒混魚服焉□知鱗鬣具風

雷僧廓燈火正明醫軍營鼓角逢遮巡知君此夜寒火

夢枕邊五十三州回大夫今欲報明主外此區三焉足

毄揚鞭跨馬恣所如江北江南皆坦路

○一記聞

五雲樓閣春盡長金林玉饌陳尚方　至尊巋坐當中

央　東宮白事　中官旁都御史臣妾且狂釣譽沽直飛

封章朝野清平　聖壽康小子監撫承天光南山北斗甘

露溪金鳳銀鵝集教坊內孁女伶導故常欣趨跛躃震
聲盲皢易冠者獨何腸關言葉穰襲偃倡鐸笑幼眇籥
難香蕩心感志流連覽臣誠有此國必止不然彼匪伏
吟晰語已跛踖復恐惶欱容屏氣立貟墻　聖人含笑
顧娘三珠衛帨豫王聲狼朝有直臣鳳鳴陽使吾夫婦
覩此祥一言可敵千壽觴努力加餐女相忘　東宮仁
孝順父王迴護垂寬崇隳良鳴手　純　翼聖護彰何
異華廣棋勸唐後五十載閱星霜　神母諭之耳目詳
戚臣傳語及臣昌拜稽為詩涕淚滂

此　純祖己丑　翼考代理時坦齋升公上書時事也

頃往戊寅閒我　太母對戚臣某叙述伊時事蓋外間

所未聞者而　太母諭之如此　聖意有以也烏乎吳

● 紀事

去歲百官頌功德大夫上疏天下議今歲朝廷議典禮大夫上

疏言尤直借問大夫何姓氏龍驤護軍密城李贊書不止

溧其身直欲身滿書中人老膽排座外生死高言照世嚴

君親漢陽城裏人如潮東風三日聲怒號西苑得試分

士南門趣召丞相朝應門洮二溫室秋外人莫測官家

意許史猶知蓋寬饒逢干正頗辛慶忌篤綏姬我將焉

用但知搖筆為歌頌歸與田間父老語太平萬歲淪　王誦

❧讀安正言疏

臣有韓愈佛骨表一封朝奏九重陛臣有秀家擊泚笏

請為滿朝恥一洗北廟之嬬何女子豈足為佛為朱泚

臣謂所繫無大細天地之義國之體嬬也樊惑聰明

主嬬也瀆亂神人禮眾盜以嬬為淵藪眾邪以嬬為根

柢又關朝廷三大夫往往身為嬬子弟事嬬謹者得官

去武縉金章或樹棨　聖壽萬年民太平郊社神祇廟．

祖禍此外求福福業有馮庸瀆祀費錢米漢壽亭侯后磚

落人豈至憑此覓酒醴英靈憤怒不可見臣竊為之代

流涕使臣得達此妖嫗應時蠻首裂其髒臣願 殿下

用臣言匭畀有司以洺抵勿令 清朝壞紀綱勿俾明

神蒙詭詆嗚呼正氣無時無在今日為安孝濟

全有遺訓不煩以約道非增損求則有緯睹者迷方逸迴而却徑趨敎孔

栻棣是與傳會其私以忿争謗詆生異同巧歷通跟脚泝流且今或起吊[illegible]

洛識裸云誰之駁孰居起任以究斯癡公自心得不稱師學辭不害氣

義得六藝之興百氏之博握乎醇真爾其精粕無非任附無爲把握

尤刃於喜師解窾[illegible]未知者嚴根枝葉皆識知之於行言嚴其卓在望不[illegible]

國無墨夏書而忘内全吾料玩世邪正宗情寧顧措公方外淺知誰存

負東維大學貝是酌問於事惠不虛其薄誰其比儗在漢之郭章邈[illegible]

[illegible]作頓絶是蒲肌癥公則盡遊不聞者猶愕嗟梁之以技蘇之[illegible]

[illegible]杳無涯泊我有其密貧不爲作來則隨緣去行可有晚歸鄉[illegible]

[illegible]寅無衣葉韓不充蓬中襟愈擇蔓園自娛陳書握[illegible]

非文章亦不苟作辭達意通所托自我棲府[illegible]出資[illegible]其一

四月八日

[illegible] 留連纏其[illegible]

[illegible]

[illegible] 道 [illegible]

[illegible] 公 [illegible] 首 [illegible] 不我 [illegible] 方期 [illegible]

[illegible] 長 [illegible] 心 [illegible] 遠 [illegible]

[illegible] 吉者 [illegible] 公書如花 [illegible]

鄭 [illegible] 安公 [illegible]

椒園先生 [illegible]

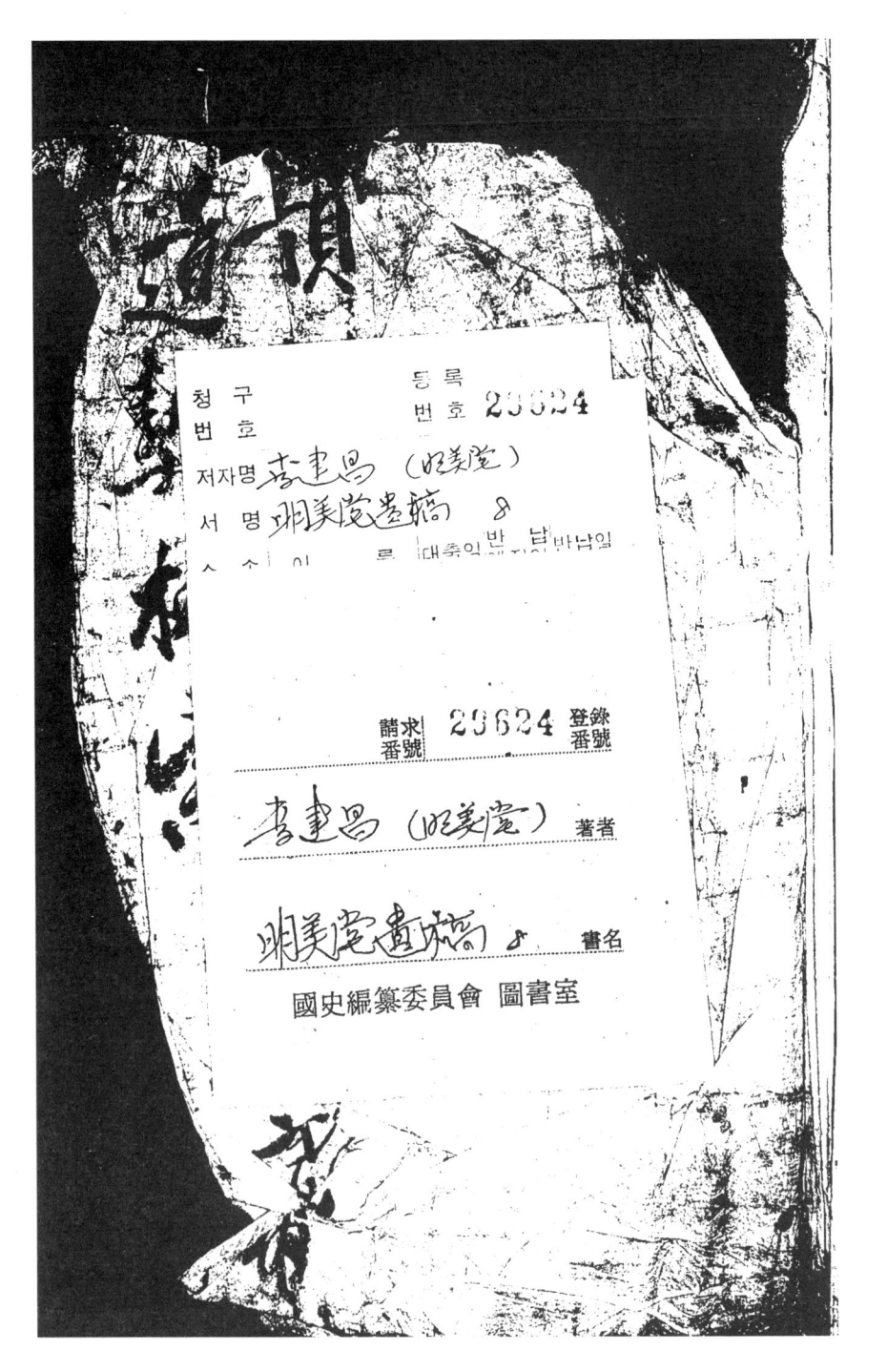

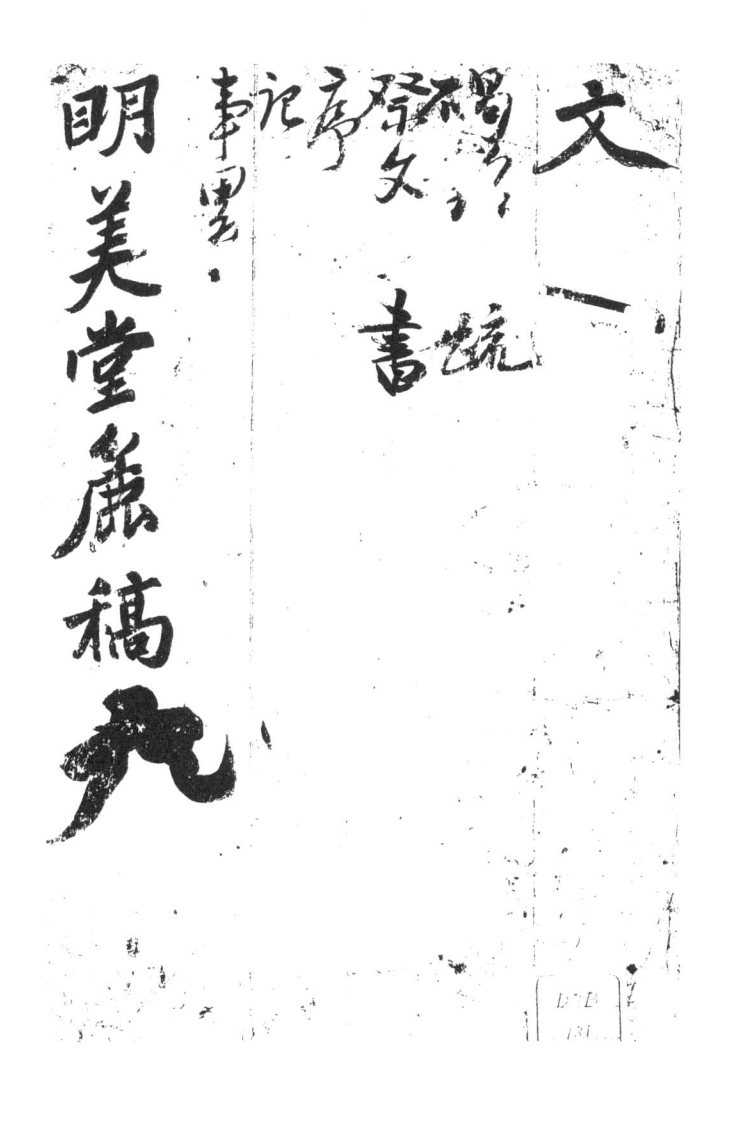

文一

褐文 挽

啓文 書

記序

事實

明美堂廉稿 九

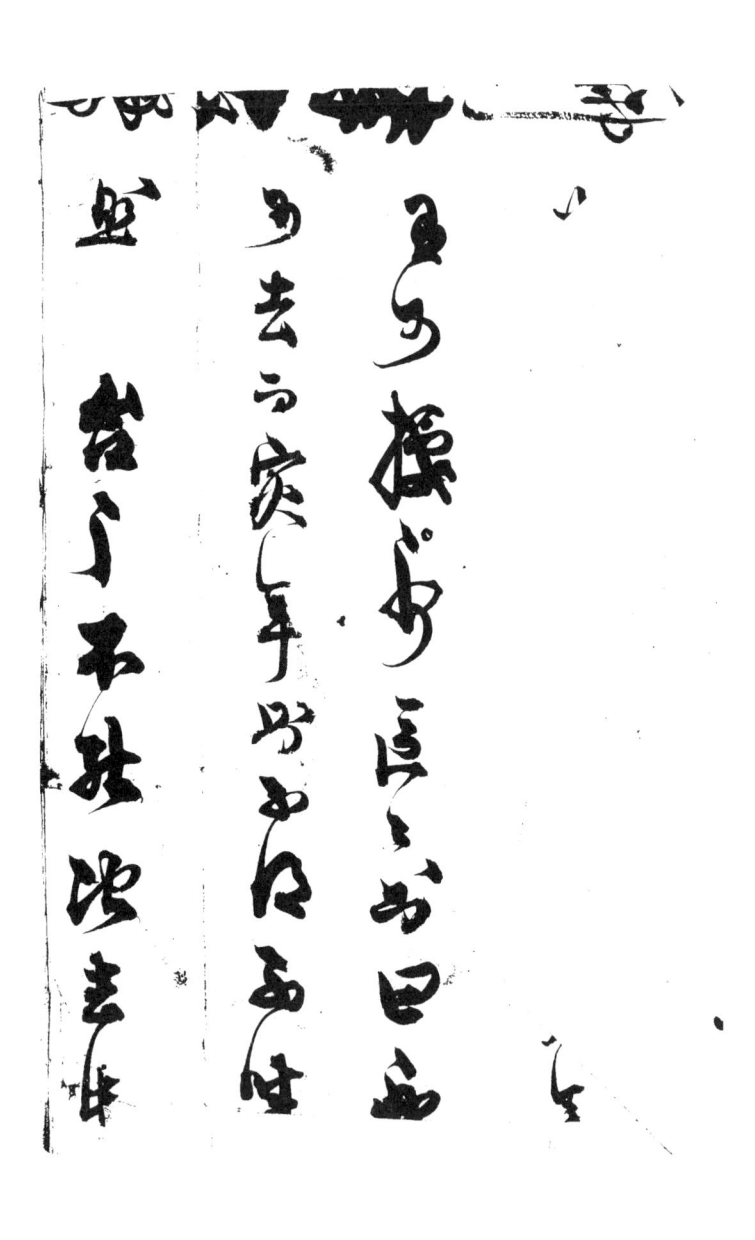

墓碣誌銘

乙 石田居士李公墓碣銘

當 哲宗之季年南三道之民大擾朝廷將革田軍羅之為

民病者發策廣詢中外之言吾宗石田居士家居獻策大畧曰

言政不自行待人而行天下之大非一人之所可獨治也萬務之繁世一

一人之所可獨運也苟得其人三政不足憂苟非其人將一

事之不可為況三政乎上下數十萬言間多激切竦動之辭

時令州府牧策以聞潭陽府使見居士策吐舌曰此文不識

忌諱遂却之然湖南之士無不知居士三政策美當 今上

之三年西洋夷陷江華京師戒嚴台募義旅居士為文與諸

宗族誓傳檄湖南五十三邑峙糧繕器星夜北上既入京師
夷已悉衆遁去而諸道勤王兵乃稍稍至方是時潭陽義
宗之名倡一國矣夫布衣之士既不獲祿位於朝廷雖欲開
口論天下國家之務舊臂為縣官佐綏怠其道無由皆無其
由而強為汲汲則未有不畔於中庸而為君子之所譏若居
士則不然　上求言議矣而以言議進　上徵師旅矣而以師
旅行矣謂天下國家之務縣官之緩怠居然為吾之職事而
雖欲已之不可其於道可謂宜而於時可謂得矣而前既為
庸人所沮不得徹聲於九重之門後又不見廣而還不能一
得當以樹切名以此觀之士之遭值類皆有命孔子曰不應

天不尤人若居士之賢必有以知之矣居士諱最善字樂裕

石田居士其自號也性倜儻有氣智幼時見僮僕之竊飲食

者掩面若無覩○長者知之問其故對曰彼恐見我我奈何

見彼其能容人已如此晚歲為親營緬得兆於靈光傍有殘

長吏祖塚吏以富豪聞人皆難之居士曰是在吾而已及期

致容喻於始築時容多縉紳高士列騎長驅而至吏聞居士

將侵其塚地大發徒守之既而偵者來曰未十里而止舍笑

吏白妄有侵人之塚地而列騎長驅未十里而止舍者悲解

而去居士以其明目築如禮既則往吏家涕泣自謝卒以無

訟其臨事好謀往往然也其赴難至京師宰相坐政府使錄

事勞之語小慢居士昂首抗聲曰公不宜待士如此宰相為
之改容謝左右觀者無不聳然難定有留居士者曰朝廷嘉
子之義且有以賞子吾已卜之矣居士笑而不答容去居士
歎曰吾本圖斫賊不則死於賊耳豈為干澤來我時建昌先
大父忠貞公方在殯居士遣其宗人某入江華椽文以祭之
按行視地利問城阨以陷與王師所以得勝之故具歸以報
居士曰吾事畢矣趣治裝南下後嘗以計偕復游都門一日
意有所不樂即解所佩刀投之江曰以此為別遂去不復來
建昌既知有居士而未之覩面其後與居士之子承鶴子和
善令子和以狀來求銘子和雅有文辭狀所載居士孝親敬

師以至周恤孤寡不倦然諸諸事皆井井有次蓋湖之學

近得蘆沙奇公正鎮而大昌居士師事奇公四十年平居動

以禮律奇公甚重之若是則居士之賢可謂有本矣然余獨

畧其他行而詳其材氣抑有所感者深云居士之先曰讓寧

大君實有至德避位以就封世饗不替歷順城君伊山副正

而至秋城守始居于潭陽之大谷鄉子孫多賢者曾祖諱定

曾祖諱世容考諱奎亨皆以儒隱居士元配曰星山李氏次

配曰平澤林氏男承鶴承龜李氏出也承瑞林氏出也承漢

承萬側室出也女十人金鏞休鄭海翊金光鎬金濟其壻也

餘或夭或未行內外孫男女若千人居士少時屢以文噪場

屋閭　哲宗十年中司馬後屢舉大科試屢為監司所薦更

曹所擬卒以進士終壽五十九墓在大谷飛釵之洞原葵以

戊子之歲十二月甲申蓋始窆窏之六年而改宅云銘曰

乘良馬兮邅大路悠悠然兮逝不願夫君之自道兮余情

之眄眄沒又發夢于其人兮余將游夫名山神高驤而沛艾兮

雲裔裔而復還橫四海而太息兮哀斯人之多艱昭昭者揚

爾沈沈者藏爾卜云臧爾子孫其昌爾

凸李潤卿墓碣銘

有以狀與幣與書而來而求銘其祖之墓者余素不識何人

然讀其狀既悉其家世因以想夫其子孫之為人意其不難

以此求之當世之大人臣公號為善文者以滿其欲而乃獨

達以求之江海之上何其左也然古之為人子孫而欲銘其

先人者其所取舍於文往往與世俗之情異而自後以觀其

所取誠皆有說焉今獨不知余之文之可取不也余則何各之

有按狀贈承政院左承旨李君諱寅韺字潤卿其先楊山人

也鼻祖曰極壽新羅時以功食於楊山楊山今為安岳郡而

子孫仍舊籍當我 仁祖時有諱彭浩武舉選羽林騎衆寧

國勳原從二等卒贈掌隸院判決事始留京師不歸韓於楊

州延曙佛光里生諱應寶嘗道遇遺金四百俟其人以還之

生諱時翊始以筴裕其家好恤貧窶有長者名生諱震馨贈

工曹叅議生諱聖大累贈至某官君之考也妣曰水原崔氏

曰善山金氏曰雞林金氏各擧三男長曰寅馤贈童蒙教官

次曰寅馥仕為禮賓寺主簿贈至某官其季君也君蚤喪父

有終身之思年踰六十居母憂毀瘠過制　純祖十一年某

月卒壽七十六以某月日祔于佛光之域配平壤趙氏祔為

君生二男二女男長㽵正贈至某官次某女適某某㽵正男

德淇贈至某官生三男長健柱次善柱側出錫柱健柱男壽

煥喜柱男龍煥錫柱男某楊山之李世遠尜尜不振至君上下

數世間得贈官者六七其半尤高階大爵焜耀人耳目皆以

孝也天豈私厚於其家旣畀之以純行而又報之以顯融歟

抑當今敦尚風教昕以彰善而勸民者復越前古而李氏適
際其時歟而其子孫又能有意於久後之傳而圖昕以備其
孝者是則可書也已銘曰

　　旣以昌之又以章之維久而長之

◦景峰大師塔銘

世稱浮圖之教崇無而善捨凡天下萬理萬事悉捨之以歸
於空寂而為浮圖者輒曰此特跡耳乃心則未嘗一於無也
以余觀之二說皆非是始為浮圖者之心實欲悉捨之實欲
一於無也而其跡顧不能然非惟不能然固不可得以然也
於是捨其昕有而易之以其素無遂昕易之繁且侈反過

於昕捨而甚或倍簁什佰不可以紀其名數遂專為張主令

耀充滿天下之具而空寂之本懷不可見今夫為浮圖者必

曰我出家然以余觀之出家不能無所往而入山則山亦

家也往而入林則林亦家也特家為人之所當居而山林非

也彼乃捨而易之耶然誠能以山林為家而不復為家則雖

其理之與人偕藍而家之事可以無矣而顧不能為廉豕為

艷巍不可得以然也於是有出家之家號為寺剎庵寮寺剎

庵寮之繁與修視家何如也浮圖之疣必以火藝其骨悉為

烟塵若是則可以謂之無矣雖其理之尤不可問而其事於

其教為最合然余又怪飫烟塵其骨而又封土累石於無物

之地以為塔是又何說我蓋浮圖之得其術者其體之中有

所謂舍利之珠火而不壞其徒必收而寶之以為藏於是乎

有塔嗟乎捨骨體而易舍利捨塚墓而易塔此又不能真無

也古聖人之葬不封不樹夷之為陵故曰其死易葬後世之

制已失矣而浮圖之舍利分以藏之於天下不知其幾處其所藏

之塔金銀珠貝之飾雕鏤之費與僧徒毗庶膜禮祈祀之勤

其繁且侈視塚墓又何如也故曰空寂之本懷不可見浮圖

某以其師景峰行狀來求塔銘景峰學浮圖得其術葬而有

舍利有舍利不可以無塔有塔不可以無銘姑予之銘曰

林出會津父應鎮毋申夢鐸兆始震胡不學孔于道徇蚤竊

智異髠其髮詔三大師授法印名曰智圓紹為瀛華嚴寶積興

且峻坐不闌堂道益進世皆無常我亦順壽六十六焚為燼

瑞彩昇霏異響振得珠二顆表厭信吁嗟景峰以此殉塔而

銘之辭不容

△李後長墓碣銘

宗人瘞膺元禮自咸興至京師具贄以見予曰吾將為石以

表吾父之墓以吾父之習于子之三世也以吾之與子好也

以子之能為古文辭也吾不可以捨子而他之求予謝不敏

既而唯瘞膺則又曰吾父蓋三歲而孤不獲事吾祖學生君

嘗欲為石以表吾祖之墓今吾將有事于吾父而不先吾祖

李建昌全集

五三八

不可子既許吾父矣寧靳加惠于吾祖抑子既許吾矣獨不

思昨以慰吾父哉予謝不敏既而唯學生諱悌源字後長為

人豪爽好施予歲時輒齎錢物徧遺所識之窮者天寒遇道

之人無衣解衣衣之然得年纔三十二而終其他不可得以

詳也君之鼻祖曰珍　穆祖第二子仕元為宣武將軍錦州

兵馬都督　本朝贈贊成事追封安原大君後有　和陵參

奉諱得慶行義為鄉里式君其八世孫也曾祖諱萬室祖諱

寅秀考諱益昌而益昌之弟諱益孫娶晉州姜氏實生君以

為兄嗣君娶全州金氏寧生二男曰德言德謨女二歸于金

克濟韓喆容君沒而家甚窶金孺人勤於織絍以拊其子以

成其家德言武舉同知中樞生三男燦英燦膺燦敬德謨生

燦衡燦英生三男愈珪惠珪念珪燦膺生三男必珪恩珪憲

珪內外孫曾男女若干君家自參奉來世以有譽君之耏生

考及君之弟忠源皆以孝旌而兄孝源亦以孝著夫觀乎父

兄而知其子弟則君之賢可徵矣同樞雖不及事君而哀慕

以終身奉母甚備將又以孝登聞而燦膺又舉孝廉盡游吾

祖忠貞公之門能以文行自名於世夫觀乎子孫而論其父

兄則君之無年可無恨矣君燊于咸興之篤洞後四十年而

金孺人沒燊與君相望又後四十六年而予為之銘曰

孝子之子又仁其里芘其竁矣云胡杭矣樂玆斯原大山蜿

蜿蜿其一息迺舊迺舊以徵天恩以昭無止

○李杏西墓志銘

君姓李諱德言字文舉杏西其自號也考曰悌源余既為表

其墓序其世矣君再授室生男燠英燠鷹燠敬孫男愈珪惠

珪必珪恩珪憲念珪今以狀來請銘者燠鷹也君少治儒

業棄去武舉不得官以老資至嘉善階吾祖之開府咸興也

首延君以自輔計畫無不諮吾祖以清剛著聞其所取士萬

萬無絲毫脂韋態天下後世吾不敢知即國中之知吾祖者

吾知其囘不以為然也即君之為人可知邑君廣穎高權魁

屺如古圖畫中人聲若應鍾少頗意氣自許好與人同患厄

好稱人善然見不善人嫉之不丐以色以此憚於鄉後監司

有慙吾家者以事坐君按甚急君仰首陳辨巌巌不肯撓以

此益取怒重與之朴而流之君攜癭癬赴讟道過謁吾祖吾

祖咤曰吾苦子芙君夷然對曰是剛有命焉耳豈敢怨敢當

是時吾諸父盧左以館君吾母親煮湯水使婢奉之君以沃

其創余方最少隨癭癬拈韻題為詩文以為樂癭癬時已

冨文茂行遂遂儒也吾祖亦亟許之而君獨遇事詞青凜然

有法家之風君最憐余時提之以與好笑然未嘗聞其一言

出於慢君宥還數歲以吊喪來時益老疾控馬馳不恤及歸

而卒年七十三而今踞其年閏巳七易矣兩家父母凋喪盡

屬無幾遂成古昔然君之儀狀音響奕奕如在目不唯君之

有故於吾家非餘人此而已君自過八使人不可忘也而癭

癭之狀君曰蚤孤事姚金孺人侍藥十年躬澡厕瘉疾革餌

指血既喪廬墓以終制考墓與姚同岡而近痛不及喪癭乃

晨昏往哭如姚服除必以朔展省如三年每家居遇月明夜

寂淚或汪下家人不敢問然知其思親也憶可謂孝矣又

狀君之繼配姜孺人曰生長富家不喜華飾及歸布裙疏食

淡如也老而謂諸子曰為人子者讀書知義理以悅其親養

之至也癭癭蓋能受其教者君墓在某地窆以某年月日孺

人別窆某地在法異窆不同志然以癭癭請之也故并書銘

是維李忠貞公之客其人孝義而質直用之可以衛王國嗚

乎不飛蘚兹宅我銘不私有如石

○金訥翁墓碣銘

余既為金訥翁序其所著省吾錄矣然實未見訥翁訥翁得

余序其書喜遺其孫訪余京寓又數遺其客李生于海上求余

審定其所為文時翁已大老至矣余謂李生翁竟何如人李生

曰翁少嗇嘗出游見白金遺扵途守之以還其人自此有所

營輒售家道既成不復問田產事日擊鮮邀賓旅以娛其父

父沒居喪甚善祭之以禮齋戒必三日至祭日必整衣跽坐

以待事至今未嘗懶酷嗜文學雖里巷年少與已子孫齒者

苟有讀書識字可以問答解疑難則輒曰此我師也築室南

山下購書以充之廣延四方文士口不誦非聖之書目不接

柔曼之色體不近奇衺之服至其好義輕財蓋天性也未葬

者葬之未要者要之願學而無資者為之膏火有行而無糧

者為之脯糗歲登則平估而糴歲饑則減價而糶口多而食

少雖疏者不厭其恤焉黿瘠而辭哀雖昧者不應其欺焉余

聞之歎曰昔趙威后有言是為其君養其民者也如訥翁豈

非然矣訥翁以今　上二十八年十二月二十八日終以明

年二月六日葬于高山縣雲北面文旺洞負艮之原李生來

請銘按狀訥翁諱序字景有先籍金海今居全州曾祖某祖

某父某皆隱於鄉訥翁由武舉授南鎮別將陞五衛將累用

監司御史薦行誼進嘉善階加至資憲除樂安郡守以老辭

不赴既没而用孝聞特贈某官男石柱孫前監察俊文曾孫

命圭進士昕著省吾錄及他文若干卷藏于家銘曰

富而好禮老而好學我辭不華翁受不怍

乙校理李公墓誌銘

我李氏自德泉君受封六傳而迺有偉人全城府院君曁我

孝敏文忠二祖是已惟全城後四世以蔭承仕中徙嶺右晉

州之内坪宗中稱為内坪派而校理公起家登侍從坎壈不

見用以没建昌幼時竊見家中長老談說及公輒咨嗟不能

已蓋屬遠居澗雖未嘗有時節燕會之歡而行葦之誼有餘

惜焉今公之李子屬建昌以銘公之幽建昌烏敢辭公諱命

九字致伯 憲宗五年乙科及第歷承文院副正字 徽陵

別檢成均館典籍司諫院正言 哲宗六年拜弘文館副修

撰遷副校理校理十三年坐事流古今島明年夏有 宥命

而公已以疾終矣曾祖諱俅祖諱基恒考諱完吉俱有隱德

姚咸陽朴氏閨範甚欵公蚤喪二親能自力為問學事葬祭

必遵朱文公家禮尤專意四子書暇則治功令文詞敏瞻累

赴鄉觧終不少枉以求售以此輒屈不悔及大闈遠近士友

蔚然有朝廷得人之賀而公則歎曰決科所以歸報先人也
干祿非吾心也前後除官惟別檢滿課校理一出旋歸屹無
承膺者居家惇行重義與其弟食息不暫捨疏戚泛交有以
吉山來者飲助必厚於是一鄉之人同不愛公敬公而公反
以此罣文網豈其命我初晉州亂民起劫兵使牧使求去其
病已者牧使為書要公公素與牧使厚馳往視之民見公至
皆遶巡師首讓公入公既與牧使相慰且喻民以禮義民無
恢意公度無益乃辭牧使歸後月餘朝廷遣使者按其事使
者乃曰民不知其官而獨為李校理讓路何也遂以公對吏
嶺南縉紳數十人上疏辨之不覆公竟不免於行夫以公之

賢可仕而不仕其不能一日展其平生之蘊斯已惜也然人

道之患宜無自以至矣而又至於斯豈非命哉公之被逮顧

謂其子曰素患難行乎患難內省不疚而已何懼之有及至

島土人言此有關侯廟禱来者祭之則速宥公又謂其子曰

汝不聞范滂不祭皐陶之言乎我之禱久矣汝勿為也臨終

夷然無悒容但以凶弟三孤皆未娶為恨憶公可謂敦篤有

恆之君子矣以某年月日歸葬于昆陽縣城方面滿地村之

原距今二十有九年而公之長子建孝已沒今求銘者建奎

也建奎取族子炳夏為兄嗣教養有至性而公弟三孤亦皆

成立相友愛建奎述其事於狀公之末曰非小子之能也府

君之教也其言慈而感人凡士大夫家未有如此而不有成者

公之後蓋未艾世銘曰

凡吾宗必孝忠昔方隆朝之充咸奮庸銘景鍾子孫昌播四

方惟晉陽寓為鄉猗顯揚貢玉堂耆而升匪不能曲余胘羸

余乘憺無朋莫余憎鼠胡墉摧胡羇童呼薇蒙道之窮海之中

多颶風駕蜿虹朝瑤宮乾毅成乾坎盈不瘇名利永貞視此

銘

工曹判書梁公墓誌銘

惟正憲大夫工曹判書兼知三軍府事梁公捐館舍之明年

嗣孤柱顯葬公于果川縣冨谷之原是歲家狀既以大逵

之表屬于舊從事太學士韓章錫又以幽堂之誌歸于舊從

事李建昌建昌竊惟曩日江都之難棘矣鴞足之師不入則

江都不復江都不復則京師之安未可卜若是則雖謂公功

佯再造可也稽公之烈應古銘詩常武江漢實載于雅茍非

老於文者疇克承之然建昌江都人識公戰狀甚脩又嘗從

公幕府奉公平生之言言猶在耳其何辭以已乃按狀而叙

之曰公諱憲洙字敬甫南原君文襄公諴之之後也文襄六

傳而曰閭司果曰詹僉知分為長支僉知三傳有諱曰益茂

始以武進至郡守是生諱彬官水使是生諱世絢官兵使是

生諱垸官水使著握奇圖說以材略聞無子取司果六世孫

進士諱珪之子之實為公考諱鍾任以蔭調副司正用公

貴贈左參贊姙贈貞夫人坡平尹氏郡守達大之女也公

以純廟丙子生幼不好弄年十三受業贊公命往從李公

恒老於藥溪之上李公啞詘之稍告以為已之學公轉意有

年歡曰親老無以養吾其以仕為學乎始習射山寺朝往而

誦大學暮歸而誦中庸射盖進而書以不廢尋遭於贊公憂

與弟居廬織屨而鬻之以供饘饡 憲宗戊申登武科明年

授宣傳官例陞訓鍊判官僉正都摠經歷 哲宗甲寅出守

熙川邑久獎民多空宅而逃公至則條便宜十二事與民約

行民大感悅相告復歸公始為養求仕未第而喪豢贊公及

之官尹夫人卒于家公用是慷恨毀幾不支哀慕至老不衰

聞人有奔喪者輒為之出涕世以孝歸焉戊午陞資為堂上

宣傳官魚司僕將明年出為甲山府使時有三南民擾朝廷

方議發程正三政公應　旨對策畧曰方今擧國之勢毛髮俱

病死在呼吸捄弊之道宜先其本三政之策特其末耳何謂

其本科官日濫奔競日甚剝剢恣意苞苴公行不知節用而

愛民專為奢侈以病國此弊之本也萬民之本在朝廷朝廷

之本在　人主先自　聖躬惡衣菲食勿御私供爵賞勿濫

科試勿數贓污勿敕婦寺勿狎若是則本治矣國家昇平日

久無政不弊非一朝一夕之故今欲倉卒矯抹臣恐擾民反

有浮於三南任官授職惟務得人字牧得人則一邑之民安
藩閫得人則一省之民安民安而國安國安則三政之獎不
捄而自捄矣然大本之上又有大本顧　上曰御經筵以古
聖王治已治人之道體之於心涵養擴充發而為政則直
内方外形端表正風行草偃萬民歸仁矣附陳府貢麻葺之
弊曰關南北動民千餘人山五六百里閱夏徂秋身涉死地
家廢農務其得葺者百僅一二進供受價每一對不過三四
十兩而内局實勘二百兩此審藥革中飽之資而已夫以二
百兩求一對麻葺何徃不得而余何以此流毒生民哉公頎
直而媚於辭雖文士不能過至其大本之說則又其所受於

師者然耳非徒然也歲餘坐微事為南兵使所劾奏廟堂覆

啓得不罷居四年乃還今 上甲子以輔臣薦拜濟州牧使

濟絕島裕貿昧公躬率士民誘之以儒者之事馭屬吏考績

必嚴歲大饑兩賑濟以全者九萬六百口丙寅秋以同副承

旨 召逸聞洋夷陷江都疾馳入勤朝廷方設巡撫營以李

景夏為巡撫使留屯 京師李容熙為中軍公為千摠總師

出征當是時變報倉皇輦轂震驚決戰召募僅而後集所選

將帥皆以闕闕資望致獨公奮自州郡為 上所倚授以前

茅權微位左動遭牽制見者為之寒心公則自分以一死留

書訣子而行 大院君出犒于郊公起而前曰軍中以和為功

願餉諸將勿以小故相撓又曰藥溪李掌令果之師也今將
承召而至山林之士豈有奇謀異能所言恐不出於治本
乞勿以為迂優禮以容之於國必有所禆益既行軍容慈嚴
所過招集流亡俾牧豢毋失時助防將韓聖根戰于文殊山
城為賊所掩公夜登水踰峴救之忿大霧賊不得前遂放大
礮飛丸過頂公不為動行至德浦相置礮形勢時賊據江都
一月餘中軍出陣通津已十數日相距一帶水耳朝議密戒
勿輕進江都人具簞壺日望而不得通四方義旅至者稍稍
有怠志公前已屢請往不許至是意決乃黙禱于孫石塚曰
涵如有靈乞以我致身江都即死無所憾孫石者古篤師死

而為神能為風云禱已舉首見西南三峰突兀狀若以手相
招者問知為鼎足山城大喜曰吾事濟矣遂率五百人持二
日糧方乘舟中軍急馳箭致巡撫使令時日不可戰亟回勿
前公謝曰此舟不可復回矣軍動有却者公麾劍呼曰怯夫
皆去吾獨身渡江耳眾乃定先是賊自江都出掠至鼎足周
視咤好好摩飲而去公以其夜渡廣城街枚入鼎足後伏于
東南二門翌日賊大至伏兵俱起勢如兩下賊驚潰其酋騎
驟者殪焉我師有死傷公為吮其創梜尸而哭士皆感奮戰
益力賊譟曰莫可勝矣遂遁逐殺賊獲兵伏無算乃整師進
江都賊既悉眾走都民四集擁馬首求見公函居數日賊以

一何窺德浦中軍愬召公公即分兵留鼎足而還諸將官怒

公來遲泌泌欲殺公公遜謝乃免捷聞　命即軍中晉公嘉

善階拜漢城左尹公上疏辭略言指揮方略受扵巡撫使及

中軍贊畫奮戰出扵將官某某臣不能殲滅此賊使一船不

返願讓功而受罪軍還授捴戎中軍副總管出為鎮撫中軍

將士賞賚有差時有錄勳議尋格不行論者惜之丁卯還為

禁衛御營中軍累拜左承旨已巳出為黃海兵使扵滿仍任

癸酉特擢御營大將階資憲知三軍府訓鍊院事兼左捕將

受符署事一營肅然武衛軍新翔士多恃　恩驕恣有受布

者志布薄裂而投之地公即杖殺之　上聞而怒且心重公

乙亥拜刑曹判書禁衛大將都總管累甇捕將公素清羸為

大將數歲即以病免閤門終日客至語不及時政甲申拜工

曹判書乙酉以子闈帥 恩例墜正憲階丁亥拜督鍊使固

辭戊子十一月卒于第壽七十三公旣貴嘗言我死必用木

綿衣以從其初可也至是夫人出婚時之衣斂之見者皆嘆

曰夫人之賢可以匹矣夫人固城李氏無育取弟之子柱顯

為後前漢城左尹側室子柱諴前吏文學官柱顯子景煥今

宣傳官餘紉公狀貌不踰中人劬書耆義敦碻有守進善李

公象秀每曰守死善道吾柠斯人信之爲癁斯其所以成大

切也歟建昌嘗陪公語江都事公愀然曰功薄名浮以愧沮

懼子何言之過也惟所不能忘者身後數行之文耳子尚有

意乎蓋嗣君所政不棄建昌者以此昔晉征南將軍羊祜與

其從事鄒湛登峴山而歎其言甚悲祜既沒襄陽之人懷其

遺惠過碑下輒為之隕淚蓋建昌之於公魚有鄒湛與襄陽

人之感每登鼎足山撫公之跡念公之言未嘗不愾然太息

今又執筆而紀公之平生其又羨以為心也惟湛所謂令聞

令望必不湮沒者尚能為公銘之銘曰

遹戎乙那毛羅是王商附雞林湯良為梁史佚譜存胙于南

原顯顯文襄其後大蕃司正之世先以儒傳出育于宗武仕

連連公始從師左曹右思其變如虎炎轟其轄炎發其政施

于有土瀛海汪瀁往問其祖　王命汝徠喉舌予躬　王于

出訖撻彼西戎江之滔滔羣譆我惱我心如矢柏舟在水公

濟而誓五百其士其士五百其城頟頟趴邀我為趴賊與期

賊以死來我與什之匪義昌勗匪奮昌用旣安以集談者甚

迄其祿稷以士服父師是告有睪斯藏于富之戁我銘維烈

衆　王嘉廼績于閩于壇甍閣必麟宣書必丹如淵如谷以

公在鼎足

○權忠莊公致祭文 代作

族雞　宣祖重恢八域丰迳天休于今三百星紀五周　寶冊增光

襄惟錄勳靡遠不彰疇為第一維卿忠莊若色于周如鄭在唐羮

鍾有紀跋鞶則思龍虎傑魁如或見之譽三厥初韜英挫銳以上相于五十

始第臺閣之選風議相高人莫我知踞于即僚維天降任以撼其否維　聖則

哲特攉而試曰將即迤州迤泉迤為都統告功以詫夷之初獨當一面忠驅

義感人自為戰龍師既潰錦旅方慶熊峙之捷凶鋒中折進援堯城若防止水

怵嘉愷長　行在有恃囊沙誘敵投石舊武俘馘連三截彼阜涌咋宛劍逃

曾莫敢顧翠華遂東鍾簴如故　王曰懋哉惟予有臣　帝曰欽哉惟國有

人雜右與宋奏訏咨賞覯彼涞昧亦聞其狀卿之所蘊胸萬甲兵事壯謀老

其識也明孰貳于館實為丈忠孰拔于伍若錦南功河帶恭礪侯誰與對非

惟一時社稷以賴眾宇多故人物邈然安得如卿毗龍譬蠻蜒綿菁芃袞臍彼鼇汀

伻官致酌尚歆寵靈

南豐臨川文合鈔引

世謂曾子固之文多曼辭王介甫之文多促節予讀之信然
然其相似者又何多也介甫之荅張殿丞似子固之荅歐陽
舍人子固之記墨池似介甫之記芝閣介甫之記信州興造
似子固之記越州救菑及介甫諸經義序子固諸書目錄序
與夫龍興祥符仙都萊院諸為佛老之作又與夫諸碑誌銘
贄之為一何似之甚也豈亦嘗慕欷而出之耶抑昉謂不期
然而然歟及讀介甫之贈子固則曰學聖人言行豈有二我
其相似也宜予則曰信然其相似也宜若夫曼與促者其猶

夫人貌之有長短肥瘦與其聲音之有疾徐而已蓋以是別

其人則可別其人之性情不可況性情之相近則貌與聲音

亦有時可以奪而移而有不可以別者蓋非必慕傚以期然

也而即慕傚以期然又未必盡然自韓退之號為載道之文

同時柳子厚亦好言大中仁義然此二人皆務為夸大壹以

工其文為心性往往為詭怪不莊之語以自愉怢亦以自累歐

陽永叔為人平實然其文往往流而悅俗李習之蘇子瞻又

不醇於儒術惟子固為能實學聖人之言行其文皆從六經

而出介甫雖溺於佛老刻覈於刑名然獨能愼重於其文非

先王則不法凡為文唯識取舍輕重之說者庶乎其不畔矣

送韓經畬太史按北道序

北方之游士與不佞習者以私問曰子識吾監司韓公乎公何

如人不佞曰吾嘗辱知於公矣公以經術文章進致官至太學

士性恬而行介家貧無甔石不恤遇有罷命輒遽遽不自安辭

未卒士慘然而喜既悄然有憂色不佞曰吾為子語監司之賢

子北方之士也其喜固也其有憂色何歟士曰吾鄉之事棘矣

辛西得賢監司民將有瘳吾何以不喜然公貧而不鄉又不自

安於罷命吾懼公之不來也且夫吾鄉之事棘矣請言其一二

始吾鄉并關南北為一省監司專之今時而為三又隸兵馬

帥之號幾與監同埒皆所以重邊政以安民也然監司所治

僅十數郡縣操重而勢分焉高而施狹尾符檄之所被鈐轄之所繫往往齟齬而不相合扞格而不相通比歲為監司者多惠之公則如之何前有使者至吾鄉悉取無名之稅與夫官吏之謬龔者痛革之其間亦有矯而過者行之而難乎繼然民既惠之監司不能改為也苟為之而復如初則民不支遂以行之則官吏又以病告公則如之何米粟之遷於外者防則無以善於隣不防則五穀之直日踊而民無眅得食金寶之出於中者止則無以裕於國不止則四方奸利之徒日莘而山川不堪其榷鑿公則又如之何不倭曰予之言柳吾常辱知於公公之恬與介非僅一節而已雖不自卹其貧而

未嘗不郵民之窮也雖不自安於罷命而未嘗不思所以報
主也茍恤民之窮而思所以報　主則公必無讓既而公果
行不倭於是歎曰北方之士則誠喜而無所憂矣然公之憂
自茲遠矣公謂不倭曰吾具行矣子獨無以言送我乎又曰
徒文無所裨也不尚有方畧乎不倭退又歎曰觀公之所以
語不倭而公之憂可見矣輒不覆辭乃以北方之士之說為
文以復於公友人有笑不倭者曰公方以方畧詢於子而子
以北方之士之說進一則曰如之何二則曰如之何是所答
猶所問也安在其為方畧歟不倭曰不然仲尼之言曰不曰
如之何如之何者吾末如之何矣余之為方伯牧守者其心

日如之何如之何者吾未之多見也其必然也而其道達於

末如之何則是聖人之欺人也非吾之遇也是則如之何

之何者固方畧之所從出也易之言君子之道必曰屬无咎

屬則无咎无咎則无屬公誠憂之斯不憂矣

萬松詩社序

社之說詳於大小戴禮盖古之田祭也春祈而秋賽土鼓篇

章以御田祖詩之良耜載芟是已而祭畢則以其酒醴臑胳

之餘相與醉飽為樂孔子所云一年之勞一日之澤有張弛

之道焉後世之士不及見先王之制度而徒取其名之似者

美其稱而便其私遂以羣居相追逐飲食教游謂之社而其

稍有才能為詞章者則又號為詩社五穀不分而終歲為無益
之談謔以此為士之職以此為朋友之道不勞而澤不張而弛
習俗之敝久矣然余則有感焉余勝冠游都門已能結社為詩
南山之下南江之上其事尤盛一月之內屈指殆虛日逼來
憂病歸鄉廬俛仰十餘年之頃風流邈然如夢今歲入京目見
百花之開而居然聞落木之聲然未嘗一出游一吟詩亦未聞
有人能游如曩日者行將歸矣與吾里之農人釀酒押難村岳
而歌猶可以自娛而不失禮詩兩載古社之意豈今之時人皆
樸厚而不復為無益歟抑余之興勸才消而交友多散其所值
適然邪龍潭金君景輔過余曰吾鄉介湖嶺萬山中其俗質魯

力穡而少文近稍習為詩詞相唱和者數十人而邑之從與
游者日以多乃約以歲之端午重九會于玉川之萬松亭號
曰萬松詩社釀錢蓄子母以供其費為券以識之請以序屬
余辭不得固景輔博覽該洽嘗慨然有志於鄭漁仲馬貴與
之間區區之藝不足以言景輔意其所與游者亦皆一鄉之
選而惜余無以遍交之也獨書余所感者以塞景輔之囑其
於古近之不同與今時之又異而言之如此孔子曰禮失而
求諸野以余觀之向所謂風流勝事且將失而求諸山中矣
後之尚論者必有以攷焉

○送李聖會榮觀序

拾一金於道疾趨而歸家人娛子聚首驚顧相賀謂天賜我也

者必游手之窶民也艘以運之輂以致之為高廩臣窖以藏之

唱其籌至萬而無色喜無聲譁則必富厚而力於穡者也斯二

人豈有賢愚甚相遠我由其兩操之術之有無而倖與宜之殊

遂若為人之懸然不侔者是以君子貴內重也然窶民得一金由其

未有不隨手而耗富厚力穡之家萬為十萬十萬為百萬由其

而就而視之類若有命非人之所能預醞之飲酒有杯杓而不

勝咡啜焉有千鍾百榼而溫然若未始飲酒焉此其量之所受

有然而非飲酒之過也故余嘗論為學之方必以有諸己者為

先而至其成則未嘗不歸之於命雖趨時者笑為迂信道者誚

其不經而余之說未嘗斆也李君聖會門逕於吾黨中居第

一然自其六世以下皆以蔭承未有以大科顯君又三屈進

士試家素貧旅食終歲有不堪其苦一朝獻賦賜第圻名之

日上下翕然稱得士閭情嘖嘖以為榮莫然聖會湛然若無

事之人一動一辭不見其有異於前者余以是知聖會之自

期有素而其將來之未可量也然余嘗獲奉教於聖會王父

竹圃公公續學富文棲棲州郡間晚承 王知侍講胥慈晉

道出納之司不可謂不遇矣而其所食於躬而所布於世者

殆十之不能一及聞聖會之登科為之引滿起舞曳杖過閭

里誇吾孫吾孫蓋公春秋將八十矣斯則聖會之孝有辭矣

周書曰遠服賈用孝養厥父母慶自洗腆致用酒聖會之歸其

亦可以用酒矣哉

書全氏家錄後

全氏在高麗初有忠烈忠康公兄弟佐太祖統三韓桐藪之戰

并以身殉恭讓末有採薇公以上卿歸隱山中慕夷齋以目號

余按前朝四百年代有偉人世祿之家相望至如節義炳娘

與社稷鍾簴相終始則惟全氏為然舉革以來　列聖昕以褒

忠彰賢之典意靡幽不闡尤加隆於異代之替臣屢　命錄用

其子孫然有司鮮能稱　揖曠而不舉全氏之替久矣而其在

關以北者尤遠於京都其勢不能以自達又無文獻可攄採薇

公裔孫同知敦寧府事昇鎭用是為慨游於四方有年乃

於都門書肆中得全氏家乘一卷目忠烈兄弟至採徵事行

文字略備而原跋為相國李公尚書鄭公之文同敦購而納

諸懷徑造余寓舍而言曰吾今無所恨矣將歸與諸孫藏之

子其重為之言以惠可乎余既閱畢而歎曰全民忠義之跡

往往著於野史以余之諛陋聞之亦有素矣雖無此錄必不

至於無傳惟子孫之心固宜以收輯為事傳曰先祖有善不

知不明也同敦之歸而諸全之在遠方者可以明矣同敦為

人厚重有文方為鄉老鄉大夫以敎授其徒而諸全中又多

以秀穎稱者賢祖之澤蓋未艾也今之時疆域晏謐雖卷

無事於講明節義而所謂節義者非必如忠烈採薇之所遭値

然後有之凡居家行世讀書應事以至治生操術之各異而惟

盡其所為之分惟不自昧其本心惟不為利所誘惑此皆節義

之類夫惟有是然後方不愧為忠烈採薇之子孫而此書得其

歸夫否則雖十襲而藏之與在書肆無以異也余為全氏晶焉

□書葛氏家錄●後

葛君夏帛袖其家錄一卷要余一言余受而讀之作而歎曰有

是哉葛氏之多賢也羽林揚於前處士奮於後雖其所値之時

不同而武事之偉風義之高可謂有是祖有是孫者矣惟是羽

林之諡曰忠一處士之號曰明國一之為諡於法無可考而明

國又非所以為號子孫零替文獻斷爛無亦傳聞之異辭而
記錄之有關文耶然葛氏之先實出漢武鄉侯一孫東來分
為二氏既載芝峰李公文集李公文章博雅其言必有徵然
則葛氏之多賢源遠流長理宜然也抑余有感焉方東漢之
末閥閱以相尚號為極盛然朱子嘗論陳荀二家父兄子弟
之不正而有課忠責孝之歎袁楊尤以世顯然紹之方命彪
之易節均與或羣同歸武侯隆中一布衣雖以校尉為祖其
視袁楊陳荀或不侔矣而卒能功蓋三分名驟宇宙由是而
談所謂閥閱者何常之有東土九種之地自漢置四郡始有
華人之流徙而如葛氏之能言其世者鮮矣即無論羽林處

士之相繼以誰為臭祖而可不為之貴重我然廖廖數百年

來國中之談閥閱者舉不不知有葛氏而往往聞而咤異以為僻斯

囘慎矣而汲汲於表章以是為光大其祖之業則又非務之先

者也不求聞達明志致遠吾為葛君誦焉

安庸菴行錄書後

讀其書知其人必論其世孟子嘗言之矣夫古人雖沒而其書尚在則可以徵

其平生矣而顧猶有待乎論世蓋考古之愼如此況其人雖賢而無書與有書

而不能傳者此光晻韜無所信於來後若是而求所以表彰之則又傷可不

以論世為哉世之稱有二馬出處以觀關藝師友以識趨向此并世之世也本

之于祖先而得其所自驗之于子孫而得其所遺此異世之世也皆可以論也

不佞嘗讀牛山宴文康公為師辨誣之疏及抗義新編因以想象其風義夫以

牛溪先生之高徒重峰先生之門及不問而可以知其人況其書之章～有以

玅其時政之治忽與斯道之顯晦者乎日者寶城安君極來訪余而示其曾祖

考庸菴公行錄且求余為之序余按錄庸菴公孝至於感乎神靈義有以行於

鄉信古之君子也獨恨其撰著散佚僅有塲屋二文而已然公實為文康公之五代孫

而祖禰俱有隱德以暨于公既已上選人主之令典傷堂之朱楔以施之若安氏者

可謂能世美即公之賢可以知美可以論矣雖無書何病蓋庸菴公之以有賢祖而信也

猶之文康多以有師有友而信也如禾之有根如水之有源其柯葉派流之盛且遠豈有已

哉

記

順天仙巖寺大乘菴重修記

余束髮宦于朝踰二十年汔無一事建豎自為鮮民多居田野歲暮風雪閉門向壁怳念平生忽焉不自知異以為人惟性好為文章因以究夫聖賢之用心旁及二氏析其同異得失之故時亦筆之為書聊以自娛然當世之士未有過而問焉獨怪禪家者流其所居多嶬巖修阻與人不涉之境不知何從以聞余逾逾偏擔重繭求為其所謂塔廟菴寮之文者其踵相續與好剂者之趨走名譽幾相似也余又因以審其人之所以為術與夫所以見於行事者類皆勤屬精辦視艱

如易視鉅如細一日發乎其心不歲年而必有震動人之耳
目雖其亦用無當乎倫理政教天下國家之故而古史書中如可見
勞人志士忠怳烈之蹟猶髣髴歸依於今世世苟有能感可見
慨思惟之君子其必喟然太息而不暇徒為大言以訶詬已
也而余獨以區區之一技甘為其徒之役而不辭世又鮮與
可以同此太息者方且以余為奪於辭而佞於其說也順天
仙巖寺僧景鵬旣重建大乘菴之三年與其弟子華永北走
七百里來余為之記值余出不遇旣又再遣永而又不遇又
遣之乃見余踞而請繼以鵬之言曰文不出則勿還憶若是
而可以辭哉蓋始創菴者曰呂訓前後居菴以傳習其道者

曰菓曰菓曰枕滇授徒皆千數枕滇之傳曰函滇曰雪渚曰

景鵬渚先沒函老矣鵬諗畫於函與其後進之秀者肇雲主

菴事距創菴時一百八十年矣其殿曰冥府其室曰方丈其

房曰辨道者皆圮不可居鵬廣募積聚以舉其役凡計用貨

之數萬五千費用日之數三百有奇為菴或修或改或創計

楹之數五十五又以其扮為四方來學者薪炭鹽豉之費計

歲入之資若干用以崇飾壯麗皷名歈動彈能極歈滿願足

志以遺其來長久無期噫若是而可以無記歟

〇　春耕臺記

余友鄭衡伯為人明而果通知古文章法度善析名理有千

辯不窮之智於京師游處之日久不喜翕翕為名遇有所

契亦不恡相披露余獲交君有年然其相許為知已自數歲

前始也每相聚依依不能捨恨前之猶未盡而今之猶晚君

歸家君之大人朝奉君輒詢君若與何人好君往往以余對

朝奉君固嘗辱愛余及聞君言則喜甚余邁來窮居無以此

數人獨諸弟頗讀書好慕人物余時以君徜動吾諸弟吾諸

弟亦稍得與君游皆以余言為信吾季弟有事于湖中客

歸言道中歷造君家仍拜朝奉君朝奉君又甚愛吾弟云始

君居安城一日奉朝奉君之命蹲境而南等室于鎮川既成

而悲彼彼踰歲安城大疫隣里十耗其九鎮川無所苦又久

之安城民與吏闔挑怒于其鄉至再而甫息安城士大夫目

是多従者笑而吾弟云君居鎮川其山四周環抱中為大坪

地面微隆厚形家所謂地量者而君宅其中其制樸而不陋

凡縱而為室者三上首以奉朝奉君中為君之子之讀書之

所而君自居其下每朝辦色君挈其子以朝朝奉君灑掃如

儀客至君負墻侍朝奉君与容語時復問君若意云何君則

具以對客退詰君畢其說朝奉君又移坐戶外聽之至辯詰

不邊輒排戶繼面笑徐出一言以平之無不意滿獨不知

容去俊君父子相雖又何狀所談說又何如也吾外家在鎮

川而吾弟又聲于君之里以此多識鎮川人鎮川人皆曰君

始來相宅闢地為窰而寢居之曰募工徒購木石摒擋指畫

精良無少舛差貴省而役遄世乃有如此讀書人異矣蓋余

未嘗至君家不能目觀君居鄉事親及他事獨常意之以為

必可觀及聞吾弟言君孝慈勤家狀信可貴也又可羨也吾

弟又述其所聞曰始君之徙君母恭人夢君之先祖至新宅

周視而喜曰佳哉是不可以無號其春耕臺乎然恭人不識

字惟辨其音與以告君君曰是必春耕臺也朝奉君曰善遊

四名之李建昌曰君族大而世遠中火不甚展施朝奉君勼

而蕃之歸嬴于君君既有以承之矣詩曰如筮如棄嶋見有

不耕而穫者乎又傷見耕之勤而穫之不筊京如者乎余且

記之而後見之□作春耕臺記

觀水亭記

堤川居四郡之一以好山水聞而義林池尤其勝處世國中
之浸多江而少湖池之大者可以當湖故義林池亦稱義湖
池中產氷蓴金鯽鯽大味美異常蓴又他郡所未見以此池
愈有名李君某居其上為亭九楹左右庋經典中為堂進以
邀賓朋之同志者講古聖賢之學有味于孟氏觀水之言因
以扁其亭而以記來屬余生平多遠遊獨未一涉四郡以為
憾其於李君又無疇昔之雅然為李君致其意者李君之宗
舜五也舜五英年銳志有精苦勇邁之操余甚義之余甚畏

之顧泰一飯之先不能數數相迤隨傾倒為快又自惟廛埃

廛廛重之陳懶無楠檢愧無足以當其眄睞然亦嘗讀書知

好㒮如舜五革人心誠貴之雖無他技能思欲其區區之文

辭為舜五鼓吹以導其前路乃余豚顧欲也雖不識李君知

舜五之所與游可無怯余文亭雖非舜五之廬為舜五以應

李君猶之為舜五後可以無辭然獨慮李君讀余文而以為

無實之言不足以明直民之旨也夫觀水有術不曰觀其源

與觀其浸漬為利而必曰觀其瀾瀾果與取於孔門三子皆

可以為邦而聖人之所與在乎浴沂風雩此又奚說乎余嘗

謬有所見於此而至今為無用可笑之人李君家池上久於

觀水必有以復我惜相去半千里無以一聚若舜五則可以

談笑而余蓋未之及也

○ 淨水寺修理記

淨水寺之重修也我祖考府君既為文以導其始而及其落
也又為詩與序以罷綏之寺之故實備矣今茲之役蓋小有
修改耳余之荒嬉無肖其文又足以重然顧師四十年居然
有三世之感寺之尼求記於余余固不得辭因以自叙余之
所欲言始余自幼時陪長者與遠近賓客游淨水賓容多云
此名山勝地惜以尼居之齷齪如家人婦女余意亦歉之及
壯大多關事見它寺僧多不如戒律以為其廬蕃獨淨水尼

謹潔如故是可嘉也若尼貞一又非久俟淨水者自他寺來

僅八九年矣獨慨然以寺事為已任其倡修造之議他尼多

憚之往往竊相議訾余亦聞而以為難也貞一不為沮隻身

兩手脚奔走下上如蜂之採蜜如燕之掠泥如精衛之啣木

石卒以潰于成陸乎世之車鬛眉鼓齒牙大冠長劍服官從

政自命曰云云者何限能無惡乎然野言不及於朝禮也況

與方之外者言之余可以止矣抑余又有感焉余有先人之

與廬巋久不庇風雨余既拙於謀又宦游之居多至今不能

庋一木葺一尾舍後溪山佳處心欲構數椽為亭讀書於其

中經營十年而未就平生學習文章所為金石之刻與夫屋

壁之揭者多矣皆迫於應酬而出之無一篇為吾家吾身作
者淨水固先人杖屨之昕而余亦它日歸老將以是為菟裘
是則余乃今日始為所欲為之文也而能使余為所欲為之
文者貞一也余視貞一何如我寺之佛殿廳堂舊以灰覆今
易以良材佛龕後大柱其首之刓者脫於函幾危令栽之使
固此外塗紙墁壁易尾與為鐵板以承簷者煥然一新凡用
錢二十萬用月若干

〈晉陽鄭氏七孝一烈莊閣記〉

晉陽鄭氏居河東者自檜軒君道喆曁其配朴氏始以孝子
孝婦著於鄉而若子松菴君敬模曁其配朴氏若孫竹圃君

應權暨其配文氏若從子野隱君敬寬若從孫應澤世有至

行若孫應純之妻車氏則以貞烈稱　哲宗辛亥用監司奏

命予贈檜軒君而有司寢久未舉　今上庚辰始贈戶曹判

書明年涖闥松卷君先庚辰一年用其孫洛鎮上言得贈司

憲府監察越四年涖闥竹圃君繼於乙酉用其子世鎮上言

得贈某官越幾年涖闥二朴氏并文氏并涖如夫野隱君用其

孫權鎮上言得贈兵曹叅判應澤亦贈重蒙教官明年并涖

閶而車氏亦以某年涖於是鄭氏具狀與幣介其鄉成君蓋

永徵辭於余將以銘于臺楔之側余不俊文辭樸拙獨喜為

古今孝子烈女紀述其美庶幾不腆之文得以有關轇轕於世

而幸無泯滅於來後四方之士謬聞其然而過相譽諛陛門
者曰以多因以竊歎　熙朝教化之盛而旌褒之無遺尤莫無
今時若然八孝一烈惟於鄭氏見之可謂偉矣語曰靈必無
根體泉無源此言善美不係世類也而今觀鄭氏何如我夫
為子而孝天下之庸行也婦人之貞烈不幸而見然亦天下
之大防也庸行不可一日而廢大防不可一日而壞而昔之
談者或以為奇字卓絕至視之以芝醴不常有之物而相與
嘖嘖謂斯焉得斯云甬則其時之風教蓋微矣以今觀之斯
道之在人猶人之有五穀以日食也有水以日飲也穀豈有
無根而水豈有無源㤗故雖遐州僻縣單門陋巷之中四士

匹婦之有美者苟從而察其內而因以溯考其初必有其所
受與所從來而人不盡知者是則向所謂教化之漸薰蒸
浸漬於五百載之間而非僅著驗於一時也然均是培矣而
其實獨蕃均是瀆矣而其流獨長如鄭氏之有〇孝一烈則
雖其道之日用常行如飲食而總萃而論者不能不相與嘖
嘖以為奇罕卓絕而稱道之不置況為其子孫宗族而思所
以闡揚而光大之者宜無所不用其極矣既已上邀〇人主
之令典後先報可著在有司又求余文於千里之外其勤若
是詩曰孝子不匱鄭氏之孝其亦未匱也夫

〇修堂記

余家沁海之濱元八居大湖之西相去數百里聞其名而思
見其人蓋十年矣今乃相聚于京師喜可知也巷之以芹號
者介于會賢長與兩坊之間如螺旋如蟻折狹陋不能容車
馬而吾兩人寓其中每欲訪則出門披衣帶未結而儳先及
煮數盃酒走赫踦邀之酒未暖而笑口已開斯又可樂也然
余與君俱世于鄉守先人之田廬美蔭之木清泉之流登高
望遠之景皆足以自愉門前海水直通風順潮盛可一日而
従來如其得遇於曠逺清閒之區玆心遺形快然卷樞其平
生剛其樂又可勝言耶擾擾終歲不足以當山中之一月雖
隔屋而居不如越陌度阡之為有味塵埃眯人自令風神獲

萃而起居動止皆若有受制於形之中不知何故而然也惟

學道而幾於化能齊天下之萬物則可無患是矣甘於富榮

以是為性命則可以忘之矣內外高下耦無所覆而徒以朋

友相慰藉如魚之相濡於沿中齧齧如余固無足誃者雖以

君之長才為識將有施展於當世而間余之說其亦有悵然

而不自得者矣君新補葺其寓舍囑余為修堂之記再三不

已人生天地間固無之而非寓然修堂之於君又寓之寓也

既不挈養以隨無書籍之玩無器服什佰之具數椽以庇風

雨一鐺以供饔飧一日倦且歸則付之守者而已此為用修

之又為用為之記然昔郭有道過迓旅必為之灑掃而人又

從而識之曰此有道痾處夫若是則君之脩之與余之記皆
無不可者維不書其堂之若干楹與夫月日者志寓也文既
成而君又謂余可益之以銘俾我省覽而自脩焉乃為之辭
曰子將美以脩乎脩且奚先乎寢乎子之所休也門乎子與
賓客之所由也垣乎又冦盜之所朝夕伺而謀也孰非子之
居就可以一日而不脩粉其壁而藻其棋而不知撓其棟雖
曰已脩吾必謂之不可以用紛乎其馳也逞乎其求也而可
以語此者多乎不乎子幸不以余言為狂盍與余而交脩無
為堂之羞

鳳壽山房記

余目少為四方之游所結識賢豪長者多矣然言其久且篤

者未嘗不以石觀趙君為稱首云君為人心善平生無委曲

蓋覆之態獨能精思天下萬物之理往往析其徵奧要以發

人之警省然人顧未能恭知其然而反以踈濶目君者有之

君席闒閒治功令數十餘年所獲屢一進士中為即未幾因

事自罷去憂思艱戚人道之所不堪而君之鬚髮皓然矣嗟

乎今夫雲之行于天也雨之下于土也風之隨物而轉也紛

綸乎其不齊而忽乎其不可究其果有定乎其果無定乎世

之所謂云者亦若是而已蓋聖賢教人必正之以義命而

異端之雄則眩之以因果輪迴方術之家又各以其所業議

其所以苟趣舉一端而言之錐其說之至卑者時若有一二
之中而要其指歸之大則中庸所云聖賢有所不知而況古
今材智之士千辭萬詰徒令人感而已君扵百家之書無所
不通試問君當世之士馳騖而榮顯者其故安在君何獨佗
其潘潘也久矣又欲徵之扵圖象之外而行之扵無
俅如此君必芒然四顧而啞然無以為對人之生也固若是
倪將以原始要終胡可能耶君之先人之墓在楊州鳳壽之
山君則遷徙不常初與余為隣于海上尋移楊根轉之安城
而京中又別有第時時往來然所之輒以鳳壽山樓名其居
所以寓其迴翔躑躅之思也而間求余文以記余久而未之

應今年夏遇君于京師覩其境逾晡而容逾衰不覺悵然思
有一言以慰之夫鳳翔千仞之上隱見以時吾固不知其何
狀也若龜車尾而游鶴俛首而啄是猶未甚異于鱗介羽毛
也而能以壽特聞何我向吾所謂紛綸者雖不可以明言其
故而惟不役志于外無憂喜賤貴通塞之嬰于中則其道可
以却老是誠在我而已其不能然而滑精焉和無益於毫分
徒為大年大知之笑豈非妾哉君之所見自足以臻於是而
余重以晶君者亦惟愛之至而為之贈好柈君也君而讀此
文其或有當于心也歟

○寶城亭子川灘水亭記

湖南寶城郡治北十里村曰亭子村前有大川橫流曰亭子

川蓋古有太古洗心之亭與天皇之臺今俱廢矣而村與川

之名以此云川出於長興之獅子山下南流至嶺右之河東為

斗峙江入于海上下七百里水急峭峻無可以灌田寶城地

而歎曰以茲水之大顧不能為人用何哉會歲大無方春餓

勢尤高民常苦曠郡人林君慎源材而隱於稼者也每臨川

棄得其三之二而弱其棠之出於水二丈而水之中如之穿

窶屬厪望之如山閱八月秋熟役竣而役者有所歸鄉里相

榮載道翕然乃募流民萬餘築石於川之中流截而匯之其延

與名之曰活人堤復自堤開為長溝鑿厓架壑六七里引

以至亭于村前為稻田明年又自村而引之十餘里至道湖
之坪既溉既種恣為膏壤民仰其利居戶日繁相與齗齗石堅
碑以志刻之惠然祠之家則以茲後而馨芙剙所自有者數
頃而已或以勞犒笑曰吾方行吾志以自愉快寧復問區
區耶蓋溝之所及既遠而分而灘者蓋以多畜泄啟開不可
以不時或甚風雨與夫蚤夜之候人不可以無庇乃作亭於
村隅當隄之衝跨溝以瞰野為楹者九而覆之以茅扁曰灘
水至是而灘水之事畢矣亭成以庚寅三月距隄成癸未為
八年楊山趙景恊久客於剙既歸而以其事語余徵余文以
為記憶余奚足以記之余讀書從故數十年至今無一日之

澤以加於人四體不勤有田廬而不能治余愧林□多笑然

以景恊之求之勤也不穫以辭姑次其梗槩以塞之景恊又

言□端慁粥粥似無他能內偁腼於心集衆夫以舉大役不

煩聲色錙銖無遺筭卉書之以遺来使有以知□之為人

焉

○静養齋盧公施門記

余嘗道嶠南過咸陽郡閱崔文昌鄭文獻之遺跡多與其賢

豪游盧氏為郡中著姓而盧君近壽先已與余有好余因以

詳盧君之家世蓋自玉溪宰公以下代有顯官矣而若静

養齋邊月亭二公雖以布韋没俱有至行為南中士大夫所

傳誦郡誌備記其事目　蕭宗初載監司啟聞請施贈有司

不以時舉至今二百有餘年云今歲夏余在京寓盧君見訪

歛衽正容束紙加槃以前狀若用幣者余問何居盧君曰吾

先祖兄弟幸邀　人主之光寵既贈官且將樹楔于門矣願

得于之文以為記余辭不穫謹按盧氏家狀靜養公諱亨發

邀月公諱亨哲靜養公自孩提母夫人有病則輒不乳既長

專以養親為事一日未嘗離膝下以此不能從師游學嘗以

親命勉赴科舉累不售遂廢扁其室曰靜養蓋取皐魚樹欲

靜子欲養之語也邀月公亦孝悌與靜養公食必同案寢必

同被兩靜養公撫之尤篤親有疾兄弟侍湯藥連夜不寢靜

養公必使其弟少休息靜養公嘗再斷指餌血以救其父母

嘗糞驗吉凶及喪哀毀踰禮將奠天大雨溪漲舉不得渡公

仰天號哭溪流忽中斷廬居三年近墓之居者農不歌謠春

不相杵感其孝也而踰月公實與之偕終始無少間人以為

二難今見靜養公兄弟為子盡子道為兄弟盡兄弟道類此

今人所可能者然人亦不能及其苟能獨其精誠之至能令溪

流斷絕可謂異矣余嘗為牟司諫怕作截江贊曰秋水方

至彼江沄沄不舵不楫淼其無津孝子臨止仰首號是洪流

中斷宛宛飛塵是無奇特惟誠之真今於靜養公亦云盧君

雅救有文能世其業用以闡揚其先祖之休美而又不以余

為拙陋厚禮以相屬如此其亦有志哉

◁吉州臨瀛大捷碑閣重修記

去歲余在京寓從農圃鄭忠毅公裔孫得忠毅遺事及附錄
讀之蓋列朝名公卿前後表章之作多矣而其紀之于石則
有臨瀛大捷碑列叙當時戰功與關北諸義士姓名比他尤
詳故副提學昆侖崔公撰也因歎忠毅與諸義士之功磊落
如此而建竪在遐方賞以疑輕忠毅又卒窒文罔世之論者
至今盡之昆侖在世時朝廷推為第一輩人三館先進爭虚
席以竢顧陋於短造為士類所共惋恨二公武事文章奇偉
不常大略相似辭事正相稱可以慰遺憾於無窮惜余無由

身至其處仰觀其大書深刻之蹟而因以訪諸義士之家世

以此撫卷慨想者久之一日吉州許生源来求見坐間自道

其族祖與鄭忠毅倡義扵其鄉乃碑文所載許珍為所候將

許戎戰死者是已余為之雙然改容且問所以来生曰大捷

碑舊有閣以庇之守者不能謹毀其上棟源竊惟斯碑之樹

期以軒天地抗華嵩而一朝不保其所舍況源與源之州人

日睨其諸祖之名字暴露扵烈日霾雨之中誠私心痛恨將

聚議集力以葺之願記其事用揭于閣之糈余謝不敢既感

其義而諾之明年生復来曰閣修矣鄉人朴死習懍慨士捐

貲獨最多源與諸族相之姜某董其役架瓦施髹煥然逾昔

余聞而又歎曰甚笑古人之有待於後世也夫以功烈之盛而
尚不能自傳畀敍述之權於作者即文詞雖工亦不能不附
於物以壽金石其尤者也而要亦有世之護持珍惜者然後
永久而無患周之岐陽皷不免牧童之敲火唐之平淮西碑
至為石家子所椎然則如許生諸人之勤又昌可少哉余聞
閱之始毀非惟風雨傷鼠之罪而抑有故焉特許生為其鄉
黨諱余亦循其意而不書姑書重修之梗概復以遺後人俾
以生之所諱為戒而余之所書為勸

朴侍郎哀辭并序

朴侍郎周陽字文哉潘南望族進士及第歷官至吏侍在承宣最久聞攝外務俱以勤辦稱性孝友事母愉婉無少違有弟壯且補官而不桥箸有孤甥育之於家如已出為詩文精敏合度尤聰強善記平生所經事殆歷止失表裏坦易不肯修飾自憙雅與余善上年夏雨霽月明中過余寓齋酒半酡憤笑曰我豈偶人也哉焉能不開口不出門世以此譏我我亦不甚恤也又曰我有自為傳一通他日當以屬子我無嗣一子外婦出尚幼非故人誰念我者余訝其言不祥不能答自今春来侍郎病風

疾日劇至秋九月浸不可為二十六日值其生朝囑夫人

與弟夜具酒食邀余坐閤子外食將別余診視良久侍卽舉

首為不了語曰豈以我為死耶後旬日余自鄉廬還京聞侍

卽已就木矣既徃哭之慟索其所為自傳慼不可得然余知

侍卽有素無須其自傳也余免喪初入京見侍卽貌殊甚老

然自鬚鬢金帶口稱老每無恙余內竊羨慕自悲侍卽已微察

其意為之惻然巫易他辭余至今不能忘鳴乎蓼莪之詩

曰鮮民之生不如死之久矣然如侍卽者又可忍言耶悲夫

悲夫為之辭曰

方冬兮積雪北風兮蕭瑟啟夕兮宵載靈之辰兮儳以忽首

顯敞兮響嘗幽靈胡為兮弗少留帷堂翳翳以綌翣兮靈其辭毋而

後去有知兮無知復相見兮何處夫人兮自有美子兮何為兮

荼苦偉造化之多端夫孰知其昕宰飛雨兮下地衝風兮大海

一塵兮一漚雖有兮焉在哀孝子之不終也吾以是而重為之

恫也

○祭雲齋鄭公文

昔公致仕助我蘧實手書慰我念我喪畢我謝未達報自京至

胤子星奔公没于位我道曰江春雪在田驚號隨驢素衣盡滅

日之慆慆昌云能遲迭遠而怠迭新而移今焉哭公遂帷當撤

退嗒諸孤觸我哽咽自我廨官廠屋隣墻日過公門時升公堂

羣書在架酒湛于罇如聆如覿其何不傷我有著作定我者誰

我有出處誰決我疑吾父在日公約以婚昨冬之盟既踐成言

爛其盥門姻戚具會兩家相視遇欣增慨繄公平生位不稱德

既種既漑其理不感兒顯于前孫大于後簋惟顯大典型是有

我後有孫亦公之賜尚綏嘉之以永歍施公之行治在法應傳

不朽之責豈無時賢銘誄各異體我今侑公非以序例

人亦有言知已知已我圖報公操管以俟我在旅館無以為禮嗚

我兒婦為具酒醴公枢去來曠然其情惟茲一酌眷德平生

〇朴吏部事略

用典八諱齋教用典其字也潘南朴氏世亡有清名文節公世堂當
顯宗末見國論將大潰棄官歸楊州西溪累召至判中樞不起有
二子司憲府持平恭維孫文館應教文烈公恭輔俱以名義爲士
林重持平喪母以毀殞而文烈以諫臣得禍持平後數世從蔭仕
至用典祖宗吉父昇壽繼登第恬退自守官皆止恭判用典十八
中庭試由起居注入瀛館陞通政方年少已有家風非有　召罕入
京師靈光郡守缺民方大饑朝廷難其代以授用典用之官數
月馳歸請卷鐲荒田之收議格不行卽授　勑去後以吏曹恭議　召政

院邊以病對且馳書俱赴用典上疏言臣無疾居鄉不居京不

敢默然而欺　君於是　上詰責政院而許用典祿職壬午夏有

軍變至秋聞　中宮還御用典丞入赴候即日歸魚叅判吉中秋

賢用典數言於朝以戶曹叅議召用典一出謝仍移病去甲申而

朝令變未制用典從縣道上疏以諫冬有進變用典徒步奔問而

歸　上亦察其賢以承旨及外務叅議召浸將擢用典上疏自

陳素不通時務辭不出銓曹意用典辭內職不必辭外職乃擬差

安邊府使又辭不赴自是不復拜官始余以譏輔御史過用典留

宿談甚驩用典出示篋中藁乃壬午六月請討逆疏也因噫唏曰

倫綱墜矣吾儕不能言他日雖有可言不可得以言也吾固非畏

難者特決之不早吾以此自度不足有無於世子如愛吾勿念吾

可也余曰公遂不出此山耶用典曰吾世臣也國有難則進而死

分也不然枯於山中耳盖用典素講者如此用典再喪室無子獨

廬西溪先廬噉橡栗以禦飢日一出繞視墓木居則端坐觀書終

歲無他事以壬辰正月病羸卒得年五十二病中亦獨處竟不詳

何日時卒也易曰澤滅木大過君子以獨立不懼遯世无悶又曰

澤無水困君子以致命遂志用典有焉用典內甚晰恤民國利

病與人言使人洞然易曉意有所可間之以諧笑不見其有異於

人者

● 牧使趙公墓誌銘

公諱徹林字公始自號東湖趙氏貫楊州以高麗判院事岑為鼻

祖入 本朝有諱末生領中樞府事興文衡子孫蕃昌代有顯人曰知敦寧

府事 贈領議政昭敏公諱存性曰刑曹判書贈領議政忠靖公諱啓遠曰全南

道觀察使贈吏曹象判諱龜錫曰大司憲諱恭東曰吏曹判書靖憲公諱

榮國曰判中樞府事忠簡公諱雲逵而忠簡公於公為曾祖祖諱廷銘晉

州牧使贈吏曹判書考諱濟晚淸州牧使贈左贊成妣南陽洪氏承旨景

顔之女有三男長為吏曹判書文禹公季為吏曹判書大靖公而公其仲

也公以 憲宗二年并中生進覆試明年授 康陵參奉以憂去服闋復授

南部都事例遷濟用監主簿杜稷署令出為領川縣監累移淸道郡守

蔚山府使咸興判官陞至晉州牧移義城縣令為御史所劾下理編配尋

宥還辟宣惠即復出為安山郡守移江陵府使歲大旱昌災禱雨得痢卒于

民舍時今 上元年也距生 純祖三年春秋六十二返葬于楊州養正里贈吏

判公墓左後七年改葬于其南岡又十年改葬于其東巖貞亥而緬巳以元

配樹右繼配樹左又後十三年胤子前主事宅熙遹其進父兄故更曹參判寅熙

所撰公行狀以示建昌屬幽堂之誌蓋公晚歲嘗卜筝于沁州之南建昌紹時

嘗一拜公而且與主事游今三十年矣情好厚宜不敢辭鏊公為近時賢大

夫其言宜信謹按狀叙之公幼而聰解絕人孝友有至性及居官慈儉勤恪有

古循吏風遇事當否一定堅持無撓屏迄干囑雖貴要能通塞人者弗肯

強徇曲副所之輒捐俸益民流止以集獎誘夫主後多中功令者民有以不孝聞

公名之并致其母於庭予之食民先勸母食食既乃食公曰以汝為不孝者誣

也將無以貧故關於養郎復予之米㷖申諭之以事親之道反覆深切民泣謝出

後更以孝稱有為人所殺而無子者其妻使其夫之昆弟之子剌殺讎以告剌者拘

囚十年公議讞言律無為伯叔父復讎之文然授刃者妻也妻復夫讎應勿聞

剌者非主名應減等監司從之及公卒劉自江陵發吏民攀號致奠者百

人擔轝者千七百人其能得民如此公元配李氏籍龍仁判書奎銘之女十五

歸于公先公若干年卒繼配李氏籍青海學生爌之女十九歸于公先公若干

年卒元配生二女長適判書徐正淳次適承旨徐頤輔繼配生二男一女長

男即宅熙次寵熙女適尹興求側室生一男永熙武舉宅熙男二重應重

億進士寵熙男幼永熙男三重愿五衛將重愚重愿主事女四適鄭九銘武

司果鄭元祐林龜相李裕燦重愿男觀鎬重愚男胃鎬女適南其徐正

淳男二相勖說書相勉進士女適鄭晚憂李德兩徐頵輔男範淳女通尹

元求公承籍關閱鳳檀才譽自十五六歲每赴試輒屈其曹偶大小發解

十餘舉不中大科仕由蔭調雖所歷多鉅州劇郡足以發舒其一二然士大

夫之論公者未嘗不為之憾恨建昌嘗從主事窺其巾衍所藏公所嘗課製

文字皆贍麗典雅有以徵感世先輩之規矩抑又聞公於詩道允源名句之傳誦

者膾炙至今未已當公時文學固欿然如公輩流蓋不數數有也即論公者之

為公憾歡固宜而公之所竊童不見施者又惡知其不惟文學已歟惜建昌拜

公時尚駭不足以⋯⋯賢而有才為同儕所推顧竇不能自

達鬢鬓已皓然其弟亦負奇頗思表見卒以眤取敗然建昌嘗見人家

祖先勞葆場屋間可以必售而不復者其後必食欸況公重之以惠利在民

其花蔭于子孫理宜無斁將信者或讒要之久而乃見耳銘曰

琥璜之爵實以羨歲公曬佛如令長之試仕則贋美而不稱罷粉米藻火布

鼎是施龜食于三凢膩斯地歸贏貽厚諗諸來嗣

果說贈張進士

凡植之物自種而至于有果率以十歲計自有華有葉而至于有果而熟關

春夏秋之序焉蓋果者遲久舒緩不速成之名也然觀古聖賢論道德之稱

與夫世人語言文字所恆謂者輒以剛決勇敢為果何也天下之事非遲久

舒緩則不能食其效非剛決勇敢則不能植其本其理一也夫委核於地而

埋之曰是必復生者此其始誠若不可必也暮年而不見切數年而不見切

庸可信乎終見功矣見花而非果也見葉葉非果也則去而不顧曰所謂果

者妄耳若是則果終不可得以食矣故能遲久銖緩而至於成者皆天

下之剛決勇敢人也張君舜鳴姿質醇茂識博而操端南方之學士游

於京師者多矣吾未見有如君者也君今歲過除訪余寓舍酒半語曰

吾大人休老有年遣余游京師冀其紹前業而敷王廷也吾久困無所樹立

自欲為古人之為而每有書輒以延邁相勖意思遠也吾久困無所樹立

上恐負大人之望而下重愧吾弟吾嘗靜惟其所以吾亦無患庸駑但

惠不果耳將以果齋自號子其為之說余辭不獲姑以所嘗論者為文

以應然吾又聞孔子歎荷篠之說曰果哉末之難也夫果有難焉有末之

難焉末之難之果亦象人之所難焉乃聖人之所不以為難也惟能果乎所

當果而不果乎所不當果斯為難也有秋櫨橘柚焉有棗榛栗焉醫

諸草木蓋有別矣夫執非果哉惟能種而至於熟之為難及其熟也皆

可以薦之王公而給生民之須故曰時措之為貴也

○樗堂記

余在京寓徐君喜來来言鄭君德祁居臨瀍江上名其堂曰樗貽書於

我必得子之文以為記子其為之余辭謝久而未就喜來蓋怒時而不言之

余與德祁交有素宜無辭於喜來然喜來之拳拳於德祁如此縱余昧德祁

猶將為喜來願之况德祁于既而德祁至京余遇之于喜來軰喜受之室久

阻離於相見不暇及作記事德祁赴舉不得中尋還鄉而喜來則登科仍官

侍從此两人俱近世名公卿家閥閱華腴而境遇頗晚吾儕之心慶喜來

之能遂而愈有淫於德祁又不但喜來之拳拳然也昔 莊考王時士大夫

號為盛際而工著名亮有始有終必以忠獻公為稱首忠獻公之孫侍郎

公繼有令譽湖南大擾特剡為監司余幼時見長老相語以得人為喜孟

于曰所謂故國者非有喬木之謂也以有世臣也德祚之家可謂能世矣而

德祚偉然寬綽人雖久不遇且貧而意氣不挫亦不屑屑為營求意其眸

但負不淺躬也而顧自鬱抑取木之不材者以名豈其然哉抑人之取比於物其

義各有倣當不可以一槩論成周之美多士或比之莪或比之芑或比之梧桐或

比之榛楛至於棫樸乃薪栖之物而亦以比於賢俊之蕃興何也樗雖不材而

風載之亦曰新樗夫薪之為用在祭祀則可以燎于皇天上帝及三辰而在農功

則可以助男耕農夫顧不重且大歟雖其大本不中繩墨其小之卷曲不中規矩

立之塗匠石不顧而方夏葉茂暍者猶就陰焉其德之及人不猶賢於喬木之不

可体者歟又況材之美如德祚者乎德祚且未老朝廷有司必欲

得之余不為德祚不遇憂使德祚他日隆顯在奉璋哉哉之列其亦無怠乎

農者之得養而賜者之得息用以不愧其世臣之遺風則善矣蓋於喜來亦云

書歸震川集後

鎮川草坪李氏萬卷樓藏書為國中第一余季弟之婦家也李弟自草坪來借

歸震川集二匣余誦慕震川先生之文數十年而今觀其全書矣始吾鄉

有金貞女者字而未行夫死為之守節先議政公亟詡之為文紀其事時公正

終前四年也既而先家君自京還錄震川張氏女貞節記以獻於公張氏與金

貞女事畧同而震川所引曾子問及殷三仁大指又與公合公讀之甚喜為命

酒引滿余時侍傍問震川何人也公手抽架上王弇州集震川像贊命余讀

兩謂千載惟公繼韓歐陽余豈異趣久而始傷者也蓋余識震川始此及

先公捐棄余則自勵為文詞頗惑錢牧齋之辭驟見牧齋文動稱震川意

震川文體亦如牧齋余家有弇州牧齋集而未見震川集也其後游官京

師從人借皇明文鈔稍得見震川諸作而余亦浸有見於文體之醇瓶乃知

震川不惟與弇州異趣即牧齋之學震川了不能似之也方望溪舉張彞歎

之言謂震川破八家之樊而攄司馬氏之奧此語亦太過當然繼韓歐陽則然

矣北宋以下吾未見如震川者也此集為李公滄軒所批評李公為金農巖之

門人而趙東溪之友農巖之文東方之寶也東溪於吾黨中尤傑然即滄軒

平日論文於師友間者可想見已嗟乎震川之世遠矣而疆域又限之矣柳

使余生滄軒之時及見農巖東溪而得與上下其論則或者不鹵莽如今也書之

○記申尚書事

此歲京師多盜漫延畿甸朝大夫至被劫褫衣於途民男婦嬰兒于被殺

傷無算人心凶懼右丞相建言朝廷設捕盜衙門置大將二所以嚴詗察也

近以諸營使惠之營使自有我改不暇辦捕盜事然責不可辭宜罷之

上倍營使父不欲有譴名然顧重丞相言特報可乃起原任大將軍當書

申公與判尹李公于家授左右捕盜大將即此二公皆世將 上所平日注

意者申公尤習禮知即勉為忠孝節至是入見 上請曰 上命臣捕盜即

有禁詗親兵盜者若之何 上曰聽卿為之退宣 上言於朝且曰即有上

司吏卒及諸公家傔隨騶從盜者若之何皆悚然曰 上且聽公我輩洵

敢干乃坐術門名列校授之指曰之某所取某盗灭來即鞫之具服輒

賓之法又謂賭戱者盗四也授指如取盗例其以重貨賭者治之視

盗律盗自是絶居月餘遠至幾潮□外居者不戒行者不警都下游民

惡少舊習為非者皆恐慑常若有捕已不獨為盗然也李判尹亦勤

校事事必與公吝相得甚難公雖嚴於法遇有不實者輒為之平

反武資以衣食而遣之以此□始畏之久而惠之李建昌曰余學古文喜

讀司馬班氏書見漢武帝時盗起内選三輔尹外遣郡國御史捕雅

甚多號為得人然當時之士皆專務文法取武健精辨名以事猜暴

主不難草菅人命以承上指取爵賞其事不足尚也方今人全至寬

至仁不忍人之德洽于萬民而惟盗賊姦宄梗教化害良善是憂不得

已而命公公平生具有本末非以一捕盜事自見者故其臣主相與隱

有惻怛之意庶幾所云辟以止辟期于無刑者此豈漢世所能及哉

夫世俗之士相聚道天下事必曰其可爲也及其所自道則曰非我所能

也夫事皆不可爲而人皆非其所能則國家何賴焉觀上之任公而知

得人委任事無不可爲可觀公之稱職而知一人用舍之效其章顯如是

歲春爲公六十一初度之辰建昌於公爲舊從事宜有旅賀之顧

不習爲世所稱壽序輒記公捕盜事庸自敍其所欲言而亦將以獻

之公凡事之可必傳於後者皆壽之道也即以此文壽公●亦可也云

　⚫　擬上宰相書當附朴吏部事畧後

建昌嘗聞朱文公之言曰採其本者雖迂緩而易爲力方全採本之道

莫如獎名節名節者士大夫之所以為士大夫也士大夫者國之所以

為國也子思子曰國有道不變塞焉強哉矯國無道至死不變強哉

矯孟子曰富貴不能淫貧賤不能移威武不能屈蓋必如是然後

足以當士大夫之目也昔孔子順論天下之高士曰世無其人其次曾

仲連以建昌所見所聞求之於今日則惟近故吏曹參議朴君齊教

庶幾可謂真正士大夫其人既已窮餓死矣謹具其事行一通仰邀

採覽嗚呼壬年甲申之變萬古所罕也　主憂臣辱斯其時也朴君時

在鄉無官守可以無責矣而終身以為大感平居雖不屑干祿猶翔

然有一用之志自此遂決意自慶或謂朴君不仕無義不知朴君之心

者也朴君雖不仕　國有喪有難必起非潔其身而亂大倫者特不肖

為名高衒鬻取美官耳朴君三年中以户曹參議召以外務參議召
以安邊府使召朝廷注意殷然於朴君固不為不用朴君自不用朝廷
不復強之所以待朴君始終無憾然朴君卒以窮餓死無妻子天道不
可知伏見國典怡退之士與道學忠烈清白同所崇獎朴君之先祖西
溪公諡曰文節亦以其怡退也欲瑩朝廷引故事加贈朴君一資明示
國家獎名節之意以風動士大夫庶使硜硜如建昌輩流知有第一等
事其所補於國家非淺勘也建昌與朴君平生僅再三見所居落乆不
相通閒徒以讀書知義能談說大體樂慕勝已者所以發於言語形
於文字煩且猥而不知止如此非夫人之為慟而孰為武惟冀諒察焉

○ 無苟齋李公墓碣銘

建昌自幼誦慕族祖奎奉君之文其為閩陽瑞誌序閩公掌官事曰

李叔和亦棄官奎叔和湖南人學行士也建昌每讀至此未嘗不三

復諷歎以其風神感慨大似司馬遷歐陽永州文章之絕響也因又

想見閩李二公之高致而又以李公他事行之未詳思欲訪其後人

而叩之今夏病滯京寓有以無苟齋行狀一通示余而乞銘者余攷

辭閩其狀而知其為李公遠蕭然整容既閩畢而自惟不佞之於李

公蓋巽然有素矣誠自愧文辭拙陋不足以闡先輩之懿美然固願載

筆而為之役謹按公初諱希春後改希夔自號無苟齋叔和其字也

為人頹如瘦鶴聲如洪鐘清介嚴重不可以非義干事親至孝居長廬

墓啜粥執禮無惰哭泣之哀聞者無不感涕教養兒之孤子必加於已

子宗族之居京貴執者欲取公之弟為立後計公憤甚累訴禮書得收

其成文雖被誘怵萬方終不為所奪嘗刷還漏籍奴婢贖千金悉散之諸

族不以自私游學幾湖聞尹敬菴一菴沈樗村諸賢皆以法器見獎然不

效世人執贄之為深戒托跡師門釣名當世者以為未耻英廟中薦授

厚陵叅奉明年章公条奉君之誌閔公曰判禮書者陽瑞中表親也有私

事於其鄉諷厚陵官報書請修改陵牆塗灰則長官可奉命往得轉

往庀其私也陽瑞不樂曰寧可故為剝落耶李希峻叔和為同官叔和

舊曰是謂取長陵一坏土誰敢爾也厚陵官不應此事禮判衡之攝謂

陵木有研根陵官就理會救免又是年秋厚陵紅箭門改託當孫典祀

官奉香祝至本府及隣邑守令俱會行祀在明日待監司差帖而帖竟

不來會者言雖未見帖行祭不可過卜日陽瑞曰無帖而入就位行祀私

謁無異寧不敢行而得罪是日祭不行陵官陪香祝不敢退夜大雨震

電衆皆籲恐陽瑞坐至曙不動時同官遹在告陽瑞獨在也竟改卜日

行祭監司以此被劾去既而陽瑞又坐他事就理既出即棄官爲終不

可祿仕苟容也李叔和亦去云云而今按狀言公在告聞其事慨然與

陽瑞書曰世道若此吾輩可以為笑遂并棄官公後甄復由慶基殿祭

奉累遷至漢城參軍又因事罷歸公雖為官前後不能久然所之職輒

舉其在慶基殿時與監司判官爭其辭尤屬然余嘗見班固作漢書

其載史記者純用史記史記所漏固為補成之然今人讀之恨其所補

處生色動態不如史記之舊況以余之文其敢續祭奉君之後我故謹

取必奉君所書　厚陵事而卷載之不敢刪而芟略其餘以為公銘

然觀公所禮判一語可以見公之臨大節不可奪而去就之以義真不

愧無苟之號矣又焉用累累然附書為哉公本廣州人右議政忠僖公

仁孫其顯祖也忠僖後四世內贍判官秀莞始居寶城曾祖諱章遠劇

司果祖諱漢柱忠義衛考諱以升承政院注書姚川寗兪氏以　禑庚辛巳

生公壽時七十有四而終配咸陽朴氏舉一男象顧象顧無子取族弟之子

鎮籙為後子孫今某□公之壻在寶城福峽之後洞距塋公之歲甲午干

支今再周矣噫當公從政可謂盛世然如公者猶窮遇難進如此此又余

所以累唏而不能已者也銘曰　我仲吾志吾守我職胡貴胡強壽我敢

厄孰之官棄之非高惟義所在不挫一毫有德之言可徵無惑述為銘有寧斯域

昌寧縣火旺山龍池曹氏靈蹟碑銘

曹氏以新羅太師駙馬都尉昌城府院君為曩祖歷高

麗有八平章事九少監入本朝勳相承至今號大姓

太師姚李氏新羅貴臣光玉之女也未第而有腹疾禱

于昌寧縣火旺山之龍池雲霧晝晦已而有身夢有告

曰吾東海龍子玉玖也善育而妃既生狀貌異常脅有

文曰曹新羅王聞之賜姓曹名之曰繼龍及長為眞平

王女婿嘗倭于萊州倭龍服曰曹公天人也蓋曹氏家

牒所記如此今 上二十九年曹氏相與謀為碑于龍

池之上吏曹叅判寅承實董厥事以辭屬建昌建昌世

與曹氏好不敢辭謹就其家牒之文稍節略如右余惟

氣化之事自商頌周雅以至左氏司馬氏所錄詭異多

矣而要亦理之所或有如蘇洵也一切辨斷以為誕者

殆亦果於自信而不知天地之大古今之味非可以尋

常之見圍之也惟東方人文之闢在最後新羅當漢以

後天下方樸散醇醨矣而化育之異乃逴逴類邃古事

惟其氣之畜久而發遲故能歷三韓千載以至我朝而

降材之美猶未艾也世胄之富貴福澤猶未艾也若曹

氏尤其昭昭者耳夫既有所聞與所傳聞以迄于今為

子孫者烏可以不信既信矣又烏可以不思所以表章

之曹氏之舉合於禮禮者所以重本始也銘曰

瀛海維東日戶月扉龍子之居宮以珠璣鱗鱗者騰弗

屑以妃儷焉遐頤昇氣而斐火旺之山其高巍巍其澤

瀚瀚浸于南畿有齊季女若或有依迤生男子其長頎

頎尚于貳館象服有祁鳥夷駣矣我懷我威發祕流榮

葉葉以輝惟忠惟孝同或有違神靈所祐其疇敢斁琢

詞于石以彰厥徽雲之裔裔有儼其旂

六化集序

士之讀聖賢書修身而行法天下之公誼也而或者別

之以為學則拘而不騃矣而又於其間朋分黨析各立

其私而不相謀焉虜蓋非一日也而通國皆然吾亦然

吾又安得無虞之人而與之昔伊川程子之止四方來

學也猶曰尊兩聞行乎知為今之士其亦尊兩聞而已

六化梁公始徙西溪文節公受業因以及酉峰丈成先

生之門當時薦紳諸公游扵二先生之間者皆與之友

其後諸公有流竄南方公則書疏相邅來不絕其風誼

之重不以榮悴顟福而移者觀附錄諸公荅書可見也

而吾家宗伯公昆弟亦與公善夫以建昌之尊慕二先

生而重有家世之故今為公遺集序思有以闡公之懿

則世之聞者又將謂余之黨私也然捨是而論公則學

無根柢而行無枝葉矣何自以見公余讀公自序六旬
有五猶逐日劄其行事以自省而勉及於古賢雖其所
劄今不存而其事則可知已又言溫公平日無不可對
人言者此男兒休歇處殆亦公之自道然也酉峰之道
以務實爲先西漢之學精苦絕世公其有以受之矣抑
公少舉進士第非無意於當世者儻使立朝從政以展
施其所蓄則風議之所被標陞之所歸未必不增重於
士類而時徂事嬗亦未必從容優游以老於湖山之奧
以究其外晦內明之業觀公絕筆二句而公之微意可
覘也與其有譽於前孰若無毀於後公之不遇未始非

公之幸也公儒孫在慶狀公行甚備且以是集求序於余

余為書所感如此近時士大夫遺風善教浸不如前往乙

有価棄規矩而不之怪者如在慶之篤厚可以與之誦伊

川之言也夫　　慎錫

李南坡遠游錄序

建昌南竄來詢於其學者近時名彥自蘆沙奇先生以外

為離軋曰南坡李公盖李公之於蘆沙嘗師之而蘆沙則

友之云公遺集若干卷將刊行臺憲金公待即崔公既序

之矣而公之二孫訪余復求一言余於公集未嘗闕其全

而今所寓目者遠游錄一四耳其中數篇又見公之墓圖

我先大夫如此而因以知公當於先大夫在時既及余
家庸是感焉於其孫之求而不獲辭然不敢曰集序而曰
遠游錄序則舉兩見乎且慨無以附金雀二公之後也公
所居天冠山在湖海之竟界公舊於其鄉博學富文既著
閒一方矣而余以是錄觀之其文詞沛然有餘地固已驗
其多積而發者也就中論俗儒與偏鷺之虧尤剌深詞峽
想見其心事炷牟乚不肎徇人頗即者艾之年徒步數千里
登金劉絕頂過都門獻賦取進士而歸此其風韻之倘然
又非拘曲者所能闚斯其為公也夫然公生於無事之時
老於開曠之區又得賢師以為歸庸言庸行悅而忘其窮

其於洙泗濂閩之道未始不終身由之而以道而求公則

泯然則夫平陂不常異言群起世教無宗之憂則誠有之

矣而學士大夫之誦法尚不為無人國□□□□□□□□□

滅裂遊□□□□夷則又不免以特立獨行既公然後始足以

謹於論□而未嘗以私意有溢辭公既幽□盧沙□□所自

重公也且以盧沙之於學可謂□矣而其教人則甚平實尤

居亦不外是然則公而有知其亦安於余文而不嫌其樸拙

也歟抑必如金崔二公之文然後可以重以世歟是未可知

○祭從妹父靜堂府君文　當在上

烏乎痛哉小子哭吾父之三牽而司事公沒司事公沒之三年

而公又大歸烏乎今烏而吾諸父盡矣吾諸
子盡矣夫以我家中世之不振而慶積扵吾祖吾祖
而教成扵諸子芝蘭列扵庭階闔閭儌耆朝迁當時之賀吾祖
若至謂為國家儲養人才其歌艷之如此豈謂扵今湎喪遂盡
名潜未隆扵上第年皆未踰扵下壽而若摩尼公與公摅世之日
尤佫辛不沾一命以終果何理也烏乎老之扵慶惠喪戚之餘困
之扵貧寠窘𡨚之中浸假而銷鑠之濟假而掩翳之自今而觀亦無
惑乎公之如星而已孰知夫公之盛時面貌如滿月言笑如春風豐融
之相可以映翠千羣超邁之氣可以傳盧勇畧至其欸憤折節屏燸
埼工偉然有古豪傑羨果之風吾祖嘗曰某文綵扵文緩某文髮達

松不如也某指公也松小子乳名也与子由今言之豈吾祖之有未聖

耶豈亦公之命然耶然嘗奉教於吾祖矣不愧不怍不移不屈乃聖

賢之能事而王京兆之恆自激昂焉伏波之窮當益壯抑其次也焉乎

雖千載之下想吾祖之風烈者猶當有感於斯語況親炙其下寧考乎

顧小子通籍數十年未嘗無綠毫之效裨補民國即亦未有涓滴

之潤以及於親交猶且徼倖名塗䆿勣習不自知其不免於承藉者

公則不然衷考生世以來亦嘗發一非情之言乎我知其無有也亦嘗受

一非義之物乎我知其無有也亦嘗干一非類之人乎我知其無有也寧

吶然終日於稠衆之舍不以為慍而吾仲吾說則聖人不能易寧撝焉

終歲於家常之務不以為疲而吾守吾分則天下無所畏至其寢疾自

如不可為而屋坐強食無惶容無惶譁議傾小子曰惶化者妾念也吾已

斷之美蓋公之所以能然者非為莊氏釋氏之說以解縣委銳為曠達

也特其勁正之氣筐攝方寸雖不能不為大化所驅而終不肯為二竪

之所挫辱也使公盍出而有為當義利禍福之際我知其必有大過人

以無負吾祖之訓者而其以於是則命也於公何憾焉雖然太上忘情

既非我輩所及而細人姑息之愛不能不見於舉扶之間念公於我屬

則父子而情兼師友長則十年而業同一時大會於前油燈耿之則讀

書之夜也洞房之外曾暑翳之則課製之曰也當此之時雖一梳水澆

之李數顛爐煥之栗未嘗不剖而嚙也斯晨斯夕其水其丘未嘗不

礪而從也眷我游官公漸窮老顯晦之跡既殊而聚散之途亦無常美

我衣猶華而公則縕袍我飯猶飽噉公則啜粥我之宦轍徧四方而公

則負手曳杖不離於茅屋菜田之畔我之虛名播一世而公則孤吟長嘯

與山風海濤相應答而已雖公無恙之辰小子無一念之不覺欷然而太息

報然而內疚短今萬事已矣無復及矣我安得不憾我安得不慟焉乎

公之為詩高而不至於詭切而不襲於甲寫景敘事真藝動人而調鏗鏘者

然幽雅傷時愛國悱惻近古而氣味不失溫厚雖其眾體未偹不知於

古人何如而視今操觚之士不見其可敵零紙闕墨病中手撿為一束小

子當與芳弟繕寫為完秩他日以付阿承美公既有丈夫子三人將壽成

就並行未可量而即此咳唾篇章雜甚寡乏豈以寓遺跡於人閒為

乎其猶可以慰公也欸為乎其又巳以慰公也欸小子既暇公之巹以病

徑還十日而今又來矣為此拙之文以徇公乎哭烏乎文有寮無寮哭

無寮哭有辛而恨無辛矣烏乎公乎其尚有聞乎其無聞乎

○貞一軒詩藁序

桐城姚鼐之言曰古者自太娰以下婦人之詩見錄扵孔氏後世乃謂婦

人不宜詩者誤也余謂姚氏之言固應援矣然凡所云婦人之詩多由當

時之人或羡其事或羡其志為之賦而傳之未必皆婦人之自作也且古

今人異宜詩之序曰在心為志發言為詩此以古人言也後世求詩扵發

言之外其勢無庸無學而能故天下之學詩者往往獎目妙事不兄為知

道者之所謂況閨幃之內組紃餁饎之是務而能與及扵文詞聲韻之間

以追風雅之餘徽哉蓋婦人之扵詩非心不宜且不暇且苟其有秀異

之才而持之以禮將之以德無分其工無廢其事則其發言之有章疇得

以遇之貞一軒者余中表■娬成母南攜人之號也娬實相國文忠公之

後而歸于文閭先生之黨蚤寡事兩世尊章孝順如室女撫夫弟如同生

晚歲養子慈之如實乳之其治家如循吏之治邑如老帥之治兵蚤你傑休

累數十年躬勞人之苦節而獨能為詩其詩多自述其思歸寧母舅得之情

與祝曰男之壽堅嗣之賢喜蠶稼之成而時復為出塞慷慨之辭游仙窈杳之

音太極理氣醇澕典奧之語而絕不屑見寒燈冷雨悽越可憫之態嘆書校人

而能詩如此其所為詩又如此尚可云不宜哉吾先母性簡拙不識書校人

少許可而獨呀稱姊嘗以師事吾母而母亦以之吾母之喪姊為四言五十

餘句以祭之其文足以達其情而亦以驗姊之於吾母可謂知德者也姊平

生所為詩雖成南二氏之人罕得見者惟余得以見之輒窮誦窶退筆以

藏之箧今歲夏余以不佳獲罪流于海島道過姊所居道雲山下登堂拜記

感故悲今潸然淚下姊為留之數日姊之子台永景尊吾事姊娓能使姊怡

然不復以家事措懷者已矣而筋力未甚衰亦不復為詩以所樂過於火

世景尊私語余曰前年有土寇之難吾母將盡室以避邊禍其詩纂于火

曰不可使吾手跡武隨於道路難之台永復收其副草編為一卷念非君

莫能序者將畋涉徃見而求之今君不幸而至此吾且幸兩見君敢以請

余曰使子無此言吾亦將以篋中之藏傳于後吾且相其後然子之用

悉則已至矣遂不辭而為之序姊嘗寄書於余曰吾一未以人有子一書

生世亂國危非吾所敢怩惟為吾弟旦夕以憂中庸不云乎其言足以興

其黙足以容為吾弟誦之姊之慶余如此又今之行則姊毅然曰可矣余

故呈之以詩曰重眄大家訊不作女邊言觀子此可見姊之有達識也

抑余能誦姊之詩能序姊之詩而卷中無一詩貽余者觀乎此滋歎其

法度之爲不可及也已

凸　雜韓經香太史文

年月日謹東向告于近故太學士韓公之靈曰余於古文篤好淵泉韻

澤彞嚴正督洸洸余生恨晚閒誰其傳時則惟公若惲於遷者氣之感申

以景瑈閟宮一運慰我娟娟玉署騎省武絲翮韡擬退習人戟謂柴余

之敬公非惟以年春風泛惟秋露拂絃瑟乎其容諝斗直置文章時

少此賢禽嗚咽晛日昃于天尾範晦粿來不渝不鐫山昌燦公三館兩潘

名完福偹理猶斯存云胡厭濁俙蛻選寋舊樂教清都枕手群仙卲逐而

睨太息涕漣闌披筵攘魚錫是其巳先惟茲一酌尚歆余饟

○ 祭徐秋帆丙建文

子之多藝國人所聞子之多毀雖我亦云我獨知子天分甚好心無一機

可與適道子始過房王母在堂余為獨婿慶之踰常異餽特遺華衣十箱

子於其傍曾不較量及余既仕猶館於子出入捧擁呵喤眣耳子不我厭

實以為喜子嘗謂余羨子匪他子之小腹文何其多剖我以半子寧不餘

雖則云然亦不好書子於貨財絕不區區百萬以下云有如無子於翰繪

既專且勤瓊贈玉䜩堆積於前人來輒攬時日盡所癖如此可謂不吝

子之遠遊琴一屨二謂子失路子方得意蛾眉曼睩不慕俠伯布衣之坐

日聞鄉澤既倦而歸家徒四壁無妻無子窮人之戚子猶不悲曰有老母

呴呴其恩孰云出後誑首科場結心朋友欨欨繩歛慈訓是受吾觀世士

兒趨禹言盜醫癰瘁自新其根子雖不撿足以踰人寧躓於人天胡不伸

聖主憐才召與之官何斯之濫戢于一榷惟子之家死孝三世既絕其胤

胡彡其繼天不可問我哀何既哀而無補我則負子妻家之德丈夫所恥

德厚情薄疾恨浸遠昔潘謀楊亦後悼止境雖如之豈如我悲念余妻窮

子傾于門叔稚姪長俚語有云聯襯出游人謂弟昆如影隨形十有餘年

匪直也媒孰如子舊衣雖獎猶有奕線舊器雖破猶有破鲎有如今

不遺一痕我哭則慟子聞不聞嗚呼哀哉

漪嵐洪君墓碣銘

昔吾有友曰洪君漪嵐長於吾七歲憶初見時吾方好少漪嵐頎而聲自

稱長者長者吾縣不敢折輩行久之乃稍狎然漪嵐眞長者吾相識不

為不多少見如漪嵐人漪嵐遇而通辯而不失厚羣居意氣藹然常若有

亂之無不漠然至遇有不可枉義則忼然不撓亦不難面責人內行備飭

以此蓋人者處事無緊漫皆有可觀人有爭徐以微辭解其際或調諧以

隨其尊公在京師尊公從仕景歲老且貧漪嵐奉侍甚善不使尊公有不

樂內外姻婣無慮數十家吉凶無曠月漪嵐皆為之相視必編

然吾諸人有文酒之會漪嵐又未嘗不在其強敏亦自倍過人然年僅三十

八以布衣沒歿後十五年漪嵐之子以銘屬於吾雖廢人事以文

為戒獨不忍不為漪嵐銘其欲詳著漪嵐事行以傳雖吾文傳不傳未可

知猶足以慰其子早孤思慕之心然吾亦浸衰多不能記記如是而巳漪

嵐嘗隨其外舅入燕與燕中賢豪游得新利武備書以來當是時朝廷尚

斤夷主戰守然率多大言無實事可以禦不虞者漪嵐有心人其求畫來

豈徒然哉當時乃欲以此顯用漪嵐固不屑之笑旣而事又變無

復問漪嵐而漪嵐亦死使漪嵐至今有知當獨以其身之不遇而為憾恨

武漪嵐諱祐屬宇稚彥其先豐山人徙慕堂文敬公至耳溪文獻公代有

名德曾祖吏曹判書文穆公諱義後祖南原府使諱錫金漪嵐以南原第

二子唐津縣監諱善周之長子入為世父成均進士諱健昌後配昌盛成

氏父判書縣鎬舉男三人承祿承宰承國其長與李則中進士科孫男女

幼漪嵐之藏在漢城東郊牛耳洞其先兆也漪嵐嘗與吾同游北漢宿於

向斟山泉而飲之明燈賦詩今惟記詩有歸韻也鳴呼游嵐歸矣其亦知字

吾之為此銘也歟銘曰

北漢之游宿牛耳君與公玉今已矣文一聖摩恤君嗣吾銘君墓文一誌公

王建朽姓吾李君之外弟德相似賢而無年思可唱尚蓄其贏伊後熾吾以

公玉附君紀史例之變古如此

論錢幣房屋疏

伏以臣茂蒙匪才猥猗　眷錄纍月之內　除旨聯翩至於京兆新衙尤非臣之所克當感　恩怵義躬不自有既已出肅思效萬一之報而觸事茲昧以愧以懼臣於見職猶自知其不稱況何敢出位妄言而伏見朝報有銀銅葉當交換通用之令矣臣學術譾劣不能廣引古昔尤踈於事物之理不足以明析利害第臣自有省覺以來每見　朝家有錢貨褻通之政究其流弊未有不為民國之交病雖曰弊不可以不褻褻而益弊不如不褻之為愈此不但錢貨為然而錢貨尤其著驗者耳理勢莫如是緒止沸不在揚湯方今之弊不患錢少正患錢多且其所以不能通融者以其二之也二猶不能通融況之為三為四而又用前所未有交換之法名目懸殊條例浩繁以我民之愚將眩而不能辨矣我民既眩則外人之瞭於分數嫺於通行者必從以欺之然則輕重之操縱

遠近之通塞其利又必有歸焉且夫當五之設豈有大不便哉則外方不善導行中則鼓鑄轉益苦癘遂至於折減計加罔有徵畏此皆有司之勢能對揚而法之不立也以已然者推之今此銀銅之貨獨能無碍於通用未有必也故苟有以立法則錢不足癥如其未也雖鑄黃金以為幣民不便矣或有曰癥更而致富強者多矣今何獨不然惟此一說適足為百弊之所由而不見其有經毫之裨益者亦久矣率由舊章弗咈衆志實維我　殿下一副成規遍域臣民所共欽仰攅頌而間以試可之　　念參用時措之務縱使所癥盡善亦當廣詢博採審慎堅定而發之今則議之未徧行之太亟近自廟朝之間已不能無齟勉之意況邂隄申蠹之眠寧可家喻戶說以辭其不虞之情共臣令安陳於令行之初者雖極猥越而誠以舉世之論皆以為人心必倍紛撓物價必倍翔踴流弊必不可勝道而獨無為一言於　　聖明之前者臣騙私忝惜之伏願

殿下淵然深思更議於大臣及諸有司爛加商確的見其必可行而無懈然後
行之不然則仍舊勿議儻亦勿更為鼓鑄以為去太去甚之計而惟民瘼是顧惟
大獻是經載其寧謐躋于鈞隆則民國耦為四百餘處其閭架不可勝計賃贈
臣輒查漢城府謄錄各國人之永買家舍為四百餘處其閭架不可勝計賃贈
房屋既載章程業經本府成券交給臣亦於接住之後依其所求成給幾處家
容接乎今若預言此狀於各國人曰已買之屋既不為少我民居接漸窄漸艱
卷而歷日思惟不覺怵然以其財富人多買屋不止則京城元居之民將何處
從玆以往須有限定云而仍將我民之昂價賣屋從中規利者稍加防制則猶
可為善後之圖然此係的量詳審之事非臣所能擅辦伏惟令內外衙門從長
議處之地千萬幸甚辛卯十一月初八日塋十九日　答曰省具悉錢幣事
爾不見年前大臣遂奏者乎下欸事爾亦有職責宜與統署講究也

請勦邪匪附陳勉院

伏以臣偶嬰疾手足拘攣歸伏鄉廬呻嚬度日近聞兩湖邪匪敢圖倡獗至

有遣使興兵之舉且驚且憤擔入閭伏見目前　綸音狼惻申複舞羽之德

祝綱之仁不勝欽仰萬萬且以御史狀啓觀之諭以飭使彼有退散之意可

謂不辱　君命然以臣愚淺觀於前史招安盜賊雖為一時之權宜而受撫而

復畔者其患尤不勝言抑臣聞之民而有黨王法之所必誅目周

官已然今或數百十民相聚而為擾必曰亂民誅之乃已況數萬屯聚豎旗等

城之賊乎間近日外國有所謂民黨之稱此邪說所以無君而害甚於洪水猛

獸者也豈意我禮義之邦亦有民黨之名耶以其煽邪則謂之邪徒可也以其

稱亂則謂之亂黨可也何謂之民黨乎名不正則言不順此之謂也且既宣論

聖旨有若曰皆我赤子噫彼匪徒乃敢稱以願達朝廷獲蒙　明旨認為赤子

謹當退散夫既蒙 明旨而又曰願蒙 明旨既認赤子而又曰認赤子此

其要君岡上悔美朝廷豈勝骨顱髮指而隨間爐啓雖體段之當然何可無請

討之辭也臣愚死罪亦有因此冒陳者大矣 王言至嚴至重亦不可以濵之

有願而乃有播告之倦也況貪墨儳劊何時不然而顧今有事之際尤宜振肅

刑政以謝眞個赤子無告被困者之心但恐不宜以此慰撫亂逆使之益驕也

夫 聖王如天之仁無故而殺一虫蟻猶所不忍況民命至重雖其陷於大戮

窘不哀矜而難愼然時有緩急事有先後教而後刑治安之政也先劉而後

撫哉亂之法也不教而刑近於暴不劉而撫近於弱其不可均矣彼本凶邪

漏綱之徒乃敢稱以伸辯肆然叫闇即宜鞫覈羣警以重國體而措置已不免

有失以至於今而極矣然今尚未睨 聖論既使擒納其黜果其即曰擒納則

猶可用脅從罔治之典不然則是皆怙惡拒化之類而非國家之赤子也明矣

然以臣所料必無擒納之理即令諸軍進征期於盡滅無遺以存將隆之綱以

息方來之禍決不容緩也至於所謂其學雖不知其何學而講符呪傳會識

謗護有其術不過托魅而已設有其力不過借藥揚是一種妖邪賤無

識無倫之甚者耳向來請所疑或以楊墨比之已不襯當乃於閭彼之語有

曰然則亦堯舜孔孟之道乎彼乃答曰然惜哉此御史之駟不及舌也設令匪

徒果即解散其將公行而號於國中曰吾之學朝廷之所不非也愚夫愚婦之

無知者又安辨其為正為邪為忠為逆且臣聞之使於四方有安利國家專

之可也制閫之任亦然矣今則電線之來去動輒閜議日異之情形必煩宸裁

此亦非所以臨難制勝之術也此皆就臣入閫所聞見而言之而未詳者亦

不得以臆揣而為說惟彼匪情扶轉益叵測況時日浸不可長伏望下臣此

章於廟堂即決進劃之計馬且京外親兵驕惰成習見賞而不見罰知恩而不

知法出陣在道愆橫必甚而臨戰不用命者亦必有之夫伍長得誅其伍什長

得誅其什有兵以來而通行未有不如此而號為師律者也願令諸師專用一

坊之法勿以小故而或貸勿謂極法而難檀俾有以一新精彩咸致果毅焉臣

愚死罪臣竊伏惟我　殿下至仁至聰有大有為之姿而　聖學高明既已洞

卷於古今治亂之要即今方寸上工夫尤宜加勉於一確字夫確者乾道也四

時行焉百物成焉固無一息之不運而其所以致此者確然而已人主之所以

治其身心蓋亦無所不用其極而至於大本大原大關繫必有一定不易之計如

學必以堯舜為期政必以祖宗為法用人必以辨忠直為先有難必以鎮民

心為本此所謂不易之計也其堅如金石其重如山岳其不動如北辰之居其

所其明白洞達如日月之人皆可仰易大傳所云夫乾確然示人易者也伏惟

垂省焉臣昨年夏猥以承旨召對伏承　聖諭若曰當言而不言非人臣之義

也然使其不能言者亦由人主之不能包容也臣承聆感激退即自語曰 上

既導之矣猶泯默孤負則此 聖教所云非人臣之義也第以職非言責難於

出位咨且至今未嘗一日敢忘於心然其間可言者亦多矣夫使今日朝廷尚

有告顧其人則無論他事只工伶一歌寧可家家無規箴之進乎見今宴禮

既過女伶想已罷遣而臣猶為此後時之言者欲逞 殿下惕然警屬力深燭豊

豫之或過而無忘於細累大之戒也鐘皷斷然後忠言進倡優出然後武備

假雖戰國之霸者猶然況今日匪躬乎且凡不急之務無益之用皆

宜一并撙節至於賞賚尤不可不慎有國之財用雖有內帑外司之殊其本皆

出於民寧可過而濫費我無名之惠既狃且竭受之者亦不復知感而惟不

得與於其列者并與常廩而曠闕眵眵眷咨不可勝聞是費恩而沽怨也況軍

旅之事有功可賞則將無以加於平時如其不及則何以慰將士之心乎大凡

人主無私財故無私惠無私好故無私臣一有不均不公國受其病而民必不

安朱子之告宋孝宗曰內損經費之入外納羨餘之獻使天下萬事之弊由此

而出可不監乎夫以　殿下則哲之明久於其道大小臣僚本末長短無所不

燭而往往蔑效而猶試已敗而復用畢竟至於收拾不得之境有識竊歎莫者

何以就以近事言之領臬之除物情尤譁臣雖未知其人何以得此聲而值此

艱虞決不可以佛輿論而輕方面則審美且夫六鎮之民常逃矣擇遣守令則

逃者復還濟州咸興之民苦擾夫擇遣廉使監司則擾者復安此皆一轉移

閒事耳以此驗之於為政乎何有為矯揉之術要亦無高論異謀不過錯枉

舉直使斯民悅服而已噫言路之雍塞莫近日若謀身者稱以識時憂國者目

以好事氣節摧沮風俗污卑有　君無臣其之胥吏有昔以來未有若是而能

眾父無事者也太陽赫然則蟲蜾莫敢呈形元氣或虛則瘵癃皆能為患臣故

以為今茲之亂不足憂而所以致此者可憂也可憂而又無所懲懲則雖有善

謀末如之何惟願 殿下奮發聖志隨事猛省昧爽丕顯以屬舉工日接輔

弼論思之臣講究安民弭寇之方尤於上項陳節財用擇藩郡等事留神採

納以為目下之先務則民國幸甚癸巳四月初四日呈八月廿一日 答曰省

疏具悉爾言予未知其可也廿三日 傅曰朝家命令未始不斟酌事宜而

乃敢持議於其後者其於事體道理果何如我不可無警 云云副護軍李建昌

施以遠竄之典

請討復䟽

特進官臣李建昌前吏曹參判臣洪承憲前刑曹參判臣鄭元夏等頓首上言

嗚呼粵在 聖上初服我 神貞王后親揀令族責求 元妃俾佐我 聖上

承宗廟子萬姓迄三十年受 天之祜誕育 元良用啓我丕丕基惟休惟戚咸

與共之中經百變亦既佯嘗自昨年以來隣情外訌逆圖內曼雖　聖上之威

斷尚有不能自由者況在官壺之內安有過失之可言籍或有之以　聖上齊

體之義念　東宮心孝之情何忍遽至於廢降乎然則今者之舉決知非　聖

上意也嗚呼窮天地而所未觀亘萬古而所未聞道路相傳曰臣弒其君在

二十日之變賊已行弒但未辨賊之為我人與日本人而已禮曰臣弒其君

官者殺無赦又曰居君父之讎言不與共天下不反兵而討春秋之例小君猶君

也彼閣部諸大臣以下在逵者獨不知斯義乎奈何掩匿覆盖若無事無

乃其中亦有貪禍倖變以售其脅上制下竊權逞勢之計者即不然則是不過

姑息之說其必以為復讐尚可緩激變不可再設使讐之再激何以加於二十

日加於二十日則有凶而已然不激而不凶庸有愈於激而凶乎且我之所大

恐積惴者強隣耳然日本人雖異於連臣外臣亦臣也果有其犯獨不可以伏

我法乎至如訓鍊兵則雖其覓凶猶狂是特朝鮮人種耳剮之
則斯磔矢萬民之興情如沸萬邦之公議四發被亦安敢復激要之作賊者在
兵則兵可誅也在廷臣則廷臣可誅也在外國人則外國人亦可誅也匹夫匹
婦之死而不得其命者猶無不償之寃豈有 國母被弒而讐終不復者乎嗚
呼竊後今十餘日上自 儲宮下至臣庶尚不能發一聲哭掛一縷麻天理人
情胡寧忍斯伏願 聖上亟下明命還收廢 后勅令偹禮發良仍行輴嚴以
伸討復俾八域臣民少泄賽穹徹壞之慟嗚呼臣等俱以世祿厚蒙 恩造
值茲凶孽宜死不死跧伏窮滛并關奔問籲天痛哭不能自已三十年臣事之
義言止於此惟 聖上矜諒焉臣等無佳辰痛崩迫之至乙未九月初五日送
于內閣自外還退十三日再呈復自內閣退却

辭 經筵侍講疏

死罪臣李建昌頓首上言伏以臣不忠不孝苟活至今忽於意想之外奉有去

月經筵侍講之 命乃居窮僻道塗梗塞晚始聞知於上下大變之後竊自悲

此日尚有此身此身尚有此官憧惶抑塞益恨一縷之支離而已近日之事乃

宇宙大運 陛下為 宗社臣民為 陛下迫不得已言亦何追臣所言者惟

臣之本來情事與現今義諦而已臣之祖忠貞公臣 當丙寅家初不忍見

異類之陵突兄弟捐軀并命 旋邱臣受臣祖辛勤教育之恩逮奉顔言若曰

他日汝不可忘吾之今日嗚呼三十年其間國恥 主辱可死之日多矣臣不

能死雖即今溘然無面見惟祖況值此大變縱不能死尚忍貪榮懷祿復

啓已閉之墊武萬古天下後復萬殊惟忠與孝決不可以一日廢設使臣優有

材識可以供奉通密裨補新政臣若揚揚而出則是忘祖也焉有忘祖而顔

君者乎不忠不孝禽獸不若 陛下亦安用此臣 為武況臣之萬萬無所能者

我疾聲之呼不遑支蔓如蒙

恩諒俾全其性臣當依托僧舍以終殘喘如加

敦迫竟不獲命臣惟有歸見祖而已臣言心此惟

陛下矜諒馬且伏聞

大行王后輓章製述官之入啓也臣名亦預其中云臣

陛下今不以陽界人自居尚

安有文字事苐非惟神恩眷眷末由緶屬而已并乞

安有功待

命之至　乙未十二月十四日送于官内府還退

辭海州府觀察使附陳勉疏

伏以如臣者尚可以臣分人事言我有大難而不能赴有大

竊而不能死苟息偷生以至于今　行在三月未伸起居縞素經歲尚稽奔哭

臣子之道曠廢至此苟欲其臺萬殞何贖而　聖度

簪履之眷愈往愈執部職官衙浮至三四今又畀之以一方之重䫄者　聖衷

常留臣名臣亦含靈異於木石寧不感激寧無隕越惟是區區羲諦籥有硬定

而株守者每奉一番　恩命徒添一層死罪亦不敢有絲輒額祗以　曲諒順

免為倖至昨冬讞讞衛疏始略陳其際而伊時悲憤所觸辭不能達且亦未知

其己徹與否今則封疆攸寄尤不容一日虛糜茲不得不仰首鳴號更申前疏

未罄之意雖其時不同其職亦不同而臣所謂區區之義則未敢有前後之異

也匪雖不肯當奉家庭遺訓粗知國厚臣死之義而臣之可死不死久矣臣於

近日每顧影語心曰使死於再昨年六月則不見昨年八月使死於八月則不

見十一月既往縱不能死無寧以餘生自畫不復以陽界人自居縱使邦域康

又仕官可樂此心不復改此脚不復出猶餘一段廣隅庶乎為不報之報雖以

此獲罪而死是亦無憾斯言固知猥屑豈不負道雖以我　聖明莫如之知何

以洞燭平況今所叨視前尤有加焉前辭後受於義何居朱子曰美宦要職豈

可從容辭遜坐而致之使天下後世得以嗤鄙之此可為準倖語也儻謂地方

不靖急病為義則是亦不然如其榮之貪而罪之悖

則雖急病亦藉口也要之臣罪臣固有知之臣罪當死有同在臣雖

死不能易且臣有累年痼疾手足辟躄鍼藥無效尋常家居百用幾闕年猶未

老豈無如壑思起之情而天實為之良堪悍憐此又欲進不可得之實狀也懇

乞 聖明諒臣言之非偽將臣海州府觀察使之任回授可堪仍令司敗勘臣

宜死復宜死之罪以為為人臣無狀者之警焉臣以職則外官也以疏則引罪

也顧何敢有贅陳而執筆至此自不禁衷情之激而憂戀之至兹敢冒昧有獻

臣竊惟尚來移 蹕乃一時之處戀逗惟蒼黃豈勝危悚前古人主雖或播

遷猶在宇守之地豈有借外臣之居以淹時月者中芟舍泥露節宣非宜翠

華金闕瞻迬如渴此已萬萬隹違而遠方魚魚之民罔所聞知互相疑懼亂形

愈熾訛言不息以今之勢雖曰下十行之 詔曰遣十輩之使盡復先聖王之

政宸居不尊則萬民不信尚何以籲眾感而遇擘爰孚嗚呼天道孔昭討復

既行 大行王后終事惟在 山陵而乃於畢至之月未行克襄之禮時雖孝

蕩豈有舉一國之力而不能 因封者千叠下之情彌深痛迫況我 儲官孝

思之罔極益復何如伏願 聖明惕然深思確然大定乃下 明命於輦轂禁衞

仍令禮官涓日敦匠以藏 復土之役 家冤替輼以調 清廟 大語中外使

斯民曉然觀日月之更故召老成之臣引進端方之士講究國政務為必可行

而無悔之道則否濟屯泄世且言雖無奇特為今之計諒不出此昔之

吾君者有曰用臣之身不如用臣之言惟 陛下不以人廢言千萬幸甚丙申

三月　　答曰省疏具悉辭受自有時義卿不宜若是黃辭

即為受勅赴任所陳諸條深寓激切底意極庸嘉歎

　再疏

伏以臣伏奉 批旨三十七言言言隆報辟岠以詔之華袞以褒之拜稽伏讀

感淚被面噫遜四載怳經百劫何圖餘生眇玆 恩論臣獨何心能不感激

至若辭受之有時義誠如 聖教臣於前疏亦曰其時不同但所處之義未敢

異也其大畧既具前疏今無庸贅陳而只以現今道理言之有臣於此自謂有

所守之義有難而不赴有恤而不奔拜官至觀察使而出則此其重得罪於倫

常名義將無以復容於天地間尚何暇與之論廉讓哉臣惟自廢而已決不可

以復為人朝廷處臣恐當以其罪罪之而已豈可復以人之事責臣哉蒙 聖

慈諒臣本懷不加誅殛俾其屏蹤靜省徐則臣心尚可少安此臣所日

夜斷祝者也如其以罪之身居榮之地抗顏於吏民之上着手於簿領之間遁

逃不得號籲不敢內疚外怍必發狂疾臣則惟屏蠹泯首恭俟斧鑕夫豈有不

可為人之人而獨可為觀察使者乎抑臣本來義諦雖不過溝壑之守竊嘗

費踰歲經序之商量銘之以屋漏矢之以息壤實非一時口頭辦者耳況既已

徵扵 君父寧或復撓扵方寸 臣才則拙 臣病則痼 傷時憂國自知無補惟欲

據茲狷隘抱而入地因此一念遂至辜 恩屑分積如山之罪矣雖使今日改

圖無以贖既往之萬一而并與區區所講者而破壞棄擲之無倫無義都無人

理如是而生不如無生言至于此不禁於邑申兮 聖明曲逐微願無俾臣強

所必不可強之任而得令臣當其必當之罪則臣雖在嶺海之外猶可以北向

誦太平萬歲以為塵剎之報矣

答曰省疏具悉卿之有所守朕勿更
已稔知猶且委異者豈其無所以然也卿
煩即為受勅

三疏

伏以今日何等時也 天步至此之艱 聖躬至此之勞大小憂遑日不暇給

臣獨以螻蟻之賤豚魚之頑召而不膺 諭而罔覺一顎再顎今至于三張皇

屑越惟酬應是煩殆若太平無事之日雍容修飾自好者之為此何曰分此何

事理 陛下之所以榮臣則至矣無自圂辭受時義之 諭已非凡陋如臣者

所克當而重之以激劝之褒今又許之以有守

陛下不誅臣書之于史後之君子其不曰有　君如此而臣乃如彼乎且臣則何

極而懼汗淚交迸不知死所　陛下之所以榮臣適所以使臣無所逃誅也縱

辭以對夫匹士之交至淺尚也然猶情功於患難感結於知已或以此赴蹈而

不辭況三十年　君臣父子值此之時奉此之諭臣有何惜不為　陛下回心

轉身惟　明命所使弟臣所引雖死不敢出之義辭已竭矣況今蒙稔知所

守之　批而猶此言之益涉惶懼抑臣前疏當有所守句語而苟究其實臣果

何守之有臣敢冒死而備列焉臣之不肖竊有私義之異於人者自朝廷外交

以來恒有隱痛深耻於中而臣亦嘗閱事覽緩心知時勢之不獲已不欲為無

益之空言黽勉含恐無所自別久矣至再昨年則舉國稱曰開化四千載先王

大法五百年　列聖成憲餘者幾希而上下胥欲惟越國是謀風氣靡然非

徒前曰交涉之比臣時方自謫宥還不在朝私念秋兹以往但可矢心靖獻
以為他日歸報之資耳曾有工桑恩擢出於意想之外即官歸嶺更之前曰
也階則已加職則已牽控辭無由歟悚徒功既而恩之臣已無所用矣朝廷以
舊制空名侈之仍許其開散似猶可以奉承故乃敢告祭禰廟以慰鮮民之私
懷亦復家居珥金與村翁野老共詫國恩然陛秩而未蕭命則不敢服是
服禮也百名頑多有其例而臣則冒行如右遂使當初所矢之意闇昧不章而
世之議者必謂夫也以其家之人首超擢於開化之初而自以為榮臣其可
曰有所守乎至若協辦特進之除堅奉出尋常萬萬同朝皆為動色而媸則
止或尼之徒添一番葛藤繼而通賊闋入威福幾秽溷天之禍自此而兆臣於
伊時尚不敢開口發一辭請討臣其可曰有所守乎嗚呼痛矣八月之蘖地坼
天傾臣與一二同志沐浴聯章并投內閣俱未得徹遂痛哭而止如使臣忠

憤果如古人則豈不能持斧當道一礪刃剸賊而徒為是泯泯今於天道稍定

王綱少伸之後始敢顯言如此臣其可曰有所守乎嗚呼向來之事今宜不敢

退提而姑以臣下所處言則主佩垂而臣佩垂下從上也況重於佩者苟其

不欲則亦宜叫天而諫諫不欲則鑽地而死乃分之宜耳況臣又適有可言之

官而囂囂草祈辭只引私義不僕進止日夕窺覘於海島山寺之間以留此種種

其間亦嘗廢粒忍饑擾艇思隊而終不能辨活至今日安穩家居臣其可曰有

所守乎然則臣所謂所守特不過不入京従仕耳而因此廢倫常之大分重陷

不可贖之罪又尚可以有守恕之乎凡此臣所不能守之實旨　陛下之所未

必燭而臣於二疏輒敢自謂有守僭妄之至轉歸欺謾仰累　聖訓臣罪萬死

愈知其無所逃矣然臣既以此一段厚蒙前後偲嘉至以為稔知且有委再所

以然之　諭則臣何忍并此而壞棄之重以玷　則哲之明　陛下於臣既知

其然則又何必奪其所以見知之本領使至狠狽而無所據夫不免為不識倫

常徒貪寵祿之臣而已哉蓋國厚臣死原有此義不死則廢是或一道年來國

竊同極至此其已出而有材具者固當眷戀　君側彌縫國務以贊新膽之猷

而如臣蹇拙適又在野羣偶獸而不返指瞰日而為期者雖誠無裨於事要亦

各盡其心就以國家事面言之今日之勢疲賦羸乘無可以敵晉楚之閒而惟

所謂士大夫廣隅禮防者乃彼之所無而我之所有猶可以為一分較摯拄

之具　陛下盍亦有以少留意焉然其以臣一身上則與其僚臣而迫且莫如

罪臣以遂臣之願臣願遂而　王歐得笑是或生不報之報也或謂　聖諭時

義所以示前後之不同臣亦豈不仰認而臣之所以廢者以不死耳使臣已死

時雖不同庸能復活乎既以不死廢廢猶死也廢不可以復起何以異於死不

可以復活乎此可以一言斷也臣今不顧煩瀆竊又有陳者臣於近日屢奉

恩言不勝感激亦嘗仿復佇蹰躊別尋道理而不但廢不可復起如前所云而已

設令有可起之萑靜究事執窒碍孔多第以一時字觀之　上既以是詔臣

亦以是復于　上矣而將以遍告之于林林蟲魚者則彼且惜然曰前何以

異於今後何以異於昔雖號為識字知義稍有分曉者亦漫然莫其所以聽

諸一鄉可知此八域所以繹騷而疊盜所以料連者也臣雖鄉居每念至

此輒不勝癃恩今為觀察使矣相如至蜀先諭威德韓愈赴潮言神聖此

臣職也設有海西之民間居如焎然漫然者之辭則臣固將正以告之曰欽秩

命討悉出乎上關石和句將由乎舊民曰若是則　陛下已還法宮乎已復

禮飾平　坤聖山陵已涓吉平臣必曰未也民則曰猶其未也安在其云也

臣何以應之不惟臣之不嫺於辭通一國二十餘糵觀察恐無能應之者也至若

政令靡常舉措不定或新或舊刻銷班駁使民莫知其所適從兩郡亦莫得

以奉行則猶其末而不暇恤也　陛下誠念及于此即日還御偉舉典
禮確定規制則為　陛下之有司者其誰敢不奔走承事以虔職守為其若吏
若民者其誰敢不恐懼龍伏以遵科條如其未然則雖有熟鍊更事通諳時
務真可以當一面任大事者猶將退步却顧而不敢前況如目之至闇至踈畫
無能者半雖然臣既矢以自廢則能不能猶贅語耳故此二疏并未暇控其
不能之狀而今乃闕繕者竊有感於嘉歎之　聖春欲更申吁曝之獻而不敢
復以尾附躍煩故只以目下之情亦以臣目此以後嶺海金未
惟俟嚴誅難可復以語言文字得徹　注纊媛迷子之將辭嚴父自不覺哺哺
於口猶冀其得憐之也　臣之裹赤輸盡此紙益不違裁蔓不忍删惟　聖上垂察
諒其情之雖近於愁而實出真摯審其罪之雖由於驥而積犯觳慢私以安
之公以正之特令有司置臣放流之典毋遣差代無曠民事公私耦幸良方席

藁縣獄無任戰栗待命之至 懇分義道理寧容若是卿則施以仍其職即其地補外 答曰省疏具悉已有前批又此煩

歲乙未立春自書帖子曰以其彙吉容有過而問曰拔茅茹以其彙征吉恭初

九也拔茅茹以其彙貞吉吾之初六也今曰以其彙吉敢問美彙之以主人曰有

是哉問乎有天道焉有人事焉以天道也則可以恭失以人事也則猶未離乎

否夫征與貞一也吾美容心焉然自今時而言之則貞其吉也容曰既曰征與

貞一也又曰貞其吉也是舍恭而用否之君子之於情若茲其遠乎曰非然也

子欲聞易之說乎泰與否反而恭因乎否否因乎恭故恭而征者

乃否而貞者也否而征者乃恭而征者也故曰征與貞一也易有卦與爻之辨

子知之乎夫三陰三陽之卦謂之恭夫既謂之恭則小往大來吉亨而已夫安

有所謂拔茅茹以其彙征吉者耶所謂拔茅茹以其彙征吉則斯爻也非卦也

故恭之初九者恭之升也自是而之謙之坤之豫之萃五變而否其惟召亦然

吾之初六者否之先妄也目是而之履之乾之小畜之大畜五變而恭失然則

幽其恭而之乎吾昌若吾而之乎恭故曰自今時而言之貞其吉也敢問奚以

則可謂貞乎曰程先生之説備矣敢問貞則一於吾而已奚以之恭乎曰吾我

問乎孔子於是曰拔茅貞吉志在君也程先生又申之曰君子固守其節以

處下者非樂於不進也以其道方吾故安之耳志未嘗不在乎得君以濟

天下也夫其志之在君則否可以之恭矣敢問志在君則斯可以之恭乎曰吾

我問乎志在君則斯可以之恭矣子知吾之所以吾乎上下不交也上下不交

子以為其咎專在乎上歟柳亦在乎下耶夫易之道廣矣大矣有為上而言者

有為下而言者夫既為下矣則專言乎下可矣惟為下者有咎上之心而不自

以為咎然後下不交乎上下不交乎下矣夫既上下不交兩為

吾至於是而處下者猶曰我無咎也若是則何時而交乎夫惟君子不然其心

曰我之咎也非君之咎也君其或者用我乎我其有以得乎君而尚有以濟天

下乎天下之理感斯應而已莫畏乎下莫高乎上而下感乎上則上未有不應

莫實乎一身莫眾乎天下而身處乎天下未有不應感而應則斯交矣

苟甚不然是吾常一拃而吾而貞不足以為貞矣敢問恭因乎吾吾因乎恭若是

則吾雖之恭而恭又有時而之吾矣若之何曰是非邪嘆也惟恭矣而能不忘

吾則常恭可也為上而言安不忘危是也為下而言吾恭危是也為下而雖征

亦貞也貞可以無征征不可以離乎貞故曰征與貞一也而貞其言也敢問曙

為棄者曰以言乎內則昆弟吾棄也以言乎外則朋友吾棄也以言乎遠則吾

國之人皆吾棄也敢問不及天下何也曰大言無當客既謝去演其意而為之

頌曰英英白茅厥有三脊藉用維酒王祭是儐屏于空谷蕭艾與羣用舍雖異

有聚無分吾之在初體荼德剛爰啟其彙靖潛退藏雖則潛藏志不可忘苟其

怠君雖貞匪臧藐茲人身然于下上匪直也參裁成輔相天地有吾人曰我無不伸

幹地回天冬可使春一心之微力于下鴻句苟非其然矣貴乎人曰我兄弟及我

朋友濟濟青衿林林黯首無曰吾矣吾終則傾以其彙言矣我春年

書曾子固論揚雄書後

甚矣曾子固之謬也其論揚雄傶之箕子且曰雄遭王莽之際有所不得去又

不必死辱於仕莽而就之不去非懷祿也不死非畏死也辱於仕莽而就之非

無恥也在我者彼之所不能易也甚矣其謬也夫雄之不去非懷祿而何不死

非畏死而何辱於仕莽而就之非無恥而何子固而為雄辭謂無恥也則姑曰雄

非無恥也惟懷祿故耻而不能去惟畏死故耻而不能死云爾則斯有說矣顧

云非懷祿非畏死而又非無耻吾不知其以為雄解也箕子於紂為同姓之

臣固有所不得去與比干諫紂紂殺箕子固不得以自死紂

命之囚固不得不就若為奴則箕子佯狂而為之非紂奴之也雖紂奴之是亦

君命之為奴不得不就若雄之於莽以不去矣以不死矣以仕而就之之然論

雄者不必論其去不去又不暇論其仕而就之之可與不可

耳莽之為惡逆與夫雄之嘗委質於漢而北面事莽之為醜夫人而知之雄其

非人乎子固易得以謗之抑子固所謂在我者異何物也將非所謂道者耶夫

嘗委質於漢而北面以事懿遜之莽此其在雄者固然耶是誠無恥而已焉有

無恥而為道者抑在雄者固非然耶是雄之道雄自易之又不待易乎莽也而

猶曰彼之所不能易吾不知所謂何物也其子佯狂而就四奴曰奴

則辱也佯狂則易也而其子之道原而逾光易而逾辱不失其正茲其所以為明

吏也雄則易而肆志則未嘗易也故雄之道以榮而逾辱以肆志

不拘肇于執太玄而肆志則其自謂曰我異於是執太玄方湯然肆志

惟見其庚也安在其所謂誳身而伸道者耶是也雄則誳道以

伸身且此道以存身者也子固又引孔子之言曰磨而不磷涅而

箕子者可也若雄則既磨而磷之矣其誰謂之堅既涅而緇之矣其誰謂之白

今夫執物之磷者而為之辭曰是雖磷矣其堅不能易也執物之緇者而為之

辭曰是雖緇矣其白不能易也其孰然之且夫雄之仕莽考之於史非莽之刧

雄也雄自仕耳若是則雄乃自磷而自緇者耳又不得以磨與湼解子固又謂

美新之文非可已而不已者美撰而云乎其謂仕薺重而美新輕既不得已於

重則其輕者不可已是其言則似矣然是唯雄仕薺之重然後置美新之輕

則可也若子固方以雄之罪之重者謂道宜通則於其輕者又美不以為道宜

爾而顧獨以為鄉黨自好之士所不為云乎且美新又不可以為輕雄之仕薺

懷祿而已畏死而已矣懷祿畏死而仕者猶未嘗無耶也至為文以讚惡逆

之薺則真無耶矣是亦不可得以已乎抑雄為太玄時薺猶未篡笑而雄為薺

述符命以附於其書是雄之讚薺在仕薺之前巳久笑子固又笑以解之子固

言學有所進則於雄文每有所得此子固所以不敢毀雄而為雄解如此其至

者也余於子固之文亟好之余文有所進則於子固亦每有所得子固之好雄

諒亦無過於余之好子固也然余唯好子固之文而未嘗以文為道故於其所

毀而毀之不講其繆而伸吾說以辨之子固則以文為道者也故終身惑於雄

而不自覺其非也夫以文為道非惟子固為然漢以來號能文者皆然雄亦然

雄蓋自惑者也無耶而不以為恥反以為道自惑而不自覺者也雄之罪至子

固之後乃定今不足以復辯惟余深有惜於子固而言之亦以為文人不知道

者之戒也

○與洪汝園論荀殘書

頃見示荀殘論義理固醇正然或過甚或漢之忠臣也其情苦其跡隱蘇氏

憐其然也激而贊之有文王伯夷比儗之不倫蘇氏亦以此見罪於朱子然乎

心而論蘇氏之說固未必皆非也蘇氏謂漢去天下大亂或以為非書操無可

以定天下者故佐之攘受九錫則死之此或之實錄也紂之時也操奪天下於

帝之時不可以無操文王三分天下有其二是猶有紂之天下也操拿天下於

羣雄之手雖其以詐力不以德而寶未嘗取漢之天下乃以天下歸之漢耳夫

以天下歸之漢而卒不敢取漢之天下者孰使其然也伯夷無救於紂而或有

造扵漢世以伯夷為忠扵紂而或為不忠扵漢此蘇子所以憐之也世之那戈

者曰操挾天子以令諸侯或為操定天下既為操需反死扵操其死無名兄之

論亦云吾謂操挾天子以令諸侯或則挾操以存漢其事同而其情異也當時

使獻帝不為操所挾亦將為羣雄所挾而其勢萬〻不能自立時所謂羣雄如

二袁董是也彼其定天下之略不如操而其不臣同且使彼定天下如操則

夫羣雄之將也故起而佐操挾帝以定天下盖佐操以挾帝者正所以挾操

而佐帝也操不為殘所挾則革歇之徒雖有為漢之心亦不足以沮操之篡況

且媚操以速之篡乎惟或可以挾操挾操為殘所挾而操之篡遂或扵此盖嘗思

之矣操為漢臣而已佐之非佐操也操不且扵漢而已死之非

死操也乃所以死漢也操殺殘而取九錫栽伏后殘不死操可以無九錫伏后

可以無弒或不死而操先死則雖丕可以無篡而獻帝猶得寄受名扵上漢之

宗廟猶得以延一日之血食要之或死從後漢亡此或之心也或方矢死而不
邨逞邨世之議議者平韓退之謂伯夷舉天下非之而不顧或有焉然伯夷瞳
之清者也或則失身於操者也誠不可以比伯夷吾謂或猶可以比狄仁傑仁
傑見武之代唐而猶事之或視仁傑尚優仁傑不失為唐之忠臣者以其心也
然則或之心吳獨不忠於漢武兄又謂或勸操以高祖關中光武河內之說證
或之助操甚基漢此兄之深文也使伯夷以堯舜之道告文王則將謂伯夷助周
以翦商于孔明初見昭烈亦以高祖之說進方是時獻帝猶在也昭
別雖漢宗堂猶為獻帝之臣昭烈之不可以為高祖猶操之不可以為高祖光
武也在孔明則人不以為非在或則罪之或其服辛嗟乎使或老死高陽里而
不出於世則或可以無罪然或王佐才也心切於為漢而急於定天下故出而
佐操是或以才故見罪非或之不忠也苟以才而罪或則人必無才然後可以
純於忠矣愚不敢以為然弟有近著揚雄論附去罪雄不罪或其義一也

承書論荀或事其喻盛指夫心難知也可見者跡耳兄謂原情以恕跡不如道

壞其跡而誅之良然然兄之誅或以或佐操之跡也弟之恕或以或自殺之跡

世佐操之跡固而自殺之於為跡亦大矣是則弟亦未始壞其跡而恕之

也兄謂或陰惡陽善以欺一時如王莽而久終自見是以或之佐操比莽之議

恭而以或之死比莽之篡惡乎可也若弟之論則異於是蓋陰善陽惡以欺

操而終亦不能不自見者也兄謂或死不能沮九錫雖生何能沮篡又謂與死

於九錫昌若待移鼎而死是又誅或已甚而失其平者也假有漢廷大臣沮九

錫而死則兄將曰其死無名耶其人死而操終不敢篡則兄其不曰□九錫乃

以沮篡耶操雖不敢篡及至竟篡則兄又將延咎其人曰昌不死正而死操

而以其必不然故踈或以佐操是矣并與其死而抹摋之則已甚焉而已或

去耶其必不然故踈或以佐操是矣并與其死而抹摋之則已甚焉而已或

之佐操弟既言其故矣以王佐之才急於戡亂借操以定天下以世臣之義患

於漢室緩操以求延一日之祚此其本懷也為操畫計俾有以濟其始之所欲

西甚且以關中河內之說投其所樂聞俾信已而不疑而謂陽惡以欺操也

覘之以義誘之以名俾其有天下而不替服事挾天子而不敢問鼎以操之奸

雄何畏乎文王何慕乎桓文終身誦其事以自抑其不屑之心而不知其自

隨於書生之術中非惟操不知當時之人皆不知非惟當時之人不知後世之

人亦不知使當時與後世之人可知則烏足以欺操乎抑或之心以為操老矣

丕董不足慮一日操死而已在則可使歸政於天子縱其不然天子自起而誅

曹氏已為曹氏之薰與伏罪而死亦不敢恨此狄仁傑之心也兄於仁傑

則明其惡兄何以證之五王自五王耳於仁傑何預仁傑惟幸而為前董君子

丕與故弟亦從而與之以為恕或之一助而已至於或則直撼或之沮九

錫足以明其必不佐操以圖篡直撼或之飲藥而死足以明其必不以漢而獨

存直撼操之或死然後受九錫弒伏后足以明或不死則操不敢九錫不敢弒

后遣擾撼雖殺或取九錫而卒不敢篡足以明操死或在則丕亦可以無篡川

皆的然有證豈如仁傑之廢帝夷廟易國而不去老死於武周之廷者君子猶

以為忠而兄亦信之顧獨甚罪或何武仁傑以老死而終不能自見或以自殺

而終不能不自見此皆所謂跡耳雖不當以此斷仁傑之為未忠今反以此斷

或之心為詐天下寧有以死詐者乎昔歐陽子論裴樞等曰使樞等不死尚惜

一卿其肯以國與人范淳夫尉之曰樞為全忠薦引至宰相太常卿小事視昭

宗之死孰重歐陽之論可謂厚矣范之論可謂正矣范之論似歐陽兄之論似

范然或之兩獻帝未嘗執也九錫非小事也而或之自殺又非如樞之見殺則

雖范氏可以無罪或矣又謂罪碓不罪或不知何義兄篤信朱子者也朱子

於揚雄之死書曰莽大夫揚雄死以褚淵馮道之所不加者加之其於或則書曰

侍中光祿大夫軍事首或自殺所以明漢臣也或死未幾而首或死則書曰

魏苟攸卒系魏而去官是攸之所不能而或得之矣雄之名濫故加其罪以彰

后遣擾攘雖殺或取九錫而卒不敢篡足以明操死或在則丕亦可以無篡此
皆的然有證豈如仁傑之廢帝夷廟易國而不去老死於武周之廷者君子猶
以為忠而兄亦信之顧獨甚罪或何甚仁傑以老死而終不能自見或以自殺
而終不能不自見此皆跡耳雖不當以此斷仁傑之為未忠今反以此斷
或之心為詐天下寧有以死詐者乎昔歐陽子論裴樞等曰使樞等不死尚惜
一卿其胄以國與人范淳夫歎之曰樞為全忠薦引至宰相太常卿小事視昭
宗之死孰重歐陽之論可謂厚矣范之論正矣之論似歐陽兄之論似
范然或之時獻帝未嘗弒也九錫非小事也而或之自殺又非如樞之見殺則
雖范氏可以無罪或又謂罪雄不罪或不知何義兄篤信朱子者也朱子
之或之情隱故伸其死以表之罪雄不罪或朱子之戲然耳兄又何以舞
之或之[　　　　　　]雄已以者削馬道之亦不忍者[　　]其[　]爰則曰書曰
不[　　　]
魏苟攸在系親而去官是攸之所不能或得之矣雄之名瀦故加其罪以彰

梁進士進永晚義集序

凡為文章之術無它焉多讀古人之所為而慕而欲之以吾之所為期乎古人

之所為而已然欲之近與不近在乎慕之淺與不淺慕之深與不深在乎讀之

多與不多所謂多讀者又非以一先生之言兀然終歲而讀之之謂也天下有

不可不讀之書雖其數而舉之要不下千百種目非志氣銳聰異達之

士不足以言讀書不足以言讀書則又傷可以言文哉治科舉之學者撐帖

括求售於一時而直以古文為迂闊專心於經旨者改論聖賢之精微而以雜

書為戒斯二者雖其庫高之不伴而其所勤之不分與致力之易以為則同若

所謂多讀而慕效為文者雖不知其於道果有令乎不乎於世果有用乎不乎

而其為之而致力則甚難矣故科舉之學者在郡益郡在縣益縣斯無論已極

乎儒者之事而世所稱經學顯門名家亦往之有之惟能文章之人通國而指

不數屈其勢然也余竊有感於睌義梁公之言其曰誦六經章句數十萬言博
涉乎洙泗窮究乎洛閩凡性命之原禮樂刑政教化之具出而措之於天下國
家之故靡不瞭然兩漢盛唐詩文作者之流二十四代歷史之編徧搜而廣記
發為文章以鼓以舞蓋公之自道如此則公之志可知則公之才
又有可以想何其壯也湖南古㟃人才之府余於茲方多與其君子游蓋信前
聞之不爽然要以公昕云云者蓺之則前乎公而未必多有後乎公而又無可
以當之若是則雖公之為文皆快然惢如其所願欲而無少恨歟抑負奇不
遇抗癸言於羣挫之中以求一信於天下後世之人而不自知其筆墨之酣飽
也然士而如公信可謂能讀書矣能慕效古人之所為者美公十上禮部七十
始成進士其所治舉藝波乎遠近至今傳誦若其自號則又渼有勢於潔淨精
微之教而炳烂未已然余則以為舉蓺以至經學公亦無所歉於前而充於後
者也要以公之所自道而想見公也平生於斯集之中與斯集之外則幾矣諸

以是訟于南方之學者

先主崩於永安謂孔明曰嗣子可輔則輔之君可自取之後之論者嘆先
主英雄所以得孔明之死力而君子又譏先主不當以此術用於孔明余謂二
說皆不然先主之言先主之誠心也非所謂術也克之子不肖讓天下於舜
亦以是命禹古之人固行之矣慕容儁以其子暐托於弟恪如先主之言曰
臨死之際豈有虛飾慕容儁者僞之所不為況先主晡乎曰然則先主之心猶克舜
之心乎曰克舜以天為心為天下與舜豈為聖人之公也先主以已為心而托孔
明以半其未半之業英雄之私也然美雄之私比諸眾人之私則又公也然
之莫親於其子故為之產業以遺之如其子不足以保產業則寧棄產業而
不忍捨其子英雄之私莫貴乎天下故樹子以守之如其子不足以保天下則
寧易子而不忍失其天下故曰英雄之私比眾人之私則又公也然其為大小

廣獲異而以已為心則同故英雄之私亦無以異於衆人之私世先主起自

匹夫百戰艱難以得區區之梁益而其所欲天下之二則至死而不能取其心

以為身後一阿斗非惟不旦以取天下且恐不足以守此既有之梁益真可痛

惜惟孔明十倍曹丕旦以取天下而且吾所以得梁益者本孔明之力也即以

梁益與孔明以固其守而因以進取天下吾則何憾焉然棄辭以外猶無若子

與臣之事雖欲行之孔明之忠必不居吾室而通曩子先主於此急之孰矣馮

言雖若逆庭然而其情實猶婦人女子垂絕可憐之辭逞暇為英雄籠駕之術

凡執手不覺誠心之露而不恤已之失言也又不恤以此傷孔明之心也蓋其

用於孔明武記有人詠史曰永安是何地君臣永別時握手吐一言君可自取

之言者實無心聞者豈不卷願世肝膽交慎勿賢虛辭謝詩人有激之言也然

甚失先主本意趙雲衝長坂之圍抱阿斗以見先主先主擲之地雲曰雲死不

恨矣當此之時先主之心寧可以無阿斗不可以無雲雲戊以阿斗而死其擲

何誠而能風今雖妖源如孔明後顧也英雄之私雖與聖賢之公不同未有

吏曹參判洪公墓碣銘

故吏曹參判林樵洪公有嗣子曰承憲蚤貴如公官迹時不造東志潜

私與其友李建昌相好也歲柔兆涒灘建寅之月以書及幣来曰不肖旣

為吾父誌幽堂矣而盧麗牲之石庸以誄君子者有年今兹日亟事不可

以綏昕羨卒不易儴如以友也宜莫如子是以請建昌禮辭不獲竊惟洪

氏奕葉名代至太史文獻公文宗一代其後世掌史職士大夫家求銘其

先人惟不得于洪氏是懼短銘洪氏乎以建昌之寡陋其何以當然時有

隆有汚禮有豊有殺令之時匪可以盛美為也嗣君之求銘公而俯取建

昌非惟好之之過耳其道則然也嗣君之述公曰性溫粹篤於孝友年十

八祖考文貞公奉使赴燕考參判公從行沒於館公迎喪於千里之外哀

瘠隃制終身以為慟侍母夫人疾不交睫解帶者屢年與季弟同處四十
年教導甚勤弟後以循良著居鄉與里人約勸之以惇厚久而成俗嘗監
江東縣重修文獻公昕等萬柳堤以惠民居官以興學為先廩平仁愛闔
境妥之此公大畧也最公自童子時已應選入見　翼宗於東宮獻詩蒙
賜予為時昕榮及登第入翰林受知　憲宗顧問有加人且期之以朝夕遂無意於世
廊廟矣而自文貞公捐館舍公承重受衰婦廬于鎮川虎巖之墓側服闋
除拜多不就非有國家衰慶未嘗入京師雖入未嘗久留跡絕於貴勢之
門身超於要競之途前後昕踐歷久次例遷而已被服寒素惟以文史自
娛或登山臨水逍遙徜徉有塵外之思公蓋以此終而嗣君昕云平生出
處無愧古之士大夫者是已嗚呼綱淪法斁災眹荐臻世道不可以復問

後生薄祐相與悠淚歎咤回想熙春之日邈然如三英之世而當時已有

不樂進利如公者則似乎遠於情矣及究事變之所以至此未始不由於

士大夫耆利忘義之咎而使國家興受其敗古之士大夫其知之矣公諱

祐命字稚順林樵其號也以 純祖十七年生 憲宗三年中生員十年

擢增廣科歲拜藝文館檢閱例陞別兼春秋累拜司諫院正言獻納司

憲府持平執義弘文館校理應教。同僕寺正南學教授及兵曹備局禁營

即又嘗為實鑑纂寫即以勞陞敘其出江東則以乞養也 哲宗四年以

上號都廳勞加通政階累拜承政院同副左副右承旨敦寧府都正禮

曹工曹吏曹叅議今 上二年以冊寶對舉勞進嘉善階拜都摠府副摠

管。春秋館義禁府同知事承文院提調漢城府左右尹工曹吏曹叅判以

七年三月卒越三月葬于天安郡日峰山文獻公之墓左與夫人墓合

洪氏系出安東之豐山縣高麗時有諱侃都僉議舍人號洪厓始以文顯

有諱龜〔右領〕即將麗託戒子孫不仕五傳至諱俔僩祥大司憲贈領議政謚文

敬學禰為慕堂先生再傳諱柱元尚貞明公主封永安尉謚文懿四傳諱

良浩判中樞兼吏曹判書弘文藝文館大提學號耳溪是為文獻公生諱

樂源贈議政府左贊成諱敬謨判敦寧府事曹判書號冠巖皆爲文貞

公生諱羲周鎮川縣監公考也用公貴贈吏曹參判母夫人昌寧曺氏大

司諫錫正之女贈貞夫人潘南朴氏左議政宗薰之女亦贈貞夫人夫人

稟性淑哲承事無違宗黨以為則有一男一女男即承憲女適前郡守朴

駿彬側室一男承寬一女適李龜相承憲男仁植進士次二幼女適進士

鄭祥燮朴駿彬男春熙亦進士建昌始從政公已下世未及覩公

然聽諸薦紳之論固已歆公□□□矣方嗣君撰誌時以彙示建昌建昌

心知斯文之不傳今復徵之以為銘夫為人子而述其父之事使人徵之

豈特以文哉銘曰

匪資之不豐匪蓄之不充匪逢之不通匪時之不融退然乎居羣稚之中惝

乎其終優優乎其有餘風其子誌其官其子之友為銘而顯之子無窮以

徵其公

△敦寧都正鄭公墓碣銘

都正鄭公葬于鎮川之八年改卜于天安郡富士之原而窆焉從先兆也

於是胤子前參判元夏狀公事行洪少宰承憲為之誌并以示建昌屬建

以顯刻之辭建昌辭不敢固建昌高祖椒園公為公高祖富平公外孫嘗

銘富平夫人墓而公祖考墓又我王考忠貞公銘之高祖時不能還尚能

誦其文王考撰銘時建昌尚待筆硯尚記王考與孝憲公往復審定事年

代嬗變獻徵浸邈如建昌輩在今日已為舊人能言鄭氏世德如建昌者

亦少也其何以辭鄭本延日縣人以高麗知樞密奏事巖明為上祖麗□

園隱文忠公大名聞天下至我朝陶村忠貞公諱維城為　孝　顯聞賢

相忠貞公之孫霞谷文康公諱齊斗以遺逸為　蕭　景　英三朝賓師

於公為五世公諱箕錫曾祖諱志尹祖諱述□仁全州判官僉中樞考諱文

永成均生員姚潘南朴翼憲公宗來之女繼姚杞溪俞彥益之女俱無育

全州公第三子諱文升判禁義工曹判書號美堂諡孝憲夫人坡平尹牧

使光垂之女封貞敬實以

成于家自奉先以至御下具有法度世世守之生員公早世孝憲公攝視

愈飭及公長而歸之然孝憲公不柝著仍居于小齋孝憲公次子亦早夭

公既奉大宗之重悉遵孝憲公之訓而又得以私致孝於孝憲公每辨色

而興整冠帶詣寢門外俟安否灑掃襪必躬侍疾扶抑盥浣溷厠

不令子弟或代之建昌甯閒王考字公曰孝我悅卿王考宰以孝許人以

此知事親得如公則可以稱是名矣及遭孝憲公喪筋力不可以禮然猶

寒暑不去經朔坐謁祠堂手劃庭草有享祀宿齋澡浴咸或不廢家藏舊

文書壞污者必補綴以復其初曰先人手澤也覃及宗黨救恤如不及無

嗣則為之繼不能婚嫁則為之資賴公而家者六七姻戚朋友隣里之

乏者有事未嘗不知建昌外祖尹公友也窮居値甲家人無以為壽

先毋曰鄭文義文其必有書也至期公果自京專使致錢物衣材如此事

古固有之今則不可覿矣方公中歳喪故存體門內多孤寡上慰下撫心

力為殫又艱於育子見者皆為公憂之其後孝憲公享大耋公老白首以

專城養者十年公之子晚生而早顯亦嘗以二大邑奉公終身不復知戚

戚事世之稱福祿者咸歸公公善氣滿面發言間當待人一出於誠惘建

昌奉教日久竊嘗有公明宣未學之歎今狀中所載猶建昌所及見而又

徵之以家庭之間庶乎言之不阿也公始以繕工監監後住遷軍資監奉

事陞至主簿出為文義縣令以尹夫人憂去復為砥平縣監歷安城郡守

江華判官延安府使龍仁縣令以孝憲公憂去後以參判官侍從推 恩

進通政階除敦寧府都正曹司五衛將又後十年而卒年七十有一

十六年□卒于鎮川里第又後三年而 贈公嘉善大夫吏曹參判同知義禁府事盖公

曾祖祖前已 贈吏曹判書議政府贊成則用孝憲公貴也至是公考

贈吏曹參議二姊 贈淑夫人及公暨公配 贈貞夫人則以參判進今

官也夫人洪氏籍豐山父敦寧府都正淳謨別諱天安彭井里有一男二

女即參判女適都事曹宜承參判金春熙側室女適金秉俊孫男祥燠

進士孫女適成樂會曹宜承金春熙男女若干人公尤長吏事在文義關

饑民在安城理冤獄在延安蠲賦民至今誦之監司御史交以優異薦

朝廷降圖書以優之庵授參判居官之要曰慎曰勤參判為邑亦有聲昔

晉王氏世善治時謂有治譜觀公之所以教其子可以知公之政美銘曰

猗公之孝孝慈順祥施于有啟惆惆惟良監前壽後既壽既藏條受多祜

時又平康家有善俗其國用長散告來許其何可忘

大圓山房記

歲旃蒙協洽南至之月綺堂汶園二侍即自沁州之霞山章家遠邇余哭

而送之時天日晝晦豺虎滿地生人死別天下之至悲也明年秋七月既

逢余自古羣山奉詔宥還遷路由湖左訪綺堂于文義縣太圓山中其居

遠連上黨通抱荊江攄歙頫犄踳泛俱滿其深幽覯清暉照人良睇如繡

嘉林如幄玄蟬皓鶴鳴嗜左右沿溪十數曲而竹籬茅舍在焉兩扉詞然

其人斯在驚喜之極涕隨而迸坐定語諷微月在宇松醪木檄陶然引醉

主人謂余曰茲邑吾先人之桐鄉也且與汶園鎮川之莊不甚遠吾與汶

園始自鎮川冒大風雪同入此山山中人為吾買屋券入于吾會兩家子

攜卷導至吾遂即安于玆而汶園姑留鎮川早晚可相聚也因以汶園所

著大圓山房記示余曰子亦盡思所以贈我余讀其記中屢致意于余

蓋余先聞大圓之名貽書于綺堂有鑪脚村之約汶園引其語也翌日二

人聯騎過鎮川信宿于汶園宅綺堂復申其囑嗟乎吾儕霞山別時殆以

為不可復見也賴天之靈暨 聖主之恩得以皀生戴髮相視一笑於吾

三人則可謂幸矣顧今亂黨雖潰憍令雖寢而 君父危於孤注宗國閟

知稅駕哀痛憤懣日甚月函其如余之輩 恩勳義自甘淪傷民棄物者

固無論耳雖以二君之超然高蹈身在榮辱之外者苟以古之勞臣卷衛

寗俞魯子家覉之事責之其亦有感然而不自安於中矣詩曰寔命不猶

命之不猶雖欲執覊靮以從其執有不可得逞敢逞其褌補於萬一乎後

世有原情恕跡之君子其猶不以遺　君議其後則吾僑可以知免若夫

汶園所云剝盡復生大圓之有日則固亦善頌之昌辭而非今之所敢必

也雖然吾三人離合悲歡之間亦有以見夫道人事紛綸錯迕若是其不

齊也又不知自茲以往將使圓者缺乎缺者圓乎抑果如汶園之說而大

圓有日乎姑以所感者書之為大圓山房第二記

普門寺大鐘功德板記

青羊之歲黃鐘之月余乃竄身荒谷託于普門之僧舍范蔚宗蔡伯喈贊

仰日月而不爥燃風塵而不遇潛舟江壑不知其遠捷步深林尚苦不密

者一段情景約略相似每見居僧正三裕華輩於佛前梵香膜拜晨夕薰

修經聲琅琅然梵聲浩浩然軍持隱囊瓶鉢而嬉心甚羨之偶問若方寸
中亦有事乎否二僧曰名藍勝刹俱有大鐘吾寺獨無之無以鎮重山門
實暢法教吾寺方募財於善人長者吾又竭瓶囊之儲將為鯨魚蒲牢大
奮無畏之音俾天人訴合緇白警省鯨輪閣聲而輟苦湯鑊候響而停燃
願力雖嚴魔事多戲我土晏然長安甚擾是為憂耳余聞之黯然而傷懆
然而歎嗟呼追蠡有乘絕之勢皽觖無補學易之圖輔氏之銘亢草何人雖
陽之簾清塵何日彼獨何人能辨斯心積銖兩而鑄千句合調刁而隱犬
嶺庸以報恩慶刹護法金湯李青蓮所云雷鼓霆擊震大千推擠魑魅招
靈仙將柘是乎在此吾士大夫所愧又不但心羨而已抑余聞世出世間
原無二法機緣相湊聲氣攸感隱峰飛杖而賊破睦州懸鞋而城克其有

功於此方國土亦已章章矣霜降於天而豐山之鐘鳴於地山崩於西而

漢宮之鐘應於東或者此鐘一鳴能使娑婆聲聞之界一切圓通憲臣烈

士聞之而奮闔厲勇迅姦臣惡子聞之而逡散沮縮如積陰潰而乾坤齡如

大寢覺而日月明庶見冠冕器服不改乎舊禮樂沿代咸歸于　上此則

余區區涕泣投誠之願雖未嘗與二僧道心香上升諸佛其聞之矣今年

冬家居閒暇撫念去年此時騰流光之迅駛感物化之紛綸若怖頭

云痛定眠耶枏聊以示疾二僧來言鐘已成矣其重若干斤費錢若干

簡業高懸金綆上絙訶歎之萬竅皆盈吾將鏤版揭辭于其煮庸以昭

檀施諸賢之名而流傳為山中故事敢以屬公余惟文字結習彌飯留緣

木蘭前游異飯後之懷聊招提復因□宿佇他夜之深省誓願具在其何以謝

惟是諸善人長者各有發願各願有成雖有巧曆不能筭也余姑以余所

願者記之誰無君親誰無心血凡我同胞諒非異情又非余區區之所敢

私也諸佛有靈庶其印可如杵撞鐘大鼓大應如鐘在耳非來非往余方廓

心以竢之

乙 李金浦墓碣銘

公諱重允字文汝世居通津今　上三年江華被洋擾王師次于通津公

衣白衣踏軍門言綏民導兵便宜帥奇之署為從事□□□□□難平以

□聞于　上得除順陵參奉例轉為諸司官後十年倭窺江華時朝廷方

議和而外示守備形乃以公為金浦郡守金浦者通津江華之蔽也公至

官而朝廷已納倭使□□□□諸公□□城饑吾□分公曰□□□□□□□□

□□□□□□其果其河□移其民□來□□□□□□議□□□□□□□□□

□□□庫□□城難□城方□民興□其□民□□□公浦者入居國□□□□□

□夫民俗以至□數□狀因□使驚□金公□若國□□□□□□□□□□□

□□□□次□□□□□□□諸之□□吾公曰□□□□□□□□□□□□□□□

惟禁吏卒不得安出蕭然▨▨▨

▨▨▨▨▨▨▨▨▨▨▨久而民懷其惠蔚樹碑于官道而公則被御史 在官

昕裾攎罷去公忠孝名家老而始仕僅止一宰羨足以為遇然未進士而

授寢即不歷縣令而拜郡守朝廷之待公蓋出於資格之外公亦不可謂

不見知十年之中戰和之事判而海宇之局傾公之仕適與終始是可以

感夫公本貫延安以高麗太子詹事諱洪為鼻祖入我朝代有儒學司憲

府掌令諱彦忱生肜裕署衆奉諱至男生吏曹然議諱基高俱以遺逸徵

又俱以孝旌衆議生翊衛司翊衛諱惇五 仁祖時殉江都之難諡忠顯

食于忠烈祠又以忠旌蓋 肅宗嘗賜扁于李子民之門曰孝子三世謂然

議以上也而至忠顯兄弟忠臣烈婦相繼今崇禮門外紫烟巖有舊宅世

稱八旌門李氏是也忠顯生諱□白某縣監選清白吏生諱相朝進士生諱

善惕生諱世佺生諱玄燮公考也妣南陽洪氏以　純祖甲申生公事親

有至性居喪盡禮畚篤志於學不以藻繪為事而默然以驗於身為人樸

厚陳坦在京師衣履補綻垢污行街衢往往為小兒所笑公夷然若罔聞也

晚歲家益貧從江華壽六十九而卒返葬于通津萬濟里上之二十九

年二月也元配韓山李氏次配寧越辛氏後配全州李氏皆別葬同里元

配舉二女為丁萬爀妻為趙載恒妻次配舉二男曰憲九曰惠九後配舉

二女四男女為權泌壽妻為申億妻男曰忠九曰應九曰惪九曰念九孫

男若干孫女若干餘與公家有先世之好居又近少稳公事惠九兒公

為狀而屬銘於余余不能辭以此惠九有志而文曩語余曰銘雖成苦貧

無以即上石弟幸以先人登子之文而行亦足余甚悲其言豈徒知其貧

無以上石而不知余之文更貧不足以行也歟銘曰

舊儒從戎以紹世患以時不同以髮以終為官則治其民既碑之銘則在

兹以慰其子之思夫奚必戴螭而儼黿必於其逵

灌水林翁墓碣銘

昔之銘人者自詣平生未嘗無

古人有言曰吾為碑銘筭是皆有慙色然則文豈可易為又奚獨▆銘為然

余為文亦多矣其於人昨嘗目觀者未嘗為浮辭以徇之雖昨不觀而應

人之求則昭亦不知其慙不慙及後詳昨為文之人之事而反以驗昨為

文慙者常多不慙者常少久乃病其然而人有求又不能不應愈可慙也

惟嘗為灌水翁作灌水亭記盛言其灌水利人事方作記時不知灌水翁

事果如吾文吾蓋亦應□之□□已其後謫灌水翁之鄉遂以灌水翁為

主人而居灌水亭行見灌水處復讀亭所揭灌水記乃似草草言之矣不

足以盡灌水利人事余以此反慚灌水翁使天下之求文者皆如灌水翁

使天下之為文者皆如灌水亭記則文慙事耳事不慙文也余居灌水亭

經歲得赦歸而灌水翁為蟾津別將時三南大亂賊數千過蟾津鎮要翁

借軍器翁曰軍器豈可借之物耶賊奔軍器庫將撞破其鎖翁挺身推於

門賊以刃向之翁披骨笑曰老夫年七十荷國恩乘障食祿今日得死所

汝觀吾屍生香也趣刺趣刺賊驚歎相引去賊之始起猶民也苦官吏貪

暴聚而謀之官吏便跳去賊遂生心取其軍器或不跳者賊要借軍器便

手開庫鎖而奉之謹以此馴令民盡樸軍器為賊而禍蔓延至國不可

以國向令湖南刺史以下諸官吏皆如翁者豈至資寇兵籍盜糧失城哉

印綬貽天下笑謂朝鮮無人之國而至令外國闐其陳卒亦無人以拒

死以至如今國不可以國弑始余記灪水事則所不知之灪水翁也今余

書拒賊事則所知之灪水翁也余為文先非以不知故草草而今非以所

知而加私——————所以大書拒賊事正令文不憖事事亦真不憖文

云翁姓林名愼源字嶙如其先兆陽人兆陽今合寶城曾祖某祖某父某

翁家寶城邑而為別莊花邑外所謂灪水亭也灪水事余已有記雖草～

今不必補書翁自以拒賊傳可也翁自蟾津歸之明年無疾而逝壽六十

七莽于寶城之某原一子橾韶余客於翁翁盡忠力四事余臨別淚汪汪

下余去後日祝余登庸非斷有報也好之至也而余則亂後夫自廢今年

春被台不奉旨以此逮獄當論從余於獄中心自語安時復得如灘水翁

者而灘水翁以是時沒余出獄流古羣山島樵租甫辤■■翁而即具書

遣人問余于島中可謂如父志矣於其歸為銘以與之俾榀於其汴銘曰

余嘗三竄俱有居停主人無以荅其勞思皆載之於吾文而獨於翁文不

思而成之自然賴翁之■■使余得以不負翁之勤有如私視蜑津

■■ ○記嚴嫗

嫗姓嚴嫁廣州百姓某中歲而寡有子與婦久之子與婦又皆死■■

■■■無他親戚里有石娘新寡將為水原人小妻■與嫗往來相好臨

行語嫗嫗今已老無嫌憂能隨我往為我執爨我與嫗甘苦共之嫗從

既而石又不安於水原去之京師嫗又從石後為余畜余宦京師嫗為余

釁亂後余決歸不復出以石與嫗來置之別舍余病且慶不能數往視

風雨晦明嫗守石相慰藉嫗益老而曰新汲不言勞苦余或就石宿則嫗

自就閒壁冷房寢處蚤日候余覺即自入廚湯酒具羹關門以納之余曰

嫗冷病良苦嫗笑曰今日心子燻燻如女春風何云冷余笑曰嫗不能諧語

即余或以事譙訶石自疾嫗即遑遑憂不知所為余見之未嘗不笑

嫗雖賤乃完節人其視石如勁松之枝脆柘不可同日語嫗顧愛之如姆

之於女事之如婢之於主是則何說哉嫗之為人愚而真愚故無分數

真故無所徃而不盡其心彼方不自知完節之為人所難能與其終身

詘體以事非親非主之石之為可已不可已此其可笑不足書然吾全來

其事可書而其人可笑者多矣終身居非笑不到之地而大節無稱者

有之矣士大夫宜知此若嫗之可笑士大夫固自知之斷無蹈此可笑之

理又無庸正言以辨之也今年秋余自海州謁古羣山宿還入門家人

無恙家人遽言嚴嫗死嫗為家人所共憐故其死也莫不悲之聞余赴海

州登舟嫗送至岸佇立半日見帆影入雲炯間悵然而返語石曰吾其不

得復見令公云

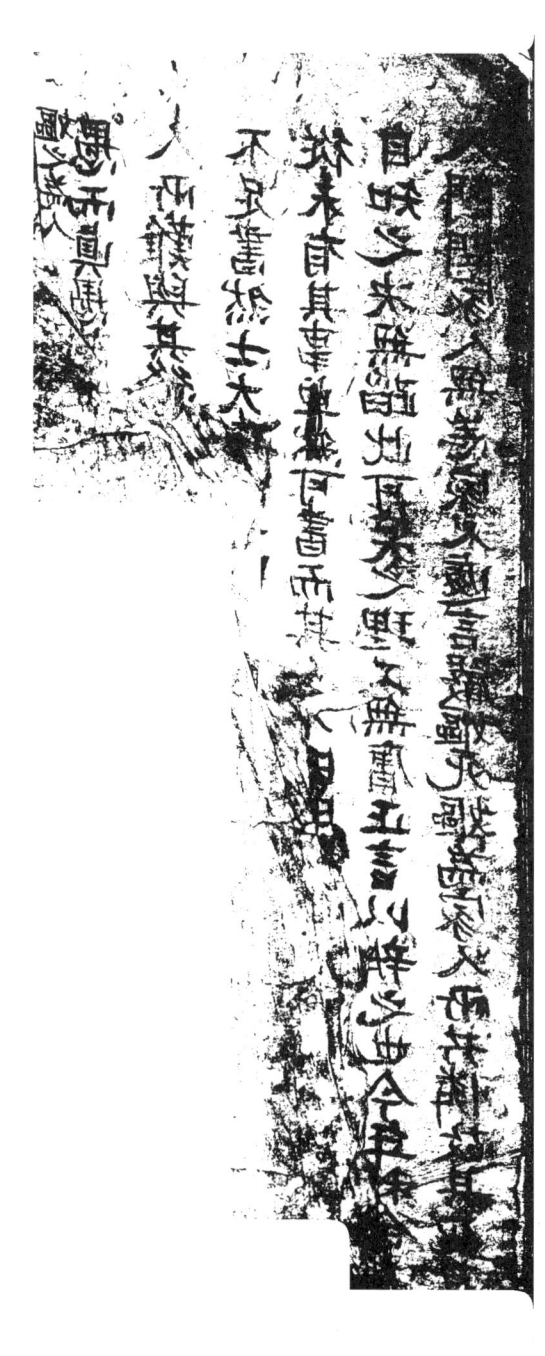

文

明美堂散稿六

先議政府君纂次國朝文獻百有餘卷悉皆手錄字細如豆稍

大書則卷可三四倍今士大夫家巾箱之富鮮有若斯者世或

謂所藏多秘傳軼事不以示外人然府君平生苦心勤力有意

無作此書皆　列朝起居注所載敎令章奏及先輩名公卿慝

狀文牘惟是年經月緯引類比事以存其大全而已即令付諸

寫官行之通邑大都無不可者第以遺澤所寓編秩浩穰不敢

以煩其目又自十數年來不肖游官四方不能挈挾以自隨每

得暇歸鄉一出之以曝蠧而已自頃守制家居之日爲以而重羅倉盡

且視遺蔵違三手卷而不能讀蓋府君錄此書時春秋五十內外或至者草未已而不肖人

尚未四十也復惟不肖

幼時受書府君懷膝間課讀之暇輒口授故事日若干條其於

野史尤詳不肖時方齔多不省而府君則言之津津如與無不

曉者道也及府君棄不肖而不肖稍稍有知尋繹前所承聆茲

乎不可記陸緒餘恨靡有窮已況於今日乎況過此以往半視

益闇記益惜無再少之理恐不肖不能卒業於是書以負府君辟咡

之誨而當世又蔚先生長者多識前言往行之人如諸弟及他

朋友乃反有時叩質於不肖以為斷港之一筏庸是以愧以懼

茲於府君所述諸編中鈔取其關繫之尤鉅者都為二卷將以

提其鈴領而填其間架旣欲自便其閲覽而亦以應諸弟之間

但以通叙首尾事情文氣稍令聯屬故於其間不得已處往往

有臆見微詞之附綴者要不敢著為定本公諸同好焉耳若其

先之以黨議者抑有說焉國朝黨獎為歷代所未有即目

穆陵乙亥至 元陵乙亥一百八十年之間公私文字之所紀

載十之七八要非他事無論誰是誰非誰得誰失誰正誰邪誰

忠誰逆大抵不出於黨耳他日修正史者必先撮略黨議仿焉

書班誌別為一部然後其他可整理而不紊猶宋史先標道學

而次別儒林文苑蓋事有時而變則史例亦有時而不同此亦

不肖前日所承聆而記其大意者也烏乎唏矣

○祭宋敬山文

烏乎公乎公果奚以而至於斯耶古語曰死生亦大矣公於斯

獨騃無遺恨耶日月忽忽無情人間已三年天上地下亦記有

此時耶人情衰思久漸衰薄先王聖人絷亦以時為制不知逝

者之自視亦以久漸安而雖有遺恨亦以久漸忘耶抑自初已

怳然無恨不待久後耶孤露無依之人自魁死事皆云歸侍先

人不知死定歸侍各從其氣類無相遠耶古聖賢義烈文章之

士書中所載嘗所顧見者并皆可得以見耶頗復上下其議論

以為樂耶九州四海濶窓怊駭不堪聞見之事皆不聞不見耶

倘別有聞見大勝人間耶无地四方可浩然無所不之耶其猶

未離乎恒幹與故屠而不能飄然遠去耶將無眷戀宗國忠愛

悱惻終不可以自解於心而彷徨躑躅猶在乎湍山之巇與杏

洲之湄耶自公之没士大夫平日祖好者多為文辭以哀公公
賢李氏再祭三祭之文衰尤不忍聞公果聞之耶某嘗敘公遺
事賢李氏至以告於公靈而其祭文又言之公果察之耶其亦
萬一有當乎公之意耶其皆不足以明公之不得已耶世之曉
曉而訾公竊竊而議公者公亦聞之竊之耶其皆不足以諒公
耶其亦萬一有可思而未可以盡非耶其衰之也其訾之也其
敘之傳之告之哭之也公皆不知耶抑公皆有以知之而衰之
哭之者自目不知耶

　○鄭睡菴先生事略

鄭睡菴先生九容字景執侍講院司書東逸之子也生三歲識

字七百五歲喪母辛書誌石　純祖十九年中進士聲聞籍甚朝

夕將大科嘗中大科試當會期而有外祖母服旣踰月羙然以

來彛故辭不赴及司書公卒旣服除慨然無意於顯榮遂以蔭

調就由卽署例遷　憲宗三年出為同福縣監出官錢與水利

民號所築堤曰鄭公堤及歸民鑄鐵碑以詩銘曰五馬何草草

去日如來時陛天安郡守數歲辭去久之復仕以宰相薦授密

陽府使密多猾胥譸難治或謂先生盍繩之以猛先生曰吾不

舐犢屬為也至則壹以柔馭其胥然事無不集首蠹浮耗之羅

撙節庫財以紓民胥歛息不得為姦利後旣久則相與念先生

曰若鄭公家人我不胥我安所復見如公又曰方公坐堂皇我

輩白事退輒汗淋淋出不知公何自畏人如是聞者以眚為眹

言先生者尋移公州判官為監司所沮不得展復橐去　哲宗

十三年拜司僕正今　上三年用宰相言特陞先生通政皆拜

工曹然議後三歲先生卒壽七十四始鄭氏自文翼公至翼憲

公六世四相具著國史及先生時從父兄相國經山公居兩府

三十年同堂昆弟五人皆老壽相驩愛士大夫以為盛而相公

最重先生嘗北出關外古野裒之地及按察東都皆邀先生俱

先生控四馬縱遊以自愉曰可以少酬吾四方志矣先生晚歸

安城灌畦自給課子孫以為樂獨以諸昆弟故時至京師每相

公家內集佀匃滿左右門閭煒如先生大帶濶袍飲嚼談笑其

間厨下婢媼竊闚相告而諸子孫行在側者則咸修謹恐誠冊

或以過失見先生即相公長先生十年然不得以弟故慢先生

相公中子牧使基年有文識膂醉獨絮語曰我家若公州叔父

乃一有馬耳先生為人誠信坦直峻外闊內遂經晰禮歷貫今

古不貌以衰不口以躬有所誤著如不護已睡菴集東萊家錄

思問編從先錄字類注釋深衣攷證北路紀略若干卷藏子家

傳曰非先王之法服不敢服非先王之法言不敢言先生有馬

有欲徵先生之學者讀其書可也李建昌曰建昌生晚嘗一拜

先生而得從先生季子郡守君遊者二十年與先生諸孫相好

如兄弟至約為婚姻以建昌而述先生事懼僭耳非懼菐者然

嘗聞先生食遇佳味輒止不肯再下箸中年喪室終身無貳御

疑或過於枯淡然也而先祖考沙磯公嘗為先生壽序則曰酣

暢以往濡毫作草書擊節誦詩意氣流動如羽人劍客蓋先生

意有所適則其相輸露又如此然則後雖有讀先生之書者其

殆不足以盡先生歟嗚乎古來通人大儒曠乎不可測其涯涘

而縮乎以繩律自居俾後之學者寧昧其真而毋佪其正其為

應遠也故曰蓋知德者鮮矣

　秋水子傳

昔盧栩忤縣令繫獄論死謝榛謂王世貞李攀龍曰諸君生有

一盧栩不能救乃從千載下哀湘吊沅乎嗟乎人之情恒貴古

而賤今慕遠而忽近此士所以長困也宛而莫之救也名湮没

而不稱也盧柎幸矣卒不宛獄若秋水子豈不重可悲哉蘭以

蕙族所貴同德不有良朋何撫我臆廣矣四海者不可即焉非

不良車非不亜盈盈一鴨其外誰若有相思不知不識廣

之下蹋我門闃東日淪滄其何不晨高堂暮雪不復以黑彼邁

邁者何時而息我心如月實勞悲惻腰間秋水照人恫愊維山

有石截之則泅維海有鯨揮之則延所以往哲不輕其直十年

于袖徘徊路側其人如玉招我上國中堂酒闌山崢嶸歳色更皷

初落千金一刻長虹燭地示我墻埴我袖維張我弁維瓜疎林

慨慨飛鳥歛翼異有觸于中其來職職有選當守有別當憶曰首

為期此樂何極蓋秋水子之詩所以自道者然也秋水子少有

穎悟旣而病病十年章書學術數麻衣風角多中病已復治功

令前後中大小試解十數卒不中最後不赴舉歸鄉絶人事古

今窮老不遇之士如此何限謗者頋反以此羅織之世之險巇

迫隘不可以居也久矣然猶不謂其至於是也方有司執秋水

子而詰之事秘不聞然五毒備矣終不撓一辭無可以為案居

數日幽殺之竟不知何說也秋水子性骯髒意不可人曰赤黑

直視雖顯者不為屈平生相好不多人雖相好意不可終自如

也嘗與余言子名士耳非能為國家任大事者余遜謝頋聞過

秋水子曰子好文章語中止氣憤遽引枕臥余最號相好者然

終不敢自謂秋水子以余為知已也秋水子嘗喟然歎曰吾所

與游惟趙大夫令宛矣其次子也吾豈有意於世耶趙大夫者

貴戚之賢而好客者也始余識秋水子亦於趙大夫云矣秋水

子所以歸鄉絕人事其故不過如此特其負氣或斥語其鄉人

之意不可者事遂至不可解悲夫然秋水子實孝友慈善重義

守正直使其露一命遇國家事故必能死節以邀　人主之襃

罷而相好如余者可以與而榮也無疑今不幸至此余姑為文

以錮諸篋而已悲夫秋水子李姓根洙名琢源字山領南之宣寧人

△宋景瑗□傳略事略

宋景瑗□□伯玉其先礪山人六世祖光淵仕　肅宗時至吏

曹於判有清名光淵子寅明仕　英宗時至右議政後以蔭承

總角游館學應試輒驚老儒藉藉稱異才然性頗下急中

更折節矯厲橐功令治古文辭潛究性命之書無師而自解持

守端潔非禮不履居喪廬墓毀滅服闋遂屏居臨淄尋徒幸

州大肆力於學始以一事不知為恥涉獵藝術後卷謝絕專誦

法朱子然雅喜攷證補注朱子書十年窮日夜不息與人言語

書疏援古精博每一事動輒引十數典纚纚如貫年逾強仕宰

相薦經行授假監後辭不就值有　國恤復調監造官即出時

盛夏服衰経危坐敦匠事終日不惰同僚皆嫉之相國永平公

為提舉獨異而加禮焉　上十九年內外多虞朝廷急人才慈

徵四方孝廉文學之士有司發策問時宜對試數萬言勸

人主崇經術以臻治理權上第授弘文館侍講講對輒陳先儒

語 上甚重之賊臣挾日本兵為亂 車駕遷于城南亂定景

璜首疏請還宮既還宮又疏論急務十一事 上賜批獎歎曰

當書一通置之左右當是時西洋夷來和有年矣通使通商事

日以繁獨不敢顯言其所謂教者至是乃言將設教堂於京師

朝廷不能禁第謂關邪無如反經宜得儒臣賢士通達孔孟程

朱之說者置之機務署以逆折其萌心乃辟先生為主事機務

署者通使通商之所也引病辭大臣以書悅之堅不可始

人或意先生通儒不為已甚之論又見先生居常翹然自奮嘗謂

可與共事當世故往往有浮慕而微試者然無金內東孤峭不

肯少枉以求信其胸中當若有所欲為與所言而不能盡者日

夜傷惋太息或至淚下遂得心疾怳惚異常人歲餘服藥有驗

可起矣一朝忽整衣冠辭家廟至夜自投江死著述敬山

集若干卷朱子大全補注十五卷皇朝東國文選若干卷藏于

家

論曰自先生沒譽先生者以為無義死君子哀之或以比於古

之狂狷者云蓋先生不幸以心疾殁夫既心疾矣安有所謂無

義與義哉惟金承音性無氏甲是能移孝作忠以盡其所學且

其平生為學有不以唐滅為心敘次如右先

儒曰末聞為學而致心疾者而余不幸親見景璟悲夫

庶絕無以補則憤而成讞此相烟之節也無乎為知言哉

乙 上鍾山成吏部書

前蒙枉臨以學案一事囑誨諄重其後又面命書委至于三四目唯顒蒙萬不克當不勝愧怍然亦竊有感於長者眷待之異以前日未嘗用工於諸老先生文字私欲因是而受資嘉惠以續風昔之心至於與事之榮固不敢望然亦竊以為此與編書之役容有不同既有前輩篋中之本借之以稍加校整似不至於譖汰之甚故始則不敢固辭及鑑所示二冊其分類抄節多不免草草恐難據以為必傳之書欲稍於原集全部之中有所增益旅次滯雨先從文純文簡文成三先生之文伏讀有日雖其地顀海涵不可以邊覩其宗廟百官之美而諷誦之餘俪仰

歟欷懰然有舍曾何適之歎蓋中國之今日固非昔之中國也

而其所云傳道諸儒如陸三魚以下其學術淺深雖不能得其

詳而言之然觀其議論著述要亦不逮皇明薛胡諸公遠甚況

其出處猷為又豈能皆合於先儒之準則武傳道然矣則巋道

守道從可知矣若我諸先生雖生於海外偏小之域而其時

日月昭回尚當同文同倫之盛際況我　列聖培養之化遠邁

古昔諸先生應時挺出前輝後光其居家立朝治已治人之事

行明白正大一一皆可以質諸聖人而不惑至其文章雖以品

賦之不齊與風氣之或囿未必盡合於世所謂恭漢唐宋之文

而若夫辨心性之奧闡義理之微進而格君心於當時退而啟

後學於方來則片章隻字皆有千鈞之重徃徃加之不可減之
不得殆無錙銖毫髮之憾不知近世中國之儒其有能臻乎斯
者乎不乎建昌自幼荒嬉未嘗從事於問學今茲窺測之萬一
僅以文字言也苟有能觀其會通而語其道器之全者又豈置
如建昌所云爾哉今中國之人徵斯文於我者固亦出於東裔
好懿之心不以方域為限未始非佳事也然獨不知其既觀斯
文果能降心抑首以為中國無此人而歎斯道之在東方歟若
是則可謂有見於道學之真而不愧乎知德知言者矣不知彼
唐鏡海者其果能爾乎不乎況唐氏之沒已久其門徒之掇拾
其餘緒者其果能爾乎不乎唐氏之學固亦不可以詳之然嘗

見曾相國國藩盛述其美於基文擬之以一代之宗師其必有
賢於流俗者矣然以建昌之愚觀乎學按一書賾不能無惑焉
竊嘗聞之自夫舜禹以來未嘗有離心而言道者也自夫孔孟
以來未嘗有離道而言經者也離道而言經漢唐之陋儒或有
之而莫盛於近日中國之士相習為爾雅說文之學者捐棄先
聖之義理而惟其字畫音韻名物同異之是究乃所謂經學也
唐氏為書曰學案而別立經學於道學之外則是道自道而經
自經矣然自元人為宋史而分道學儒林為二此其失猶不自
唐氏始也惟是離心而言道以某之寡陋未之前聞也是書開
卷升文輒曰使天下曉然知心學之非正足以快吾一日之心

末又別立心宗而以荒忽詭怪不識何狀之數人當之夫以此
數人為心學則向所謂傳道以下諸儒固非心學也舍心而為
學吾不知所謂道者其在於瓦礫歟其在於虛空歟其所以傳
之翼之守之其將以手足歟將以腰脊皮骨歟抑使天下曉然
知心學之非正而猶曰快吾一日之心是則天下之心皆非正
而已之心獨正耶抑已之心非天下之心而別有心外之心耶
抑誣天下之心務以快已之心而不復自審其孰正孰不正歟
烏乎多見其黮也蓋自佛氏之徒竊聖賢之緒餘廢倫教而專
情性以售其縱橫恣睢之技而天下靡然宗之程朱諸先生憂
之始有本无本心之辨此言非程朱不能發此理非程朱不能

觧然姑以語義文勢推之昌當曰心學非儒乎特謂儒固心學
而是心所具之理乃天之所畀也故必以无為本彼釋氏則不
知降衷之大原而謂是心能生萬法雖天地之大皆從心說故
必以心為本云爾然則彼釋氏之誕妄夫豈心之罪哉奚為而
藉一言之重戕萬古之靈哉彼固將曰我有為而言之也夫所
謂有為而言之者非以陳王歟夫陳王之為雜學亦必有所以
然之故而其曰心學者何可斥也荀心學之可斥則是虞廷十
六字可去也孟氏七篇可廢也即程朱諸先生之說存者亦幾
希矣惟所謂爾雅說文之學者然後得以為醇儒矣天下豈有
是哉愚故不敢以唐氏為知德知言之士而且竊疑其所學之

偏實不免於陋儒特陽慕程朱諸先生之學而大言為名高耳
若是則其所著之書又烏足以徵信以行遠哉即以我東方諸
先生躋之於其書所謂傳道之位又烏足為萬分一之重哉建昌
既未嘗從事於學而偶於文章有嗜好念東方諸公之著作不
能大行於天下深可慨惜擬取牧隱畢齋以後詩文之儔者彙
為一集以貽中國之人囑其流傳蓋有意者久矣而至今未就
非惟難其事而已亦見近世中國之文日降一日殆無足以此
舉相詬誶壁之珠璧之寶與其辱於四達之衢無寧為未剖之
璞而長在深山之中然文章一技也傳之亦可不傳亦可傳之
不得其人亦可至於道學之重義理之精其視文章為何如也

以建昌之愚今茲之後不如已之為無悔也伏惟執事風聞家

學德與年卹為後生小子之所楷範其於一言一動間或不兢兢

焉夫豈不三思於茲而建昌既蒙厚眷偶有窺見不敢以不告

惟執事擇之

○讀孟子

孟子曰民為重社稷次之君為輕朱子釋之曰以理言之民為

重以分言之君為重張南軒曰使人君知民社之重而已不與

焉此三賢之論一也而世之為說者有曰君不幸而去社稷臣

當守社稷不當從君此非孟子本意也孟子之意以其況論則

言理也非言分也以其指切則為人君戒也非為人臣訓也使

為人臣者徒以社稷為重則究其弊鮮不視君如奕棊矣禮曰

國君去社稷則大夫曰奈何去社稷也此言諫君之道然也君

不聽而竟去則泥首布髮裂裳裹足而從之然後為臣之分乃

盡如魯之子家羈是也不然而君有□命□賢以監守則如曾慮

公傳□公之失送往事居鎮撫其國家亦不可謂不賢然此

特時措之權耳禮曰主憂臣辱主辱臣死君而去社稷何辱如

之而臣不能苑又不能從顧藉口曰我將以守社稷云爾其能

守社稷者信有功矣苟不足有無於社稷者其心必出於利害

不謂之貳不信也或曰從徽欽而北者非忠從高宗而南者為

忠此言非歟曰惡可非也徽欽之世崇用邪慝君子無立乎其

朝馴至於青城其餘累而為虜者皆有以國之罪雖節義如李

若水尚論者不能無憾況其他乎高宗奉徽欽之命起於一隅

其應色而赴者皆竊謫積錮休散之君子也若是之倫雖欲從

徽欽其勢既不可得而南渡以圖恢復其道宜然也此其人之

忠不忠已決於平素而不在乎所從之南北也吾故曰孟子之

說非人臣之所可藉口誠以為此說者其賢耶親且貴耶夫賢

者親且貴則其國必治其君必安何至有社稷之憂其不肖耶

疎且賤耶不肖與疎且賤者焉能有無於社稷其將以已重社

稷耶抑將以社稷重已耶夫欲以社稷重已則不可以復閒誠

欲為社稷重則有道焉迫其未亂亟圖所以彌禍銷患使其君

不至有去社稷之事上也不然則正言以獲罪身不在於朝廷

不自觀其去社稷猶次也才不足以圖其上勇不足以決其次

則是其入固無所輕重於社稷者也孟子所謂以事是君為容

悅而已事是君於燕安之日容悅以保富貴一朝有危難則籍

口於社稷此豈孟子意哉

蓉菴金相國六十一壽序代人作

蓉菴金相公六十一初度之辰自朝廷卿大夫暨四方之士咸

萃于門賀公之壽而頌公之所以壽有曰公夾世鐘馬身都將 四

相秘服廬舍如寒儒公之儉宜壽有曰公持養有素竇於嗜欲

造次無疾言遽色公之恬宜壽有曰公懋厥展施昭于外內公

家之事知無不為公之勞勤可以壽有曰公正色立朝遇事不

撓危疑賴定名重夷夏公之東執可以壽某竊謂是四者其於

頌公也嫠矣然天之畀人以諸福固非所以酬其德也而蓋其

慎乎壽壽之所未德之府也非可以趨舉枚計為也公之德有

深且大者人雖聞之而不能盡知公雖自知而不肯自有意者

天之所以壽公其在斯乎方今之時朝政或有關民隱或有枉

人必相謂曰金相公美無言也則又相與解曰其未得間也又

曰其未及見行也彼其顯顯於公者未始非慕公之賢而信公

之忠然其所聞且知者豈能十之一二哉公累拜中書輒辭不

居惟奉清燕之日居多應門邃矣溫室嚴矣造辟而入從容而

退無論逖聽於下風者不得與其梗槩即如某之辱愛於公第
以眉睫上憂喜而已不敢戲戲有問也傳曰不有君子其能國乎
又曰社稷靈長終必賴之蓋公之德有深且大者譬如喬林鉅
木根柢在厚地之中而人之所可見者其幹柯之扶疎耳敬爲
是說以侑公期頤之觴

　　葵堂記

今右丞相鄭公所居廳事之北壁揭額曰葵堂者　御書賜公
號也其西壁又曰葵堂而并識曰賜右副賓客者　東宮八歲
時所賜字也公奉清燕筦機密箋之出入冑筵十數年而公乃
入相士大夫相慶于朝皆曰　上之必相公吾於賜號而卜之

矣葵之性向日故語卉木之美者必以忠歸葵　上之賜公號

而知公久矣建昌嘗從容拜公公曰吾愛若文若能為吾記葵

堂乎建昌辭不獲退而為之說以復於公曰竊嘗論之卉木之

生無不仰于無如血氣之倫莫不尊親君父然而葵特以忠著

者豈惟其性哉抑所受之命然耳夫飫犓生於天地之間而所

受之命有同有不同謂之非性不可然表葵於卉木之中而美

其向日固也而以葵視他卉木而謂性之不如葵不可且夫自

葵而語曰日之光偏於我則信矣而謂他卉木皆不足以承日

之光則理之所必不然也故皇錫之福固必先乎有能有為於

好德之正人而極之敷言是訓是行以近天子之光則蓋通乎

庶民而言之也由是而言輔相之責可知矣不獨為蔡而使天

下之卉木皆為蔡然後蔡之忠始全夫惟盡己之性者可以盡

人之性盡人之性者可以盡物之性盡物之性者可以贊天地

之化育天地之化育無私而已不然而惟希合於上以祈一已

之榮華而謂人莫已若者乃君子之所深羞也奚足道哉公既

相求數月而侃侃敷卷言人之所難言向之士大夫相慶者益

加額以望公知公之將繼此而大有建樹而　上又虛已垂褒

方嚮公有加夫惟若是而後　上所以寵嘉公之至意與公所

以對揚休命之心章章然如日之於蔡蔡之於日人皆得以見

之自茲以往有聞吾　君吾相之所以相與者其誰不思所以

為葵而希其末光武建昌雖不敏請執筆以俟之

○郡生祠說

生之不可以祠也祠之無預於生也夫人皆知也今日生祠者

何哉之生而致宛之不仁也見於禮預凶事非禮也見於春秋

生而為之祠獨可以為仁與禮乎盡人必情惡禍而慕高死匹

者署之之辭也神明者讚之之辭也署由於惡也讚生於喜也

其為所署與所讚者亦隨以惡之喜之也夫神之名乎炬者

猶人之名名乎生者不可易也惡宛南事神於其所大慕而愿

其所大忌無乃遠乎情歟碑者古之葵具也所以懸封也既封

則無所用之矣而或因以樹之刻文辭以著所葵者之為何人

已非古矣其人生而在官特去此而之他也而其德政為人之
所不忘為之歌詠而稱述之則固也顧何為而用縣封之具而
刻其文辭哉然古者金石以紀勳伐欲其久也今無其器以石
為碑而已其名雖殊而其意猶近之若所謂生祠則名與意俱
無當矣夫祠者所以祀也祀必有邊鉶之薦祝史之告所以通乎
幽而求諸神也今其人方拱趨乎朝廷之上而郡邑之吏民相
與為祠而祀之其人雖欲居歆於是其於耳目臭口之不接魂
氣之不之何哉夫為祠者非不知其然也然以其人之德政甚
異不可但以事生者事之以神道然後可以極其愛而
致其嚴也其用心則誠勤矣故其所為祠之人亦知其民之心

之然也故亦安之而弗之禁也苟其非然則夫豈不驚且志曰

若奈何致死預凶於我云乎哉夫有德政於民能為其所愛而

敬之亞於生祠之則其人固可稱世吾非輕其人而譏之其亦德欲其人之久生者也天欲其人之久生則別求目

讀老子、他神而禱之可也祠其人惡乎可

散之而欲其人之久生者也

凡人視以目聽以耳搏以手目非耳也耳非目也目其之所聞曰有若干

之所見曰有若干手之所得曰有若干此若干者色聲形狀皆

各各不同也雖不見不聞不得之物色皆一色聲皆一形

狀無若干之可數何也然是猶求諸外者也反而觀夫吾身則

其所以視者即所以聽者即所以搏者也所以搏

者即所以視者也與耳目與手之別又何也然是又求諸內者

也合內外而觀之則耳目耳手與所見所聞所得之物皆各各
不同各自為物惟此所以視所以聽所以傳者與不見不聞不
得之物乃為一色一聲一形狀混同無別是則此為天下至大
至全之物而彼皆曲而小者而已何曲而小者反可見可聞可
得而大而全者乃不可見不可聞耶此亦天下之大疑
也今讀老子混而為一之說舉似如此 此與中庸慎獨賈隱之
說有可互證者

與友人書

承所寄示文字若望僕可與商此事者愧懼不敢當蓋文至於
碑誌難以為也不得使俗下語不得使古傳記語不得創新法
不得襲用板法敘事不可亂不可一向整齊立指不可虛不可

太朴實不可無照應如序論不可無鋪陳不可鋪陳如

表狀不可無抑揚縱奪不可抑揚縱奪如史傳中論贊碑誌於

史傳為近近者猶不可混況他文乎古碑誌名家退之難言也

自永叔子固介甫之全以逮近日歸熙甫汪苕文之十之七八

與李汝圓金仲和之若干雖庫高簿厚劣勝之不齊而其必為

碑誌而不可以謂他文則同也子厚碑南霽雲用駢儷子瞻碑

司馬溫公世謂司馬溫公論此其失易見若子瞻富鄭公碑叙

事之妙何減太史公然終是史傳不得為碑誌之正體須取永

叔王文正公碑等諸作比而讀之乃可知古今漫甃子瞻不工

叙事亦耳食之論也書曰辭尚體要惟知辭之有體要然後可

以定古人之得失矣僕佗佗於古文辭為久唯碑誌不甚措意

近因思欲為家先文字始取上所舉數君子之作倣而讀之所

見隱隱然與不讀時不侔稍加一二年讀益熟見益進便可引

筆自為縱不能上希曾王然要不敢自退託熙甫以下日與諸

弟談此以塞憂悲時恨兄筆在遠不得聞今因文字發其端故

布其大略然僕自抒所見耳非為所寄示文云也此文狀德甚

翰行文具有蹊徑往往見用心處當世大手筆誰復為此者然

其中數段似未盡然今有人借文應科駭子耳不足責也況有

人傳言梟借文應科不得售云爾者是又何所嫉而遽大喝也

況居昆弟之室道昆弟之婿之篤於學猶之自譽其婿固情之

常也契必為正論峻議人所難能哉況既道其篤於學而特與

借文應科者對待而言又契足為篤於學之重哉大喝字本出

淨圖書稗官劇本多用之古文不見且竊料當時辭氣必不如

此此必亞删之勿髮然慎無以僕言泄也禮有降服無降名至

後世大儒始降名然惟降父母之名他屬不降也故本生從父

仍是從父非再從三從父也本生從父兄弟仍是從父兄弟不

曰從祖兄弟也然則雖不稱本房不害為從父兄弟無須大書

以別之也又上下二十字之中五用外祖母三字不已多乎盖

謂如是然後為嚴於禮而詳於文此圖不必疵也然禮與文不

如是然後為貴也然慎無以僕言泄無使僕重大戾於長者

僕為姜古歡作詩文集序稱古歡為先生聞足下議僕不當稱
先生於古歡謂僕務徇人之求而不自貴重足下言良是雖無
足下言吾固應人之有此言也然僕觀古今書其稱先生者具
在然未必皆道純德備為聖賢大君子而後得此二字也其經
無先生字至論語始見之然先生餞者謂子弟之於父兄也非
謂弟子之於師也孟子如恭山巖巖平生不肯以一語假人然
獨拈說蓁說楚賤儒鄙野士之家牲而稱先生其所師子思氏則
字之而已不曰先生也是知先生者謂生先於我者也非必稱
之於師也然師之非一孔子有問禮問樂之師後世有經師人

師之目而今中國人應試券中有認師房師宗師之名一人之
師無慮十數未必皆道純德備而後謂之師也苟有所見所能
之先於我而我從而學之皆可為之師雖或有青過於藍寒過
於水者要不沒其所自來此忠厚之道也自漢初始稱師為先
生然叔孫通弟子呼通為叔孫先伏生申生韓生轅固生之類
皆其弟子所稱是稱先皆可以施於師不必合為先生而後
始尊也今人若單稱先則不知其何名至於生則反施之於
其弟子古今人稱呼之不同如此惟多讀書者方知之世俗之輕
重不足道也古歡之為人雖不可謂道純德備可以為人師然
其生之先於僕則乃至四十年之長其亦可受先生之名矣僕

束髮受詩久而無所得自與古歡遊始聞三百篇美刺群怨之

本旨與歷代詩家源流之說自是遂稍能詩人亦以詩相推

許而其所以至於此則古歡之力為多其亦無愧於先生之實

矣若是則僕之為日歡其間以先生稱古歡也又何怍武雖

然僕自謂詩則古歡之為詩先生可知也古歡博學深思

其經學史學諸子九流之學皆可以為僕師然僕惟學詩於古

歡而其他則未之學也故曰詩先非必謂古歡詩人而

若是則僕之不輕稱先生審矣下又僕生平當文稱

先生者多如其果諸公皆得此名於僕者而足下見僕此寺

一之甚不可也獨於古歡乎難收古歡閒地祿爵或本忌

於諸公□足下之見識當不至於此不然則是狃於世俗之稱

先生者必道學性理擧此函丈然後為無慊也正如先正之

稱非必陞廡享豚而始得之然吾邦之士傾豆斷斷以此爭之至

啓戈矛而不恤□□□□中國人撰先正事略請客畫師□得預之

昔唐明皇用牛仙客為相臺諫爭之甚力明皇怒曰吾且用

康誓足下議僕不已吾且執道之人其有齒長於我而不知其

誰氏者吾將先生之矣足下其能逐逐而議之乎

ム阝鄭桐溪事略

桐溪鄭文簡公諱安陰人也少師事逆臣鄭仁弘仁弘方以道

義風采雄一世於人少許可獨函推公公亦傾身不疑甚相驩

也

宣廟某年登第授某官屢遷某官某官當是時 上寢疾

有年光海君在東宮嘗監撫於壬辰之亂人心屬望已久藉藉

稱賢而 上晚舉子曰永昌大君甚憐愛之領議政柳永慶知

上有易儲嗣意陰持兩端 上疾亟命傳位光海君永慶啓止

之曰此羣情之外也於是仁弘上疏斥永慶為史彌遠請誅之

上怒曰仁弘乃以退舊君為能事且離間我父子公上疏救仁

弘極言永慶之罪不報未幾 宣祖薨光海即位德仁弘首召

之公□□□□□□□□□光海內實憾 宣廟尤讎視永昌欲甘心焉仁

穆王后永昌母也其父延興府院君金悌男以非辜戮宛將因

以傾仁穆母子仁弘顧崔躍德患之目與逆臣李爾瞻等謀凶

秘不測公痛國之將危而尤憤其師之不終屢上書於仁弘且

哭而諫之仁弘不聽公一日忽曰嗟吾數十年無目矣遂為書

絕仁弘仁弘之徒譁然謂公以弟子背師得罪名教將陷公以

媚仁弘會永昌遷于喬桐江華府使鄭沆承爾瞻意遍殺之時

纔八歲矣公乃上疏曰殿下值人倫之變假手於庶悍之一武

夫其累聖德大矣逆賊之子猶待年而誅況於幼稚之弟乎臣

謂鄭沆不斬殿下無面目入先王廟矣且言大妃雖不慈殿下

不可不孝閔守視膳務得歡心光海大怒命圍籬安置于大靜

府公居大靜十年日誦三經四書所圍籬木以炭書經史要語

而觀之光海既竄公尋廢大妃恣行非義 仁祖奉仁穆之教

廢光海而立悲誅仁弘爾瞻等起公爲某官清兵至　上避南

漢清圍甚急崔公鳴吉等議奉表稱臣公上疏曰今稱臣則君

臣定矣將惟其命是從命之出降則將出降乎命之北去則將

北去乎命之易衣行酒則將易衣行酒乎與其屈膝而生曷若

守正而死社稷乎況父子君臣背一戰不無可爲之勢臣身疲

力弱恨不能以手板擊鳴吉也清索斥和臣朝廷將送吳公達

濟尹公集公上劄曰臣實終始主戰請以臣應虜之求臣宛無

所恨上旣決意出城公乃賦詩曰生世何嶮險三旬暈月中一

身無足惜千乘奈云窮外絕勤王師朝多賣國邑老臣何所事

腰下佩霜鋒鄉人曾有請墓文者援筆立撰使家人傳之卽以

佩刀刺腹血流滿地而不得死笑謂人曰古人寃者必伏劍伏

則犯五臟今坐而刺之所以不寃也讀書不審則求死亦不易

也遂畀出徑歸安陰猿鶴洞中名其所居曰某里杜門不見人

不以書疏至京師曰不談世事曰吾已死於南漢羨甲申聞明

凶痛哭題歷書曰崇禎年號止於斯明歲那堪異曆披從此山

人尤省事只將花葉驗時移一時士大夫無不誦而悲之孝宗

即位慨然有為天下雪恥之意收名舊臣及山野遺逸之士悉

置於朝金文正尚憲前在南漢亦縋而不寃道入安東鶴駕山

至是出為相宋文正時烈嘗言下城必寃既而竟不寃又自矢

御不出至是亦出為大司馬惟公累徵名終不出年八十卒於家

金宋二公終。孝宗之世身都將相并以大義自任然事卒無

成云

贊曰余嘗久游安陰累過所謂某里者其溪山樹石之清峻尚
如見鄭公●至今不能忘也烏乎士大夫當一事義氣感激有
少樹立遇摧折不復能翹然如前日者比比也至如公可謂百折
而不回者士必如公然後可以言節義不則不如已也然公非
遭世多艱未必磊磊烈烈前後相照耀如此公亦人生之至不

幸者武

●六臣紀略
田

初
世宗置集賢殿選一時文學之士申叔舟鄭麟趾朴彭年

成三問柳誠源李塏河緯地等以充之待之如家人嘗宣醞廚
中叔舟醉仆不能起 上手解紫貂裘以覆之 文宗在東宮
勤學好士每月明人靜輒至集賢殿與諸學士論文一日三問
方直宿夜深意東宮不能出解衣欲睡聞門外履聲呼謹甫睡
未急出迎之乃東宮也當是時諸學士皆顧他日以一死報國
世宗薨 文宗立二年而又薨 端宗立甫十三歲 世祖方
封首陽大君與諸弟安平大君瑢等六人皆強大而偪韓明澮
權擥等知 世祖有大志密贊之遂稱右議政金宗瑞挾瑢為
不軌椎殺之幷殺瑢及皇甫仁閔伸趙克寬李穰等皆先朝重
臣宗瑞尤有社稷臣名於是 世祖為領議政兼吏兵曹事中

外兵馬都統使大權皆歸焉時 端宗二年也四年 世祖受

大寶以 端宗為上王遜于壽康宮領議政鄭麟趾大提學申

叔舟皆錄勳封府院君李為 世祖名臣而朴彭年等五人與

武臣俞應孚宛之世所稱六臣是已 世祖方即位成公以承

盲抱國墜失聲痛笑朴公臨慶會樓池欲自隆成公耳語曰上

王無恙我等不死尚可以有為事不成宛亦不遷即出與成公

父勝及誠源壎緯地應孚金礩等謀復 上王明年夏 上將

與世子宴 上王於廣延殿勝應孚為雲劍雲劍者中國所賜

劍每朝會近臣捧之侍上側者也朴公等因約方宴時舉大事

適明瀹言於上曰廣延殿甚狹且日熱請 世子勿入侍且屏雲

劍　上從之俞公佩劍欲直入先擊明澮成公止之曰今舉事

於此　世子自外起兵入則成敗未可知不如俟他日父子同

處時也俞公曰事貴神速若遲恐或泄且今謀臣勇夫皆從首

陽至此即盡誅此輩復　上王令武士入景福宮并擒　世子何

難之有朴公等固不可曰此非萬全計也顧見事不發恐敗即

馳去告其妻父鄭昌孫昌孫與礩上變　上赦礩而盡收朴公

等　上愛朴公之才使人風之曰若降我而諱其謀得生且富

貴朴公笑而不答呼　上曰進賜者國語尊官之稱也

上怒使武士擊其口曰汝既稱臣於予今何敢爾公曰某於進

賜未嘗稱臣　上取公所啟事驗之皆書臣字云成公方在

上側曳下之詰問公笑曰礦所告皆是也顧礦曰汝猶未盡言

何不曰我等直欲如是　上曰何故反公抗聲曰欲復舊主耳

進賜平日動引周公周公曷嘗如進賜進賜奪人國家顧謂我

反何也　上曰受禪之日何不止之反依予而背予公曰勢不

可以止之也不可止則當宛然徒死無益故忍而欲圖後耳

上曰汝不食祿於予乎公曰我不食祿如不信籍我家

可知也　上怒令以鐵灼之脚穿脛斷顏色不變徐曰進賜之

刑憯矣仰視申叔舟在　上前叱曰叔舟昔與汝在集賢殿時

英廟抱元孫步月於庭語臣等曰寡人千秋萬歲後若曹須念

此兒言猶在耳汝獨忍忘之耶　上令叔舟避殿後　上又聞

黨與幾人公曰彭年等及吾父耳復問答曰吾父尚不諱況他

人平時姜希顏辭連不服　上以問公公曰希顏不預吾謀此

賢士也進賜已盡殺先朝人獨有此子可留用之希顏遂得免

上問俞公曰汝欲何言何為公曰欲以一劍待足下而復故主不幸

為奸人所發復何言乎足下速殺我　上令剝其膚而問之公

顧罵成公曰人言書生不可與謀事果然請宴之曰吾欲試吾

劍汝等固止之以致今日之禍人而無謀與畜生何異仍曰如

欲問事可問彼豎儒即閉口不復答　上愈怒灼其腹下油火

煎皮肉公不為變鐵少冷取而投地曰更灼熱来李公臨灼徐

曰此何刑也　上無以應河公曰既以我等為逆即應誅之復

何間也　上怒稍弛不施灼命出斬之成公將出顧謂諸臣曰

若輩好佐新君致太平某歸見故君於地下耳幼女隨檻車而

哭公俯首謂曰我男必盡死汝女也可以生矣其奴上之酒公

飲之賦詩有顯陵松栢夢依依之句既宛籍其家自筆除後所

受祿別置一室署曰某月之祿與朴公等并車裂以徇柳公時

方在官聞事發即還家與妻酌酒為訣上祠堂自別而死宛家人

不知其故少頃吏來取屍礫之而去於是麟趾等上疏言某等

之謀　上王必預聞得罪宗社請早圖以絕後患乃遷于寧越

未幾竟害之後叔舟年五十九以疾卒臨没喟然歎曰人生會

當止此云

〇惠岡崔公傳

惠岡崔漢綺字芝老惠岡其號也十五世祖恒仕 世祖時官
至領議政考光鉉武舉至昆陽郡守惠岡幼英異讀書遇奧旨
輒能自觧性篤孝養疾居喪俱盡誠禮中歲廢大科絶意仕進
大肆力於經典間游東南山水以廣其志家素裕聞有好書不
吝厚價購之閱既次則輕價鬻之以是國中書儈爭來求售燕都
坊局新刊之書甫東來未有不為惠岡所閱或言求書費多者
惠岡曰假令此書中人並世而居雖千里吾必往今吾不勞而
坐致之購書雖費不猶愈於齋糧而適遠乎然惠岡家亦以此
旁落賣槐第僦居都門外有勸惠岡歸鄉治農事惠岡曰此吾

所欲也然所欲有大於此者博我聞見開我智慮屬書是頼

求書之路莫便於京安可憚飢餓之苦而自就寡陋哉趙相國

寅永將選遺逸士使人諷惠岡盍移寓郊墅之外惠岡曰竊名

以干進吾不能也趙公固引惠岡復遣人問可應科舉否惠岡

謝曰不挾筭久矣湖西宋尤菴書院諸儒有疑事來質于洪相

國輒周洪公此須有博禮之士為有司然後議可定也會賂鷺梁

四相祠有司缺洪公欲以惠岡為鷺梁有司仍無湖西院事以

決其疑鷺梁有司者一時人所稱極選也然顧不知惠岡意乃

令湖西儒曰往視惠岡久乃微示洪公所指惠岡正色曰洪公

賢宰相也奈何以利勢誘人哉且吾雖寒微不敢盜名族世有

姻婭塗人耳目幸復察之言者憮然去或問子平生不言黨曾
今胡斷斷乃爾惠岡曰自先人以來雖不顯於朝私相傳聞則
有之矣焉可至吾而變也且吾辭之者信似乎黨矣而使吾樂
為而趙之夫獨非黨也歟西夷之毎犯江都也鄭留守岐源素
與惠岡善亟遣使議事一日夷忽運沙入船人莫測其何為惠
岡聞之曰彼必乏水也盛沙於筏而貯海水則鹹化為淡耳然
彼既深入而無汲道將自退矣數日夷果遁鄭公以狀具報朝
廷將以白衣贊軍謀惠岡辭曰是未之學也倭舶窺仁川惠岡
子炳大上疏言不可以特和撤備大臣劾奏遠配惠岡送之無
難色曰汝能以言獲罪可謂榮矣禍福非所恤也繋惠岡平生

為人好學而能不苟如此所著氣測體義宇宙策素謨讀官論

字說類編鄉約財教政量論農政會要陸海法地球典要儀象

理數習篆津筏方里表青卿圖氣和堂隨輯若干卷又取十三

經註疏撮其要領述通經考廿三代史引類彙分輯正史惟苑

集古今疑禮未成書囑子繼之為十編圖聰達恢奇以一事

不知為恥遇有所解伸紙疾書頃刻數千言或言字句有失檢

即應之曰其然乎盡為吾改之吾豈為文章者武惠閩當中已

酉生員試後以子官正言榮授通政銜除僉知中樞府事壽七

十五没後十七年用學行登聞贈大司憲成於儒逌孫九恒進

士

李建昌曰儒者之學有二從內而外出者曰性道之學從外而
內者曰見聞之學漢唐以來世儒之學不離見聞一路而豪傑
之士又廢見聞而溺於無用之異說至程朱氏以涵養格致交
修幷進內外始合矣觀□□之書專□推氣以測理□蓋先儒之
所未發而以余之愚不敢遽有所云□□□□□□備著其名目
以附紀事之左□□□□□□□□□□云

● 姜吉歡墓誌銘

君姓姜其先晉州人遠祖曰民瞻高麗太師殷烈公曰天命朝
鮮開國拜官至太提學不就中世久不振曾祖周炫祖獻圭皆
諸生考諱鎮華舉至營將君初諱性澔字惟聖性好更其名

字屬變不可紀其赴日本朝廷予君假監役官名妬定曰瑋字

韋玉海內外慕君者或曰秋琴曰慈此曰古歟者皆其別號也

君少從閩金浦曾行金衆判正喜受古經義輒有神解中更浮

遊學禪學兵學陰陽諸書又悉棄去為詩及他文章挈家寓湖

嶺間湖嶺人至今稱君為姜文章云君於古典籍無所不貫於

國中大山巨水關塹城堡形勝郡縣利病閭里風俗情偽無所

不究歛精研思窮微極博常憂人之所不憂昧人之所不昧外

雖儻蕩無累又遇人無等威壹皆煦嫗仁恭內多感憤負氣目

空一世其與人遊寧就閭里少年酒食不喜枸曲老生又不喜

貴顯者惟鄭判書健朝申大將軍攄以久相好時時過之後與

余交即大喜曰過余諸與余游者稍得介余以結君然其貴顯
者卒莫能致君當是時朝廷方拒西洋夷剿刮邪黨士大夫承
指務為正大之議或語外國事則搖手以為戎余時弱冠脩待
從獨私以為獵者遇獸固當射之然亦宜略知所射為何獸獸
竟何狀以是頗留心明史外夷名目及近日中國戰和之跡偶
以語君君驚拊手曰有人矣孰勉之會君從鄭判書赴燕京歸
以其所與中國人談者為文示余皆舊所禁諱使人職怖君且
讀且噫且笑意氣流動余則默然固有以卜之矣明歲余又赴
燕君又從既至余所聞見或與君同異然固不以君為無徵也
及歸事邊患改縱衡馳驚之士公道天下事莫可防制余自忖

愚不足預遂忿謝遣陶中所往來以日趨憤憤而君則稍懘發

其所藴遂益有名講師初君從大官如江華貽書宰相贊其決

又從信使入日本與中國人悃日本者議合歸以其筴達之朝

廷又再入日本久之聞國家有難懼不可歸乃附中國舟轉之

滬上極无下之觀難定乃東踰歲而卒于京寓君與人語輒曰

今日事惟李某可為之奈不為何余以此頗苦君然君固知余

余亦要為知君原其大約欲人之安以為悅而亦以自快其耳

目終始十數年所守一說非相時為風靡者是則君而已余故

略君他事行獨叙與余平素之故以見君之為人而使後世因

以攷一時運會習尚關係之大如此君嘗授詩於余以自述曰

縱不受饋縤亦不酒規矩君在日本其國人欲■官之君矢疽

不許在滬寒疾嘔滬人以其衣衣君君拒不受及歸有邀君俱

徃六合之外者君謝曰力竭矣強之不可斯君之所謂不佪者

信與君卒以某年月日年六十五葬于廬州某原子三長堯善

武舉宣傳官次某某孫泰承主事次某堯善謂余曰先人之文

子既序之矣願加惠以銘其幽余乃為之銘曰

有潤者礛崈朝其雨藾為一士乃豢氣巤匪无所厚焉昇其材

獨軋其牡緘滕大開皷喙顛阯職職方来不疾不誇能自憂喜

匪直也銘敢告後史

〇冠陽公事畧　字：坤廬之字三遐近　須考喬等晌錄入之

李公　字　　宗室德泉君後領議政文忠公　曾孫禮

曹判書大提學　　于自文忠公至公四世三興文衡掌故家

以為豔公纘學語判書公教之有方始授書至王字判書公遷

起整衣冠俯躬曰此君王之王字也公七歲讀漢史登都門樓

俯視行人往來賦七言用韓信傳出我胯下語識者嗟異之趙

大諫景命嘗過候判書公呼公與語移日歸輒撻其幼弟大諫

每出幼弟輒終日憂曰兄得無訪李氏兒耶後大諫以女歸公

而所撻弟亦貴豐原君顯命也公擢　景宗二年庭試及第拜

侍講院說書　世弟居藩邸判書公嘗為師傅至是公復侍東

宮勸誡侃侃　世弟甚重之亞稱李某心直云自　肅宗時士

大夫痼扵黨論迭進退攻殺相當四人卒勝南人而專國柄然其中

貴戚大臣往往不厭人心士類別立為少黨朴文純公世采從山野進

與士類首事後入相年且老則右老黨嘗為　上言皇極蕩平

之説又退與學者言之必蕩平然後國可支也朴公卒後數十年兩

黨愈磯不可合而　景宗為世子時少黨有保護力老黨諸大臣多

屬心扵　延祁君其子弟賓客以狀潛交關宦妾覬有非常及　景宗

立　延祁君為世弟而少黨入用事大殺老黨使睦虎龍告諸大臣

子弟賓客虎龍為人凶悖語且侵　世弟而金一鏡撰討逆教書陰用不測

之辭以煽中外朝廷不能正其罪錄虎龍為功臣而一鏡日益橫公在春坊

一鏡為　世弟賓客公開門不出曰吾不欲見其面又徧言扵朝曰今宜先誅

甚悚 下全

雲秀
皆以
某相
畫之
君好
何

虎龍以安東宮然後他囚可按聞者為之齚舌及陞為正言首言閔

鎮遠於　上為元舅其太夫人年老在堂不宜久謫閔以老黨

得罪方為時論所欲殺者也尋入弘文錄拜修撰會有言弘文

錄不公者意指他僚而公自以錄中人堅辭不肯就時公宗戚

貴盛并居要地惟判書公謝病多在田廬公又深歛抑一切不

預時事於是人多目公為外家論以公朴文純外孫也　英宗

即位首誅一鏡虎龍百僚舉惴恐無人色而老黨言事者蜂起

自相國李光佐以下皆為其所持日席藁俟罪　上又有意督

過之然猶迫令出視事公拜校理上疏言　殿下不宜以二一

鏡故疑大臣人謂大臣與二鏡同心此宜如何罪　殿下即疑

之宜蓋有以處之不然宜斥言者以慰大臣心今內信言者而
外覊留大臣似怒非怒以驅刦之此時　殿下之心亦平霸乎誠乎
不誠乎　上竟罷李相國召閔鎮遠代之凡虎龍所告者皆雪
景宗時人皆黙公亦罷散數歲　上復思少黨罷閔相國而復
用李相國人多惶惑莫測於是趙豐原方居臺諫上萬言疏請
老少並用而其兄文命與老黨洪致中金在魯少黨宋寅明共
為蕩平之說以干上上心善之前後用此五人俱至相位世又
稱蕩黨云時　命公為御史按廉湖南道及歸而清州賊起三
南大震復遣公為監司仍赴湖南公上疏陳便宜請以一方用
兵悉委臣身無貽宵旰憂湖南民間公至擧擾呼帖然無龍戾

而都元帥軍奏捷南地悉平公乃均田賦精軍伍大更道內事

謗言暴起謂公不宜擾民公上疏辭曰兵荒之後所宜牧民於

塗炭者不可緩也而或者反以兵荒沮之殆不知本矣臣固未

嘗少撓然不敢不引避惟臣所行諸事今已粗具不可中廢雖

辭職交代一月間可了也　上答曰雖有中山之篋予志既定

如金石卿何辭為公以此得悉其所欲為此成惠沴民以大蘇

全州乾止山自古禁不許墾田至是　上令翁主房屬行營折

受地折受者折公田令私受也乾止山當折受公耳疏爭之

上怒不報趣全州府判官修帳簿限日以進判官白公公曰　上

雖有命判官宜聽監司姑遲之復上疏曰夫今日忠臣志士仰望

於殿下何如也中朝太息願治者火炙而寒凛然無太平之聲

者徒以殿下多私而情勝故耳臣見四方駔詐之徒往來潮

間皆言為新生翁主房幹事人臣居外雖未知翁主新生尾為

幾而想皆不離裾衿中夫為乳稚之子早殖產業鄉黨自好

者尚不以為高致況殿下所愛何患不富貴而顧為是汲汲

乎上覽疏怒甚累下嚴教人皆為公危之數月上謂遊臣

曰藩臣與言官皆費自宜有禮李某乃質問翁主新生之數可

謂語不擇發卿等宜以私責之因命寢乾止山招受公疏謝失

辭上答曰予無所芥滯於卿卿亦宜念藩臣體上下交勉可

也初李相國被召公貽書勉之曰公黨上恩至厚今以元老

再出入望公不在一言一事宜出入謨猷開陳善道端委廟廟
儀刑百辟至於庶務可付之後進責其成效而已李相國不能
用及治三南賊徒老黨言者甚李相國治獄不嚴甚且謂名亂
通謀　上稍入其說豐原相兄弟貌厚李相國而心知老黨必
售軋持兩端觀成敗他蕩黨往往投附老黨出力以自脫　上
方日飭勵羣下愶心為蕩平有司奉旨每差擬必以一老對一
少名為交簾兩黨自好者俱恥不肯為用所得皆庸才前日所
擯不與者　上猶謂蕩平由此可成也或風公曰公在少黨時
不肯預在老黨時又不仕今朝廷蕩平可以有為矣公笑謝曰
吾固願蕩平然吾欲取兩黨之稱第一人者釋仇嫌以共理豈與

無廉恥嗜飲食之徒比肩為逐逐為是持祿保罷計語聞湯
黨多慍之修撰李亮臣上疏列李光佐十二罪且言湖嶺御史
當賊未起時按行其地宜無不聞指公與靈城君朴文秀也
上命竄亮臣且教曰逆賊之情父子兄弟不能盡知御史何以
知之又有成琢者輩書誣告大略如亮臣疏意 上鞫問之琢
自服論宛亮臣者老黨而其疏實出於蕩黨云公自湖南歸既
荐遺讜議遂決意自廢累拜至二品不出惟嘗以江華留守一
赴以判書公春秋高為養也判書公姑終恬退父子家居為知
已以風誼動一世者二十年而判書公没服除公以副使赴燕
歸拜大提學時 上十八年也李相國積憂不食卒趙宋諸相

益寵用事曰為　上言少黨之非老黨之是老黨金龍澤者當

宛於虎龍之告其家相傳有　肅宗御詩　上在藩邸所書豐

原相欲白龍澤寃以狀奏之　上驚曰此僞也乃鞫龍澤子遠

材流之又命逮龍澤從弟福澤親問汝罪當宛知不福澤對曰

不知也　上曰汝昔年以私來見我所語云何遂杖殺之事秘

不可詳然以此人益信老黨子弟前所為果此狀也時　上御

製大訓事犯大訓者且以逆論於是公弟

慷慨有氣節自號鐵面子乃獨啓請明正福澤罪狀　上大惡

之命鞫持平君禍將不測公投疏自當　上御帳殿鞫問公曰

若弟語犯大訓者導之歟抑禁之歟公從容對曰臣止之而不

得也　上曰止之何以不得公曰臣以利害止之而不以義止

之故不得　上怒曰義者何也公曰臣請言之夫

之一子景廟之介弟景廟無嗣宗社將安歸乎自在藩邸八域

臣民心繫目屬之曰已久特曰不敢言耳然　殿下之心本一

延祚君而已策立東宮至踐无位雖宗社之福而　殿下之心

實不幸彼一隊不逞之類私奉預戴自以為功使亂賊籍口又

從以欲不利之此誠萬萬絶痛然當　景廟時討逆之論方熾

獨臣父子未嘗一預其聞非以無可討也以義然耳當時之義

宜先為　東宮辨誣辱然後徐究獄情可也若先无位已定亂

賊已誅則彼不逞之罪不可以不正是所以奉天討而光　聖

德也臣弟新入言地欲以數十年所聞於父兄者事 陛下誠不
以為不可但以愛弟之心慮其利害耳 上動容曰汝知予心
汝父子數十年語今日頂門針也公又曰福澤私謁藩邸 殿
下●中心憤嫉之數十年不忘及事有相觸而竟曰 殿下發之以
抵罪此千古帝王所未有之盛事也正宜書之史册播之歌頌以示
天下後世朝廷何為掩諱之臣竊以為此大臣之過也 上曰
此汝之罪也如汝者仕於朝廷朝廷豈有紛紛哉又顧謂諸臣
曰此非獄囚乃諫官也時 上意欲直宥公而言者●斷不已
命竄公海南流徙平君于黑山島使可相望明年 上與筵臣
語及公事歎曰其人心直言直使其人宛於瘴海何以勸直臣

徒使庸人充朝廷耳朴靈城進曰臣與李某甞俱置人口吻間

臣懷祿不去某遂自棄枯餓山中過臣萬萬矣然某豈惟一節

士國值大無能救將疣之民命者某也邊境有警能以一面當

大事者某也國家有急能一死以報　上者亦某也　巖下宜

知之　上曰微卿言予固知之乃宥公還然卒不能用公者以

蕩黨沮之也後數歲公卒于家　上下教惄恤有加士大夫無

不歎惜之自三南賊後逮獄屢起皆以一鏡山言為辭柰是老

黨言者動稱辨　君誣欲激怒　上意盡陷異已公甞為文以見

已志曰今有為辨君誣之說者有為蕩平之說者兩說不相入

若吾之說則蕩平乃所以辨　君誣耳夫鏡虎之誣不待辨也

將辨鏡虎之誣宜先辨喜罟之誣喜罟者鏡虎之所藉也喜罟
之罪大正則一君誣自辨所謂皮之不存毛將焉傳是也喜罟
者李喜之罟之與金龍澤同謀公所謂私奉一隊也蓋公持論如
此云公為詩文清剛類其為人中國士刊公詩行之號曰探珠
集他文若干卷藏于家

○先府君行狀

先考府君諱　字　始祖　定宗別子德泉君諱　謚曰積德世

比之河間東平後至戶曹判書　贈領議政孝敏公諱　號石門判敦

寧孝簡公諱　號西谷戶曹參判　贈吏曹判書諱

顯曾祖　贈吏曹參判諱　號椒園至性高識為士友所推重祖成均　三世以名德

進士　贈吏曹判書諱　繼有文行考吏曹判書

諱　號沙磯清忠正直進退以義洋夷陷江都與仲氏

諱　殉于鄉事載國史妣安東權氏楊州趙氏青松沈氏俱

夫人府君沈夫人出也府君幼而峻茂聰強過人執友徐文清公其淳見

而奇之曰此國器世十一歲悲通大全七書下筆有壯語十三而冠始游

京師還忠貞公間董軏與友府君對以徐公從子及朴文翼公永元

鄭大憲公基一之子忠貞公為詩以述喜其後徐承旨相至朴承旨道彬

鄭判書健朝俱賢而貴府君中 哲宗乙卯進士世皆謂朝夕大闡矣而

數奇竟不諧令 上乙丑以陰補東部都事丙寅之難忠貞公草遺疏決

殉府君號泣諫累日不獲袒括踊幾絕者數矣而視終事必謹不以倉

皇震剝而有所悔睍奉殯于家園燬浸近家人朝夕驚府君書于案曰

父死不葬死不旋踵王師入鼎足城府君曳衰行村中瞀輸糧以給軍梁

將軍憲誅遣人喑且謝曰使民知同仇之義者公之力也後十年乙亥復

仕為內資奉事移宗親府匰長陞司憲府監察不肖建昌以御史出湖右

大吏之懼劾者造蜚言以達于京師有顯官語府君曰君之子稿將及夫

盡令自解之府君曰兒雖駑騃既已奉　君命專使於外雖其父莫能預且

寄書于不肖曰凡事未定須商量既定不可搖動不肖受命然竟以此

窺極遠府君不自安累呈告移敦寧府掌樂院主簿通禮院引儀踰歲不

肖還府君陞　永禧殿　顯隆園　健元陵令庚辰為后城縣監不肖

請于府君曰非敢圖大人顧小子侍從祿薄不足以養親願長有以養於

親府君愀然久之曰吾嘗有意於政事今雖老尚堪一試姑從汝言祿利

非吾心也及為政公直彊敏實心桃大體明而不察通儻而不衒民有

訟使直達洞無阻礙然莊色厲音絕不示呴嫗意嘗曰嚴心於不縱恕

於不擾廉心於不取吾任吾性而已惡于囑甚自責勢人至親戚故舊有

囑則皆拒之束吏不得妄出民為之語曰邑無吏更無脚時朝令革漕倉

昔郡縣雇船運米期日甚促他縣皆縱吏捕船剋減雇直吏又操縱為姦

利船商畏然百貨不通而船益不可得府君騎示民曰有吏往擾船商者

縛以致之雖他邑吏亦如之他縣商聞石城獨不執船相喣而至遂平雇

以載之他縣官捕船不得者爭從府君乞餘船書相續也辛巳移監安義

安義有山水之勝邑僻少事府君命不肖盡室而來府君約於奉巳先妣

佐內政有度內外食指數百庖隸雍婢皆相親愛供給物有省於上而

無不豫於下者客有過而歎曰官吏如家人邪古所謂化者也邑有大川

每夏潦患橋壞府君出俸錢使民殖之為修橋費自此無病涉者縣治負

大山多盜府君擒其魁二戮之牓于街曰往來盜勿入吾境入者殺終

府君在官盜不敢近常有謀於門者問之曰吾等丹城人也使族入賣牛

於安義安義官奈何聽吏卒執之為盜府君曰盜小且非吾民也吾固將

縱之然族人盜族人牛庸非盜于汝踵牛至此又詭辭欲掩盜汝牛者乎

吾且移牒汝官捜遣叩頭服其老者顧少者曰吾固言安義官不可欺府

君笑而麾之客問府君何以知之曰馬有丹城民賣牛至安義者平且盜

以暮執而彼以朝來非踵牛其誰報之當有民於門外自語曰訟則不克

吾胸槩矣人間不克訟何謂奕曰聽官判決不過數語吾曲曉然安得不

奕云府君每泣邑必訪求有志行文識之士以禮餼之雖他縣有賢士則

必過之設功令課諸生考其藝而賞之厚以是文風大振近時守宰多以

獻羨于澤或勸府君欲之府君歎曰我未之前聞也且有無名之進於上

必有無名之取於下以此陷贓必敗之道也吾非惟恥之誠甚畏之歲時

饋遺京朝或言其少府君曰人自眼大我自手小奈何縣府君所以歷四

縣不得欲優者以此府君亦鬱樹時得語安得劇郡而治之每訟罷庭空

輒曰正如食未飽人憮然對空案後在甑山南監司連哲素敬府君最

曰百里賢路昔人所歡連三書最且為求平壤欲以自助卒不得則以

府君攝平壤即月餘府君曰得此則尚可少施芙厚祿與他人但使我為

政我則不辭盖府君之志然也甲申移甑山縣例以富人子監官廳便供

食物廳米少而食無藝一官至輒破一家府君至則令民之納米者皆倚

臺逗入日所須皆以米易於市不置食監舊戶出一難以佐庖亦罷之

貨富昏悅而府君自奉蕭然反不如家食時不肖嘗徃觀以為憂府君曰

吾已習而安之□縣有城餉米歲再輸以餉營兵至是營兵新號親營驕

悠無律怒米炒投而蹦之虧其數三之一明年當復輸皆患之曰雖監司

無如親兵何府君令民悉以船運米身先赴營待船船至好論兵去年

米乃營下市米今年米眞城餉也吾自領船而來若曹能復使之虧乎斛

而示之曰何如兵見米信好而府君辭氣偉裕相與環立目其欲發難者

弭之不復罵餉既畢而視餘米當虧之數并補之官舍久而將坦一日周

視而歎曰此儕人之患也民間之時曰然惟我侯為能用民之力使他曰

為之吾屬且大困府君為請於監司得他郡之材皆量其地之便否與貴

之多寡審計然後發令輸之既至皆如府君討民益信而樂為之使府君

曰董役凡斧鉅之餘及舊材敗民之棄者皆令儲之庫相宜以取用及垂

誡無一留遺者費省而役遍以此既落扁曰視心命不肖代為之記原

有殺人獄獄老矣監司邀府君往審之府君驗囚具如前案夜有飛紙隆

前書賂金之數如是者連日而數且倍府君不為見朝起進饋羹正黑府

君舍羹食如故卒不撓亦不問後以告不肖曰求生者人情也不必發其

情而益其證吾非為張延賞也府君少習丁氏欽書幾成誦及治獄遇

疑必躬檢雖屍爛不避臭屢為他郡檢官及查官疾病未嘗辭每閱文書

一下數行口呼手判牘無暫滯至議必審易繁沈恩諦閱夜以繼晝或

至唇焦而不自覺曰吾於此可謂已熟熟故愈懼其誤耳嘗為監司審理

久囚有傳生者出獄來謝府君愀然曰生者來謝易見死者銜冤難知吾

按獄多矣能無銜屍於地下者乎武人年少者宰隣邑有聲府君亦愛之

嘗閒為治府君曰子而閒於我乎然我固將語子夫為治不在多言盡吾

心而已吾心盡而知有所未逮者非大登也億逆之中神明之稱其道難

繼故君子不尚馬且吾老陰吏耳如君後必為將帥盡亦思其大者歸而

告不肖曰汝亦識吾言慎勿用明以干譽也見有誠心為政者樂為之不肖

輩言之嘗曰吾在安義闊軍器皆新好開諸吏乃朴李員為之也閒請賞

半曰吾閒斂民平曰吾捐俸而為之夫捐俸者必要人知誰肯修庫中之

軍器乎吾且甚善吾之故所之必修軍器學季員也季員者朴公憲陽府君友

也又曰吾閒申相國之為西伯遇千秋節例宴守令于練光亭樂一闋公

色曰今日慶日也吾儕之游樂矣獨不知吾民亦樂否遂中守令來此者

能無以民庫錢為行費者乎其必速還無以慶日之樂病吾民吾甚敬之

故不敢輕用民庫錢也丙戌移恩津女多欠通縣以與閤府唐至卷台欠

通者闊而責之期皆相視不敢言府君曰是無期也無期則管管真無期
則死死則不忍縱汝自便又不可與汝媾約汝坐於庭吾坐於堂相對終
月可乎是日以為常府君開戶臨之嶷然無倦容吏與語曰答不難如
不難坐難奈何踰月而入稍多或請府君少安府君曰吾至除日乃已時
秋尚早也羣吏益恐悚相與賫助入愈多府君乃畢亥移積城不赴陸
梁山郡守明年戊子正月十六日考終于郡司距生 純祖三十年巳丑
正月十六日春秋六十以禮月返葬于江華下道邑內洞配泑人坡平尹
氏先府君五年卒與府君同封後六年 朝廷授建昌二品銜例 贈府
君嘉善大夫吏曹參判同知義禁府事泑人 贈貞夫人夫人舉三男長
建昌次建昇前主事次建晃側室女適金容吉建昌男範夏鳴呼不肖

行負神明為子不孝千里奔喪茶毒不死天下之罪人也府君之喪惟建

晃侍側血指救不驗以毀受疾免喪後五年而死建晃有器識府君愛之

嘗曰此子能知吾用心處梁山之績惟建晃詳之而今無以間然府君之

於梁僅五月耳始喪民時朝夕臨戶出以過舉巷祭以踰境德之感人可

見矣府君自少不能為非情之言悅俗之態負氣自適不以一毫挫於人

善飲酒未嘗亂然亦不屑屑拘曲博覽強記視當世不見可敵中年以來

絕不屑措意於文辭曰此事已付小兒矣故世之識府君者往往不知府

君文學何如也況其他乎惟是居官涖民茂績昭著者自不可誣茍以是推

而隙之庶乎有徵矣竊觀古今談吏治任智者惠少怵怛尚能者或徇規

非不然則又迂闊而已府君之為政未嘗以經術儒化自居而亦未嘗不

以幹諝自許然其發於辭者皆有德之言其施於事者皆可以為後來法

類非世俗所謂能吏一切取辦之所可謹最其存心民國不以私計參貳

有可以質之神明而無愧者今四縣一郡之民具在其必不以不肖之言

為不然也不肖其敢溢於辭以重不孝哉謹書大略以俟立言君子不肖

建昌泣血謹狀

李建昌字鳳朝朝鮮 恭靖王子德泉君之後也父梁山郡守諱

吏曹判書 贈領議政諡忠貞諱 曾祖以上載建昌所撰忠貞公誌 祖

上三年洋夷陷江都忠貞公殉之朝廷㫌其門曰忠臣之門是歲丙寅建

昌年十五矣 賜及第出身七年補起居注例選玉堂十一年奉 命以

行人如燕明年春自燕歸十四年秋奉 命按廉湖右明年夏歸自湖右

坐事竄關西之碧潼又明年春赦十九年秋增秩通政特 命永帶知製

教衛復出按廉于京畿明年夏歸二十一年遭 母憂自京師返塋于江華

自此鄉居之日爲多二十五年奔父喪于梁山以柩歸二十八年起家拜

京兆少尹明年奉 命出北道按嚴咸興亂民歸拜承旨三十年秋以言

事竇湖南之寶城明年春赦是歲權嘉善階新官制行累授協辦特進侍

講等官皆不就三十三年春授海州府觀察使三疏辭乃 命以原官補

外尋流于古羣山島月餘而赦此建昌仕宦大畧也建昌始仕為朝中最

少年一日 上坐帳中望見建昌使人問其年 上笑曰是與我同又問

生日日月先美每侍 上記注稱 后出入輒加 頎然大院君當國

建昌嘗見忤於大院君又以家世與人多嫌郤故同列交相避以此王堂

十數年上直繞一日閒為他官亦未嘗久淹崔益鉉上疏侵大院君舉世

徨然以為遁建昌為持平獨曰春秋為親者諱▨▨▨▨▨益鉉雖▨

不可以不罪遷長官合疏論之不報卓事自此難言矣其為御史念忠

貞公始以御史樹大名莫有以紹其萬一徒行閭里詢閒疾苦雖不嫻吏

事竭其所知究利益於民者施之忠清監司趙秉式臣室子世首以建奏

得寵用外行小數干譽於愚民貪殘自恣畏建昌請春錢為行資建昌卻

之曰昜有按廉而受賂者乎秉式即大恐飛謗以達于京師時大院君開

居其賓客多得罪於朝廷秉式乃謂御史受大院君指將以傾已寧相閔

奎鎬入其說使人怵建昌曰禍且至矣盍有以自解建昌不為間馳入公

州營發秉式隱贓鉅萬星夜還以聞近世御史有論劾先以副本奏僚可

然後敢進至是建昌袖白簡直入 上既微聞謗者言而又意建昌有私

憾於秉式而詆之也召見建昌而詰責之 威音震疊左右股栗 上曰

凡汝昕按廉皆汝耳目之乎抑從人間之乎建昌對曰一道之事繁且

多病實不能一一躬親至論劾大吏不可以不慎臣皆審閱然後以聞具

有文書可覆按也乃命他使者往驗之恭如建昌言柬式卒抵罪而公州

士人子有受杖于建昌者出獄自悲不食死其子告建昌遂以殺人故竄

極邊時獨一奎鎬甘心為柬式欲置建昌於死其餘知與不知皆歎息為

建昌訟建昌以此聲聞當世奎鎬尋亦悔之病且死自言以為恨初朝廷

斥倭洋主戰守然實不得其要領建昌以為憂嘗曰中國者外國之樞也

如入中國而善覘之則可以知外國之情既入中國則歎曰吾猶不知中

國之至於此也中國如此吾邦必隨之而已李鴻章貽書于我噉以通和

之利時人皆謂鴻章中國名臣其言可信建昌獨曰鴻章大儈也儈惟時

勢之從而已我無以自恃而恃鴻章則後必為所賣□□□□□□

□□□故□東□□□□□□□□□□□□□□□中國□□□

□□□□□□□□□□□□□□□□□□□□□□號為

□□□□□□□□□□□□□□□□□□魚先中□□□金玉均□□□□材敏能

言中外事建昌時與之往來談辯及倭事之殷此諸人主時議而戚里關

泳翊年少有譽為諸人所歸諸人為泳翊言建昌可使四方泳翊亦傾心

於建昌將引薦之建昌之自碧潼得赦泳翊力也會金弘集目倭還以清人

黄遵憲所為朝鮮策進於□上有悉通西洋諸國之說建昌□□□□□□

之極言後目之禍用以說泳翊泳翊咤曰吳半□□□所朝□□□□曰泳翊邀

建昌飲弘集及朴泳孝洪英植往坐泳孝其時議□也建昌知

泳翊將借諸人以□□□也乃先面數弘集曰黄遵憲顯言耶蘇之教無傷

而子上疏乃云遵憲所斥邪非護而何弘集猶遜謝而泳翊怫然罷酒入言

于

上曰臣與諸人論時事而李建昌為橫議此人雖官甲有文學名此

人如此國是不可定　上以此愈不悅建昌亦武又謂建昌內實曉時務

特不為耳建昌以此愈益困　上句永韬英鞱挾倭為逆殺傷泳翊又

吏曰永韬英鞱挾倭為逆殺傷泳翊又

王府十數事平稍亂之相仍至於今日大略如建昌所為校蓮崇中語

壬午軍變金允植奏九中自天津逮清兵出歸罪于大院君執而北

去　上夜名執文提學鄭範朝草奏文且曰聞李建昌普文且多識中國

事可以予意告之與議建昌入謂範朝曰奉天之詔可作此奏不可作此

奏須是　聖上面命其大意乃可下筆範朝曰如君意何如建昌曰聖人

人倫之至也今日吾　君之道惟負罪引慝而已範朝入以告　上嗟歎

良久名建昌曰文須汝自作致亂之咎悉歸予躬但為大院君明白辯釋

要使見者一字下一淚也因命建昌陪護大院君之行清員馬建忠時聞

之意不欲建昌行言於 上而留之所算奏亦沮不用時金允植魚允中用事 固欲

引建昌以自助每稱奉 肯詢機要文字建昌卷辭之一曰促名入覲

中於閣門外口宣 上諭曰欲往天津乎欲往日本乎欲在此參機務乎

建昌謝曰皆不欲亦皆不能允中咄曰固扰入少頃復出曰疆域之內猶

可以宣力乎建昌不得已曰若於是有識輔之 命 上親授封書曰但

如前好為之予今知汝矣幾沿十三邑饑建昌設賑以哺之逭廣州開城

水原之稅皆萬計卷以便宴行不煩上聞別單數十條極陳朝令無常生

民受困狀其所請多報可後有近臣出宰而貪者 上使人以私戒之曰

如不悛予將遣御史如李建昌者汝其無悔聞者為之歡羨然建昌遭二

喪服闋而未有召有言於 上者 上輒靳之 ...
乃命為少尹自通商來清倭商民多與我人訟京兆不能理別圖少尹以
專之前後為此者多要人於是世謂建昌且顯用矣視事月餘即上疏言
政府請用銀銅錢將使外國之人操偵權啓無窮之釁又言各國人貿屋
無紀請禁我民之賣屋者 ... 之清員唐紹儀志曰禁賣屋非約也為
書詰之建昌曰我禁我民約於 ... 何有紹儀假李鴻章言狀政府使弛禁達
昌 ... 家訪賣屋者輒加之以他罪而罪之民不敢賣屋而清人無得以 ...
難成興亂起由市人市人皆自當不得主名建昌曰市人必不敢為亂為
必有所恃乃用鈞術得邑豪陰喉者一訊而服雖市人與亂者至昌弱
覺讞既奏附論監司李源逸貪庸致亂狀俱抵罪在銀臺嘗夜對因讀

漢史微言桓靈之世君子道消以言為諱漢室遂傾 上曰不言者陛下

之過也而亦其君不能包容之故耳建昌賀曰 聖諭及此臣民幸甚兩

湖賊黨起建昌上疏請亟發兵剿之以絕滋蔓之禍不當累煩 王言徒

事慰撫以驕賊心又言宣諭使魚允中私立賊號曰民黨民黨者外國無

君之邪說禍甚於洪水猛獸又請尊 聖德堅 聖志罷女俗節賞賚嚴

師律擇藩郡時發報方辣而慶尚監司李容直黷金賄官中外益汰骸故

疏中并言之大提學金永壽自以代撰 綸音慰諭失辭具疏將請罪

上素寵永壽念不罪建昌無以安永壽願又重罪建昌故留建昌疏不下

久之會上疏入權鳳熙安孝濟相繼觸 上怒魚允中亦以他事當罪乃

并竄建昌

位████及連喪二親自以所依惟吾 君而國事日非始欲以進言

自欵然不敢遽激許冀積誠以取信 上亦燭其無他腸而薄譴之明年

湖賊復起 上下皆思用建昌而亂已不可為矣倭兵犯闕國政大變犬

院君視國務金弘集為相以建昌為工曹參判其弟建昇為政府主事建

昌稱疾不出建昇受牒即辭歸初朝廷開外交而大院君家居持舊議頗

與士類聯聲氣壬午以後則闔闢久矣至是為倭所脅而出得專除拜士

無新舊靡然趨之爭起為官 上默察建昌獨後巡心善之至冬倭使并

上馨請 上親政 上乃以建昌為法部協辦████忽大恚曰 大君主何

███████████并上馨請███████████

得自除官吧哮不止 上為收其命而逆臣朴泳孝徐光範始自倭還專

國柄矣其後官制復改　上念舊臣貴戚別置官于宮內曰特進而建昌

預焉　坤寧閤之變建昌與其友原任參判洪承憲鄭元夏上疏略曰

王后之廢臣知非　聖上意也道路相傳皆云賊已行弒但未辨弒者之

為日本人與我人耳臣弒其君在宮者殺無救君父之讎不與共天下春

秋之例小君亦君也彼閤部大臣獨不知斯義乎奈何掩匿覆護怒然若

無事無乃其中亦有貪禍倖變以售其挾上制下籍權運執之計者乎妻

之作賊者兵則兵也廷臣則廷臣可誅也日本人則日本人亦可誅

也匹夫匹婦之死而不得其命者猶無不償之寃焉有　國母被弒而讎

終不復者乎仍請復位發喪內閣大臣金弘集見疏嘻曰是趙盾我世却

不以聞承憲字文一元夏字聖摩此二人避寓江華與建昌為隣嘗與論

出處二人專以靖滯為義建昌嘗謂天下無必不可為之曰君子無必不

欲出之心至是乃決意自廢夫斷髮令下建昌避入普門曷為空谷佳人

歌以見志會有侍講之 除上跪自陳乞得依託僧舍以終殘喘如不獲

命加以敦迫臣則有死而已未幾 上從倖臣李範晉之言移蹕俄館國

事復幾命討稍從 上出範晉廣建昌有海州之 命 上心欲建昌出

賜批褒嘉之曰辭受自有時義卿今不宜苦辭又曰卿之有守朕已稔知

猶且委身豈無所以建昌讀之嗚咽曰 上之於我至矣然已矢言何

及閒補外即日赴海州待罪於民舍曰補外譴責也不敢不行觀窓榮官

也 終不敢承 上知其不可奪命下理用新法懲輸作三年改 命流二

年然 上實未嘗以建昌為罪 故赦不踰時熙建昌住官以

央持論行事催謚罪至以受人主之知終始安得成家之名如此建昌

自後提受書于忠貞公識字先於言語十歲卷三經四書誦忠貞公將終

遺書引程子質美明善之語以勉之故以明美扁其堂曰登第為古詩

文嘗以朝鮮五百年文章一家自期不屑與并時人稱其入中國翰林名

士黃鈺張家驤徐郙等一見而歎曰使斯人生於中國當以吾輩之官讓

之各為反以序其詩卷中歲憂患困厄頗游心於性命之學以自廣而其

本業仍不離於文章方其得意或自以為不甚愧古人及久而有進則滋

見古人之不可及然其所謂進者識解而已壯銳英華之氣日以消落遭

宇宙之大變苟然不死目見姚姒姬孔之一綫炎乎將絶況所謂詩古文

者乎以此盖無意於復進其亦不能進矣年未五十而住官文章一切自

畫將來悠悠之日何以為人也歸自古羣山之歲之冬為明美堂詩文集

叙傳如右 茶之以圖評

評曰其為人七情多過羞而其文多和雅中平之音其為人不曉事而其

文能言人物之情理往往曲折反復而無所不達其為人踈散無檢而其

文步步循視規矩不敢縱其為人好欲不常涉天下之境稍久則不堪厭

若患脫去而惟於文如蠶之吐絲自解而自縛至槁乾入繭而不能斷故

其居家在邦無一補亦無一建立而得有此若干卷可笑又詩文

梅泉子世居南原至梅泉子而累徙自南原而光陽自光陽而求禮求禮
縣寡瘠梅泉子所居山曰白雲尤嶃巖峻硪敲疏之產僅以給居人饒
茶荈吉貝市以易醯餘外無所利又其地乾僻介湖嶺之交而大路由
之二方有事則兹其為阨要余雖未見求禮披圖以徵之又讀梅泉子文
如萬壽洞白雲渠苟安室諸記叙其風土俱不見其美又非遺俗避難之
隩區也惟其所謂柿栗揜村松子覆水塒柵鳴吠在白雲之中又謂竹樹
蒙密時聞詩書之聲頗令人意思倦然此自梅泉子之言之有味耳未
必其地之可樂如是也梅泉子起南服勝冠即有篤譽自負其能出游當
世踔厲風生達官不足以盈其皆蒿儒不足以屈其首惟求古書與數千

載之人神氣相往來嘗謂文章之不古若時文以壞之講學以混之也壞

者尚可改混之則不可復分士惟多讀書通文章之法曉事物之情偽為

格致出而用之廟朝之上為事業為名節不遇而老於山林之中仍不失

為文章其識解論議往往斬絕洞快如矢破的如鋸取朽雖其於六經之

旨聖賢之用心顧未知如何而總其所長可謂一時之奇才矣夫象犀珠

玉出於海山之阻而求觀者必於都市豈非以至寶所居非僻陋寒儉之

與宜而望氣而識之定價而售之者要在稠眾之會繁華之衢歟以梅泉

子之才而旅游十年僅得一進士歸而自通於萬壽洞白雲溪至自名其

室曰苟安則吾恐朝廷宰相不能無任其責而即如余董歐陽公所謂無

資攘臂之關民猶不能不悵然而失圖誠不願梅泉子之苟安於此室也

梅泉子求余復記其室余為叙所感者以應之亦淮南小山之餘意云爾

二 質齋記 當在下

李君伯曾訪余于貝州余與伯曾別十數年矣相見甚喜是日余又聞教欣然無幽憂之懷春雨濛濛竟夕相與從容為歡笑間則發其筴得詩古文數篇讀之又甚樂伯曾忽改容曰吾久游於外來薄必為老母養苦不能滿吾將歸矣吾且去丈而就質韜跡匿影於萬山之中泯然以忘吾窮也吾故以質名吾齋子盍為之記余聞之不覺悵然有惜心焉使伯曾之言果信也吾不知何時復見伯曾縱見之伯曾之文去矣吾何所讀而樂之如今日也伯曾之文錦繡也便為錦繡者一朝易其機杼而為布帛則吾不知其為利孰多而其不足於觀者之目則有間矣余方為伯曾惜伯

曾之自視又烏能無情乎雖然微獨伯曾頁雖余之拙陋幸而操其藝術
以自騁其區區之名不為不久而年歲之所遷人事之所更居然不能無
今昔之異而況伯曾乎昔子貢對棘子成曰文猶質也質猶文也虎豹之
鞹猶犬羊之鞹其言若甚詳而吾嘗讀之猶未能曉然於心今伯曾既已
自擇於去就之分而所忻其必有以知之矣吾又何足以為伯曾言雖
然吾觀伯曾近昕所為文愈博辨奇麗惟意之所恣而不衷於常使人駭見
惝然而驚既則津津然不能捨若是而可以遽言去文哉草木之花必極
其光豔而後厭而後落而後實成焉今伯曾之於文光豔甚矣而尚鮮然
無欲厭之意以此卜之吾之為伯曾惜者或過矣而吾猶有幸焉姑書之

為質齋記云

○望美軒記

寶城郡治古城東南隔其山曰望美隱而不甚高松筠楓栝之繽隱映可
處郡中相傳曾有仙女降此山山以得名山下有川曰臙脂有潭曰珠簾
皆以此余思果如其說即名美可也何云望也無乃亦有遷人逐臣如昔
之鰥子瞻者嘗至于此山旋面北望而不能已因以名之歟今不可知已
然子瞻之謫黃州雖距汴京為遠猶在夏口武昌山川相繆之間若寶城
者湖南之窮界也自此以外惟大海接天風濤洶湧可以謂之天一方美
可以渺渺芳余懷矣嘗試論之人有天屬即有天性其恩慶鐘乎有生之
初無俟言也若夫男女之間內外截焉臣主之際尊甲迴房一日由內而
扥乎外由甲而干乎尊至別而合至疏而密其事為人道之所不可無人

心之所共願欲而其主義以為情乃有在乎天屬之外其愛慕之思芬芳

悱惻纏綿鬱結不知其所以然而終身不能自解錐其端莊以為禮正直

以為節萬萬不肯為媚容悅之態而其所以自持乃逾見其深於情也

即不幸或以此親慍受侮譏讒畏譏以至流離頻而逾不能忘也苟非

其然而強為牽連若葉公所謂無可奈何而安之之說則是特空名浮貌

而已安在其為大倫而不可易也夫九重之居七章之服穆穆皇皇何如

人也而乃敢私謂之美忽然若忘其如天之尊如父之嚴而乃以閭巷歌

謠男女相悅之辭比擬而指斥無已藝乎蓋其愛慕之深發於言語文字

聲音色澤之間者必如是然後可以曲盡其情此屈原離騷之所以繼三

百篇之作而太史公贊之謂與日月爭光者也子瞻之賦亦猶是且苟非

其然即朝夕於君所而乃心之同不在者或鮮美況天一方之渺渺我館
于林家在澄美山之限其軒舊無名余因山之名而名之且為記以自抒

所欲言云

△借竹軒說示諸生

○軒之內借床借簟借氈借筒借櫃借筆架借酒器茶器借書皆非我也軒
之外借山借水借石借花借草借樹皆非我也軒既非我無之而非借而
獨竹乎云我澄美生曰軒以內皆可提挈負持者也提挈負持者借之易
軒與軒以外不可徙者也不可徙者借之難舉難以例易也抑余自北來
軒者北之有也軒以內軒以外者北之有也而惟竹無有乎北有之為同
無之為獨舉獨以例同也蓋余既以澄美名軒為文以記之矣既而思之

軒非我也埀美者我也以我而名我是非惟借之
又從以攘而有之惡乎可且夫余記固云如天之尊如父之嚴而乃敢私
以為美則藝也藝於情而不自知則吾固不敢逃吾罪矣而藝於名而又
從以及乎非我則吾罪滋重矣吾故仍埀美之號以自見而易軒之名曰
借竹明軒之非我而已乃諸生為余張其說謂余借竹之貞與潔以況
又非余意也余方瞿瞿然罪之不暇而求譽乎余方借軒而攘而有之
是惡又敢借竹而攘而有之乎雖然余亦欲因是以有復於諸生竹可借
也貞與潔可借乎況又進於貞與潔者乎學道而無諸已也將其借之于
雖于閩于學文而無諸已也則其借之于昌黎于廬陵于各閩昌黎廬陵
猶不足借況借於借者乎況借於借而又未之能借者乎余蓋借於借而

未之晉省見諸生其以口于親業而為余集諸生之說

使吾遇子於道不知其何人而與之語而得之則吾之驚且喜何如也今

吾見子之才誠美矣吾亦可謂傾倒於子矣然以吾來此聞子之名過飫

而望子過渴故見子之如此而以為固然豈惟以為固然又從以為者有不

盡然士之行於世而求蚤譽者可以知難矣蚤譽猶難況蚤譽之不能無

蚤訾乎士方貧賤戒之在謟然後進之於長者則不可以不恭不謟之謂

節恭之謂行行不備而節立者未之有也子將游於禮義乎則禮義之門

不可以不恭也將游於勢利也則勢利之途又不得以不恭也子與吾言

與與子之朋儕言而無甚異吾則甚樂之然天下之長於子者其性不同

子勿以吾縣之也士始學於鄉自視足以賢於其鄉及學於州而知夫鄉

之不足賢也及學於國而知夫州之不足賢也及學於天下而知夫國之

不足賢也天下則幾矣而夫惟賢於天下者必無賢之心焉無賢之

心然後天下賢之已一也天下之人不可計也便已才足以當十人奈百

人何足以當百人奈千人何其必有術焉知百人之不可當則無寧伏於

十人彼十人者知我才足以當十人而故伏於十人則必喜而反伏於

我彼百人者見我未嘗與十人敵而無故伏於我則必畏而又從以

伏於我苟用此術千人可伏也不然而攘臂號於眾曰我能當千人云爾

則人思與之敵矣人思與之敵則其往而不敗然此吾所謂術也非道也

夫惟道則無所謂伏者焉無所謂伏之者焉君子有盛德大業而不與而

況於文辭乎況文辭之未至於工者乎且歸而讀十年書其必有進於

夏亭集序

相國夏亭柳文簡公遺集一卷後四百幾年裔孫之居羅州者某某用家

藏本鋟行以序徵建昌建昌謹按集中公所諼著僅請嚴喪制請恤刑曲

請汰僧徒請行布幣請禁兩妻請併州縣人吏請飭守令愛民卷七本間

多首尾不具并箋四本律詩七首摘句二兩已其餘皆後人紀述之附錄

耳世代遠而文獻軼雖有存焉者略矣而若其卷帙乃後孫為翰林官因

攷秘藏實錄而得之者又可謂難矣固繻阜陶益稷之諼伊尹之訓仲

虺之諼其言之博大崇深信天下之至文也而使史官不載於書則必不

能孤行以自傳既載之以傳則一諼一訓一誥優已為萬世百王之經而

無以尚矣又安用益乎哉抑古今所以重能言者凡以生世不能有大作

為而聲跡湮沒之可悲也故區區於藝事之末冀有以不朽者夫三代之

賢臣其遭值之盛施庸之著為何如而尚冑措意於斯藝以自命哉況有

道之士并與其事業而視之如浮雲載不載傳不傳真不足以一哂矣今

之論國朝名相者孰不以公與黃翼成許文敬為稱首而是豈當宣見三相

國之文章又豈嘗攷諸秘錄而問諸家藏者徒以 世宗之致理比隆三

代時則有此三相國輔佐之功軒天地焯日月小夫孺子固不剟耳而騰

口也豈公之子孫所得以私我雖然尚賢好德生人之所共也故形色以

求之者好以徵之雖千載之下猶庶幾髣髴其萬一況子孫之於祖先則

重之以親親戎而況其精神心志之所注不翅形色者好之粗淺已哉況

斯集所載德學誠忠之懿典禮政刑之鉅可以並天下萬世而有辭有歟

然則子孫之盡心於斯固宜矣而建昌所以執筆感歎於論世考德之際

則又有在於斯集之外者惜夫辭之不達而不足以盡之也是為序

喬峰和尚塔銘

順天大覺卷僧惠勤訪余于貝州之謫廬以其師喬峰和尚之狀請曰顧

有以銘勤端謹通儒書尤善為詩與余游甚驩余既心諾之矣既又以書

來曰吾師之於佛之教可謂精矣其有功於寺刹可謂鉅矣然勤素聞士

大夫文章有體不肯為浮圖作鋪張語勤不敢強惟是吾師一生忠孝其

心事曒然不可泯沒或者立言君子之所不拒乎余嘉其辭之令而誠之

篤廼按狀曰師諱樂珏字天然喬峰其號也其先駕洛金族其考曰金顧中

其姓曰朴氏自靈巖徙羅州而生師幼即美慧父母用術者言使出家年

十三雜髮於清溪寺游歷諸方至三十始升堂教授太振其宗風中歲遠

游東至金剛東南至大小白山坐禪於頭流之玉浮臺晚居長興松臺後

移順天普賢般世壽八十七之歲閏二月十七日微疾自書傷擲筆而逝

越三日火于東峰下收骨而塔之實今 上三十五年也師年十七涉遭

二喪自以形毀不可以為禮哀痛泣血憔悴如枯臘三年不啜醬隣里目

之謂孝童武謂孝僧平生必以子夜起先北向瑪闕四拜風雨疾病未嘗

廢國有大喪輒自設齋雕殄祈祝或有問曰佛氏之法以道為樂子何

斷斷如此師曰忠孝理之固有逃空乎而怠忠孝非所謂道也丈夫遇而

登庸則有朝廷之忠其不遇而隱淪則有山林之忠吾所以昕夕重修誓

報　君恩者乃吾以為道也噫此惠勤所謂不可泯沒而求余之言者歟

抑余聞在昔龍蛇之亂　宣廟函狩清虛大師休靜伏謁道左曰臣老矣

不能從請以二弟子見於是松雲惟政奉使入日本以口舌折狡虜騎虜之

靈圭從趙重峰先生錦山之後執干戈而死松雲之功騎虜之烈清虛之

所教也又聞南漢行成　孝廟以鳳林大君質于瀋陽壯士金汝濊從行

值滿洲人大宴壯士被酒大罵滿洲人咋舌不敢害其後　孝廟在禁苑

秋風聞鴻雁聲帳然思金壯士至今傳之歌謠師於壯士為裔孫而清虛

大師又其法祖也無亦忠義之成性不以世出世有間而其所自來有然

耶雖然清虛既功存國史金壯士姓名猶輝映於野乘若師則遭世承平

沒齒枯槁雖其自謂有山林之忠誰能知之雖然吾觀近世士大夫席祖

先之閼閼荷　君上之寵祿所藉手而致身者不過當婦寺之小忠而其
亦出於誠然者恒少而出於利者恒多然則師之望拜新祝救人所不知
之地至老死而靡懈者可以謂賢矣銘曰
以善文故名于縉紳以好施德于貧民以嚴淨故常有護神其異孔多
我不具陳載其忠孝視此貞珉

　　贈尹許二君序

詩小藝也有道之士固不屑屑於此然自詩人言之要為寓宙不可少之
事而辯百年之精神常憚其不給盡業無巨細未有不專而能者也項見
黃雲卿與人序云欲選鳳藻子森之詩為一集余為之駭然曰鳳藻亦足
以為詩人乎既又自思自二十時至今又二十餘年其間日力與心功十

之五六未嘗不費之于詩雖嘗間習為古文又間治宋儒家言而皆詩之

餘隙且無論本末輕重之倒置即專於詩如此而詩亦竟不工每視于霖

之高妙雲卿之精利羨企如異世人而不可及斯則天分有限又非不專

之過也斯又可愧焉已順天尹恭卿求禮許周彥與雲卿友說詩道介

雲卿而訪余于謫舍俱以詩為贄清婉有可喜其為人又皆樸茂方遺悉

榮利鋭然期有穫乎此可謂得天分而又專者也南士多以講學闡而雲

卿獨以博覽羣書自豪尤有志於鄭漁仲馬貴與之著述而姑未之就今

以詩人敝雲卿則淺之雲卿也詩雖小藝其必有根柢焉夫以二君之天

分與專而加之以讀書以厚其根柢則于霖雲卿無所畏也而況於余乎

請以是勉二君

和平會卷序

潭陽長田李氏至德之後世有令緒聚族於一里之內而禮儀文未無羨
於其所與婚媾皆湖南士君子之家不以貴富挾而視德之惟均其良
辰嘉日內外黨之臟集揖讓折還繼以詠歌有士相見之遺意近者年
少之秀若干人與其遠近姑婦妹之婚若干人合約為會名曰責善契而
以序來屬余聞而懿之然今之所謂契者吾不知其何為也而湖南又何
契之多也頃已為文悉言契之非古今請為諸君易其稱可矣抑所以責
善者意則其善然吾懼九踖之甚難而宣昭其聲之番也不倭少溺於詞
章老將至而愈嬉未嘗一日用力於誠身明善之大方然其有所懔之藝
則斯有所與游之友矣惟能知古人之文然後能契之文惟能知人之文

然後能評品疵摘於人之文惟能相知其然然後能受人之評品疵摘而

不怒惟能受其評品疵摘而不怒然後又從以評品疵摘於其人之文而

不疑夫如是者吾於友四五人而已吾結髮宦游數十年周行萬里之途

結識如雲其取友之難如此況吾所操之藝至淺且今夫善者天下之美

君也責善者君子之盛節也以美名自任以盛節相期而不出一里之內

內外黨之間而居然逾三十人之多此吾之所以為諸君懼也詩不云乎

伐木丁丁鳥鳴嚶嚶相彼傷夫猶求友聲矧伊人矣不求友生神之聽之

終和且平此既饗兄弟而復速甥舅之辭也而有求友之情易於義為協

請易責善契曰和平會為諸君誦之然則廢責善乎曰何可廢也責善於

和平之中無傷其號而務其實無颣其量而適其宜斯善之善矣

契者券也聖人與書并作刻竹木使民用之以為信也禊者祓也古俗春
日水嬉以祓除不祥者也晉王羲之與諸人會為詩文列叙其姓名號曰
蘭亭禊今之為契者雖不必水嬉祓除有蘭亭之實而其羣聚列名大抵
仿晉人然晉人風流興會一時偶然之勝事非如今人有所為而為者且
禊與契不同以列名之券為契者又誤也井田之世四民各以其業聚居
其名既同載於版籍而平居隣黨相友睦不待約誓而信戰國分爭霸者
始有載書今之契者其載書之遺意歟然此士相交非若與國之連衡即
令有久要不忘之言藏之于心足矣焉用契於今自農工負販之賊以至
四方游士無不契也而湖南之俗尤甚其中多有殖財貨顯售姦利為

官府所憎嫉閭里所苦即不然而惟曰道義相尚患難相救者可謂善矣

然道義非可以預期為也人各有心雖父師之嚴昆弟之親有時而不能

無旷寧能一日書名於紙上而保其終身之偕臧乎患難亦然古來感慨

然諾緩急不相負者不聞其先有約契也要之名高則附衆勢衆則結多

其勢有以然耳順天南菴僧聲雲用其術講授其衆常百餘人余既與聲

雲為方外交而其所受業者曰秉演余尤愛之秉演請於余曰吾徒常聚

為學契欲求公文為之序余為許諾因見所謂契者名實皆非古而浸以

成俗乃至逃名棄恩枯槁寂寞之徒亦復效其事然彼固無與於世者也

吾無從以難之矣抑余與聲雲生同歲聲雲之雄於其衆已十數年其門

庭如此其盛余於是復嘉其能而愧余之無徒也姑書之以還秉演

釋幽滇歷代紀年跋

自唐宋來儒者以談佛書為高致習而成俗既久則佛之徒又慕中國之文籍樂與士大夫遊上下其議論如漢番通關市交相為利雖足以銷鋒灌燧無一時之虞而卒亦以此俱斃蓋儒釋之俱斃也久矣如達摩不立文字慧能不識書乃以其術駕天下使為儒者疑其言於易大傳中庸之言後之釋氏有如此者乎然為釋氏而慕中國之文籍固其宜耳惟儒者好談佛書為不知之甚者也何以言之余嘗讀佛書其辭汪洋宏衍難可究詰要以天地古今為幻妄雖其所稱無量無數之劫與三千大千之世界皆電也漚也空中之花也目中之翳也是則佛亦電漚花翳之中之一人耳彼方自以為幻妄吾何用好此幻妄為哉若夫為佛之徒者雖讀其

書實未嘗為佛實未嘗成佛則實見天地之為天地古今實見

天地古今則又安能不實慕中國之書籍我且如有人問佛是何代人則

必曰周昭王時人佛法何時入中國則必曰漢明帝時佛書譯於何時則

必曰姚秦曰李唐夫以佛書之旨觀之周也漢也秦也唐也何獨非幻妄

何以不曰電漚泡影而為是鑿鑿乎哉蓋實猶可以證幻而幻不可以證

幻如使中國無文籍則釋氏又傷從以騁其說哉故曰為釋氏而慕中國

之文籍者固其宜也大乘奄僧東演以庵主函演所輯歷代紀年示余以

求言其書目三皇逮我朝揭名號標年數并并有次演之徒曰聲雲為序

以申其師之意文亦爾雅入率信可珍也因憶余年前亦嘗好抄佛書今

雖謝去之已久然觀函之為此而意不能無動故不得以俱斥之說甚函

而叙其爲此之故爲函解如右演云函聚徒千人講授不出山年七十餘無倦色無矜容若是則函固非浮慕而徇名者也

贈宋南一序

宋生南一受其王大人之命來與余游余之譾陋豈能有資於南一惟南一先世嘗有甥舅之戚於余之黨而余又與南一族兄允明承旨驩以此雖相見日淺而相與之誼爲浹況放棄憂思寂寞之中得佳士與共處於余何其幸也南一好記錄余詩文余來此後所爲詩多矣而文僅一二篇意欲爲南一爲之而未有其說昨者南一王大人扶杖過余寓舍視南一日閒所讀書色津津喜頎余誣譸鄭重既則曰余家自數世來頗裕於鄉至吾蒭落矣吾以己丑生甲子一周之歲家不戒于火凡衣服器用以至

先世之籍悉燒無有惟老幼男女數十口得免於焦爛吾闢地以為廬編

茅兩寢處其中者屢月然意獨浩然以為凡物之今無有者皆始非我有

也惟此孫方年十七手書杜工部詩數卷頗楷整可觀吾為之數池而置

之案上慶之如珍寶今亦燼矣以此不能不歎惋孫在傍言他物尚可念

是則在孫請旬月之暇為我還之吾意殊不信至期果如其言視前加

好吾於是大悟天下萬物惟此為我有也但是艱難困阨無所攖吾心而

惟諸孫筆墨之費之不繼是吾憂也此孫之第四皆能畫字其第二者尤

癖書其母嘗辟纑孫問此奚為也母曰將為汝衣孫曰華於服昌於華於

藝請鬻是以易楮母笑諾之吾見此心又以為婦女能不吝其機杼況於

其父祖乎始諸孫學書其棄紙尚可以塗牆壁今書稍工徃徃為人袖去

并棄紙而不可得吾心乃益喜與吾孫同學兒其家或有裕於吾者然見

吾孫作宇用紙濶大則輒取共之而不必自廳來也吾心亦無所惜凡此

皆吾老人之言甚不足以閱客之聽然吾於吾孫則已勤矣而今幸又遇

子或者天其有以遂之歟余聞之不覺有感于中既謹謝聞命矣而且記

其辭以示南一凡讀文以示人者皆其人所不知而得吾文而方諭者也

此則南一家中語宜若無待於余文然天下難盡者倫理也易動者人情

也人之受父母若祖父母之恩自始生而日月多矣涵濡於其中如魚之

忘水久矣及聞人語吾隣里翁嫗養其子孫者未有不怵然而感讀書至古

人慈孝之事則又加感焉使南一觀吾之文而忽然自省二十年所蒙教

養之勤使聞者為之感而記其辭如此南一讀此而如聞古人之事則豈

能不以古人之所以大有立者自奮焉而豈僅自安於今之所能已哉南一

數訪余文章之術然文章亦無他焉惟情至者為眞文其次則書之有序

而已即讀余之此文亦足以知古人之法度余又非夸辭以貟南一者也

贈高邦瑞琎柱序

吾宗青皋之子美中從余于寶城之謫舍與其友光州高邦瑞俱美中年

甫踰弱邦瑞加其二而余又前與寶士宋南一居其年與美中庶此三人

者皆南方後來之秀也然美中吾同姓又故人子南一之先世又吾之自

出惟邦瑞則可謂疏矣然余觀邦瑞之為人靜拙有法度蓋一面恧儀

之既與處有日而逾見其可喜余所居室其深三丈以其三之一為窓以

隔之余則據其隔外之二而以其奧讓三人余與他賓客應接談笑紛如

而三人讀書自若有疑難則闚窻而與之語至夜明燭於奧而余則向窻

側臥而聽其讀恣紙塗油蠟燈照見三人笠影高低正仄如對好畫圖

邦瑞讀朱先生書其聲韻折媚雅使人聽之知其頗否有津津之味時

感慨奮勵之辭輒為歔欷之余每為之辣然至其太伉壯則余又笑

嘲之使勿然然邦瑞有疾不能久讀讀數板餘即掩卷以手醫燭而坐誦

雅頌論語以為課閒嘗語余曰班之於學未始不有志也而天則疢疾我

矣琭甚憾焉請以醫藥之餘幸而有閒則將出游名山大川以達乎京師

用自舒其憤懣而廣其聞見且復取吾書讀之庶幾有發乎既又為書

數百十言以告別而求一言之贈余既感其意而又嘉其文辭之美不得

以無應余嘗聞之學者無他屬為已而已已為則為已不為則不為非天

之所能與也夫且不能與況於人乎況於外物乎子之言天疚疾我夫天
果疚疾子乎子果疚疾乎則孰使子讀聖賢之書而知好之孰使子慕名
山大川之勝與京師之富而思有以往從之躬使子為文如此之美孰使
子求言於余如此其至夫使天而果疚疾子也則不能使子然子而果疚
疾也則又不能然子又何憾焉子歸而思之知其有未嘗疚疾者而求之
以有合乎所讀之書而行之以力潤飾之以藝則將見克然而腴怡然而
解者矣亦何待乎余言之何勞乎遠以求之名山大川京師之間以冀其
發舒為哉邦瑞懼然曰瑞聞命矣請書之以自省焉

○葛夏帛淡寧窩銘

余以澹寧騂者久矣今聞美中言葛君世良亦騂淡寧淡寧者本葛氏家

風也余不敢與世良爭世良曰請有以文之余又不得辭銘曰

孔孟既遠理與事二道為無用用則功利賈霸王佐學猶可議董見大原

而乆其施光光乃祖經緯天地實惟尹說諫曰仲毅史官修隙歲兵優吏

種家述誕俟神忽兒俗儒拘跡申韓是謂空于有宋三代庶幾紫陽小學

標揭宗旨寧靜致遠澹泊明志惟精是研惟性乃理是為存養是為格致

曠四百載若待節值不觀其源昌遠其委不徵其根昌茂其黨惟齊治平

修正以至惟孫曾玄禰祖是自惟葛綿遠矣東徒有忠有孝而不大熾

暨至于君懷紹煬墜早從師友悅聞仁義我叩其蘊歐若有愧惟行之難

父母昆季庶無大悔餘力文字我聞其言既感而喟惟忠武侯方隱不試

想其所為不過斯事苦過於斯是則出位是則願外是則求異雖以有聞

淡寧則未嘗之豐芋天下以充后妃採之王服是緯人謂其榮芋不伯貴

空谷萋萋混于凡卉惟其葛芙亞萬匪蔚我銘淡寧以見其意忠武有後

同曰弗類

送韓侯應周移蔚山序

昌來寶城之數月知郡韓侯陞移蔚山府将行芋顧惟罪累之人不可以

出餞於境輒為文以送之曰凡長吏者以近民為治者也故欲觀長吏之

能與否則亦必近民然後得之故廟朝之所未逮者觀察使得以察焉藩

閩之所或遺者廉訪使又得以訪焉得毋近而得愈多其勢然也余嘗三

奉使命觀政於郡國顧又有難焉傳車以警動則情未達前跡以偵候則

事未覈且吾方留心於訪而吾耳目有時而欺吾心偏聽先入之獻逆詐

億不信之患徃徃而有之惟年前甞謫居西塞目與其土人游處既久而
狎雖畏罪懲咎拘繫跧伏非所敢聞於其邑之政而時或覗之以氣色聽
之以歌謡民之情偽可以無所隱而吾又得之於兹郡亦云以余所聞侯之政盖
叔在夷陵有悟於吏事始以此也今於兹郡亦云以余所聞侯之政盖約
已而裕民者試舉其縣侯始至挈一縢一僕以自隨求一布將爲袙
取視之駭曰此袙材也乃命易之既又遣縢還而自養於庖人郡爲海山
窮界飲食烹飪不如法侯年七十矣而日噉鹽菜守御內枯苦淡泊處之
無所難僕欲買繩屨侯怒曰奈何不自爲算侯而求買繩屨爲日責令捆
一屨毎主吏供物物少即喜物多即嚬蹙余方館于吏家毎聞吏相與語
不以私怒怒我輩者此侯而已侯爲政二年節蓋有餘財庸以興學資益闒

里徭補吏餼為惠甚多然余姑畧其惠而詳其儉惟儉所以能惠也抑余

自来此後固不敢以朝夕之須累俟時時載酒攜魚扶杖而過枉所謂既

醉以酒既飽以德則有日笑獨又有感者頃值俟之生辰致厰食于余余

所居有遠近來學者數人時方天寒雪作余呼與共飲方行酒見小吏疾

走至而厨傳者踵其後將俟命曰寄謝諸生讀書良苦可為老夫一歡

也其食如致柞余者而其數視其人余得與列坐啜嚘大喜過望謹心以為

此一事也而俟之好學重士待賓客有禮周察人情皆可書凡此皆余所

謂觀察之所未必詳而廉訪之所未盡也而余則以来此而得之請以

余文道俟之先路蔚之若吏若民若士其有不側耳而聆拭目而俟者乎

是為序

○ 書新孝子事

寶城郡大谷里有李姓人本貫慶州流寓不振尚以士族行為人椎魯不
識字與母兄柝居能力田以自溫凡饔甚有時飢餓其母兩弟若同閈里
中目之為不孝子今年三十餘矣夏四月　制書下令外道監司修明鄉
約勸孝悌禁邪辟籍民之善惡而獎抑之郡守奉　制書用古讀法禮布
諭大小人民此人扸稠衆中聞所諭意頹首閔默良久徑趨至母家跽謝
其兄曰弟昏不孝弗弟罪不可活幸以母與兄之慶許我改平則請奉私
貲三之二以助兄事母又曰弟心欲養母于弟之家然兄長子也弟不敢
千母與兄大驚歎退則具籍其田產歸之兄而又以其私為母具食物每
五日一適市買鮮魚以進自是里中呼此人為新孝子鄉約長以會之日

召而與之酒書其名於善籍且問何以能改之速也此人不能答頫首而
已李生秉璋為余道如此
論曰余嘗擬為鄉約議大略以為難行考之朱子書及國朝先賢之言亦
未嘗不其可行蓋非惟流俗之見然也今聞此事始知鄉約之欬如此夫
人少而慕父母知好色有妻子則所愛分而天性浸衰薄年壯則耆欲
益深而筋骨強矣此人之能愧悔而復其初一難也深山窮谷日目無間
見之人其禍與木石無異幸一聞善言以開發其所以為人之靈知則其
遷善速而無留礙勢或然矣若實城雖濱海然其俗彬彬然衣冠之家相
望方此人之初里中目之謂不孝則此人固聞之美然猶不悔至年三十
者此豈有可移之勢哉二難也古之陳元乙普明猶其官長面諭之也此

人在京都八百里外一間　如繪之言而瀰然洗濯其心翻然而化雖以

吾君堯舜之聖其得此於民蓋不數數觀夫此三難也或謂此人畏惡籍

之罰而改其惡孔子曰小人懷刑筮子曰畏威如疾民之上也果令出於

懷且畏猶足為小人之上抑余觀此人非惟懷且畏者意其中固已有愧

悔之發而特以縱棄循習雖欲改圖以自新躊躇不能決怏怏而不能遽

一朝天誘其便而導以蹈于本然之域如草木恩榮於陰崖而時雨適降

雨之功溥矣而草木亦未嘗無萌也且吾聞之事物之不常有而德之應

乎期者謂之祥瑞此人雖微其事足以為瑞庶幾　聖主之化自是而日

升使民日遷善而不自知吾將謀于太史氏而書之

〇李君墓碣陰記

書人筆碣

孝子 贈童蒙教官李君志壽年三十六而沒沒三十六年而葬于南原

府藝樹山下以其配金氏祔又六年而 贈官施閭又三年而立碣余為

記其陰蓋余所知者孝子之子龍涉耳龍涉生長勢利之區所事公卿大

人不為不多龍涉之材與力又可以無所往而不得其所欲而獨懇懇於

余至今數十年不能已察其意非有斬於余也其必有所好然旱夫余果

何好戎即令余有可好又龍涉之所無與也而龍涉猶若有斬於余者此

余所以悒龍涉也即令余有可以為龍涉少見余心者余又何怳焉普望

溪方氏最謹嚴於文平生為文非目所觀者不輕以紀載惟孝子烈女之

事有聞輒樂為之書余則以為不然天下之事容可不目觀而載之文惟

孝子烈女之實行必目觀然後可以載縱其不然必聞之有所據不翅目

觀然後可也若孝子之孝既已榮膺尺一之詔而風樹五丈之楔其有據

孰加焉又況余之無所恍於龍涉哉孝子全州人考奎祥祖禱暐曾祖夏

相其先有官至淳昌郡守者孝子事父母晨昏溫清先意順志終其身不

惰子弟效之以為法鄉黨稱之無間言噫此亦天下之庸行也而孝子特

聞豈非幸歟有三子五孫其名不盡記記其數以見孝子之獲報於天者

又如此云

石田集跋

某既為石田公誌其幽堂矣而公之子承鶴于和復以公所著詩文彙屬

余校編余時方謫貝州日與湖南之士相交游因以得聞其有識之宏論

以是益知向之所為誌庶可以無愧色而及校公詩文益信公非徒辭為

者為之感歎不能已而子和則曰先人之於文藝以為未能也故所收

録亦不多今以斯文斷必傳則非先人之意也庸以盡吾後人之心已耳

余謂不然自余來此見近日棄稊之録者多矣寧有見如斯集者也人生

於三天下之大綱讀公考妣阡表知公之孝親也讀公蔡盧沙文見公之

尊師也若三政策討洋寇機察我祖忠貞公文余既以其事載之于公之

誌而讀其辭尤見公之忠君愛國獻而不怠盪而愈舊慨然有節義

此風余又有誌之所未載而於斯集始徵之復從子和之子光秀而得其

詳者光秀告余曰光秀年十歲尚記先大父聞京師軍變發聲痛哭涕泗

祕面光秀竊怪吾祖一布衣何至如此今集中所載上三從兄正言所云

當千古所無之變重有內外之憂兄之自處不可出一足於都門之外滔

滔此世惟恐為俗所誤者乃其時書也嗚呼滔滔者胡可言哉內有賊而
不能討外有寇而不知戒挈妻載貨逃難以求免者相屬於途而又其甚
則茍焉徼一時之利醫然若平常雖謂之舉朝無人可也以至于今雖有
出一言欲一事為國恍誠者而苟數之論輒曰何前之寥寥而今之眈眈
世此說一出雖善辯者固知所以自解由是眾志不通乎上羣言收伏于
下道否事瞹莫之能為向使如公者得告身若干通與聞於臺省之風議
吾知其必有所以自見而其於世教庸能無少瘳乎哉盖自公而言則其
愛君憂國與孝親也隆師也同為大倫宜無所軒輊而以余論公誠以一
布衣憂憤之如此尤為人所難能所以讀公之文而尤有所感歎思所以
表章之以補前誌之闕而見公之文之有關繫者然也庸以歐其卷

曹氏派譜序

譜有序昉於蘇氏蘇氏自為也非他人為也凡文不自為而求他人為者

必其言之嫌乎私而事之疑乎傳否於是而求能文章之士之言以為重

以公於天下後世至於譜則固一家之私而已家傳即譜傳傳無藉乎序

雖甚文又無加乎譜何庸孔之歸熙甯論書時序之非古曰是不過言其人

生世今幾何耳其人生世幾何與其姓以誰為祖以誰為子孫均之無

庸文也若夫祖之孰賢子孫之孰顯則又別有文以紀述可也非所以序

於譜孰非祖也而獨賢乎我孰非子孫也而獨顯乎我親親與賢賢豈

其道不同譜之所以作親親而已賢貴非於言也余見近世為譜者必有

序必求之於他人余竊以為非古雖能文章而其言足重是亦不過應酬

之為而非古文也況文之不嫻而不足重如余者乎況余既以為非古而
又躬為役而不之辭乎然歸熙甫平生為之壽序最多編其集者病之而為
之解乃曰壽序非古而先生為之則古文也文之有應酬雖名家如熙甫
猶不能已況乎余平曹氏居寶城者以高麗侍中昌寧府院君為祖侍中
在麗季威望煊赫在我 聖祖之亞鼎革以來後承寢微然有如靜窩追
齋父子登上庠游於大儒之門至近代有如守分堂能繼靜窩追齋之業
鄉人稱之夫賢與貴非所以言譜也而若侍中則遠矣若靜窩追齋守分
堂則又潛而不曜夫序其譜不可以不書求文者曹生某也余謫寶城與
之游而譜成適於是時某之求於余以此而余之不能辭亦以此云

永慕亭記

擴一區之陳田馬廬馬羲馬於其間而墓於其後昆弟分而族以蕃子孫

長而世以遠此古昔三代室民之所同也自夫周末游學盛而士輕離於

其鄉秦人開阡陌廢禮義斥官出贅而宗法大壞民始有怠其本始者居

今而思復古之道固宜以世居世襲為善然吾行四方多矣其所見鄉村

之聚人士之居宛然如三代之舊者無往而無之獨不聞古道之行何我

又吾頹以文字自娛人之過聽而見求者亦多矣然其所求為文之題可

數言而盡曰某齋某堂某直非其田廬與書塾則墓舍也其文可預作板

本易其人與地之名而施之則可一日而應百人此非惟三代詩書之所

無徵雖後世所謂古文未有如此以應人之求而能傳於後者顧今之為

文則不胃此不足以行於世吾又不知其何謂也宗人秉浩訪余于貝州

求記其墓舍之名永慕亭者盖求禮斗洞李氏系出臨瀛大君大君之孫

雲陽令始南徙雲陽之孫持平公殉于倭難其後子孫久不振齒於薦而

裕於實麻趾仁厚之遺至今猶可觀其地得崇岡廣川以為居足以逸眺

覽之賞而其宗族子弟以時節享祀之餘讌會於亭上有行葦之風少

年之秀則又相聚而肄業於中咿唔誦之聲不絕此其皆可稱而亭之名

則必曰永慕吾於是有以見諸宗之重本始也故書以應之

答李生書

僕少耽詞章未嘗有聞乎性命之說自頃来多在田廬頗有意於研究上

自經傳所載下至國朝先正之格言盖嘗伏而讀之累年矣其於義理之

精深何敢窺其影響曾涉其涯涘而至於文義萬古一率雖上聖大賢之文

要不懸異於世所謂行文之體吾姑以文義推之尋其歸趣庶乎為困學

之一事既又思之大凡無窮者意也有盡者言也故雖天下之至辯恆不

能竭其所已知雖天下之至文恆不能殫其所欲言故言不貴乎辯文不

貴乎工而必以含蓄有餘意使人自得者為善雖聖賢之文要亦不過乎

此然則徒斷斷於一字一句之末而不知優游涵泳以求其言外之意者

是尚不足以論文義而況義理之精微乎然意在言外而求之必從字句

始苟捨字句而徑求其意則鮮有不陷於二氏之虛誕此又儒者之所大

戒也夫既不可捨字句而求意則雖義理之精深必不可捨文義而求之

明矣求之字句而自得必在言外則文義雖詳而不足以盡義理之精微

也又明矣然則奚以可也其惟居敬以求仁乎僕未嘗一日用力於斯矣

蓋聞其語則熟矣而見其人則鮮矣茲承　謴命方當恐懼循省之日顧

以隻影千里無與發其蒙蔽者為憂乃荷左右手書寄訊長箋謹楷敕禮

過早又有別幅十數條之間其文則瀍溪河南之籍也其理則太極陰陽

五行心性情之論也其所起則又前後諸賢所嘗往復辯詰終年而不能

究曠世而不能決者也僕繞一披閱不覺目為之瞠口為之呿汗流竟趾

而不已僕雖不才然尚非喪心忘恥之人烏敢當之又烏能為之辭於是

不可以不報左右蓋經日思惟而得其說僕於義理之精微則誠不敢闞且涉而

若夫文義之粗淺求當求之於字句而推之或者十得其一二縱其不獲

猶將講究而質其疑未敢遽盡以自棄此僕之情實也今左右所問者苟

義理之精微也則雖論語孟子中一句為童子所能誦者僕誠不敢對若

文義之糊淺也雖太極圖說通書正蒙言性書好學論之為千載不傳之
道之文顧其字句則猶夫昔謂文人之文也雖僕之不才而亦嘗十得其
一二者也亦嘗講究而思質其疑者也知之者具昔知以對為不知之者
暴其不知而還與講究且有以質焉則其亦可以免於相欺而不陷於不
雖矣始乃涉筆伸紙直書昕見絕顧望躊躇之態而銳然撫昕難聊以慰
一旦之窮寂返而自觀終不能不自愧而自笑也況其不知者尤多而昕
謂知之者又不過如此則僕雖於字句文義豈敢言其有得乎況言外之
意義理之精微者況居敢求仁未嘗用一日之力者半是以知為學之難
而觀左右之有志深有戚戚之感重以瞿之之應左右聞斯言而不以為
僭妄則其亦可以默然而察之

○別邦瑞美中南一序說

余自貝州宥還遷路過秋城爲美中也邦瑞南一亦隨至與之三宿于美

中之家將別呼三人者與之語曰余今歸矣即美中已歸而邦瑞南一亦

且歸矣不惟余別三人三人別余即三人者亦相與別此可以悵然者矣

燕歸于壘以泥也蜂歸于桶以蜜也仕而歸者課其功之大細賈而歸者

計其利之豐嗇凡人與物之性皆安其屋廬巢窟而不欲遷也其必有所

欲然後出而游者是則其亦必有所獲然後可以歸歟有所獲而歸其思

固宜自喜自幸而別雖悵可無論也余不知三人者之歸其亦有然者歟

若余則以謫來 君命之謫不敢不行非有所欲者也幸而歡食優游於

是得以免扵死以微倖而蒙今日之福雖其始無所欲而其歸未爲無所

獲也若諸君則皆奉其尊人之命有所過聽於余而從之游闕足負糧攻

苦食淡相守於疢實之中者百餘日而不懈豈其無所欲而徒然哉尚有

所欲則百餘日之閒非甚淺也今其別而歸也其所獲宜若可言然唐肆

非所以求馬也沮澤非所以求材也從余於疢實之中非所以求勢利也

然則其必有取於余之所以為余者余之所以為余要以能文詞耳非能

有道德仁禮可以為諸君師也然使諸君而取余之文詞尚亦不為無益

余觀諸君雖皆敏穎有才志而久留而察之未見其有大進於初者余為

諸君告之以為文之術可謂盡心焉矣而其效如此況余之所未能而未

嘗告者乎吾不知諸君今日之歸將安所為說哉雖然是猶為諸君憂也

若余則又有私懼焉余歸之後諸君之鄉其君子長者之論萬一有謂目

夫李某之來此後進之從與游者其文詞不見其甚進而尚浮華輕本實

俗則愈靡云爾是余之負大咎於茲邦也諸君苟自此益奮力修救即有

以增進其文藝而因以測識聖賢之大指又能退然自約於榘矱而無擇

言擇行則又安知諸君之不反重余而使未能者疑乎能未嘗告者且意

其有告歟既以為諸君勗申之以處諸君

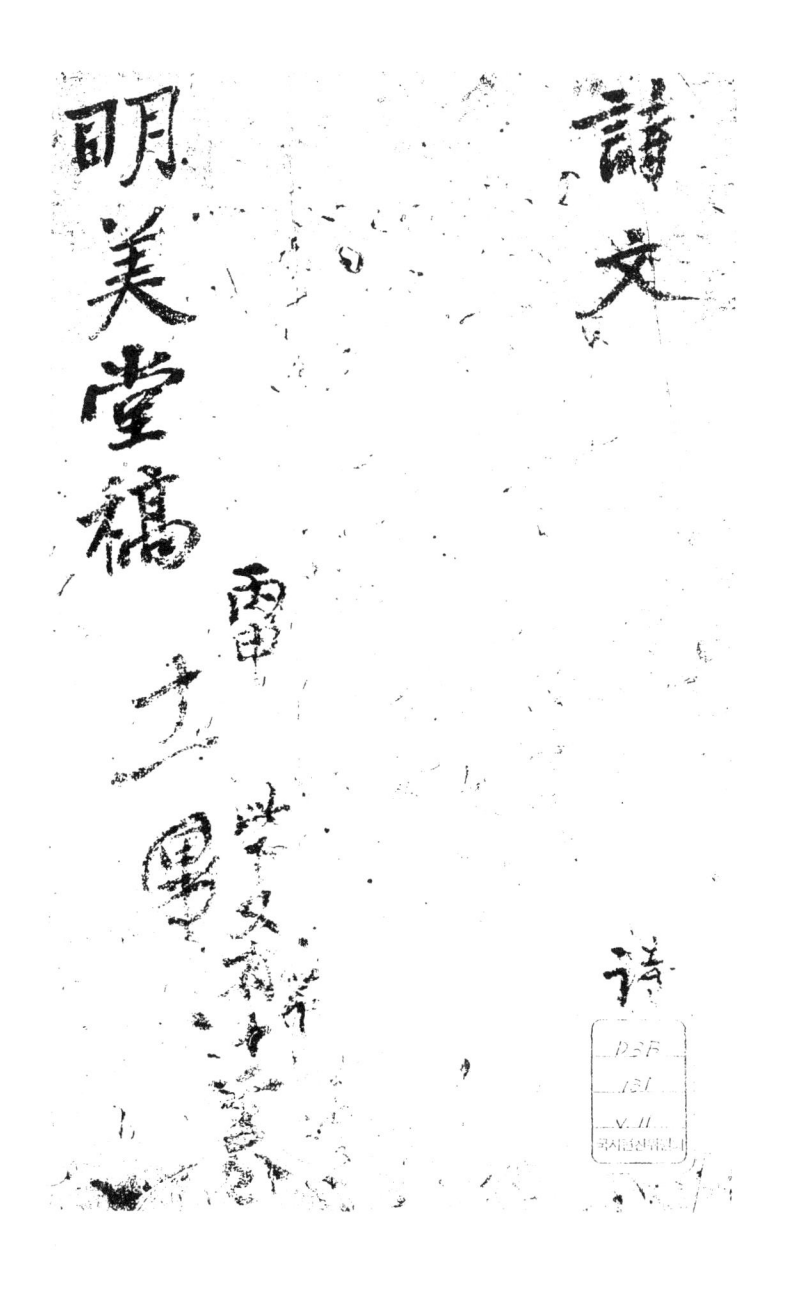

論文

詩

明美堂稿

嘽嘽聲似鳳笙喧兒臥房中日到門回視渠爺猶赤子仰惟吾祖已玄孫

餘生有樂眞天貺遠客能歸更　主恩擬欲大開湯餅會預拈詩句備清

樽

　　梅花次坡韻

此花原自漢東村中關欲說傷人魂　六載始得分明見淚眸淨洗仍悲昏

辛卯冬泮村金姓人贈此梅新接枝且移盆不能開玉辰冬余在鄉梅發

京廬不能見癸巳冬余竄貝州甲午還鄉亂後悲以京廬所有搬歸梅亦

從至是冬花雖開余公私悲惻無賞梅之心乙未冬首此作今年亦應在海外

余避難髮之變于海島又不得見花至今冬

君恩特許歸田園雙鬢揷花幸無恙一弟拊背相與溫欲晚參橫月未落

方冬劇盡湯餅歟不堪重憶去年句遠慕吳市悲長門如今可復索花笑

祇應妙處存無言我思古人不可作松風謖謖來深樽

三十萬株香田村聞之不見徒夢魂東國梅花凡幾種香譜欲數愁鈍鼠

白梅千葉月沙宅移根本自昆明園此梅本月沙李公辨證自燕京移種者袤成筆尖凍

朝天錄就衣香溫即今回憶萬厝世何異長夜思朝暾少年亦有四方志

老去空掩蓬萬門感今懷古一歎息千回遶樹花不言但願相對葆歲晏

免教緇涅著清樽

何處種梅成梅村年年蛻骨長還魂折枝強接桃杏樹貴胄下與編氓昏

古人咏梅得地好羅浮洞壑西湖園吾曹但從屋裏看不論韻格惟要溫

盆資土壤瓶供水生涯局促瞋竟暝佳人只許藏金屋壯士無奈遮其門

出門一笑水仙句雄快却憶涪翁言何由放汝百丈幕天席地傾吾樽

我憐凍梅金沙村明妃出塞迷歸魂我笑早梅石癭宅碧玉□□先催昏

凍梅不發早梅澁一例嗽嗽荒山圍我家怡有看梅福天教緩節人教溫

不知陰谷正玄撗但憑爐室如紅暾香羅四角複斗帳明眸皓齒微闚閽

嬋娟綽約近更速情知有意終難言且待月明酒熟夜發書相邀開芳樽

北風雨雪沙上村梅花惱我吟詩魂前宵夢回酒初醒交柯半壁青燈昏

對梅忽作憶梅語人中似梅洪汝園古心古貌頗懷塞淡霞綺清逾溫

要從氷涯厲晚節月隨露霰晞朝暾家如粟里有松菊但少一條梅夾門

無因折贈道路況能促膝成笑言且待明年梅子熟與君約置論雄樽

方以猶子約與汝園之女婚姻東俗姻家豆謂查又有雄查雌查之諺条

當為雄查故戲云

恭聞 大駕還御慶運宮

莫謂離宮異正衙我 王今日始還家 欣隨野老聞丹詔點想都人瑾翠

華何路愚忠輸犬馬此堂收業溯龍虬仁天似解憂勤意融雪千林未放

花

食土篇

陽川雞鳴村民高姓今年六十餘病痿久不食向壁臥忽見

壁間土意津津欲食取而食之其甘如飴自此日食土為常

余偶過之試令食自出黃土二餅食之云此用淨水淘乾二三次為

餅著乃別味也常食不必如此勿論何土皆可食又云食土既久亦

時時雜食無害但味不及耳

擊壤真含哺畫堨乃求食土誰不然知味民鮮克土味自作甘何必爰

稼穡如海鹹河淡非以魚鱉殖青冥之所覆蠕蠕無終極生乎我所厭死

乎我所宅生本何處求偶然美摶埴死亦從何去泯然同形色美於此中

別用智何神聖百多事鑽燧及藝稷區嫗默惆悵坐此稍失職哇哇眾

兒女苦要餅餌喫不如貪飲乳倒省娘氣力

有湖南客過余言春間訪茂亭於島中因誦其詩若干首中有寄家

弟一絶然亦未嘗寄來也聞之恨恨不能已隨筆次之

近有人從海上來自言親見茂亭回咽喉正苦瞧眠減文選一編猶自開

冬盡歲祖春自來羣鴻一一背人回即今如此天炎熱瘴霧距舊倚日開

絶少音書過海來竹林避客且裴回好詩不管人拘禁百韻梅花一夜開

開於一夜口占絶句百首俱押梅字

此雲千里望猶來賸似車輪日幾回柳刺寒三輩相多應新祝惡心

開

漢挐一髮送青來苦羡商帆去復回海更無邊天更濶如何羅網轉難開

文星直射斗南東記取神仙舊姓回可是島人偏有福天教荒陬一時開

第二句謂荷亭也

陰雲漠漠怒潮來林樹蒼蒼宿侶回想見此時悶更悶竹作已闌還復開

巖上原無使道來島有使道巖曾有兵馬使門前惟有學童四月題幾句

過之故名茂亭作記云

無聊語笑口欲開誰共開

絕藝心懶不再來每逢總素為低回知君賴有烟雲養許牡丹家竈管開

許牧丹即許小痕也

良金要是鍊成來苦海應須筏渡回最失意時堪者力此關不藉別人開

哀樂中年閱歷來天涯應感此時回哲配再幕梧桐夜月門空掩楊柳春

風閤自開閒聞柳枝已謝去

不才籧篨乞身來過境依如小刦回但願君歸遠訪我抱孫相對好懷開

九月初同二堂荷亭過堂會于開運寺轉至德沼二堂別業三宿還

漢江西別次荷亭韻

悄悄相思一奮飛江湖余樂與君歸連峰盡處初聞檜壽柳溪村不見扉

浪迹已甘漁釣混老年終惜友朋稀樽前振觸知何限極目蒼涼又夕暉

九陵松柏五雲飛心事依然似夢歸迂緩無端連郭路蹒跚聯節如約欵禪扉

溪橋漲落沙逾淨野樹秋暄葉未稀病步蹣跚休見笑猶埕努力趁斜暉

東勞西燕幾分飛倦翮年來次弟歸君對清樽談戰壘我從閒步說圍棋

艱危百變今何似契濶重逢此亦稀惆悵江邊垂釣侶空攜笭箵返斜暉

少年心事羨雄飛游騎縱橫漫不歸瞭見青絲移繫處可禁黃葉打柴扉

病餘陡覺三柘重歡後深知一笑稀舊日狂歡眞似夢沈沈良夜易朝暉

楓葉蓍蓍早雁飛烟波渺渺遠帆歸直從郭外連三夜攜到江干席幾霏

岐路相分呼潤數平沙獨去見人稀知君念我頻回首一角南山羈夕暉

錫于婚行同綺堂往虎巖禮成席上走筆

良姻赴佳約行色有餘歡況有同心侶忩我道途艱風景屬新霽玄冬猶

未寒崗密屢趁越曲折時間灘欄尾映松柳燈燭迎鮮鞍厭明乃結褵禮

儀備且完壻舅相對芬若雙蕙蘭主翁掃蒿閣左頋趣具餐賓至宣不

就是日頌墳觀吾儕敦夙盟金石期不刋婚姻誰不有此意諒亦難厭福

神所佑福慶垂淊淊

錫子冠日作當在上

幅巾加首錫其名孝敏文忠望有成蝶嬴心情吾背負芝蘭香氣此階生

新醪正熟邀賓友高鴈初來列弟兄小學一書根本在須將謹敕綢家聲

次俔卿匜嫦絶句

題王鐸帖為檀湖作

檀湖示我王鐸書問我王鐸何人歟我觀明史江南破
漢賊出拜胡王慶 馮晉拜虜星博書

東閣學士鐸居首次錢謙益屋禮部並呈東林冠冕人雄才佳筆相先後

鐸死謚益為之禪撝謙接跡言何必獨推書法此宜鳳藝林定論當非私

或言鐸書如人品自入北庭顏書甚錢氏文章忘後然初學方學今可廉

此書存仿頍碧公意似不求形骸圓額書勁正似嘗易伸魔聚墨猶見功

中州文賦若多厄二百年來少真跡絹而完好鈐紅鮮摩挲不憼重珍惜

鄭虔王維多檀墌近世尤稱趙子昂梅才好天性指斥遇奇態厚傷

但琴鐸書有神處自磨名字避人見此語銘記慈邑硯

鹽邑趙公南星硯門人王鐸書其銘鐸久死後硯銘王鐸字隱入不可辨

紀曉嵐溪錫鋗盂鐸記共事

病中次東坡立春五排韻

新年元不爭久病更行坏拒戶誰人抱將心與我談晴泥方活活溫日小
宦耐野語絲稊上天尉十家荅相看卧寫聊自慰歎嗟寞寞多起寒近聽裏淒身
璲屈子澤深逐輕猶北來榑沍眈崒寞猶岱林光掌貢何由伸尺
寸聱聱紬東南京國驚傳業宦廷愴賜柑從甚真一夢邀芙蕬挑巷浩鳴
無人和泒鴻叫雨三

深衣

古今器服目趨異要陀今制存古意深衣圖說紛如訟大抵其幅十有
二鉤邉半下普雜詳魚腹鳥喙尤不縣豈有丈夫昏碩崔人手持刀尺興
婦議俱補深衣非左衽為僂吾知不為簣嗟我釋褐三十年豈曰無衣
滿箴箇鶴氅繭袍隨凉燠圓領廣袖耀錦綺一朝桓雜推藏之有時披
見令人嚼寊官居士人隨緣兩廡特豚非所冀豈知垂老着深衣俊
翻恐鵃梁剌長曳竒嘔慚忲小舉猶堪邊娑醉不妨樵牧程秀才演
作俚孟楚相戲

廬其逵志

金山梅花為行人折樹書麥竹有詩情尺于耨為賦古雜五哥心

李建昌全集

八八九

樂易先生殊有道俗事不營掛懷抱有時肯趄里中飲酒[illegible]人生春告
術肯思我絕倒帳自言從被梅花惱辛勤培植三十年[illegible]
門[illegible]梅絕可惜恨不移[illegible]深與漫藏誨盜去所云可憐村童欺我老
斷知折去無賴接枝已[illegible]看花[illegible]可憐[illegible]朱背一[illegible]揮手[illegible]
獺[illegible]猶可借[illegible][illegible]誰解造[illegible]將[illegible]語[illegible]
我[illegible]一杯奉勸先生休太惧且置看花都看世[illegible]
乾坤至[illegible]何妻無友朋[illegible]我人好梅花[illegible]具神仙骨[illegible]
盛[illegible]換[illegible]花[illegible]待[illegible]文[illegible]老[illegible]
[illegible]不[illegible]句[illegible]春[illegible]滿[illegible]時梅花[illegible]羽人相[illegible]
[illegible]
慶[illegible]吉[illegible]江山古宅[illegible]文[illegible]

伏聞 大院君指近畓賦五律一首以寓曠芳之感

左海三韓國 長陵八葉孫 豐功綿社稷 性忠隆乾坤 行隨天運榮衰辨

史論以龍居 上九聖以元為言

陶漢非倫擬 王家古來尊 軸沖踰十載 隆老倚千乘 董事凄薤曲心期濶

黍燼謂宣存 漢制奉守置長承

三十年前盛 至猶遠見閭 盟趙石碑朝氣浮三席 地涌新山霞天晴心

水氣旋園去不還 月此賀如雲

蓄憤振姜弱 選萧外政律大均軍國賦 崇飾帝王辰 寧相恒行概經遺但

侍書黑時在担傞瓶沭新行始 思舊

公孫歸田日家慈遊荒時若藥浮秀鄉蘭花拂硯地身閒 梢與獵手老箏

天人皆笑慟卿醒陰雨□　聖神

春風秋事勦圖里□人精春風吹盜賊夜夜劇横行西滿白刃趂東□□

九驚大村強有刃此老保長城小村恃其酒蕭條傳檄耕桑老詩人□

詩抄陪生辛勤鳥儉粗有糗粮□□□□□十五□不嗟留餉東蓞耕桑老詩人工

心忍此未相俠賸卷一篁食□□妄亦爭嗟熱世日下盜道無癡程鷄腸

不暴拳饟穀煩燿兵所取諛□□良悄健咒名幸有業止老契鎧欤孤□

送穿日暑起飢腸方雷鳴頭谷諸子華曳履作商聲鑰匙謀在我黄金猶

滿簏

病風排悶疊用風字

綠章稽首愬天公漸老深煩造化功耐可侵凌雙鬢雪功須調護半身風

編摩舊業巾箱裏領略名山杖屨中假我數年粗可了便甘長作入寰翁

殘棋一局午窗中古我今吾底不同初許作書頻制手肘翻驚持粥漫沾胷

坐伸久已輸熊鳥假惟應付鼠蟲一笑肴吾猶不病好詩無數鬪春風

計年吾亦已成翁合在人生老病中挽爲恒河三渡水不關南郭萬吹風

難楮泌喫原知命龍虎勤修或見功只是淫泆前無此況藥籠醫沸酒樽空

真病多爲假病蒙相憐誰與古今同士安高選常稱痹癥自辟風

出笔道人顏更好臥床居士法元空嗟余是疾真非假專把生涯付藥籠

五六年前一指風通來癢疴更相蒙人間憂知先兆世以治標說近功

賤疾敢將時事喻良醫要與古方同心藥裏吾自愧集驗何嘗似陸公

藥鑪經卷屋西東坐臥終朝一衲中但有癡兒啼手戰定無才子罵頤風

春苔上檻如相問夜月窺帷故自通差喜閉門稀客至兒教酬詩工

病風淹臥怕聽風端月吳牛事略同自是五更眠少夢可堪三日耳為聾

飛揚似在乾坤外靡軋偏關戶牖中表裏夾攻真作劇不知何事惱天公

今朝開戶氣融之已過新年二月中僵臥至今傾酒掃塵頹何以見春風

辛夷塢外清溪度為藥峰前細路通一榻晝行無近遠半岡斜日未消紅

南寅年譜序

南寅先生全集改刊于德山工既巖矣將事諸子復謂文集年譜如記言

為書記事為春秋不可關一舊年譜病陳繆盡亦新之乃別命曰南寅先

生編年博求公私載籍而審取之又以諸賢讚述語附于後都為一卷而

續刊之姜君柄周以諸子之言來命序于建昌建昌材劣學未嘗聞夫

大道之旨其何敢承然自惟童丱即知誦慕先生踐跂至今負疚於初心

而目覩宇宙之大變忽忽欲無生諸子之致書布帛重繭而見訪乃在斯

時既已歎斯文一事猶寄大山長爸之間慨然如與世而相望及盥手端

拜發全書而讀之以訖編年則又蕭然如親見先生慰我之窮而警我之

昏不自知其悲喜之交于中而籍不禁與事之幸是以不獲終辭鳴呼聖

賢之道有行有不行天也其雖不行於時而卒得以明於後者人也然知

德者蓋鮮矣而知德而又能知言者益鮮夫以仲尼之聖子貢善言德行

天之不可階而升日月之不可踰而其答子禽形容其德美則五言而已

孟子亞聖氣象嚴〃而韓子惟言其醇有宋大儒邵子以英豪稱而程子

得安且成之語然後論始宓知邵子者孰如程子而推尊孟子者又孰如

韓子耶由是言之言固不貴乎多也先生盛德大業自其在時通國既宗

之而先生則卷而懷之以終其身先生沒有年黨議始裂而先生之門不

幸有憸人方其得志專為張王遂以敗儽世之尚論先生者又不能無同

異而其宗先生而述其德者率多言其英豪之氣像若不可政以及或

有以尚氣節為先生之學奎如先生所自事於本原者殆先生獨知之人

之所不能與而世又徒見先生不事著述或謂其壹於約也夫受稟有柔

剛用工有紆直著跡有顯晦至其深造自得而止於所當止則古今聖賢

未始不一也豈惟先生就先生之言曰我未忘斯世者也所顯學孔子也

又深惜世之君子出為世用不知與元豐大臣同之之義觀乎此則可以

見先生之志矣而大谷成公論先生則曰學醇而成夫至於醇而成則英

豪特其氣像耳若成公可謂知德者矣可謂知言者矣請揭斯語以復于

諸子

　○農圃集跋

右農圃鄭忠毅公遺集二卷附錄三卷舊以活字印行今其諸孫更謀登

梓以跋屬建昌建昌辭不獲謹按公年甫三十起自一評事身嬰大難敲

義旅籠叛卆殄大敵轉鬭連捷

風驅霆擊提一路二十二州郡以還

君父不假 天子之威靈不煩 行朝之規畫又不得同時諸名將聲援勢

犄之助而獨與父老子弟建樹於荒徼絶塞之外不沮不懾卆底于成何

其烈也功以遂而晦賞以疑而薄不紀盟府擴於下邑此當時之士所以

負戈而長歡者也而至以詩藥綠吏議則抑又何酷也當弘贍之用事公

守正不回猶以杜門緘酒獲全至 聖祖改紀而公則不免功高者多怨

道直者多怨名大者多毀非惟廖亂邦而行乎羣小人之中者為然即上

有明主下有賢臣如公之時而其事之難言如此蓋公方以文武全才見

推為大將矣公懼而乞外禍踵而作士不患不見知患於見知不憂不見

用憂於見用夫見知且用至驊騮為文武才而待之以將帥者此其勢亦迫

笑豈遜巡□□之所可得以解於昔李伯紀論陸敬輿深羨其忠著功驗、

雖□死可以無恨其言至為痛切千載之下讀公之文而感公之事將有

如伯紀之於敬輿者區、之瑩辱死生不足以為公惜也抑余嘗攷公之

功其關繫甚鉅而前賢之紀述尚或未有盡發之者秀言之學將無如

清正世稱清正與行長分髗贈戰清正得北故入咸鏡此傳之者誤耳豈

有用兵而戲者乎凡兵事先非而後商我國之形以北為首且興王之地

也秀吉之遣清正將以抗我之根柢而縱兵四下乘建瓴之便可以無所

往而不獲此其本謀也向微公出死力以遏其鋒北路不可復北路不復

而中興無日矣且北路通於羯彼其睨久矣伺我之難而思逞其圖明

朝之為我計者亦嘗已慮之矣況景仁末秀畢士著之雄連結有素其叛

雖附倭實亦左右呈者也公迤行六鎭以綏雜種威信所及至還其所掠

人口而帖然不敢復動苟非然者清正雖遁叛者且將北附美方公沒而

建州熾馴至而丁而極使公無當日之勳焉知南北之釁不并發於一時

而不待四十年之後耶由此而言之公之功存社稷又豈僅一北路哉此尚

論者之所不可不知也公詩文雖不多其辭旨高亮激越明白眞軌即以

文章言亦足以自傳至其所謂詩業當時已以為無可問今六不足辨也

夫崇蘭萎於九秋而香不絕於終古大玉發於三日而精光達乎天地況

斯人心術之所寓與其切烈忠讞之所載其誰不思所以珍重而壽久者

乎抑不惟後人之情然即公之英靈自有以護持其身後爰及其咳唾

者其理然也鳴呼人而如公文而如公斯可以為不朽矣公眞無憾也夫

祭葵堂鄭相公文

小子髫齡觀政于朝孤進踽踽上下無交公曰汝來故人之子汝駸駸猶憐

知其可喜梅花之下有酒盈盈云誰其偕雲老槐生甸茲至今三十年餘

公之於我蓋一日如槃有佳味呼我而屬藜有好書待我方讀我行四方

公必有賸我在鄉廬時月以間小人易惠自謂親己若余於公涴不至夏

余蹇不進爲公所閔然余於公匪覯挽引輒自年来凶有商量鄭虞錄

變故無常如我之微脫有緩急顧仕道路將恐不及縱得其便尺寸可伸

導之　君側湏有主人我雖不言公知我心樂善一對亦　上所臨孟氏之

訓朱張有說惟理與分非無分別余獨有疑瞢以告公大臣小臣果同不

同公曰吾吾吾非　后羹依然裳黑足與子同歸公初入相顧謂金言吾以

帷幄過蒙 上恩誼異踈賤激許取名小大之事敢不以情惟我夤隙

君德時政子論得失子陳利病雖子所論我未必盡聽雖我亦言未必見行

萬分之一庶幾式云余感公勤時有預聞凡我與公前後相期或照以心

或酬於辭由今而思可謂大夢既以上哭亦以下痛自公之去無相於國

豈惟無相國不國矣人不人矣亂無極矣人亦有言亂極則理上自我

王暨我人士曰惟舊德二三在屬胡於斯時公又遽捐使公西存其能復

起公則已矣長恨何已晴公之美麗外彌中最其好善古大臣風塞婦往

秦其容有休會用樂旺天下亦優凰昔文翼遭己卯盧扶護之功實以衆

正者余顏岁謬辭爲公得事之無徵言之近私余之名行倘不悬後或信

余報公則有余爲木石不爲人猗爲公一訣百里而馳黟山斜日松樹萬

枝倚杖送客猶似舊時聞公疾革猶我之思我哭則哀公聞必戚

○判義禁美堂鄭公墓誌銘

公諱文升字允之晚號美堂系出嶺南之近日縣高麗名臣知奏事襄明

其上祖也至圃隱文忠公夢倡性道之學於東方以身王氏服食孔子

廟庭本朝 孝宗 顯宗間有諱維城以賢相著謚忠貞寔公之孫曰霞

谷先生 肅 景 英三朝學者師也諱齊斗謚文康是為公高祖曾祖

富平府使諱厚一祖諱志尹考諱述仁僉中樞徵用公貴贈贊成曾祖

贈參判判書妣坡平尹氏文正公煌之後領相束度牧使光裕其祖考

也 贈貞敬夫人公生有異質端靜不妄嬉嘗出籠幸行 正廟於衆中

特詢誰家兒而目送之及仕為洗馬事 翼宗于 東宮嘗夜對講詩經

音韻諧暢

正廬則以回榜也其晉[illegible]宗政則以[illegible]而回榜
所被恩禮在盡如公以　純祖庚午始登進士己再庚午是謂回榜　上引見
其于保[illegible]許[illegible]接賜宜[illegible]則來任嗣孫元世為印　其孫[illegible]表
囊[illegible]恩[illegible]追[illegible]首云[illegible]大[illegible]致[illegible]封之[illegible]何進先傳
程氏又言曰如周之祈天永命[illegible]形之[illegible]長年學之[illegible]聖人此三者人
力[illegible]以勝造化人[illegible]三[illegible]功[illegible]不大[illegible]致者乎
之者也　上勤[illegible]納之　時公孫元[illegible]進士祖孫[illegible]口稱公子
都[illegible]君[illegible]以[illegible]安[illegible]門[illegible]
似世後[illegible]大精　上[illegible]人[illegible]力[illegible]年有[illegible]下[illegible]杯
感[illegible]吏[illegible]以先祖[illegible]家　上[illegible]此[illegible]以[illegible]壽
上疏[illegible]一[illegible]即引[illegible]之[illegible]由[illegible]進[illegible]于此為二[illegible]二[illegible]二
府一枚[illegible]山[illegible]川[illegible]物也[illegible]後[illegible]刑[illegible]

‹ 本生六代祖考洗馬府君家傳

府君諱　字　號西泉宗室德泉君之後曾祖戶曹判書李敞公諱

祖判敦寧孝簡公諱　考戶曹參判諱　有五子府君序居四

少治功令有聲中　肅宗己卯司馬科是歲參判公擢大科府君伯仲叔

李四人俱中春秋司馬世皆艷之以蔭授翊衛司洗馬陞侍直壬辰庭試

擢第二人試官李公敦同榜吳遂元李獻英廬章兄弟也當是時朝廷老

少論之黨分相攻擊有年榜出老論輩相與謀曰榜下皆少論子弟可撼

世乃為蜚語以眩　上意繼發疏言試官有私行吳李至府君則泛稱過

限國法試士限申時是日大風雨午始懸題收券至暮滿場皆過限矣及

置對府君不為辯　上入臺官言罪試官吳李及府君四人俱拔榜府君

自此遂廢科後復為洗馬亦不起一切絕意仕進久之　上察其柱命有

司更裹人謂府君將復科府君曰失而求復鄙莫甚焉非吾顧聞一日

上忽批案尾曰李某亦將復科即遂輕裏府君於諸人中尤無他端見拔

至是　上意及以府君若有重於諸公者人皆惶惑不能測　景宗二年

朝廷有大黜陟伯氏北谷公仲氏判書公俱居要路府君見時事洋溢門

戶太盛北谷公尤與人多仇嘗從容進偹身全家之說此北谷公不能用府

君時往來嶺南安東山中貰屋賃舂而居者數年亦以見志也會遷臣有

言壬辰科當復廟堂覆議　上可之即日壯六品除成均館典籍親舊爭

貽書促應榜且以國事相勉府君皆不應累除至司諫院正言乃上疏曰

臣嘗占不幸之科屢憾搆煬欲歸之臁黥之中者久矣然使臣文詞贍敏

應舉之券不至於迫限則雖有善毀者何所憑其說我且夫按榜者　先

大王所命也今弓劍已遠而臣則復科豈敢安於心乎科不可復則職不

當居所謂皮之不在毛將焉傅者也　時朝廷必欲起府君拜官至弘文館

校理預銓即薦除名相續府君終不應　英祖二年老論當國壬辰科復

被削府君在鄉聞之貽書家人曰吾心如脫濕衣矣時吳遂元已為承者

李獻英戱章唐玉堂悉奪其紅牌及前後告身獨府君無所可奪當是時

雖老論亦無不以府君為高　上每與廷臣言府君事輒稱善不已自此

黨禍日起判書公議辛北谷公殞於嶽府君仲子正字君前已登第遭

家難不應榜者十年府君為（諱山濤言）曰天地之道猶有消息泚可以▣

應矣及唱名　上問曰是李某子耶又曰予嘗以爾父為潔府君晚歲家

居悲傷晨夕惟灌花賦詩以自遣壽七十三而終府君少事兼判公至孝

居喪盡禮及門戶摧敗年已耆艾猶自力牽字族壹□意奉先事神惠宗廿

袁始祖廟舊在燕岐宗孫襄無以奉府君會諸宗鳩財移祠于公州道榮

田又買田廣州苦峴里墓下歲一祭之及府君卒諸宗人許陪英始祖墓

以有勞於大宗世鳴乎得失之於人大矣徵唯庸人即世號為君子者苟

充類而備責之或不能無少動於其中者得而無動易失則遂難惟□

府君再得而再失如浮雲之變滅於前而已不與焉是用羡道我見義

精故善惡過於人東二閂故利欲不□於私燭理明故裾福皆可以前知

三者皆相因而成世建昌之高祖以府君孫出為李從祖之後故府君於

建昌為本生六世祖自府君至建昌祖考忠貞公始大顯一門科官六七

人他房亦若干人盖 景英以後世所補少論起廢之家如此者亦鮮矣

故忠貞公嘗言吾家之有今日皆洗馬府君所貽云

僉樞朴君簟基誌銘

獻畫錄序

寶州李君別集曰獻畫錄者二書□□□於今　上初元具疏辨道而未之

□也使其異進□其用未可知也知其未可用而不之棄此□猶□之君

任也拎□□目今以見其志矣寧扵獻□而生扵君國君子而以別扵野人

也拎□君子而儒者也而半生半儒半扵以其剛□體而傳半用可以揚

天下國家□待其民常垂楊部其常違在乎天用會存乎人不然壽行道

若書畫施仝或侯後之異而其前以為其則□也坊曰儒在需而无

而需別道為无用秀以又以為書之志也□書綱錐宜繁以達寫之

悟不飽毒為之說坊大約为攝□國之賦而寄一國之用上以蓄吾

□下以拰重拜之樺狙之有薜而蓄之恒是增俸以待賢士任飽以蓄武

力移一世彩利茍儒之習用為遇外強兩之違期以隆采上程其础經畫

李建昌全集

九一五

明心循涂将民之書為本但将心臺行達告其言開遠而已列奉之以時
勢為今行之易而欲速以田事不用眼田畢也者之堂言而所見之行
事以善心著書為行事之始而州儘空言以俟後而已或有疑是書言之事
家更為達已為之解曰天下之至難者者更也而終無以解言之遠
謹之也自古取經易轍之編十不用一二其故亦田遠延玩愒庸失良時以盡敗其爛起之事為
逐托已而外托字咸之名遠延玩愒庸失良時以盡敗其爛起云云
受病之原之生隆性安樂之日嗜甘平之時而忌睢胉之達不能卷浩云
瘟痹与癥瘕也嗚呼读公之書谓公之志其某某可以起之然天下
事含堂有待榧毌君子儒者不可忘世之心則专时而可已也書之者
藉車論於以而厚与甫子鹿四堂道友無道将利二遠書以生隐微言于
建已神為不振開其而所若如有

澗木山房記

辛亥余令君以書其後余為澗木山房之記澗木山房老君居室之名与君

有自號詩曰經聖一十登第屋二間戚云之蓋君嘗讀余昨古屋山中之

此及方在古峯山時君与余日夕同縣圍甚密家登堂之間行愍之不禪

惶室之不離何君所讀　二間　居其嚆經聖之行如甚威竟行狀余阮耳

之熟而至今顕之作心目無候君之重言之屋記圍無難老楊余与君相

好為此甚至今將徇君之請寫紀君之屋使君平生僅之此以二間之屋

而室余可錄老余猶將思而以張之且夫士生斯世讀書惟汲圓其經聖

而日飲食屈室云甫外無論其後之威言与其威之銕細巧拙之不庸可

以一二言數之雖無有謂之人云余猶奉行使君為老今記之人載況余与

上自朝鮮下至家人乃自其身皆記之而後人之少牽乎以慕者而不能有不動

其浮与妄之玉頂皆文一為記嗟乎妙則在舉坐乎諸也又張悅以洞朱山之房云也

證海寺記

咸同申宗与金陵宝章觀俱秋眾流于萬頃縣古舉山臨包善頃主鄭櫻

山韓主鄭君待之甚厚為具船自導入海由南浦藤南浦之西為夢浦鄭

君見瞻言居也此中寶見夢浦後峻松石間有老尾空世詢之曰空海寺

云阮入龕若摩遇又多颭風船不以時通来豈有物一塵則錐有鈘不可

昌幸觀曰吾偏眾飽大　上吾本瀚生之使久居此而不免疾痛飢餓身

不足郵奈達　隆主仁何余曰無傷既以耶教不得以越封又水居五哥海

以陸走如以船派南浦夢浦間性妹就食写或老妄夫諄幽鄭君吾曰雲

寺典吾見家近地為寒泉洌可食定等而妥有吾兄弟在諸国之於是三

人得大春曰道空海寺不亡口古人所云不能望南泉京郡但碩入玉門閣

老也謀將集而穀書�05正相指歷…隨風伯夢甫馨辭太鄭君家遠而
欲不勝問密海寺歸勤恍自語意覓密海寺失善人情大約如此方緩...
有隆於人言曰與得言之後誠不能盡同君非必貪且...也...其勢必百
多於鄭君為此言則不可鄭君自能知之...密海寺之枒善則又鄭某有
情也多言密密之飛謂密海寺未嘗知指...枒密海寺之館...壽知...喜
言常密之也世...謂密海寺之多情知又...可也謂多之多情知又鄭某...
鄭君書...曰密海寺建造歲久...此修之儒某董其事工告竣矣
頗有記余報曰諸疏而為此而志余之常有...一記也而志余之常有
密枒密海寺也又愧余之過而不復問也又鄭使密海寺自今而知有余
也又況後鄭君之知余之未始不深於情如韋觀間之其高若以余言為此

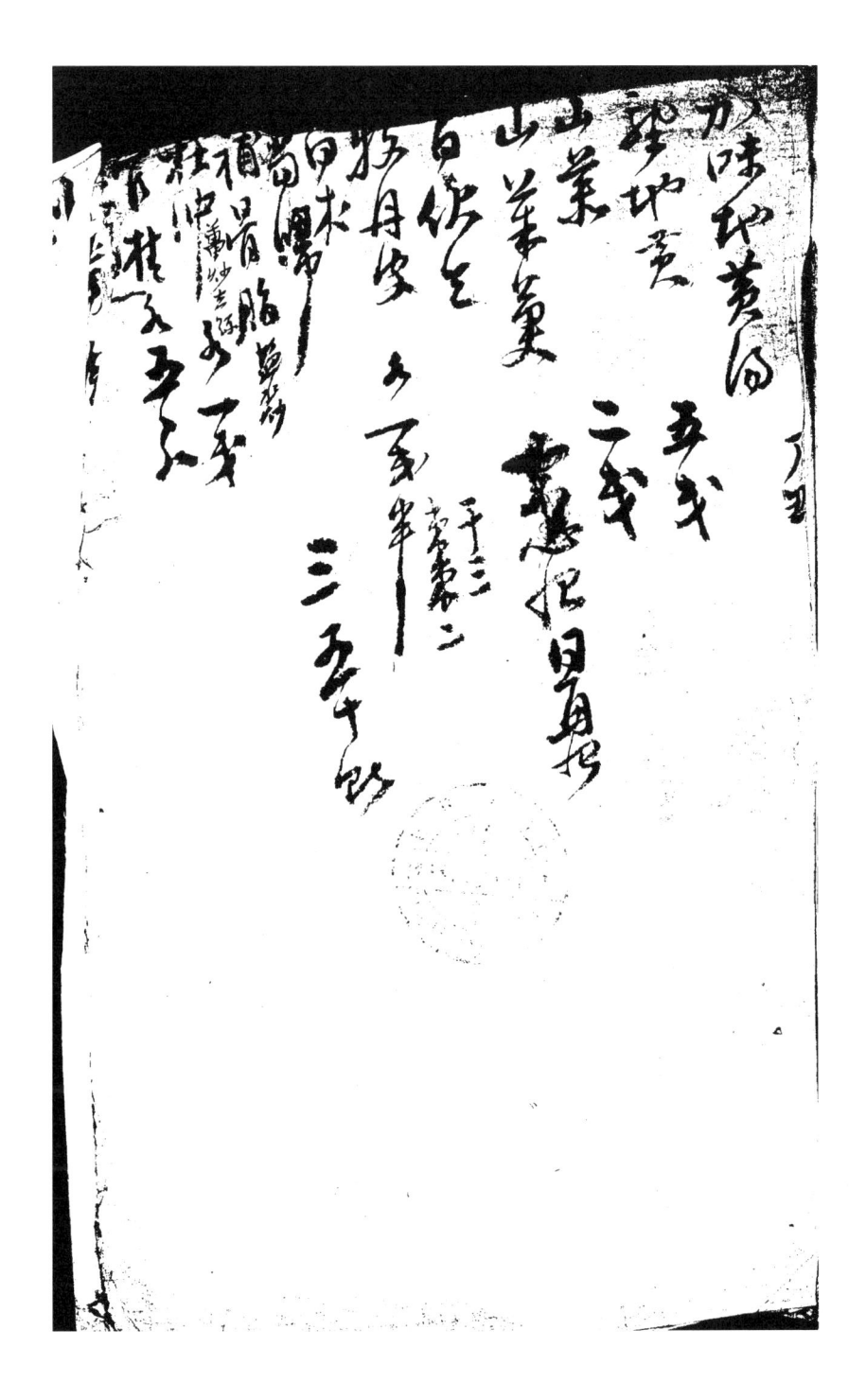

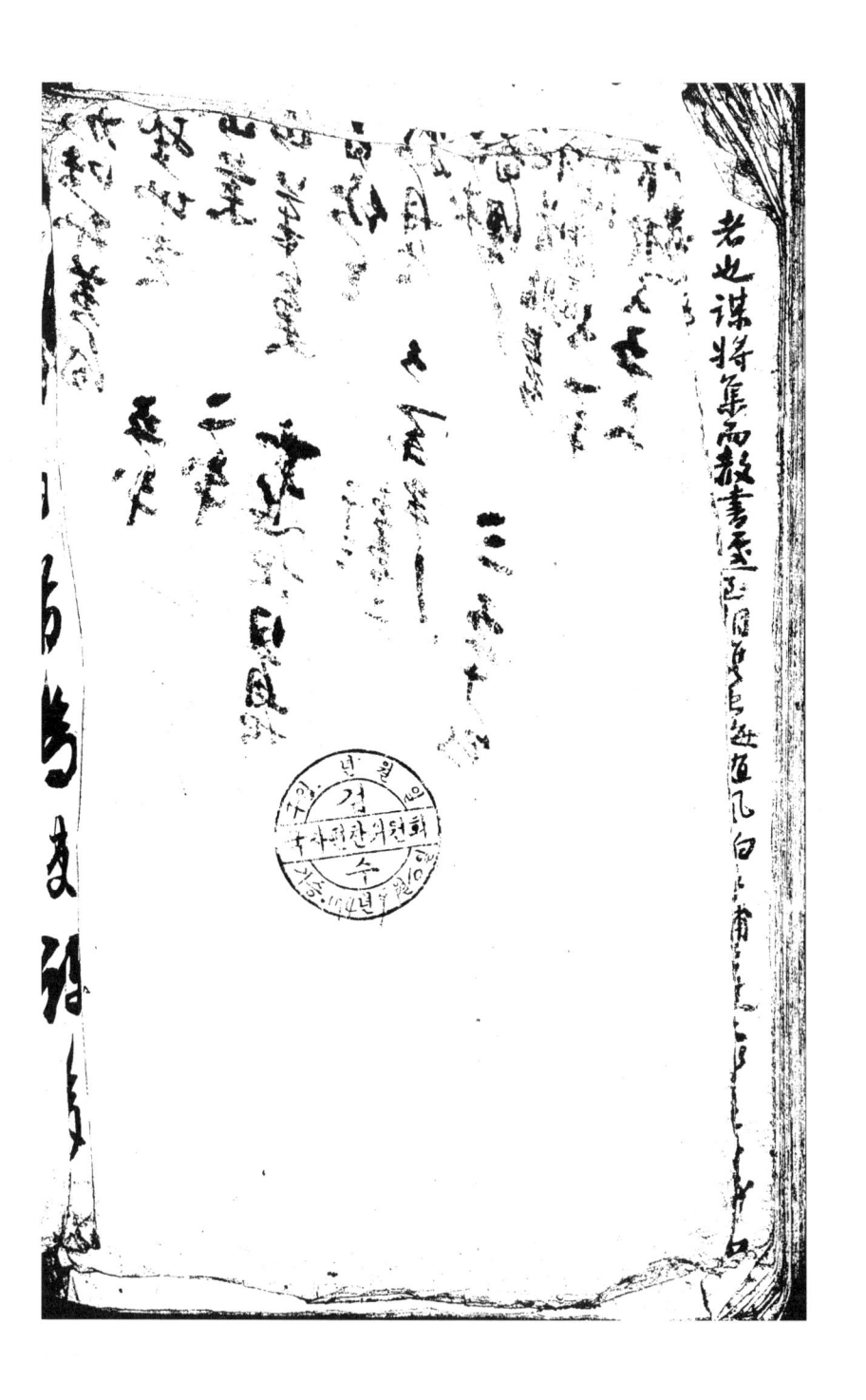

天下無定言在德之者而已天下無定文在讀之者而已有人譽我安知
實譽我而反求其辭辭有人讟我安知非讟我而備其責乎惟文亦然讀
子僧老為德宜蓋我也其辭曰胡然而天也胡然而帝乎其美之可謂至矣然若
讀詩者皆讟也者不以詩序戴其事也春秋有是人歟有是人
然至今讀春秋者皆不以為然者以有實事也春秋之所戴者以有法爰爰惡之言
問於孔子而正之然詩之所美者實事也實事有是享乎實享有是人歟有是
喜則其是非得失雖無孔子之言人猶可得以議之也若其所譽者皆虛設假托
初而其為書也窮極微微天之至頤也而其所警之辭皆虛設假托之
無日見龍而龍也雖曰見象曰見爻而象有爻也惟所謂高
乙乃字數享男子有典故其餘雖稱帝稱王稱祖稱祕皆無一當於人之
圍是又訊得以詳其指狀而占異苦執一而例之則此雖通而彼已閡勢
得人自為說家自為書自九師以至王氏其流寖繁視他經為甚然莫其
折衷焉是亦非聖儒之過也易日難言即如一貞吉也而或曰貞凶者
曰貞則吉一爻無絡也而或曰屬先吝或曰屬悔亡咎斁經者豈不知其
盾矣然象同而辭異辭異而占異苦執一而例之則皆可通吾窺意孔子亦未
明之不特文在讀之者而已然乎而有孔子聖人為之十翼以
之不特孔子之庸知無涯為賢於堯舜也亦其時代較近論說近於情理故
循之以為階級依之以為福準而反略於其所易而反詳於其所難也盖孔子之時距
盡知伏羲文王之意也今觀象象易解慶傳亦略未
孔子作傳所以開示後人不應詳於其所難也盖孔子之時距
王亦已遠矣義理之大者閡萬世而一探若夫事物名數之異文章體勢

孔子作傳所以開示後人不應詳於其所易而反略於其所難也蓋於孔子之時

去已遠矣義理之大者闡萬世而一揆若夫萬物名數之異文章體執

嘗有以一代而相懸失雖如孔子雖有所不盡何害於為聖哉惟孔子所已發明

學者相傳不敢墜失雖如雜卦之近孚難也而漢儒猶謹守之及王氏黜

象之論而象數始廢有宋諸賢一本於義理而訓詁益晦讀易者所

一若迂誤於氏之說則篇之過而失尤甚焉夫易之有來有之孔子

所言而春秋傳諸書所載也然從未有盡改此卦爻而專言錯綜也

況所謂錯之錯綜之綜者又豈孔子之所料哉夫錯此卦而為彼卦因以

理之則還此卦而為彼卦因以綜之則還此卦因以綜此卦而為彼卦因以

復為坤屯蒙復為屯蒙此卦而為彼卦因以綜之則還此卦因以乾復為乾

錯再綜三綜惟求合於彖象而當於讀者之心則是一既濟未濟卦兄

通三百八十四爻之辭矣是則詩之刺者皆可以為美而春秋之襄者

亦可以為懲韓子所云孔子不為周公不為周者不幸見於今矣豈豈甚

我然吾固曰天下無定文在讀之者而已即束氏惠氏之說亦烏可以

無非也故曰周流六虛不可為典要惟神而明之存乎其人

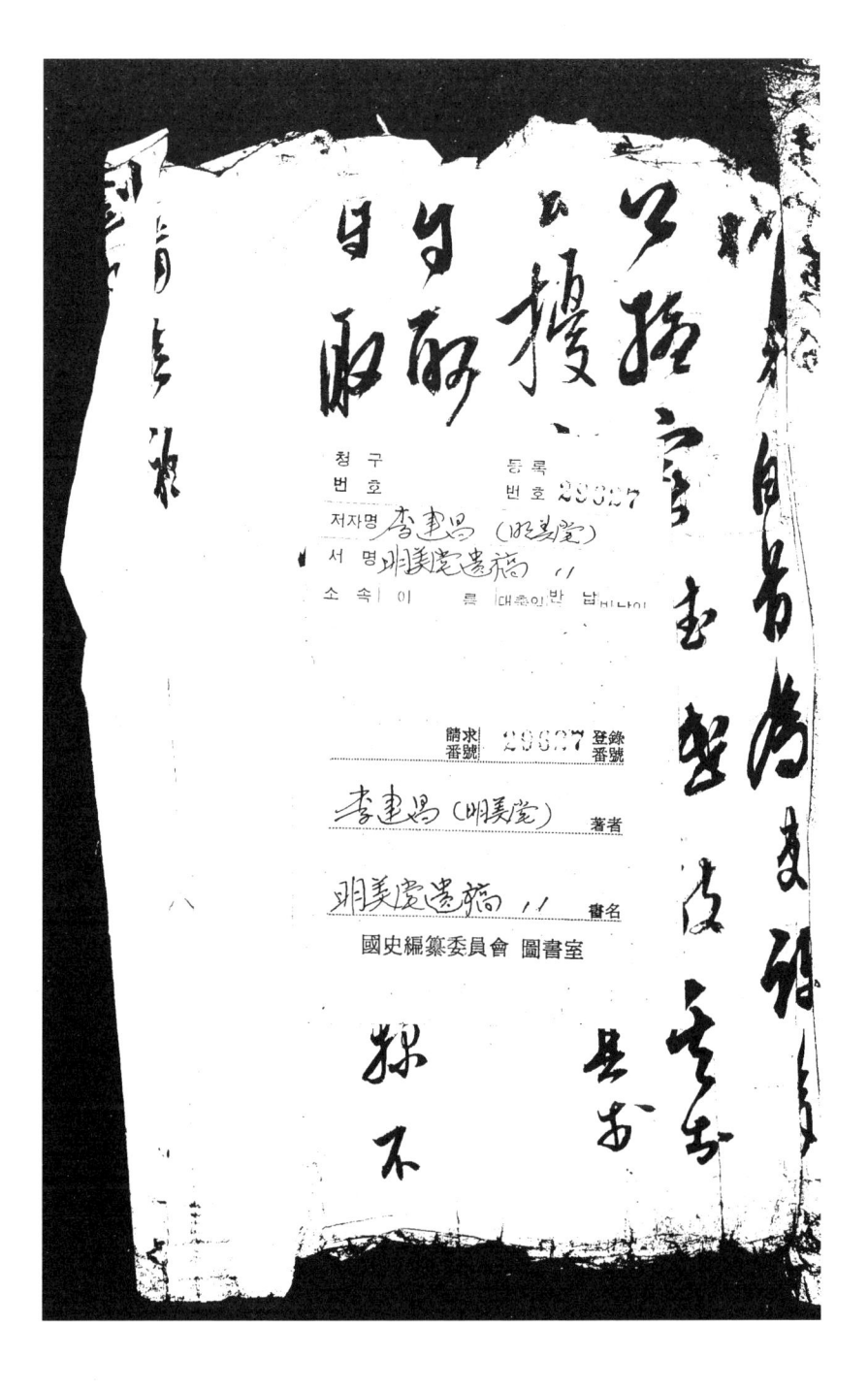

二〇一八年 十一月 二十日 印刷
二〇一八年 十一月 三十日 發行

編輯人 安 大 會 相

發行人 鄭 圭 相

大東文化研究院

東아시아學術院

서울特別市 鍾路區 成均館路 二五─二

電話 七六〇─一二七五

發行處 成均館大學校 出版部

(登錄 一九七五年 五月 二十一日 第一九七五─九號)

電話 七六〇─二二五二

정가 90,000원

ISBN 979-11-5550-294-5 94810
     979-11-5550-293-3 (세트)